Dans le bleu de tes yeux

Du même auteur
aux Éditions J'ai lu

Dans la collection
Promesses

Les Kendrick et les Coulter

1 – CELLE QUI AVAIT PEUR D'AIMER
N° 6213

2 – LIBRE D'AIMER
N° 6214

3 – POUR L'AMOUR DE NATHALIE
N° 7864

4 – LE SOLEIL DE MA VIE
N° 8020

5 – BABY LOVE
N° 8597

LA CHANSON D'ANNIE
N° 4488

L'AMOUR POUR CHÂTIMENT
N° 4917

CARESSE INDIENNE
N° 7343

LA ROBE DE LEURS RÊVES
N° 8180

LE SACRIFICE DE MARILEE
N° 8629

Catherine
ANDERSON

Dans le bleu de tes yeux

ROMAN

Traduit de l'américain
par Florence Bertrand

J'ai lu

Titre original
BLUE SKIES

Éditeur original
A Signet book, published by New American Library,
a division of Penguin Group (USA) Inc., New York

Ce livre est dédié à Melissa J. Lopez, la merveilleuse jeune femme qui a inspiré ce récit. J'aimerais également remercier son médecin, William E. Whitson, qui m'a fourni des informations précieuses, et mon éditrice, Ellen Edwards, ainsi que tous les membres de son équipe. Leur soutien enthousiaste m'a donné la confiance en moi dont j'avais besoin pour mener à bien ce projet.

1

Un roulement de batterie résonna dans le bar, marquant la fin du morceau. Le chanteur de country hulula dans le micro, salua de son Stetson une jolie femme vêtue de rouge, et se remit à gratter sa guitare. L'air sembla vibrer de musique, témoignant de la qualité de l'acoustique qui faisait du Chaps le club le plus populaire de Crystal Falls, dans l'Oregon.

Tout en tapant du pied au rythme de la mélodie, Hank Coulter posa une pièce en équilibre sur son pouce et l'expédia d'une pichenette vers la chope de bière vide posée au centre de la table. La pièce lança des éclairs dans la lumière des stroboscopes, se retourna en décrivant un arc, heurta le bord du verre et tomba à côté. Les compagnons de Hank s'esclaffèrent. L'un d'eux poussa une chope pleine vers lui.

— Cul sec, mon vieux !

Les autres se joignirent à lui bruyamment.

— Cul sec ! Cul sec !

Hank s'exécuta en riant. Il s'était querellé avec son frère aîné, Jake, dans l'après-midi, et était bien résolu à se débarrasser de sa mauvaise humeur. Sous les acclamations enthousiastes de ses amis, il reposa d'un geste sec le verre vide sur la table. Eric Stone, assis à sa gauche, le remplit aussitôt.

— Recommence, ordonna-t-il en criant pour se faire entendre par-dessus la musique. Et essaie de bien viser, cette fois, sinon tu seras ivre mort avant minuit. Tu en es à combien ? Trois ?

— Cinq, rectifia Hank. Et je ne peux pas me permettre d'être saoul. J'ai des projets pour plus tard.

— Comme tout le monde !

Eric releva légèrement son Stetson afin de scruter le bar, ses yeux marron pétillant tandis qu'il passait les filles en revue.

— J'ai des vues sur la petite brune, là-bas.

Hank l'avait remarquée aussi. Elle avait un sourire aguichant et une façon de remuer les hanches qui réchauffait le sang d'un homme.

— Vas-y, vieux, répondit-il avec un clin d'œil. Peut-être que tu auras de la chance.

Acceptant la pièce que lui tendait Pete Witherspoon, Hank visa à nouveau la chope. Même si sa vie en avait dépendu, il aurait été incapable de dire comment il en était arrivé à participer à ce jeu. Il venait au Chaps le week-end pour s'amuser un peu, boire quelques bières et, avec un peu de chance, terminer la soirée avec une jolie femme. Se saouler d'aussi bonne heure n'avait jamais fait partie de ses projets, mais maintenant que le concours avait commencé, il ne pouvait plus se défiler.

Une fois de plus, la pièce manqua son but, ricochant contre le verre avant d'aller rouler sur la piste. Joe Michaels éclata de rire et plongea la main dans sa poche pour y chercher de la monnaie pendant que Hank vidait d'un trait le contenu de la chope.

Assise à une table voisine, Carly Adams observait le cow-boy. Ses cheveux avaient la couleur du caramel que son amie Bess avait fait l'autre soir. Elle n'avait aucune idée de l'âge qu'il pouvait avoir. Une trentaine d'années, peut-être, ou un peu plus. Évaluer avec précision l'âge de quelqu'un exigeait de l'entraînement et, étant donné qu'elle n'avait recouvré la vue qu'une semaine auparavant, elle n'avait guère eu l'occasion de pratiquer ce genre d'exercice.

Peu importait. Enfin, enfin, elle pouvait regarder un homme ! Pas étonnant que ses copines d'école aient passé tant de temps à chuchoter et à glousser à cause des garçons...

Elle n'aurait su dire ce qui la fascinait particulièrement chez lui. Contrairement aux autres cow-boys présents, vêtus en style country plutôt voyant, il portait une chemise unie toute simple, à la couleur un peu passée au lavage, un jean délavé et des bottes solides, au bout usé. Peut-être se distinguait-il de la masse parce qu'il ne portait pas de chapeau – ou parce qu'il était si séduisant qu'il aurait de toute façon attiré le regard des femmes.

Son rire grave était communicatif, et son sourire tranquille donnait envie de sourire en retour. Heureusement pour lui, la nouvelle pièce tomba dans le verre. Visiblement soulagé, il se balança sur sa chaise et reporta son attention sur le joueur suivant.

Carly se félicita d'être seule et de pouvoir le contempler à loisir. Bess l'aurait taquinée, elle le savait. *Hé ! Carly, c'est juste un type comme les autres !* aurait-elle dit. *Ne le dévisage pas comme ça. Les gens vont penser que tu es bizarre.* Malgré tout, Carly ne pouvait s'empêcher de fixer les choses et les gens qu'elle voyait pour la première fois. N'était-ce pas normal, après vingt-huit ans passés dans le noir ?

Elle ne pouvait détacher son regard de cet homme. Elle ne se lassait pas d'admirer ses épaules larges, les muscles qui saillaient sous le tissu de sa chemise. Elle aimait même la manière dont il se tenait, la tête penchée, attentif au jeu. Sa posture était détendue, bras légèrement écartés du corps, pouces glissés dans le ceinturon de cuir qui entourait ses hanches minces. Chaque fois que sa chaise s'inclinait vers l'arrière, une grosse boucle argentée scintillait à sa taille.

Il était magnifique, décida-t-elle. À son avis, tout au moins, et rien d'autre ne comptait. Un délicieux fourmillement la parcourut alors qu'elle l'observait.

Une jeune femme aux cheveux d'un roux flamboyant s'approcha de la table. Ses grands yeux verts étaient lourdement maquillés. Le cow-boy leva la tête, sourit et se coiffa de son Stetson avant de l'escorter sur la piste.

Carly les suivit du regard. De loin, elle avait du mal à voir nettement. Un instant, elle distinguait les choses, puis tout devenait flou. Le couple se mit à danser au son de la musique. Le cow-boy faisait tournoyer sa cavalière avec des gestes habiles et précis, lâchant sa main à intervalles réguliers pour la faire passer sous son bras. De temps à autre, la rousse s'éloignait pour décrire un cercle autour de lui, tapant du pied à un rythme rapide, ses hanches ondulant avec grâce, ses longs cheveux cascadant dans son dos.

Carly éprouva un violent pincement d'envie. Il lui faudrait des mois pour maîtriser l'art du maquillage, et elle n'apprendrait sans doute jamais à discipliner ses boucles blondes.

Le morceau s'acheva brusquement et le silence soudain la ramena au présent. Le cow-boy avait passé un bras autour de sa compagne pour lui faire quitter la piste. Parmi la foule des danseurs, une petite jeune femme brune lui attrapa le bras et lui murmura quelque chose à l'oreille. Il sourit, se pencha pour déposer un baiser sur la joue de la rousse, puis regagna la piste avec sa nouvelle partenaire.

Tout à coup, comme s'il avait senti sa présence, le cow-boy leva les yeux vers elle. Prise sur le fait, Carly rougit jusqu'aux oreilles et parcourut du regard avec anxiété la foule des danseurs, cherchant Bess qui dansait depuis près d'une heure. Comment la retrouver parmi tous ces corps indistincts qui s'agitaient ?

Carly se leva et passa entre les tables pour se diriger vers les toilettes. Elle aurait juré sentir le regard du cow-boy sur son dos. Désireuse de s'échapper pendant quelques minutes, elle accéléra le pas. Peut-être l'aurait-il oubliée lorsqu'elle retournerait à sa table.

*

Quand il s'agissait des femmes, Hank avait une mémoire d'éléphant. De retour à sa place, il garda l'œil sur le coin opposé du bar, guettant des cheveux blonds. Lorsque la jeune femme revint des toilettes, il la repéra aussitôt et ne fut pas déçu. Elle était aussi belle qu'il lui avait semblé au premier coup d'œil.

Il l'observa discrètement tandis qu'elle traversait la salle. Il connaissait la plupart des femmes qui fréquentaient le Chaps le week-end, mais il ne l'avait encore jamais vue. Elle avait de longs cheveux blonds et bouclés, des traits délicats, de grands yeux bleus, et une bouche sensuelle qui ne demandait qu'à être embrassée. Son chemisier rose épousait sa silhouette, révélant de petits seins ronds et une taille fine.

Hank donna un coup de coude à Eric et désigna la blonde d'un léger signe de tête.

— Tu la connais ?

Eric la regarda avec attention.

— Pas encore.

Hank se mit à rire et repoussa sa chaise.

— Laisse tomber, mon vieux. Je l'ai vue le premier !

*

Carly se raidit à la vue du cow-boy brun qui s'avançait vers elle. Le cœur battant à toute allure, elle se détourna, fixant son regard sur le verre de bière qui était devant elle depuis le début de la soirée.

Il allait sans doute parler à quelqu'un assis à une table derrière.

Du coin de l'œil, elle le vit s'arrêter à côté de sa chaise. De loin, il ne lui avait pas semblé si grand. Elle leva la tête et se trouva face à deux yeux magnifiques, d'un bleu profond qui lui rappela un lagon tropical qu'elle avait vu en photo quelques jours plus tôt.

Sa bouche large et ferme souriait, révélant de belles dents blanches. Son teint hâlé mettait en valeur ses traits bien dessinés. Il avait d'épais sourcils bruns, un nez fin et droit.

— Bonsoir, dit-il.

Un seul mot, tout simple. Pourtant, le timbre grave de sa voix suffit à faire s'accélérer le pouls de Carly.

— Bonsoir, parvint-elle à répondre.

Une lueur espiègle dansait dans les yeux du cowboy.

— Voulez-vous m'accorder cette danse ? demanda-t-il en lui tendant la main.

Pendant une seconde, Carly ne sut que dire. Puis son cerveau se remit en marche.

— Oh ! Euh... Non... Je ne peux pas. Je suis désolée.

Il accrocha les pouces à sa ceinture et regarda par-dessus son épaule.

— Vous êtes avec quelqu'un ?

— Une amie. Elle danse.

Les commissures de ses lèvres se retroussèrent en un léger sourire.

— Je voulais dire un homme.

— Oh !

Carly se sentit stupide.

— Je... non. Je ne suis pas avec un homme.

Il lui tendit de nouveau la main.

— Dans ce cas, venez astiquer la boucle de mon ceinturon pendant quelques minutes.

Interloquée, Carly baissa un instant les yeux sur la boucle de ceinturon en question.

— Je vous demande pardon ?

Il éclata de rire, prit une chaise et la retourna pour s'y asseoir à califourchon. Puis il repoussa son chapeau en arrière et posa sur elle un long regard, la détaillant de la tête aux pieds, s'arrêtant sur ses baskets blanches.

— Ce ne serait pas votre première soirée dans un bar de country, par hasard ?

— Si.

Carly songea qu'il était un peu ivre. Compte tenu de la quantité de bière qu'elle l'avait vu ingurgiter, cela n'avait rien d'étonnant.

— Mon amie Bess adore la danse en ligne. Je suis venue regarder.

— Ce qui explique les problèmes de langue, je suppose. C'est un peu comme quand on va dans un pays étranger.

— En effet, acquiesça Carly. Et c'est intéressant. J'ai toujours entendu dire que les hommes étaient censés retirer leur chapeau en entrant quelque part. Ici, tout le monde en porte un.

— Retirer son chapeau ? répéta-t-il, feignant d'être horrifié. Un cow-boy ne peut pas danser sans son Stetson ! Il se sent à moitié nu et perd l'équilibre. Il ne s'en sépare que pour dormir et même à ce moment-là, il le garde au pied du lit en cas d'urgence.

Carly se mit à rire. Cet homme lui plaisait ; il n'avait pas peur de se moquer de lui-même.

— Quand un cow-boy vous demande d'astiquer la boucle de son ceinturon, c'est une autre manière de vous inviter à danser, expliqua-t-il.

— Je vois..., répondit Carly, les joues brûlantes.

Il arqua un sourcil.

— Alors, qu'en dites-vous ?

— Je ne peux pas.

Elle lança un regard paniqué vers les danseurs. Elle s'était toujours enorgueillie d'être prête à tout essayer, mais son opération était toute récente et elle ne parvenait pas encore à marcher normalement.

— Je ne sais pas. Ça paraît difficile, et je n'ai aucune coordination.

— Ce n'est pas aussi difficile que ça en a l'air, assura-t-il, refoulant son objection d'un geste désinvolte. Ne vous inquiétez pas. J'en sais assez pour nous deux.

Avant que Carly ait eu le temps de protester, il la saisit par le poignet et se leva, l'obligeant à l'imiter. Puis il passa le bras autour de sa taille et lui fraya un chemin vers la piste. Lorsqu'il se retourna vers elle, il lui fit un clin d'œil et sourit.

— N'ayez pas peur. Tout le monde doit apprendre à un moment donné. Et ce n'est pas très différent des danses normales.

Carly n'osa pas lui avouer qu'elle n'avait jamais dansé de sa vie. Autour d'elle, des gens se déplaçaient avec aisance. Des femmes tournoyaient dans les bras de leur partenaire, exécutant des pas compliqués. Elle sentit la sueur perler sur son front.

— Je vous assure que je ne sais vraiment pas danser.

— Bien sûr que si, affirma-t-il en prenant sa main droite. Arrêtez de regarder les autres et concentrez-vous sur moi.

Elle leva les yeux et il lui sourit.

— C'est bien.

Il commença à danser, décrivant un mouvement lent de balancier assez facile à suivre.

— Nous allons faire simple.

— Simple, oui. C'est exactement ce qu'il me faut, acquiesça-t-elle, légèrement hors d'haleine.

Il la dévisagea longuement.

— Bon sang ! Vous êtes superbe. Je suppose que les hommes vous le disent sans arrêt.

Carly le regarda, avec l'impression de s'être endormie et de faire un rêve délicieux. Il la trouvait superbe ? Même s'il mentait, elle voulait le croire. Juste pendant un petit moment...

Il lui fit exécuter quelques pas autour de lui et elle lui marcha sur le pied.

— Oh ! je suis désolée ! Je vous ai fait mal ?

Il éclata de rire et resserra sa prise autour de sa taille.

— Ne vous inquiétez pas, mon chou. Essayons de nouveau, dans l'autre direction cette fois. Là, vous voyez ? Facile comme bonjour.

Carly constata avec ravissement que c'était en effet simple. Il lui suffisait de suivre son cavalier, sans prendre d'initiative.

Le regard du cow-boy se posa de nouveau sur elle.

— Vous n'êtes pas d'ici, manifestement. Quand je vous ai remarquée, tout à l'heure, j'ai cru que mon cœur allait s'arrêter de battre. Assise là, vous aviez l'air d'un ange.

Un ange ? Carly ne se faisait aucune illusion, mais c'était un compliment adorable.

— Je viens d'arriver dans la région. Je vais faire ma maîtrise ici, à Crystal Falls, à partir de septembre.

— Ah ! Cela explique que je ne vous avais jamais vue avant. D'où venez-vous ?

— De Portland.

— Oh ! Une citadine, hein ? Pas étonnant que nous ne parlions pas le même langage. Tournez à droite, ajouta-t-il, la guidant de son corps avant d'exécuter le pas. Vous avez les plus beaux yeux que j'aie jamais vus. Je vous jure qu'ils brillaient comme des étoiles, depuis l'autre côté de la salle. Vous portez des lentilles de contact ? Personne n'a des yeux aussi bleus naturellement.

Durant ses études à la faculté, Carly avait entendu des hommes dire ce genre de chose à ses amies dans les bars du campus. Des phrases toutes faites de dragueurs, rien de plus. Il la draguait, et... Oh ! c'était merveilleux ! Toute sa vie d'adulte, elle avait vécu en marge, rêvant d'être remarquée à son tour. Enfin, enfin, cela s'était produit. Mieux encore, il était séduisant et charmant. Elle avait l'impression d'être la princesse d'un des contes de fées que sa mère lui lisait lorsqu'elle était enfant.

— Non, je ne porte pas de lentilles, répondit-elle avec un rire, battant des paupières. Ils sont tout ce qu'il y a de plus naturel.

— Sans blague ! Ce doit être mon jour de chance. Vous êtes la plus jolie femme, ici.

Carly savait pertinemment qu'il lui disait ce qu'il croyait qu'elle voulait entendre. Il avait vu juste : c'était ce qu'elle voulait entendre. *C'était son tour !* Une folle excitation courait dans ses veines. Juste pour une fois, elle n'allait pas analyser, s'interroger ou s'inquiéter à l'idée qu'il pourrait la faire souffrir. Elle attendait cet instant depuis toujours et avait bien l'intention d'en savourer chaque délicieux millième de seconde.

— Je m'appelle Hank Coulter, dit-il d'une voix grave et rauque, et pourtant curieusement douce.

— Carly Adams.

Il se pencha vers elle.

— Pardon ?

Elle répéta son nom.

— Enchanté, Charlie. Plus qu'enchanté, même !

— Carly, rectifia-t-elle.

Il hocha la tête en souriant. Carly n'insista pas. Lorsque le morceau serait terminé, il la raccompagnerait à sa table et elle ne le reverrait sans doute jamais.

Il se mouvait avec une grâce impressionnante pour un homme aussi bien bâti, son corps musclé esquissant des mouvements harmonieux pour la guider, ses hanches minces bougeant au rythme de la musique. Avant que Carly ne réalise ce qui lui arrivait, il la fit tournoyer devant lui, puis revenir sur la pointe des pieds et passer sous son bras.

— You-hou ! s'écria-t-il quand elle eut exécuté un parfait pas de swing.

Il lui fit un clin d'œil, glissa un bras autour de sa taille et l'attira tout contre lui pour l'entraîner dans une figure qu'elle parvint à suivre et qui l'époustoufla.

Le cœur de Carly manqua un battement, et son corps tout entier lui parut vibrer. C'était si étrange ! Elle éprouvait des fourmillements partout, au-dedans comme au-dehors. Il s'éloigna brusquement, puis lui reprit la main avant de toucher le bord de son chapeau en signe de respect. Enfin, il reprit sa place face à elle, son regard d'un bleu intense soudé au sien, une tension étrange sur les traits.

Carly baignait dans l'euphorie d'un plaisir visuel qu'elle n'avait jamais connu auparavant. Un homme lui faisait l'amour avec ses yeux ! Elle voyait ses épaules larges se pencher vers elle et son parfum – un mélange d'odeur masculine, d'eau de Cologne, de cuir et de coton séché au soleil – avait sur elle un effet enivrant.

Bien trop tôt à son goût, la musique cessa. Elle se dégagea de ses bras et sourit.

— Merci. Je me suis bien amusée, finalement.

Il lui attrapa la main. Ses longs doigts s'enroulèrent autour de son poignet. Sa paume était chaude et légèrement calleuse, prouvant que la tenue de cow-boy n'était pas qu'un costume destiné à séduire. Comme elle l'interrogeait du regard, il sourit et resserra son étreinte.

— Ne partez pas, je vous en prie. Passez la soirée avec moi.

Avant qu'elle ait eu le temps de répondre, l'orchestre entonna les premières mesures de *Reste avec moi ce soir*.

Hank éclata de rire.

— Comme sur commande, non ?

Il la reprit dans ses bras et se mit à chanter avec la musique. Quand il arriva au refrain, Carly riait de si bon cœur que toute gêne s'était envolée. Il la fit tournoyer de plus belle, au point qu'elle eut presque le vertige.

— Je t'en prie, mon chou, ne dis pas non, murmura-t-il à son oreille. J'en aurais le cœur brisé.

Carly se recula pour lever les yeux vers lui.

Elle avait conscience qu'elle aurait tout intérêt à mettre un terme à cet interlude avant que cela ne l'entraîne trop loin. Or, bizarrement, le savoir et décider de le faire étaient deux choses bien différentes. Aurait-elle jamais une autre chance comme celle-ci ?

— Je suis avec une amie, répondit-elle à regret.

— Laisse-la tomber.

— Je ne peux pas faire ça !

Il l'entoura de ses bras et pressa le visage contre ses cheveux.

— Peut-être qu'elle va rencontrer quelqu'un et te planter là, dit-il avec une pointe d'espoir dans sa voix grave.

— Peut-être, concéda-t-elle tout en sachant que Bess ne ferait jamais une chose pareille.

— Entre-temps, reste avec moi, insista-t-il doucement.

Carly hocha la tête sans rien dire. Elle sentit qu'un sourire se dessinait sur les lèvres du cow-boy.

Quand le morceau prit fin, il la guida vers les tables. Lorsqu'ils arrivèrent au bord de la piste, la rousse s'avança et lui demanda une danse.

Carly tenta de se dégager.

— Cela ne m'ennuie pas, Hank.

Il lui était facile de parler d'un ton convaincant ; elle était habituée depuis toujours à s'effacer devant les autres femmes.

— Je t'assure. Va t'amuser.

Il serra ses doigts plus fort.

— Désolé, dit-il à la rousse avec un sourire d'excuse. Je suis épuisé. Nous allons nous asseoir un peu.

Elle haussa les épaules et s'éloigna. Carly la suivit des yeux.

— Vraiment, Hank, cela ne m'ennuie pas. Elle danse bien, tandis que… moi pas.

— Tu es fabuleuse, et il est hors de question que je te laisse toute seule. Mes copains se jetteraient sur toi comme des mouches sur du miel.

Il l'entraîna dans un coin plus calme, au fond du bar. Le nuage bleuté de fumée de cigarettes qui planait dans l'air piquait les yeux sensibles de Carly, et une forte odeur de bière régnait.

— Nous pouvons peut-être bavarder ici, suggéra-t-il en lui tirant une chaise. D'habitude, le bruit ne me gêne pas, mais ce soir, si. Je veux tout savoir sur toi.

Carly fut soulagée de s'asseoir et d'échapper à la fumée. Faisant pivoter sa chaise pour qu'ils soient face à face, Hank prit place à côté d'elle.

— Parle-moi de toi, Charlie.

— Carly, corrigea-t-elle de nouveau.

Il acquiesça.

— D'accord. Parle-moi de toi.

— Il n'y a pas grand-chose à dire…

— Tu as quel âge ?

— J'aurai vingt-huit ans au mois d'août.

— Et moi trente-deux en décembre.

Il arqua un sourcil.

— Quel genre de maîtrise vas-tu faire ?

— Je suis institutrice. J'ai passé deux ans à enseigner à des enfants non-voyants. Maintenant, je veux obtenir une maîtrise en éducation spécialisée.

— Vraiment ?

Une lueur amusée pétillait dans son regard.

— J'adore les institutrices ! ajouta-t-il.

— Ah bon ?

— Bien sûr. Elles forcent un homme à recommencer jusqu'à ce qu'il ait tout juste.

Carly ne put s'empêcher de rire. À cet instant, la serveuse leur apporta les bières que Hank avait commandées en passant devant le comptoir.

Tout en buvant, il expliqua qu'il tenait un ranch et qu'il était associé avec son frère. Ils possédaient quelques centaines de têtes de bétail, et élevaient des chevaux.

— Alors, tu es un véritable cow-boy, pas un faux ?

Il hocha la tête, puis désigna son verre.

— Il est déjà vide, et tu as à peine goûté au tien.

Il fit signe à la serveuse.

Carly but docilement une nouvelle gorgée de bière. Il tendit la main vers elle pour essuyer un peu de mousse restée sur sa lèvre. Son geste était doux, son expression tendre.

— Je suis vraiment content de t'avoir remarquée. C'était le remède idéal à mon cafard.

— Pourquoi avais-tu le cafard ?

La seconde tournée arriva. Hank régla l'addition et avala quelques goulées avant de répondre.

— Je me suis disputé avec mon frère Jake juste avant de sortir. La femme du frère du mari de ma sœur fête son anniversaire aujourd'hui.

— Qui ?

— La… c'est compliqué, dit-il en riant. Bref, ce n'est pas vraiment une parente. Maggie Kendrick est adorable, certes, mais sa fête d'anniversaire n'est pas la meilleure façon de passer un vendredi soir, de mon point de vue. Jake est opposé à mon mode de vie. Il dit que je ne vais nulle part et que je ne trouverai jamais de femme qui en vaille la peine dans un bar.

Il leva sa chope dans sa direction et sourit.

— Tu es la preuve vivante qu'il a tort.

Carly fut flattée.

— Merci.

Il termina sa deuxième bière, puis considéra Carly avec attention.

— À ce rythme, tu ne vas jamais être gaie, mon chou. Que dirais-tu d'un cocktail ?

Carly ouvrit la bouche pour refuser, puis se ravisa. Elle était toujours sous calmants et le médecin lui avait conseillé de ne pas consommer plus de deux boissons alcoolisées. Mais elle n'avait bu que quelques gorgées de bière et elle commençait à en avoir assez d'être toujours prudente.

Quand la serveuse apporta les cocktails, Carly avait éludé une dizaine de questions personnelles, se bornant à en dire tout juste assez à Hank pour satisfaire sa curiosité. Elle goûta avec hésitation la boisson qu'il avait commandée.

— Qu'est-ce qu'il y a là-dedans ?

— C'est une potion d'amour. Une seule gorgée suffit à une femme pour tomber amoureuse du premier homme qu'elle voit. Je suppose que ça veut dire que c'est mon jour de chance.

Plutôt l'inverse, songea Carly.

Elle parvenait à peine à croire qu'elle était assise à côté de lui et qu'il ne semblait avoir d'yeux que pour elle.

— C'est très bon, dit-elle après avoir bu une autre gorgée du breuvage.

Il lui décocha le sourire sensuel qu'elle avait admiré plus tôt. De près, il était encore plus dévastateur.

— Vas-y doucement, mon chou. C'est presque de l'alcool pur, coupé d'un peu de jus d'orange. Tu as l'habitude de boire des trucs forts ?

— Comme tout le monde, j'imagine.

— Très bien. Mon but est de te détendre, pas de t'assommer.

— Tu essaies de me faire boire ?

— Tu as tout compris.

Elle éclata de rire et but une nouvelle gorgée.

Hank s'efforçait de déterminer ce qu'il trouvait de si attirant chez elle. Il avait rencontré une foule de jolies femmes dans les bars, mais n'en avait jamais désiré une à ce point. Peut-être était-ce à cause de son visage si doux, de son regard si candide. Quelle illusion ! Aucune femme de cet âge n'était encore innocente. Et en imaginant que, par quelque étrange hasard, elle le soit, elle ne viendrait sûrement pas dans un club tel que le Chaps.

Pourtant, il y avait chez elle une absence d'artifice qui lui plaisait. Pour autant qu'il put en juger, elle ne portait pas de maquillage. Ses cheveux tombaient en une cascade de boucles sur ses épaules, lui donnant envie d'y enfouir la main.

Plus tard, se dit-il. Quand elle aurait consommé un peu plus d'alcool, il l'inviterait à danser de nouveau. Rien de tel qu'un slow pour séduire une femme.

Des images érotiques flottèrent dans son esprit. Il but une longue gorgée de cocktail. Lorsqu'il voulut reposer son verre, il faillit le laisser tomber et songea vaguement qu'il était peut-être plus ivre qu'il ne le pensait.

— Ça va ?

— Très bien, répondit-il avec un grand sourire. Je suis un peu gai, c'est tout. Mais bon, c'est pour ça qu'on est là, non ? Pour s'amuser !

— En effet.

Elle but une petite gorgée.

— Mmm... Plus j'en bois, plus je trouve ça bon !

Hank se cala sur son siège et l'observa. Il était rare qu'il flashe sur une femme au point de lui faire des compliments sincères. D'ordinaire, la fin justifiait les moyens. À l'exception des déclarations d'amour, il était prêt à dire presque n'importe quoi pour attirer une fille dans son lit. En général, celles qui fréquentaient le Chaps venaient pour les mêmes raisons que les hommes et connaissaient les règles tacites du jeu de la séduction. C'était drôle, sans conséquence, et le matin, personne n'avait de regrets.

Cela lui convenait parfaitement car il n'était pas prêt à se fixer. S'il l'avait été, il ne serait certainement pas venu chercher une épouse dans un bar où les candidates potentielles avaient satisfait les fantasmes d'une foule d'autres hommes avant lui.

— T'ai-je dit que tu es absolument splendide ?

Une fossette se creusa sur sa joue quand elle sourit.

— Non. Splendide est un mot que je n'aurais pas oublié.

— Pardon pour cette négligence ! Tu es splendide. Je n'arrive pas à croire que c'est moi qui ai eu la chance de te voir le premier.

Elle fit tourner son verre entre ses mains, écrasant une goutte de condensation du bout du doigt. Lorsqu'elle releva les yeux vers lui, son regard était flou et rêveur.

— Tu avais raison. Ce cocktail est fort.

Hank pour sa part n'en ressentait pas d'effet particulier.

— Ne bois pas trop, lui conseilla-t-il. Ça peut assommer d'un seul coup.

Il voulait qu'elle se détende, pas qu'elle soit malade. En levant son propre verre, il se demanda un instant s'il ne ferait pas mieux de suivre ses propres conseils. Il le vida néanmoins. Au diable la sagesse ! L'alcool n'avait jamais affecté ses performances en tant qu'amant.

Ils bavardèrent encore de choses et d'autres pendant quelques minutes – le prélude oral au sexe, les deux partenaires feignant d'avoir rencontré l'âme sœur –, puis l'orchestre qui avait fait une pause entama un nouveau morceau. Un slow.

Hank voulut entraîner Charlie pour aller danser, mais elle perdit l'équilibre et s'accrocha à lui pour ne pas tomber. Il mit les mains sur ses épaules et parvint à la retenir bien qu'il ne soit pas parfaitement stable lui-même. Conscients l'un et l'autre d'avoir trop bu, ils éclatèrent de rire.

Il passa un bras autour de sa taille et la guida vers la piste. Lorsqu'il l'attira plus près, elle sembla fondre contre lui. Il s'imagina la tenant ainsi à l'horizontale, peau contre peau, membres entremêlés, et promena lentement la main dans son dos avant de se pencher pour lui mordiller le lobe de l'oreille. Elle gémit doucement, et il sentit ses poings se crisper contre sa chemise, signe que l'attraction était mutuelle.

Jetant un coup d'œil vers la sortie, il se mit à danser dans cette direction, entraînant avec lui la douce, la charmante Charlie. Quand il poussa la porte, elle laissa échapper un petit cri surpris ; la brise fraîche de mai contrastait avec la chaleur qui s'était accumulée entre leurs corps.

— Mon amie, Bess..., murmura-t-elle sans conviction. Je ne peux pas...

Hank l'interrompit d'un baiser ardent, profond. Sa bouche douce, vulnérable, avait encore meilleur goût qu'il ne l'avait imaginé. Elle lui rendit son baiser timidement, puis recula. Il crut déceler une pointe d'incertitude dans ses grands yeux bleus.

— Ça va ? demanda-t-il d'une voix rendue rauque par le désir. S'il y a un problème, tu n'as qu'à le dire.

— Non, non. C'est juste que...

Elle s'interrompit et sourit.

— Tout va bien.

C'était tout ce que Hank avait besoin d'entendre. Il lui prit les poignets, l'incitant à lever les bras pour les nouer autour de son cou. Avec un soupir langoureux, elle se haussa sur la pointe des pieds pour se faire plus grande et se pressa contre lui.

Une seconde, Hank fut pris de vertige. Il eut l'impression d'avoir reçu une décharge électrique. Puis toute pensée rationnelle le déserta. Il pivota d'un mouvement fluide – en dépit de tout ce qu'il avait bu, songea-t-il dans un éclair de lucidité – pour plaquer Charlie contre le mur de ciment. Ses mains quittèrent sa taille pour se poser sur ses seins. À travers les couches de vêtements, il sentit ses mamelons se durcir à son contact. Elle tressaillit lorsqu'il les fit rouler sous ses doigts.

Vaguement, il nota sa réaction, sans pouvoir définir ce qui le gênait. Elle était si délicieuse ! Il ne se souvenait pas d'avoir jamais été aussi excité. Son corps était en feu, en proie à un désir qu'il ne pouvait pas satisfaire sur un parking…

Sans cesser de l'embrasser, il passa un bras autour de Charlie et l'entraîna vers son pick-up flambant neuf, interrompant leur étreinte le temps de poser la question qui lui brûlait les lèvres.

— Il y a un motel tout près. Tu veux venir avec moi ?

Elle jeta un regard préoccupé vers le Chaps.

— Si Bess ne me retrouve pas, elle va s'inquiéter.

Hank faillit protester, mais avant qu'il ait pu formuler sa pensée, il avait recommencé à l'embrasser. Il en oublia aussitôt ce qu'il avait eu l'intention de dire. Il se contenta d'ouvrir la portière arrière. La banquette n'était pas l'endroit rêvé pour faire l'amour, mais si Charlie refusait d'aller au motel, il n'avait pas le choix. Il la souleva par la taille et la déposa à l'intérieur, puis se hâta de la rejoindre.

Il ne pouvait plus rêver de tenir son corps nu contre lui. Un tel degré d'intimité était impensable dans un parking. Il se contenta de la caresser à travers ses vêtements. Lorsqu'ils furent l'un et l'autre au comble de l'excitation, il déboutonna le jean de Charlie et en abaissa la fermeture. Sa peau était lisse et brûlante, comme du velours chauffé par le soleil.

— Que… que fais-tu ? demanda-t-elle d'une voix tremblante.

— Attends.

Elle avait sans doute peur qu'il n'utilise pas de protection. Il se pencha par-dessus le siège avant, tâtonnant pour localiser la boîte à gants où il gardait une boîte de préservatifs. Lorsqu'il parvint enfin à ouvrir le compartiment et à trouver le fichu paquet, celui-ci lui échappa et son contenu se déversa sur le sol. Hank étouffa un juron. Il songea à enjamber le siège, seulement, quelque part entre la pensée et l'action, il se retrouva en train d'embrasser Charlie de nouveau.

Il se sentait comme un adolescent – fou de désir, et manquant de contrôle. Jamais encore il n'avait couché avec une femme sans utiliser de préservatif. Une sonnette d'alarme se déclencha quelque part dans son cerveau alors qu'il glissait la main dans le slip de Charlie pour toucher sa chair moite et brûlante. Il l'ignora. Quel mal pouvait-il y avoir ? En général, les femmes qui fréquentaient les bars prenaient la pilule. À part une grossesse non désirée, où était le risque ? Elle était trop mignonne pour être atteinte d'une MST et il savait pertinemment que lui-même n'avait rien.

Elle gémit et tressaillit sous sa caresse. Un liquide mielleux se répandit sur sa main et il enfonça un doigt en elle, lui arrachant un cri de plaisir. Il fit glisser le jean et le slip le long de ses jambes, défit sa propre braguette et se cala entre les cuisses de Charlie, avant d'embrasser l'endroit sensible juste au-dessous de son oreille.

— Hank…

— Qu'est-ce qu'il y a, mon chou ?

Tout son corps était tendu par le désir. Il pressa son membre durci contre elle et perdit aussitôt le contrôle, le sperme jaillissant avant même qu'il l'ait pénétrée.

Elle laissa échapper un petit son plaintif.

— Oh ! Bon sang ! Je suis désolé, murmura-t-il, consterné. Attends. Ne t'en fais pas. Donne-moi une seconde.

Il prit une profonde inspiration. Pas de problème. Même ivre, il était toujours capable de se ressaisir ; il pouvait encore se rattraper. D'une poussée vigoureuse des hanches, il plongea en elle.

Hank sentit se déchirer la fragile barrière de chair au moment où elle hurla. Il se figea, et son souffle ne fut plus qu'une série de halètements rauques et durs. Il émit un juron, le son de ses propres paroles résonnant étrangement à ses oreilles, et une lumière explosa dans son cerveau. Il cilla, s'efforçant de distinguer le visage de Charlie dans la pénombre.

Elle était vierge ?

Ce fut sa dernière pensée.

L'instant d'après, il perdit connaissance.

2

Un gazouillis s'éleva près de l'oreille de Hank, le son se répercutant douloureusement dans son crâne. Il resta immobile, essayant de comprendre comment un oiseau avait pu entrer dans sa chambre et pourquoi son lit d'ordinaire confortable était aussi bosselé qu'un sac de pommes de terre. Prudemment, il ouvrit les yeux. Le soleil l'aveugla. Il gémit et tenta de lever le bras pour se protéger, mais ses épaules étaient calées dans un espace si étroit qu'il pouvait à peine bouger. Qu'est-ce que...

Ébloui par la lumière du jour, il n'eut d'abord pas la moindre idée de l'endroit où il se trouvait. Puis, avec une stupeur grandissante, il réalisa qu'il était allongé sur le sol de son pick-up, entre les banquettes avant et arrière. Il fixa stupidement la portière en face de lui. L'oiseau qui lui jouait la sérénade était perché sur la vitre abaissée.

Cui-cui, cui-cui.

Il avait l'impression que ses cellules grises avaient été passées à la moulinette. Roulant lentement sur le côté, il prit appui sur un coude. L'intérieur du pick-up se mit à tourner, et une nausée lui souleva l'estomac. Il continua à regarder le petit oiseau gris qui avait incliné la tête pour mieux l'observer de ses minuscules yeux ronds.

— Dégage !

Pas malin, ça. Sa propre voix lui vrilla le crâne. Un bras sur le siège, il attendit que la douleur s'atténue puis se hissa en position assise. Pourquoi diable avait-il dormi dans son pick-up ? Il se souvenait vaguement d'être venu en ville la veille au soir, mais ce qui s'était passé ensuite était flou. Il avait dû prendre une sacrée cuite ! D'habitude, dans ces cas-là, il verrouillait son véhicule, appelait un taxi et allait passer la nuit au motel.

Tendant le cou pour regarder dehors, il reconnut le parking déserté du Chaps. Lentement, en désordre, des bribes de souvenirs lui revinrent. Il avait commencé la soirée avec ses copains et il était déjà aux trois quarts ivre avant dix heures. Peu après, il avait dragué une fille. Une blonde. Marly ? Non, Charlie, c'était ça. De grands yeux bleus, un visage angélique, et une silhouette menue et bien faite, soulignée par un jean serré et un chemisier rose. Ils avaient dansé, bavardé et bu quelques bières. Puis, dans l'espoir de détendre l'atmosphère et de la voir se lâcher un peu, il leur avait commandé un cocktail.

Bon sang ! Où avait-il eu la tête ? Les cocktails maison du Chaps étaient leur version du suicide accompagné. Toute cette bière et un alcool fort par-dessus le marché ? Pas étonnant qu'il ait une telle gueule de bois ! Charlie et lui titubaient en quittant le bar.

Hank se figea. Un frisson lui parcourut l'échine. Ses souvenirs d'elle étaient aussi éparpillés que les morceaux d'un puzzle, les réminiscences surgissant par fragments, mais il se souvenait clairement d'une chose. Il l'avait fait monter dans son pick-up et il avait eu des rapports sexuels avec elle sur la banquette arrière.

Son regard tomba sur les sièges gris et une image s'imposa à lui le temps d'un éclair. Il pouvait presque la voir là, étendue sous lui. Il y avait une trace de sang séché sur le cuir clair. Une nouvelle nausée lui chavira l'estomac. Ô Seigneur ! Elle était vierge. Vierge !

Comme la veille au soir, il se sentit submergé par le choc et l'incrédulité. Combien de femmes étaient encore vierges à l'approche de la trentaine ? Et parmi ce nombre infime, combien d'entre elles fréquentaient des endroits tels que le Chaps ? Il devait y avoir un malentendu. Il y avait forcément un malentendu ! Peut-être avait-elle ses règles, et la fragile barrière qu'il avait sentie était-elle autre chose qu'un hymen.

Non, inutile de chercher à se mentir. Au fond, il savait. Il se souvenait clairement qu'elle avait poussé un cri de douleur. Ensuite, c'était le néant. Avait-il perdu conscience ? Il avait été ivre mort plus souvent qu'il n'aurait pu le dire, mais jamais encore il n'avait perdu connaissance. Pourtant, quelle autre explication pouvait-il y avoir ?

Un juron lui échappa. Une vierge ! Il ne s'était pas montré particulièrement doux ; il n'en avait pas vu la nécessité. Il se tortilla pour s'asseoir et son regard tomba sur une tache de sang séché sur son caleçon. Les mains tremblantes, il remonta la fermeture de son jean, posa les coudes sur ses genoux et se cacha le visage entre ses mains. Au nom du ciel, qu'avait-il fait ? Il avait oublié le nom de famille de la fille et n'avait aucune idée de la manière de la retrouver.

Au bout d'un long moment passé à fixer la façade du bar, il finit par conclure qu'il ne servait à rien de rester là à broyer du noir. À quoi s'attendait-il donc ? S'imaginait-il que le nom et l'adresse de Charlie allaient soudain apparaître en grosses lettres noires sur le mur ?

Il rampa par-dessus le siège avant et la vue du plancher jonché de paquets argentés lui arracha un nouveau juron. Dire qu'il mettait toujours un préservatif !

Avait-il donc complètement perdu la tête ?

*

Une demi-heure plus tard, Hank garait son pick-up devant le ranch. Jake lui fit signe depuis l'écurie, un énorme bâtiment rectangulaire en tôle verte. Hank ne se sentait guère d'humeur à subir un sermon de plus sur sa vie sociale. La veille au soir, il avait enfreint toutes les règles possibles et imaginables, exactement comme Jake l'avait averti qu'il le ferait un jour. Il n'allait certainement pas lui offrir l'occasion de prendre un air supérieur et de lui dire : « Je t'avais prévenu. »

Il donna un coup de pied dans un des emballages en plastique qui gisaient sous la pédale de frein. Un seul faux pas en trente et un ans. Il n'y avait tout de même pas de quoi en faire un drame, se rassura-t-il. Aussitôt, une petite voix narquoise s'éleva dans un coin de son cerveau. *Bien sûr, mon vieux...*

Il descendit du pick-up, fit à Jake un vague salut de la main, et se dirigea à grands pas vers la maison. Jake avait sans doute besoin d'aide avec un des chevaux et serait agacé qu'il l'ait ignoré, mais c'était son jour de congé. Il avait envie d'aspirine, de tranquillité et de silence. Tout le reste pouvait attendre. Surtout les discours, les reproches, et autres froncements de sourcils réprobateurs.

Des jouets d'enfants étaient éparpillés sur le plancher ciré de l'entrée. Il poussa du pied une voiture, heurtant accidentellement le bouton qui activait le mécanisme de l'avertisseur. Un « Tut ! Tut » retentissant s'éleva derrière lui alors qu'il se hâtait vers la cuisine. La femme de Jake, Molly, se tenait devant la gazinière, son fils Garrett calé sur sa hanche. Le soleil entrant par les fenêtres se reflétait sur la crinière rousse et bouclée de sa belle-sœur. Un crayon de papier était posé sur son oreille, signe qu'elle avait dû travailler dans son bureau situé au rez-de-chaussée, jonglant entre ses devoirs de mère et d'épouse et sa carrière d'agent de change et de consultant financier. Bien que Jake ait engagé une gouvernante à plein temps, Molly insistait pour s'occuper elle-même de leur enfant.

Elle se tourna et lui adressa un grand sourire.

— Tiens, tiens ! Voyons ce que le chat a ramené.

Hank cilla au son de sa voix. Il se dirigea vers le placard, marchant en une ligne qu'il espérait à peu près droite, en sortit un flacon d'aspirine dont il versa trois comprimés dans sa paume.

— Tu as une mine de déterré, observa doucement Molly.

Il remplit un verre d'eau.

— Bonjour à toi aussi.

— Tes yeux sont aussi rouges que ceux d'un lapin atteint de myxomatose.

— Ne commence pas...

Hank avala les cachets et reposa le verre avec un peu plus de force qu'il n'en avait eu l'intention.

Le bruit sec fit tressaillir son neveu qui se tortilla dans les bras de sa mère pour fixer de grands yeux bleus méfiants sur lui. L'instant d'après, son menton se mit à trembler et il commença à hurler. Hank eut l'impression que son crâne allait exploser.

— Tu lui as fait peur ! lui reprocha Molly avec un regard accusateur tout en s'efforçant de consoler son fils.

Hank eut envie de prendre ses jambes à son cou, mais il savait qu'il avait déjà trop de choses à son passif.

— Hé ! mon chou, murmura-t-il en passant la main sur le dos du bambin. Ce n'est que moi.

Il se pencha pour pincer le nez de son neveu, qui cessa aussitôt de hurler pour lui décocher un sourire baveux, exhibant quatre minuscules quenottes.

— Viens là, mon chou.

Radoucie, Molly lui tendit l'enfant. Elle sourit en voyant Garrett se cramponner au cou de son oncle.

Hank rencontra son regard par-dessus la tête du petit.

— Excuse-moi, dit-il. Je ne voulais pas être grognon. C'est seulement que j'ai un mal de tête atroce.

— Voilà ce qui arrive quand on boit la mer et ses poissons.

Ce n'était pas tout ce qui pouvait arriver, songea-t-il, le souvenir de Charlie s'imposant brièvement à son esprit.

Molly prit le verre et le déposa dans le lave-vaisselle.

— Je me fais du souci pour toi, Hank.

— Quel mal y a-t-il à ce que je prenne un peu de bon temps ?

— Ne me pose pas ce genre de question, à moins que tu ne veuilles une réponse honnête.

Hank jugea la suggestion raisonnable et n'insista pas. Il garda le bébé dans ses bras quelques instants de plus, puis le rendit à Molly.

— Je vais aller prendre l'air.

— Tu ne veux pas déjeuner ? J'étais sur le point de faire des tartines grillées et des œufs sur le plat.

À la perspective de manger, Hank sentit son estomac se retourner.

— Non, merci, répondit-il en se dirigeant vers la porte de derrière. Plus tard, peut-être.

Il était sur le point de sortir quand Molly reprit la parole.

— Je t'aime, Hank. Si ça fait de moi une casse-pieds, j'en suis désolée.

Hank s'arrêta sur le seuil pour la regarder. Molly était une des personnes les plus gentilles qu'il ait jamais rencontrées, et l'affection se lisait dans ses grands yeux marron.

— Moi aussi, je t'aime, même si tu es casse-pieds.

Elle haussa les épaules et sourit.

— Pour un type qui est censé prendre du bon temps, tu ne ris plus très souvent, tu sais.

— C'est noté. Je tâcherai d'y remédier.

Après avoir refermé la porte, Hank resta un instant immobile sur la véranda ouverte qui courait derrière la maison. Malgré le soleil qui inondait la cour, la matinée était fraîche pour un mois de mai. Le vent qui soufflait en rafales apportait la senteur des pins, apaisant la douleur qui lui vrillait les tempes.

Il songea à s'asseoir sur les marches puis rejeta cette idée. Les cow-boys entraient souvent par la porte de derrière et, ce matin, il avait besoin d'être seul.

Il se dirigea vers la rivière qui serpentait à travers la propriété. La rosée se déposait sur ses bottes, assombrissant la couleur du cuir. Çà et là, une sauterelle jaillissait de sa cachette et stridulait autour de ses jambes. Une odeur lourde montait de la terre mouillée. Il prit une profonde inspiration et sentit se dissiper un peu la tension qui lui nouait les épaules.

Lorsqu'il était préoccupé, c'était auprès de la rivière qu'il allait se réfugier. En amont de la maison principale, côté nord, se trouvait un endroit plat et herbeux. Il ne se souvenait pas de la première fois où il était venu y chercher la paix et le réconfort ; il savait seulement que le murmure du courant l'avait toujours aidé à mettre de l'ordre dans ses pensées, même enfant.

Arrivé au bord de l'eau, il se laissa tomber sur l'herbe humide, en proie à des émotions si confuses qu'il ne parvenait pas à les distinguer les unes des autres. Charlie… À cet instant précis, il aurait tout donné pour remonter le temps et effacer les événements de la nuit dernière. Il se souvenait de l'innocence qu'il avait lue dans les yeux de Charlie et s'accablait de reproches. Il avait toujours été doué pour juger les gens. Pourquoi, la seule fois où cela avait été d'une importance vitale, avait-il ignoré la petite voix qui le mettait en garde ?

Tous les avertissements de sa mère revenaient le hanter. *Tôt ou tard, Hank, tu vas faire quelque chose que tu regretteras. À force de jouer avec le feu, on finit par se brûler les doigts.* Il avait toujours fait la sourde oreille, se disant que les sermons maternels étaient dus au fossé des générations. À présent, il regrettait de ne pas y avoir prêté plus d'attention. Mais comment diable avait-il réussi à tomber sur une vierge de presque trente ans ?

L'espace d'un instant, il sentit une bouffée de colère le gagner. Si on considérait la situation d'un point de vue rationnel, ce désastre était la faute de Charlie, pas la sienne. Après tout, elle cherchait les ennuis en traînant dans un boui-boui comme le Chaps, et elle les avait trouvés. Comment était-il censé deviner qu'elle n'avait jamais connu d'homme ?

Sa colère se dissipa aussi vite qu'elle était venue. Aucune loi n'obligeait les vierges à faire état de leur manque d'expérience sexuelle, et aucune ne leur interdisait non plus d'entrer dans un bar. Ce n'était pas davantage la faute de Charlie si elle était jolie, et en aucun cas il ne pouvait la rendre responsable de sa propre conduite. En commandant les cocktails, il avait bel et bien eu l'intention de l'enivrer. Il y était parvenu, et en avait profité...

Une terrible pensée lui vint soudain. Pourquoi une vierge aurait-elle pris la pilule ? Et s'il l'avait mise enceinte ? Il devait la retrouver, s'assurer qu'il n'en était rien.

Et dans le cas contraire, que ferait-il ?

La réponse avait jailli dans son esprit avant même que la question n'ait fini de prendre forme. Les Coulter n'étaient pas hommes à fuir leurs responsabilités, et un enfant était la plus grande de toutes. Il n'y avait pas « si » ni de « mais » qui tiennent. Il devait retrouver Charlie. Le tout était de savoir comment.

*

Le soir même, à dix heures, Hank retourna au Chaps. À ce moment-là, l'affluence était à son comble. À partir de onze heures, des couples commençaient à se former et à s'éclipser peu à peu. Entre-temps, Hank voulait parler avec un maximum d'habitués en espérant que l'un d'eux connaîtrait Charlie.

Debout près des portes, il parcourut la foule du regard dans l'espoir de la voir. Un nuage gris-bleu flottait au-dessus des tables. L'odeur de la bière, du whisky et de la sueur lui parvint, accompagnée de la cacophonie des voix qui luttaient pour se faire entendre par-dessus le vacarme de la musique. De temps à autre, une obscénité fusait de la rumeur comme le reflux d'un égout.

À présent qu'il était là, les souvenirs de Hank se précisaient. Il jeta un coup d'œil en direction de la table que Charlie avait occupée, et se rapella qu'elle avait avoué ne pas savoir danser. Il avait cru qu'elle parlait de la country, mais maintenant il se demandait si elle avait jamais dansé. Pareil pour un tas d'autres choses… À un moment donné, il avait craint qu'elle n'ait pas l'habitude de boire de l'alcool fort. Il avait aussi remarqué une certaine hésitation dans sa réaction quand il l'avait embrassée. Il grimaça à ce souvenir. Avait-elle donc passé sa vie dans un couvent ?

Il regrettait amèrement d'avoir tant bu la veille. S'il avait été sobre, il aurait compris que quelque chose ne tournait pas rond et ne l'aurait jamais touchée.

Avec des « si »… Il ne servait à rien de se perdre en regrets. Il s'était saoulé, et il l'avait touchée. Point à la ligne.

Il fit le tour de la salle, s'arrêtant à chaque table pour se lancer dans le même discours, demandant si quelqu'un connaissait la jeune femme blonde avec qui il était la veille. Malheureusement, aucun de ceux à qui il posa la question, ni même Gary, le barman, ne l'avait vue auparavant. Espérant qu'elle reviendrait peut-être, Hank laissa ses coordonnées à Gary pour qu'il puisse l'avertir au cas où.

En quittant le bar, il se retourna sur le seuil une dernière fois. Depuis des mois, cet endroit avait été une sorte de second chez lui. Maintenant, il se demandait pourquoi il y était venu si souvent.

Il sortit, et une fois hors de la zone illuminée par l'enseigne, s'arrêta pour scruter le ciel. Comme des diamants sur du velours noir, des milliers d'étoiles scintillaient au-dessus de lui. Enfant, il avait aimé s'asseoir sur la véranda avec son grand-père McBride pour les contempler. Le vieil homme l'avait souvent mis au défi de choisir la plus brillante, de détourner le regard et d'essayer de la retrouver ensuite. Jamais il n'y était parvenu.

En serait-il de même avec Charlie ? Crystal Falls, banlieue comprise, comptait plus de cent cinquante mille habitants. Sans nom de famille, autant chercher une aiguille dans une meule de foin. Pour compliquer le tout, Charlie risquait fort de n'être qu'un surnom.

Son seul espoir était qu'elle revienne au Chaps, mais il n'y comptait guère. Il ne lui restait plus qu'à s'en remettre au destin, songea-t-il. Après tout, il avait fait tout ce qui était en son pouvoir.

3

Cette nuit-là, Hank rêva qu'il était un vieil homme, et qu'il travaillait toujours au Lazy J. Au début, le rêve était agréable. Il étalait de la paille dans un box, ses épaules réchauffées par le soleil matinal qui entrait par la porte grande ouverte. Il était entouré par l'odeur des chevaux, réconforté par le bruit de leurs sabots sur le sol, et celui des juments qui hennissaient doucement de temps à autre.

Comme souvent dans les rêves, il n'avait aucun souvenir de sa vie, hormis le sentiment d'être âgé et d'avoir vécu heureux, auprès des chevaux, ainsi qu'il était né pour le faire. Il avait une merveilleuse impression de paix et de sérénité.

Puis il perçut un bruit de moteur. Une voiture s'arrêta au-dehors. Il se redressa et tendit l'oreille. Une terrible appréhension l'envahit sans qu'il sache pourquoi. Il posa la fourche contre un mur et remonta l'allée centrale avec une anxiété croissante. Quelque part au fond de lui, il avait conscience de rêver et s'ordonnait de se réveiller, mais son cerveau insistait pour jouer la scène.

Un jeune homme brun, élancé, venait de descendre d'une voiture rouge et poussiéreuse. Au son des pas traînants de Hank, il se retourna et le foudroya de son regard bleu. Le regard d'un Coulter.

Hank ne l'avait jamais vu, mais il savait que c'était son fils. Vingt-cinq ans s'étaient écoulés depuis cette nuit au Chaps où Hank avait défloré une vierge et s'était évanoui avant de pouvoir lui demander son nom de famille.

— Que puis-je pour vous ? demanda-t-il.

Le jeune homme le toisa avec mépris.

— Je cherche Hank Coulter.

Hank percevait sa colère et savait qu'elle éclaterait dès l'instant où il lui révélerait son identité.

— C'est moi.

Le garçon serra les poings et s'avança vers lui.

— Espèce de salopard !

Hank vit venir le coup, mais ne fut pas assez rapide pour l'esquiver. Lorsqu'il atterrit dans la poussière, il demeura immobile en songeant stupidement que son fils avait un bon crochet du droit. Il tenait des Coulter, indéniablement.

— Je voulais me présenter. Je m'appelle Hank. Ma mère m'a appelé comme ça en souvenir du salaud qui ne m'a jamais donné son nom.

*

Hank tressaillit et se redressa brusquement. Un rêve. Ce n'était qu'un rêve. Pourtant, il avait semblé si réel ! Son corps était trempé de sueur. Il batailla pour se libérer des draps qui lui collaient à la peau et sauta à bas du lit. Aspirant l'air à grandes goulées, il se tint au centre de la chambre, le cœur battant à tout rompre.

Lentement, la réalité se referma sur lui. Il se laissa tomber sur le bord du lit et se prit la tête entre les mains. Les souvenirs défilaient dans son esprit comme les scènes d'un film. Charlie, étendue sous lui. À la dernière seconde, en comprenant qu'elle était vierge, il s'était retiré, mais trop tard.

Il avait l'horrible sentiment que le rêve était prophétique, qu'il avait commis l'impensable et engendré un enfant illégitime.

*

Encore tout ensommeillée, Carly s'assit dans l'un des fauteuils du salon et ramena ses jambes sous elle. Aux premières lueurs de l'aube, rares étaient les sons qui venaient troubler le silence de l'immeuble. Même le carillon accroché sous la véranda ne tintait pas. Carly s'était habituée à sa musique depuis que Bess et elle avaient emménagé dans cet appartement, trois semaines plus tôt. Dans une heure ou deux, la plupart des voisins commenceraient à s'affairer. Certains partiraient au travail, d'autres iraient promener leur petit chien dans le jardin herbeux tout proche. Mais pour le moment, Carly avait l'impression d'être la seule personne éveillée au monde. Elle n'entendait même pas de voitures dans la rue, pourtant fréquentée durant la journée.

Elle avait allumé une bougie pour chasser les ombres et le mauvais rêve qui l'avait réveillée. Malheureusement, la lueur vacillante ne parvenait pas à la réconforter. Le visage de Hank Coulter s'imposait régulièrement à son esprit et, chaque fois, un mélange d'humiliation et de honte lui brûlait l'estomac comme de l'acide.

Elle décida d'aller boire un verre de lait. Peut-être cela calmerait-il sa douleur et ses nerfs. Marchant sur la pointe des pieds pour ne pas réveiller Bess, elle se glissa dans la cuisine. Elle était en train de se servir quand la voix de son amie s'éleva derrière elle.

— Qu'est-ce que tu fabriques ?

Surprise, Carly sursauta et renversa du lait sur le plan de travail.

— Bess ! Mais que fais-tu debout ?

Son amie appuya sur l'interrupteur du néon. Éblouie, Carly grimaça et étrécit les yeux.

— Faut-il vraiment que tu allumes ?

Bess marmonna quelque chose à propos de vivre comme des vampires et replongea la cuisine dans la pénombre.

— Combien de temps faudra-t-il pour que tes yeux soient capables de supporter une lumière normale ?

— Encore quelques jours. Je sais que ce n'est pas drôle, mais j'ai encore des problèmes avec la lumière vive, répondit Carly en recommençant à verser du lait dans la tasse. Je suis désolée de t'avoir réveillée. Il faut qu'on demande au propriétaire de réparer la porte du réfrigérateur. Elle grince.

— Retire ton doigt du verre ! ordonna Bess. Tu n'es plus aveugle.

Carly replia son doigt autour de la tasse.

— Tu ne peux pas entraîner ton cortex visuel à fonctionner si tu ne t'en sers pas, tu sais, reprit son amie.

— Tu es de mauvaise humeur... Si tu retournais te coucher ?

— Grâce à toi, je suis tout à fait réveillée, répliqua Bess en étouffant un bâillement. Tu n'as pas répondu à ma question. Pourquoi es-tu déjà levée ?

Carly remit le lait dans le réfrigérateur et essuya le plan de travail.

— Quelle heure est-il ?

Bess jeta un coup d'œil à sa montre.

— À peine cinq heures. C'est ta deuxième nuit blanche, Carly. Que se passe-t-il ? Si tu veux que nous parlions davantage de ce qui s'est passé l'autre soir, ça ne m'ennuie pas de t'écouter.

Après avoir pris sa tasse, Carly passa devant son amie et regagna le salon. Bess la suivit et s'installa sur le canapé. Elle s'adossa à un coussin, remonta les jambes et noua les bras autour de ses chevilles. À la lueur de la bougie, les pâles traînées de l'aube éclairant la vitre derrière elle, ses cheveux bruns ressemblaient à une cape de soie sur ses épaules.

En temps normal, Carly pouvait tout dire à Bess. Là, c'était différent. Certains détails de l'incident avec Hank Coulter étaient à la fois trop personnels et humiliants. Elle posa sa tasse et tira sur l'ourlet de sa chemise de nuit.

— Je suis un peu inquiète, avoua-t-elle. Je ne crois pas que Hank ait utilisé de préservatif.

Bess écarquilla les yeux.

— Tu n'en es pas sûre ?

Carly secoua la tête. Bess était déjà au courant pour les calmants et l'alcool ; il était inutile d'en reparler.

— Je ne me rendais pas bien compte... Je me souviens qu'il s'est penché par-dessus le siège pour prendre quelque chose, mais je crois qu'il l'a peut-être laissé tomber... ou qu'il a changé d'avis.

Visiblement soucieuse, Bess fronça les sourcils.

— Oh ! Carly..., murmura-t-elle. Et si tu étais enceinte ?

L'estomac de Carly se retourna. C'était exactement ce qu'elle redoutait.

— Ça a été très bref, marmonna-t-elle. Peut-être qu'il ne s'est rien passé.

— Et si c'est le contraire ? Si tu es enceinte ? Sais-tu comment le contacter ?

Carly redressa le menton.

— Je ne compte pas l'avertir, si c'est ce à quoi tu penses. J'espère bien ne jamais le revoir.

— Si tu es enceinte, auras-tu le choix ?

— Il s'est mis à jurer, lui rappela Carly. Après, je me suis sentie si salie... le genre de souillure qui ne peut jamais s'oublier. Je ne lui dois rien. Strictement rien.

— Peut-être que non, mais lui a une dette envers toi. D'ailleurs, un homme a le droit de savoir qu'il a engendré un enfant, et tout enfant a le droit de connaître son père. Il faudra que tu le contactes.

— Je ne suis pas enceinte. C'est impossible.

Alors même qu'elle prononçait ces mots, Carly sut qu'elle se mentait à elle-même en essayant de se convaincre de cette impossibilité.

— Avoir un enfant bouleverserait mes études, et même le cours entier de ma vie. Ça ne peut pas arriver ! insista-t-elle malgré tout.

Bess écarta les cheveux qui lui tombaient dans les yeux.

— Espérons que non.

Carly prit une profonde inspiration.

— Au moins, cela m'aura apporté une chose : je ne suis plus la dernière vierge de vingt-huit ans sur terre.

Bess eut un petit rire non dénué d'inquiétude.

— C'est vrai. D'ici peu, tu seras plus expérimentée que moi et tu me donneras des conseils.

Carly secoua la tête.

— Une fois m'a suffi, merci. À mon avis, les plaisirs du sexe sont largement surestimés.

— Ça s'améliore avec le temps. La première fois est rarement extraordinaire.

— Si ça ne t'ennuie pas, je me contenterai de te croire sur parole.

Elle n'avait aucune envie de retenter l'expérience.

4

Six jours plus tard, Carly fut réveillée par un accès de nausée.

Lorsque Bess la trouva à genoux devant la cuvette des toilettes, elle se mit à lui éponger le visage à l'aide d'un linge humide en répétant « Oh non ! » comme une prière.

— Ce n'est que la grippe, parvint à articuler Carly entre deux haut-le-cœur. Les nausées ne commencent pas si tôt, si ?

— Ça dépend.

Bess s'assit sur le sol, calant son dos contre le placard.

— Certaines femmes en ont dès le départ.

Se sentant un peu mieux, Carly s'assit sur ses talons.

— Histoire de ne pas prendre de risques, poursuivit Bess, nous devrions peut-être appeler le Dr Merrick pour nous assurer que les médicaments que tu prends ne peuvent pas nuire au bébé.

— Quel bébé ?

Carly serra les poings contre ses genoux et plissa les yeux pour regarder son amie, dont les traits étaient devenus flous.

— Il n'y a pas de bébé, Bess. C'est impossible.

Une autre nausée la submergeant, Carly se pencha de nouveau sur la cuvette, la tête entre les mains.

— Mon Dieu ! Que vais-je faire ? Je n'ai pas de fièvre. Normalement, avec la grippe, on a de la fièvre...

Bess posa la main sur son épaule.

— Bon. Pour commencer, nous n'allons pas céder à la panique.

— C'est sans doute quelque chose que j'ai mangé, dit Carly faiblement.

— C'est possible, acquiesça Bess d'un ton calme et rassurant. La nausée peut être provoquée par toutes sortes de choses. Nous allons attendre de voir ce qui se passe. Si tes règles sont en retard et si tu continues à te sentir malade, tu devras faire un test de grossesse.

Carly avait du mal à croire qu'elle vivait cette scène.

— Dans l'intervalle, reprit Bess, il me semble qu'il serait sage de téléphoner à ton médecin pour lui demander dans quelle mesure un fœtus pourrait affecter ta vue. La dystrophie grillagée est une maladie si rare qu'on ne sait jamais. Je ne dis pas qu'il y a un bébé ! se hâta-t-elle d'ajouter. Je pense seulement qu'il vaut mieux parer à toute éventualité.

— D'accord.

Carly se redressa avec précaution. Le bouton de la chasse d'eau semblait flotter devant elle, son reflet métallique décrivant un arc scintillant.

— Je vois flou.

Bess se pencha et écarta une boucle de cheveux qui tombait sur les yeux de Carly.

— C'est mieux ?

— Non.

Carly pressa les doigts contre la base de son cou, ferma les yeux et prit plusieurs petites inspirations.

— Je suis sûre qu'il n'y a pas matière à s'inquiéter, affirma Bess. Le médecin t'a avertie qu'il y aurait des périodes où tu verrais flou.

Se remémorant les mises en garde du spécialiste, Carly hocha la tête. Ces aberrations visuelles risquaient de l'affecter fréquemment durant les trois premiers mois. C'était pour cette raison qu'elle avait choisi de subir sa première kératectomie à la fin du mois de mai. Ainsi, ses problèmes de vue seraient pour l'essentiel réglés avant qu'elle ne reprenne ses études en septembre. Par la suite, étant donné que les améliorations apportées par l'intervention ne dureraient pas éternellement, elle aurait sans doute besoin d'une autre opération.

Quelques minutes plus tard, Bess la précédait dans la cuisine. Après avoir composé le numéro du spécialiste à Portland, elle lui tendit l'appareil.

Le médecin fut consterné d'apprendre que Carly était peut-être enceinte.

— Si vous envisagiez d'avoir un enfant, vous n'auriez jamais dû subir la première intervention, dit-il sèchement. Une grossesse peut aggraver les symptômes de la dystrophie grillagée et écourter les effets positifs de l'intervention.

— Je vois…, murmura Carly.

Merrick soupira.

— J'aurais dû insister davantage sur les dangers potentiels d'une grossesse. Mais vous m'aviez donné l'impression que vous n'étiez pas sexuellement active et qu'il n'y avait pas à s'inquiéter pour cela dans l'immédiat. J'avais l'intention de vous en parler plus longuement lors de votre prochaine consultation.

Carly se souvenait de la conversation à laquelle il faisait allusion. Il avait raison, bien sûr. Elle avait dit qu'elle voulait recouvrer la vue avant d'entreprendre ses études de manière à avoir une vie sociale plus normale et, peut-être, une relation.

— Les circonstances ont changé, balbutia-t-elle. Je n'avais rien planifié de tel, docteur Merrick. C'est… arrivé, voilà tout.

— Je vois.

Il y eut un froissement de papiers à l'autre bout du fil, suivi d'un bref silence.

— Si vous êtes enceinte et si votre état écourte les effets de la kératectomie, je vous déconseille fortement de subir une nouvelle opération avant la naissance de l'enfant.

Carly avait tellement mal à la tête qu'elle avait du mal à réfléchir.

— Voulez-vous dire que je risque de redevenir aveugle avant l'arrivée du bébé et que vous ne pourrez rien y faire ?

— Si les effets de la kératectomie se dissipent rapidement, cela indique que toute intervention durant la grossesse risque d'être inefficace. Vous ne pouvez avoir qu'un nombre limité d'opérations et de greffes de cornée. À quoi bon en gaspiller toute une série si vous êtes en pleine rechute ? Cela reviendrait à jeter par la fenêtre des années de vue.

Carly comprenait son raisonnement, mais elle avait du mal à l'accepter.

Le médecin s'éclaircit la gorge.

— Pour l'instant, vous n'êtes pas absolument certaine d'être enceinte, c'est cela ?

— En effet.

— Le mieux serait d'aller faire une prise de sang. Vous aurez le résultat très vite.

Carly entendit de nouveaux froissements de papier.

— Voilà, dit-il au bout d'un court moment. L'hôpital St. Luke, à Crystal Falls. Je vais leur envoyer un fax cet après-midi et vous pourrez y aller pour une prise de sang dès lundi matin. Comme cela, nous saurons à quoi nous en tenir.

— Entendu, répondit Carly, la mort dans l'âme.

— En attendant, ne vous inquiétez pas trop. Il ne sert à rien d'envisager le pire. Une grossesse peut affecter très vite certaines patientes, alors que d'autres ne connaissent que très peu de problèmes. Vous ferez peut-être partie de celles qui ont de la chance.

— J'ai du mal à voir nettement. Les objets deviennent flous.

— Avez-vous consulté le médecin que je vous ai recommandé à Crystal Falls ?

Un nouveau bruissement de papier.

— Ah oui. J'ai la copie de son rapport. D'après lui, tout semblait normal. C'était il y a dix jours.

— Oui.

— C'est un excellent spécialiste, tout à fait qualifié pour identifier d'éventuels problèmes postopératoires. La vision floue que vous avez en ce moment est sans doute parfaitement normale. Même si votre cornée est en voie de guérison, votre cortex visuel n'a pas encore l'habitude d'absorber et d'assimiler tout ce que vous voyez. Par conséquent, il va avoir des défaillances de temps en temps. Il n'est pas rare de fixer un objet sans le voir, par exemple. Ou de voir quelque chose qui n'est pas là. Songez-y comme à une nouvelle mémoire sur laquelle vous avez très peu de contrôle ; comme dans les rêves, des images peuvent vous venir au hasard.

Carly avait déjà fait l'expérience de voir des choses qui n'existaient pas. Comme la tendresse dans les yeux de Hank Coulter...

— Avec le temps, votre vue va s'améliorer, assura le médecin. Vous aurez encore du mal à remarquer les détails, les choses à l'arrière-plan, et votre profondeur de champ sera toujours limitée, mais vous verrez plus nettement. Il faut seulement donner à votre cortex visuel le temps de s'adapter.

— Si je suis enceinte et que cela a un effet aggravant sur ma maladie, combien de temps faudra-t-il pour que je redevienne aveugle ?

Visiblement alarmée par la tournure que prenait la conversation, Bess s'approcha de Carly.

Le Dr Merrick ne répondit pas tout de suite.

— Il n'y a pas de réponse standard à cette question, admit-il enfin. Tout dépend de la patiente, de la sévérité de la maladie et d'une foule d'autres facteurs. Vous ne remarquerez peut-être aucun changement avant des mois, tout comme il est aussi possible que vous perdiez la vue très vite.

— Si cela se produit, docteur, combien de temps devrai-je attendre avant qu'on m'accorde de nouveau une allocation d'invalidité ?

— Dans l'état actuel de la législation, vous ne pourrez plus être considérée comme aveugle tant que toutes les possibilités chirurgicales n'auront pas été tentées pour rectifier le problème. Autrement dit, vous ne serez de nouveau considérée comme non-voyante par le système qu'après l'échec d'une nouvelle kératectomie et d'une greffe de cornée.

Chancelante, Carly s'appuya au plan de travail.

— Cela paraît injuste ! Si je deviens aveugle et si je ne peux pas subir d'opération avant la naissance du bébé, comment pourrai-je retourner à l'université sans aide financière ?

— Je comprends votre désarroi, mais ce n'est pas moi qui établis les lois, répondit le médecin. Mais n'allons pas imaginer le pire avant de savoir si vous avez des raisons de vous inquiéter. Par mesure de précaution, vous devriez arrêter de prendre les calmants que je vous ai prescrits. Avec un peu de chance, vos cornées sont assez cicatrisées à présent pour que des gouttes soient suffisantes.

Lorsqu'elle raccrocha, Carly était sous le choc.

— Eh bien, c'était une conversation pour le moins déprimante, annonça-t-elle à Bess avant de lui résumer brièvement ce qu'avait dit le médecin. Si je suis enceinte et si la grossesse affecte la kératectomie, je suis fichue jusqu'après la naissance du bébé.

Bess lui passa un bras autour des épaules. Elles restèrent immobiles un moment, appuyées l'une contre l'autre.

— Si tu perds la vue de nouveau, dit enfin Bess, il faudra que tu fasses une demande d'allocation pour rester à l'université. Je ne peux pas croire qu'ils te forceraient à subir deux opérations avant de te l'accorder.

— C'est ainsi... Je n'aurai plus qu'à renoncer et à reposer ma candidature l'an prochain.

— Oh ! Carly ! Tu as travaillé si dur pour en arriver là ! Si tu abandonnes, j'ai peur que tu ne reprennes jamais tes études. Avec un enfant à élever, il sera d'autant plus important que tu aies ta maîtrise. Non seulement tu auras plus de débouchés, mais tu seras mieux payée.

— J'ai ma licence, c'est déjà ça.

Un mal de tête insoutenable lui martelait les tempes.

— J'aurai ma maîtrise, Bess. D'une manière ou d'une autre. Seulement, ça prendra peut-être plus longtemps que je ne l'avais escompté.

Elle s'assit à la table.

— Je n'arrive pas à croire qu'une chose pareille soit en train de m'arriver...

*

Le lendemain matin, elle eut de nouveau la nausée. À mesure que la journée s'avançait, elle se sentit mieux, ce qui lui parut mauvais signe. Elle s'allongea sur son lit, pressant une main contre son abdomen. Un bébé. Elle avait du mal à croire qu'une vie pouvait commencer de manière aussi sordide. Les enfants devaient être désirés et aimés par leurs parents, et non considérés comme des erreurs ou des accidents.

Jusque-là, Carly n'avait pas vraiment pensé au bébé comme à un petit être humain, avec des sentiments et des besoins. À présent, elle ne pouvait plus chasser cette image de son esprit. Un enfant.

Et maintenant qu'elle songeait à ce bébé comme à un individu, elle ne pouvait plus souhaiter qu'il n'existe pas. Toute jeune, elle avait rêvé d'avoir des enfants un jour. À l'adolescence, lorsqu'elle avait commencé à comprendre que les garçons ne s'intéressaient pas à elle à cause de sa cécité, elle avait renoncé à ses rêves de maternité pour se concentrer sur son désir de devenir institutrice pour les non-voyants.

Elle se pelotonna sur le côté et s'entoura la taille de ses bras, se sentant soudain protectrice envers la vie qui grandissait peut-être en elle.

Bess entra dans la chambre et s'assit au bord du lit.

— À quoi penses-tu ?

Carly roula sur le dos.

— Je suis en train d'accepter les possibilités, Bess. J'ai du mal à définir ce que je ressens, mais je pense que… si je suis enceinte, il est de mon devoir envers le bébé d'être heureuse. Tant pis si ma vie est chamboulée ! Ce ne serait pas la fin du monde, après tout.

Bess hocha la tête.

— Je suis d'accord. Il ne sert à rien de broyer du noir. Si tu veux garder cet enfant, nous devons être positives.

Carly fixa le plafond. Quelques jours plus tôt, elle parvenait à distinguer le motif des moulures. À présent, elle en était incapable. Elle espéra que c'était dû au manque de clarté.

— Comment pourrais-je faire autrement ? demanda-t-elle. Ma mère avait quarante-trois ans quand elle est tombée enceinte de moi. Mes parents ont dû envisager la possibilité de mettre fin à la grossesse. S'ils l'avaient fait, je ne serais pas là aujourd'hui.

— C'est une drôle de pensée à porter toute sa vie…

Carly promena les doigts sur le dessus-de-lit en chenille.

— Ça m'a permis d'être capable de prendre du recul. Il y a eu des moments, à l'adolescence surtout, où j'ai été amère. Je me consolais en me disant que j'aurais très bien pu ne pas exister. Bref, je suis vraiment contente que mes parents aient décidé de me garder.

— Moi aussi. Le monde ne serait pas le même sans toi.

Carly sourit.

— Toi, tu m'aimes, voilà tout.

Elle demeura silencieuse un instant.

— Ça n'a pas dû être facile pour eux d'avoir un enfant handicapé. Pourtant, jamais ils ne m'ont donné l'impression qu'ils regrettaient de m'avoir eue. Je leur en serai toujours reconnaissante.

— Je ne savais pas que ta mère était si âgée quand elle t'a eue, commenta Bess. Crois-tu que son âge ait été un facteur dans ta cécité ?

— Peut-être.

À vrai dire, Carly s'était déjà posé la question. Il n'y avait aucun antécédent de cataracte congénitale ou de dystrophie grillagée dans sa famille.

— Peu importe, reprit-elle. Ce qui compte, c'est la qualité de vie que j'ai eue. Ça a été dur, parfois, mais je me suis beaucoup amusée aussi, et je suis prête à croquer l'avenir à pleines dents. Cela étant, comment pourrais-je refuser à mon bébé la chance que mes parents m'ont donnée ?

— Je comprends, Carly. Tu n'as pas à te justifier. Je ne crois pas que j'envisagerais un avortement moi non plus.

Bess lui lança un regard espiègle.

— D'ailleurs, j'ai toujours voulu être tata. Ce sera rigolo de gâter un bébé et de te laisser gérer les conséquences.

Carly se mit à rire.

— C'est ce que tu crois. Nous vivrons sûrement encore ensemble.

— Flûte ! Je n'avais pas pensé à ça ! Tu as raison. Je devrais peut-être y réfléchir à deux fois.

— Certainement pas. Je veux que mon bébé ait une tata pour le gâter. Je n'en ai jamais eu ; ma mère était fille unique, et le seul frère de mon père avait été tué au Vietnam. Et comme je suis venue tard, je n'ai jamais connu mes grands-parents.

— C'est triste.

— Quand on n'a jamais eu quelque chose, cela ne vous manque pas.

— Ton bébé aura Cricket et moi pour tatas, assura Bess.

La mention de leur amie Cricket fit naître un nouveau sourire sur les lèvres de Carly. Elle avait grandi entourée de Bess d'un côté et de Cricket de l'autre. Toutes les trois étaient du même âge. Devenues inséparables à la crèche, elles étaient comme des sœurs depuis.

— Je voudrais bien qu'elle soit là. Je suis ravie qu'elle ait été choisie pour participer à ces fouilles archéologiques en Colombie, mais elle me manque.

— Je te parie qu'elle nage dans le bonheur, répondit Bess d'un ton songeur. Jusqu'aux coudes dans la poussière, en train de rêver qu'elle va faire la découverte du siècle.

— Elle a toujours adoré se salir ! ajouta Carly en secouant la tête. Même quand on était petites, elle creusait partout. Tu te souviens des os qu'elle avait déterrés dans le parterre de Mme Kirkpatrick ?

— J'avais presque oublié ! Elle pensait que c'était un dinosaure. En fait, c'était la tombe du dogue allemand de Mme Kirkpatrick, et nous avons été punies toutes les trois.

Bess gloussa.

— Quand j'y pense, nous formons un drôle de trio ! Une économiste, une enseignante et une archéologue. C'est à se demander ce qu'on a en commun !

— C'est vrai, et je parie qu'on dépenserait une fortune en téléphone si on pouvait la joindre. Dommage que son portable ne fonctionne pas là-bas.

— Elle te ferait la leçon pendant une demi-heure, et ensuite, elle voudrait tout savoir sur Hank !

Carly ne voulait même pas penser à Hank. Pourtant, si elle attendait réellement un enfant, elle savait qu'elle devrait au moins l'avertir.

— Tu l'as vu de près, Bess ?

— De suffisamment près. Pourquoi ?

— Il est beau ?

Bess eut un rire stupéfait.

— C'est à moi que tu poses la question ?

— Tu sais très bien que je ne sais pas juger du physique des gens. Quand on a été aveugle toute sa vie, la beauté est un concept difficile à saisir.

— Ce n'est peut-être pas une mauvaise chose, répondit Bess. Nous sommes tous soumis à un véritable lavage de cerveau. Les médias nous imposent certains critères de beauté que nous suivons tous comme des moutons. Je crois qu'il serait préférable de ne pas avoir de préjugés.

— De mon point de vue, c'est très déroutant. Hank m'a plu et, sur le moment, rien d'autre ne m'a paru important. Maintenant que je vais peut-être avoir un bébé, il faut que je sache s'il est… beau ou seulement ordinaire.

— Et si je te dis qu'il est laid comme un pou ?

— Je serai inquiète. Je voudrais que mon bébé ait de bons gènes.

— Il est séduisant, affirma Bess d'un ton rassurant. Très séduisant. Tu n'as vraiment aucun souci à te faire de ce côté-là, mon chou.

Carly se détendit un peu.

— Tant mieux. Ça veut dire que mon bébé a une chance sur deux d'être beau.

— Une chance sur deux ? Tu n'es pas exactement un laideron non plus ! Hank et toi allez faire un bébé magnifique.

Carly sourit.

— Je l'espère.

— Ça ne peut pas rater.

Le visage hâlé de Hank s'imposa à l'esprit de Carly et un nœud se forma dans sa gorge.

— Ça va ? demanda Bess en la regardant. Si tu as besoin d'en parler, je suis toujours prête à t'écouter, tu sais.

Carly se tourna sur le côté et posa la tête sur son bras replié.

— Je suppose que ce qui m'ennuie le plus, c'est d'avoir été si incroyablement naïve.

— Tu n'étais pas en état de réfléchir, lui rappela Bess. Un type m'a dit au Chaps que si on peut terminer un cocktail maison et rester lucide, on a des boissons gratuites tout le reste de la soirée.

— Hank m'a avertie que c'était fort, mais je n'ai pas réalisé à quel point. J'ai cru que tout irait bien à condition de le boire doucement.

— Je crois que c'est pratiquement de l'alcool pur ! s 'exclama Bess. C'est un miracle que tu aies encore tenu debout.

— En tout cas, j'étais incapable de réfléchir intelligemment. Je n'aurais jamais dû sortir du bar avec lui, mais bizarrement, tout mon bon sens s'était envolé. Je suppose que j'ai dû me dire que j'avais trouvé quelqu'un d'exceptionnel...

— Oh ! mon chou !

— Je n'ai plus de peine, assura Carly avec un sourire forcé. Je t'assure. Maintenant, je me sens humiliée, c'est tout.

— Nous sommes tous naïfs, au début, les garçons aussi bien que les filles. Il faut avoir eu le cœur brisé quelquefois pour voir les choses plus clairement.

— Peut-être.

Personnellement, Carly avait du mal à croire que Hank Coulter ait pu avoir le cœur brisé. Si ce qu'avait dit Bess était exact, il avait sans doute profité de son physique toute sa vie.

— Je ne sais qu'une chose : je ne veux jamais revivre une expérience pareille.

— Tout le monde en passe par là. Tu changeras d'avis.

Carly en doutait sincèrement.

*

Le lundi matin, Bess conduisit Carly à l'hôpital pour son test de grossesse. Après la prise de sang, on lui expliqua qu'on lui téléphonerait le lendemain pour lui communiquer le résultat.

L'appel vint peu avant midi le mardi, pendant que Bess était partie à un entretien. Quand Carly raccrocha, elle tremblait de tous ses membres. Envisager la possibilité d'être enceinte était une chose. En avoir la confirmation était bien différent.

Une heure durant, elle erra de pièce en pièce, cherchant à s'occuper et à ne pas ressasser ses inquiétudes. À bout d'idées, elle prit les livres qu'elle avait commandés avant son opération afin de développer son cortex visuel. Après avoir passé une demi-heure à fixer des images dans une encyclopédie, luttant pour déchiffrer les sous-titres, elle avait envie de hurler. Elle était enceinte ! Bientôt, elle devrait assumer la responsabilité d'un enfant, et elle était assise là, à regarder bêtement un livre. Elle éprouvait le besoin d'agir, mais pour faire quoi ? Elle serait incapable de travailler avant trois mois au moins.

Finalement, elle attrapa ses lunettes de soleil et quitta l'appartement pour aller faire une promenade. Cela lui permettrait de stimuler son cortex visuel de manière plus active. Au-dehors, elle tressaillait au moindre mouvement inattendu – une voiture qui passait, un oiseau qui s'envolait, une branche agitée par le vent. Non-voyante, elle avait vécu dans un monde gris et dépourvu de mouvement, et il était extrêmement difficile de s'habituer à toute l'activité qui semblait normale aux voyants. Le simple fait de baisser les yeux en marchant représentait un défi. Le trottoir semblait flotter sous ses pieds, et elle était prise de vertige.

À quelques rues de son immeuble, Carly passa devant le supermarché et le petit centre commercial où Bess et elle faisaient leurs courses. Trouver un appartement à proximité des commerces avait été une priorité pour elles afin que Carly ne soit pas bloquée à la maison en l'absence de Bess. Le supermarché faisait face à une artère fréquentée. Carly s'arrêta au coin de la rue et regarda des deux côtés, hésitant à traverser. Et s'il y avait une voiture qu'elle ne voyait pas ou si les voitures étaient beaucoup plus près qu'il n'y paraissait ? Elle se remémora les mises en garde du Dr Merrick. Son cortex visuel risquait de lui jouer des tours pendant quelque temps. Elle décida de faire preuve de prudence et, jugeant les rues secondaires moins dangereuses pour les piétons, tourna à gauche.

Perdue dans ses pensées, Carly ne savait pas depuis combien de temps elle marchait lorsqu'elle arriva à hauteur d'un vaste terrain entouré d'une clôture métallique. À l'intérieur, des blocs de ciment et de pierre sculptée étaient éparpillés sur de grandes pelouses. Jamais elle n'avait rien vu de tel.

Curieuse, elle résolut de ne pas faire demi-tour avant d'avoir découvert ce qu'était cet endroit. Finalement, elle atteignit un portail imposant. Une inscription se lisait sur l'entrée en forme d'arche: *Cimetière de Rose Hill*. Il fallut à Carly quelques instants pour déchiffrer les lettres. Un cimetière ? Elle retint un frisson, regardant les pierres tombales à travers la clôture. Tant de morts ! Jamais elle n'avait imaginé qu'il puisse y avoir tant de tombes en un seul endroit.

Cette prise de conscience la réconforta étrangement. Certes, elle avait des problèmes. Lorsqu'elle pensait aux conséquences de sa grossesse, elle se sentait prise de panique. Cependant, elle était jeune et, hormis ses soucis de vue, en bonne santé. Même si elle redevenait aveugle et si elle ne pouvait obtenir sa maîtrise, elle avait sa licence en poche. Dans le pire des cas, elle pourrait retourner dans la région de Portland et y chercher un poste d'enseignante. Le salaire ne serait pas mirobolant, et elle tirerait probablement le diable par la queue, mais avec le temps et l'ancienneté, sa situation finirait par s'améliorer. Dans l'intervalle, elle se débrouillerait. Le bébé et elle s'en sortiraient.

*

Ce soir-là, Bess rentra d'humeur sombre. Elle n'avait toujours pas obtenu de travail.

— Ce n'est pas comme si je cherchais un poste d'avenir ! grommela-t-elle en se servant un verre de thé glacé. Je suis prête à accepter n'importe quoi, même une place de réceptionniste ou d'employée de bureau. Certains me disent que je n'ai pas assez d'expérience, d'autres me jugent trop qualifiée. Va comprendre. Je commence à croire que je ne vais jamais rien trouver.

— Mais si, assura Carly. Ce ne sera peut-être pas ce que tu espères, mais tout va s'arranger.

Elle décida de garder sa nouvelle pour elle afin de laisser à Bess le temps de se détendre. Finalement, elle en parla au cours du dîner.

— On m'a appelée, ce matin, pour me donner les résultats de mon test.

Consternée, Bess cessa de manger.

— Ô Mon Dieu ! J'étais tellement déprimée par mon manque de succès que j'avais complètement oublié. Qu'est-ce qu'ils ont dit ?

— Je suis enceinte.

La réponse sembla flotter dans l'air pendant une éternité. Carly se mit à pousser du bout de son couteau les haricots verts dans son assiette.

— Ils en sont sûrs ? demanda enfin Bess

Après avoir posé sa serviette sur la table, Carly se leva pour aller chercher un verre d'eau. Sa main tremblait lorsqu'elle ouvrit le robinet.

— Je crois que le test est plutôt fiable, Bess. Et il est positif.

Elle avait l'estomac retourné, comme la première fois qu'elle avait fait un saut en parachute avec Cricket.

— Tu ne vas pas me féliciter ?

Elle but une gorgée d'eau, puis reposa le verre et s'essuya les mains.

Son repas oublié, Bess traversa la cuisine pour venir l'étreindre.

— Oh ! Carly ! murmura-t-elle. Je ne sais pas quoi te dire.

Les mains crispées sur le torchon, Carly enfouit le visage contre l'épaule de son amie.

— Il n'y a pas grand-chose à dire, répondit-elle avec un soupir tremblant. Je sais que ça va te paraître vraiment idiot… Ma mère est morte il y a plus de deux ans, mais… Oh ! elle me manque tant en ce moment ! J'aurais tellement envie de lui parler !

— Veux-tu appeler la mienne ? Une fois la crise cardiaque passée, elle prendra sans doute la nouvelle assez bien.

Carly rit faiblement. Elle connaissait la mère de Bess depuis presque toujours, et celle-ci se mettait dans tous ses états à la moindre occasion.

— Je pourrais essayer de joindre Cricket. Quand elle se sera remise du choc, elle me dira tout ce que je veux entendre.

Bess recula légèrement et planta son regard dans le sien.

— Ne devrais-tu pas appeler un certain cow-boy d'abord ? C'est son bébé, après tout.

5

Hank Coulter était bien la dernière personne à qui Carly avait envie de parler. Sachant qu'elle se montrait puérile, elle implora néanmoins Bess du regard.

— Tu crois vraiment qu'il le faut ?

Bess lui tapota doucement le dos.

— Oui, il le faut. C'est ton devoir.

Carly secoua la tête.

— Qu'est-ce que je vais lui dire ? « Salut ! Tu vas bien ? Oh ! à propos, je suis enceinte ! » Et s'il refuse de croire que ce bébé est de lui ?

Bess leva les yeux au ciel.

— Je t'en prie ! Tu te serais transformée de vierge en Lolita du jour au lendemain ? S'il refuse de croire que c'est son bébé, c'est un goujat et ce sera bon débarras pour toi et pour le bébé. L'important est que tu l'avertisses.

Trouver Hank dans l'annuaire se révéla plus compliqué que prévu. Il y avait plusieurs Coulter, mais aucun avec ce prénom.

— Je suppose qu'il va falloir les essayer tous…, murmura Bess.

Elle lut lentement un numéro pendant que Carly pressait les touches.

— Zut ! marmonna-t-elle en appuyant sur le récepteur pour recommencer de zéro. Je n'avais jamais ce genre de problème quand je ne voyais pas ce fichu téléphone !

— Laisse-moi faire, proposa Bess.

— Non, il faut que je m'habitue. Je connais la disposition des chiffres par cœur, mais maintenant que je vois, tout me semble à l'envers.

— Tout est différent à présent, lui rappela Bess. S'il le faut, ferme les yeux.

— Et mon cortex visuel ? Tu es toujours en train de me harceler pour que je le stimule !

— C'est vrai, mais compte tenu des circonstances, je pense que tu peux faire une exception.

À vrai dire, Carly n'était pas pressée d'avoir Hank à l'autre bout du fil. Elle persévéra, fixant le clavier, s'efforçant de lier ce qu'elle voyait aux formes qu'elle avait apprises au toucher. Tout devint flou, puis se mit à sautiller devant ses yeux. Découragée, elle ferma les yeux et tendit l'appareil à Bess.

— Peut-être que tu devrais le faire, après tout. Je n'ai vraiment pas besoin de ça maintenant !

— Calme-toi. S'il devient déplaisant, tu t'en moques. D'accord ?

— D'accord.

Bess commença à composer chacun des numéros, passant le récepteur à Carly dès que quelqu'un décrochait. Elle était arrivée au milieu de la liste quand elle parla enfin à une femme qui dit être la mère de Hank.

— Je... euh... enfin, je suppose qu'on pourrait dire que je suis une connaissance de Hank, expliqua Carly après s'être présentée. Et j'ai vraiment besoin de le contacter. Avez-vous un numéro où je peux le joindre ?

— Avez-vous téléphoné au ranch ?

— Je... non. Hank m'a parlé du ranch, mais il ne m'a pas dit comment il s'appelait.

— C'est curieux, remarqua la femme d'un ton songeur.

— Oui, enfin... je suppose qu'il n'en a pas eu le temps.

— Normalement, reprit Mme Coulter, je ne donnerais pas ce genre d'information au téléphone. Mais puisque vous êtes une amie de Hank...

Carly n'était pas sûre d'être une amie, mais s'abstint de le préciser. Elle se voyait mal expliquer à Mme Coulter la nature exacte de leurs relations. Celle-ci lui dicta le numéro et Carly le répéta, faisant signe à Bess de le noter.

— Il sera encore sur les terres, à cette heure-ci, ajouta Mme Coulter. À cette époque de l'année, il n'arrête guère de travailler avant la nuit. Mais en général, il a son téléphone portable sur lui et vous devriez pouvoir le joindre. Sinon, vous pouvez toujours laisser un message ou appeler le Lazy J.

— Le Lazy J. Très bien. Merci, madame Coulter.

Carly raccrocha. Bess se hâta de composer le numéro de Hank avant qu'elle ne change d'avis. Carly chercha à tâtons la main de son amie quand la sonnerie retentit à son oreille. Une voix grave lui répondit.

— Oui ?

Carly déglutit.

— C'est Hank ?

— Ouais, c'est Hank.

Carly adressa à Bess un regard désespéré.

— Je... euh... ici Carly Adams.

— Qui ?

Un frisson glacé parcourut Carly. À peine capable d'en croire ses oreilles, elle ferma les yeux. Depuis une semaine et demie, cet homme hantait ses rêves, et depuis quelques jours, elle passait le plus clair de son temps agenouillée devant la cuvette des toilettes à cause de lui. Et il ne se souvenait pas d'elle ?

L'espace de quelques terribles secondes, elle resta figée, sans réaction. Puis une vague de fureur déferla en elle. Elle abattit le récepteur sur son socle avant tant de violence qu'elle en ressentit le contrecoup jusque dans le coude.

— Qu'y a-t-il ? demanda Bess éberluée. Oh ! Carly ! Qu'a-t-il dit ?

— Qui ?

Le visage de Bess demeura perplexe.

— Quoi ?

Un sanglot monta dans la gorge de Carly.

— Qui ! répéta-t-elle d'une voix suraiguë. C'est ce qu'il a dit. *Qui.* Il ne se souvient pas de moi !

Bess devint blême.

— Il a dit *quoi* ?

Carly perdait rarement son sang-froid, mais la colère qui bouillonnait en elle exigeait d'être exprimée. Elle s'empara du téléphone et le jeta de toutes ses forces à travers le petit salon.

— Il peut aller au diable !

— Carly, calme-toi. Tu es enceinte, souviens-toi. Tu ne devrais pas te mettre dans cet état. Ce n'est bon ni pour toi ni pour le bébé.

— Que je me calme. Bon.

Elle enfouit son visage entre ses mains pendant quelques instants, puis leva de nouveau les yeux vers Bess.

— Je ne sais pas pourquoi j'ai de la peine. La vérité, c'est que cela me convient parfaitement.

Elle fit trois pas, puis pivota sur ses talons en se frappant la poitrine de l'index.

— C'est *mon* bébé ! Le mien et uniquement le mien. Il vient de renoncer à tous ses droits. Je ne veux jamais reparler à ce monstre.

Bess la suivit.

— Comment peut-il t'avoir oubliée, Carly ? C'était il y a seulement une semaine et demie !

— Parce que c'est un goujat vaniteux et égoïste ! Il m'a draguée et il m'a fait boire et puis il... il...

Carly lança à Bess un regard plein de détresse.

— Je ne signifie rien pour lui, Bess. Rien !

— Oh! mon chou!

Refusant d'être réconfortée, Carly leva la main pour l'arrêter.

— Non. La compassion est la dernière chose qu'il me faut. Dis-moi plutôt que je me suis conduite comme une idiote et que ce type est un salaud de première catégorie.

— S'il ne se souvient pas de toi, ça ne fait pas de doute.

— Bon.

Carla poussa un soupir résolu.

— Je veux oublier que je l'ai rencontré. À partir de maintenant, mon bébé n'a pas de père. Je ne veux plus jamais entendre prononcer son nom.

Elle gagna sa chambre, claqua la porte derrière elle et se jeta sur le lit.

Qui? Ô Seigneur! Elle le haïssait! Comment avait-il pu avoir des relations sexuelles avec une femme et ne pas se souvenir d'elle une semaine plus tard?

*

Hank alluma le plafonnier, s'avança dans l'allée centrale de l'écurie et regarda l'écran de son téléphone portable. Un terrible soupçon venait de naître dans son esprit. *Carly... Charlie...* Les deux noms se ressemblaient et il était sérieusement ivre. Dans le vacarme ambiant, avait-il mal compris son prénom? En réfléchissant, il se souvint vaguement qu'elle l'avait corrigé à ce propos à un moment donné, mais il était trop saoul pour y prêter attention. « Charlie » suffisait pour ce qu'il avait en tête – une liaison sans lendemain, qui se terminerait à l'aube par un « Au revoir, mon chou ».

Bon sang! Hank n'aimait guère se souvenir de l'état d'esprit qui avait été le sien ce soir-là. Il n'aurait su dire à quel moment au juste il en était venu à considérer le sexe comme un passe-temps. Ses parents ne l'avaient pas élevé ainsi, et ils auraient été terriblement déçus s'ils avaient su. Presque autant qu'il l'était lui-même.

Il rappela le numéro qui s'était affiché à l'écran, et colla l'appareil à son oreille. Son cœur battait à toute allure, et une sueur froide perla sur son front alors qu'il attendait que Charlie – non, Carly ! – réponde. Il s'était écoulé près de deux semaines depuis la fameuse nuit, et il n'avait pas eu la moindre nouvelle d'elle depuis. Pourquoi l'appelait-elle maintenant ?

Hank avait la pénible impression de connaître déjà la réponse à cette question. Il était encore tôt pour qu'elle sache si elle était enceinte, mais étant donné la manière désagréable dont s'était terminée leur rencontre, il ne voyait pas d'autre raison qui aurait pu l'inciter à le contacter.

Elle répondit presque immédiatement.

— Carly ? dit-il. Ici Hank Coulter. Je suis désolé de...

Il avait eu l'intention de lui expliquer sa méprise, mais elle ne lui en laissa pas le temps.

— *Qui ?* fit-elle d'un ton à la fois sarcastique et mordant.

Hank songea qu'il l'avait mérité.

— Écoute... Je sais quelle impression j'ai dû te donner, mais...

Elle avait raccroché. Hank étouffa un juron et appuya sur la touche de rappel. Cette fois, la sonnerie se répéta interminablement. De toute évidence, elle savait qui appelait et refusait de répondre.

— Très bien, marmonna-t-il d'une voix rendue rauque par la frustration. Tu es fâchée, mais je pourrai toujours te prendre par surprise plus tard.

Il se rendit brusquement compte qu'il parlait tout seul et jeta un coup d'œil par-dessus son épaule. Une des juments l'observait avec curiosité en mâchonnant son avoine. Il sauvegarda le numéro de Carly dans son carnet d'adresses, puis remit l'appareil à sa ceinture. Dans une heure ou deux, lorsque Carly ne s'attendrait plus à son appel, il essaierait de nouveau.

*

— C'était Hank, n'est-ce pas ?

Les mains sur les hanches, Bess toisait Carly qui s'était allongée sur son lit.

— Comment le sais-tu ?

— Si ça n'avait pas été lui, tu ne m'aurais pas crié de ne pas répondre quand le téléphone a sonné pour la deuxième fois. Qu'a-t-il dit ?

— Rien, répliqua Carly. Il n'a rien dit.

— Il a bien dû dire quelque chose !

— Je ne lui en ai pas donné le temps, répondit Carly sèchement. Je lui ai rendu la monnaie de sa pièce ! Je lui ai raccroché au nez presque tout de suite et je n'ai pas décroché quand il a rappelé. Je t'ai dit que je ne voulais plus jamais lui adresser la parole ! Je ne plaisantais pas. J'ai essayé de le mettre au courant, j'ai fait ce que j'avais à faire. Je ne lui dois rien de plus et, quoi que tu en dises, je ne changerai pas d'avis.

Bess alluma la lampe de chevet. Carly leva un bras et s'abrita les yeux.

— Peux-tu éteindre ça, s'il te plaît ?

— Je voudrais voir ton visage pendant que nous parlons. Tu vas t'habituer.

— J'ai l'impression que des couteaux me transpercent les paupières !

— Ne regarde pas la lumière, répliqua Bess en s'adossant au mur. Oh ! Carly...

— Ne viens pas me faire la leçon, veux-tu ? Je suis sérieuse. Ce type est un salaud.

— Un salaud qui a au moins essayé de te rappeler. Je comprends ce que tu ressens, Carly, je t'assure, et c'est tout à fait normal. Mais tu sais ce que je pense ?

— Non, marmonna Carly d'un ton las. Mais je suis sûre que tu vas me le dire.

— Je crois que tu devrais au moins lui parler. Tu es enceinte de lui. S'il est prêt à t'aider financièrement, tu serais folle de refuser.

— M'aider financièrement ?

Carly avait peine à croire que Bess puisse faire une telle suggestion.

— Je ne l'ai pas appelé dans l'espoir qu'il m'offre de l'argent ! C'est pour ça que tu y tenais tant ? Parce que tu t'étais dit qu'il cracherait du fric ?

Bess leva les mains en un geste d'apaisement.

— C'est son enfant, après tout. Ma réponse à ta question n'est pas seulement oui, mais deux fois oui.

— Je ne demande pas la charité.

— Tu as accepté des bourses spéciales pour suivre des études. Quelle différence y a-t-il ?

Piquée au vif, Carly se redressa.

— Quelle différence ? Les bourses sont accordées aux plus démunis, aux mères célibataires et aux handicapés entre autres. J'y avais droit ! Ce n'est pas la même chose que de demander l'aumône – ou de mettre un pistolet sur la tempe d'un type qui a fait une erreur et le forcer à la payer pendant vingt-cinq ans !

— Tu veux dire que tu trouverais juste de payer cette erreur, toi, et que lui s'en tire sans une égratignure ? C'est ça ? Je ne trouve pas ça très équitable, excuse-moi.

— Ce n'est pas toi qui es enceinte ; ce n'est pas à toi d'en décider.

Bess croisa les bras.

— Autrement dit, tu es prête à accepter mon aide mais pas la sienne.

— Tu es mon amie. Si tu as besoin de moi un jour, j'essaierai d'être là pour toi. Ce n'est pas la même chose. Je ne veux pas de l'argent de Hank Coulter. J'aurais l'impression de mendier. D'ailleurs, s'il le proposait et si j'acceptais, cela lui donnerait des droits que je préférerais qu'il n'ait pas.

— Par exemple ?

— Par exemple... je ne sais pas. Je me sentirais redevable, c'est tout. Je ne veux pas le revoir, Bess. Tu ne comprends donc pas ? Chaque fois que je pense à cette nuit-là, j'ai envie de mourir.

Bess baissa les yeux sur la moquette.

— Carly, à moins d'être totalement stupide, il doit bien avoir une idée de la raison pour laquelle tu l'as appelé, non ? S'il a le moindre sens de l'honneur, il va essayer de te retrouver.

— Parce que tu t'imagines qu'il a le sens de l'honneur ? s'exclama Carly, outrée.

Elle se laissa retomber sur le lit.

— Il a juré quand il s'est rendu compte que j'étais vierge. Il se fichait de m'avoir fait mal. Il s'est retiré, il a juré et il s'est évanoui ! Et maintenant, il ne sait même plus qui je suis ! Ne me fais pas rire avec ton sens de l'honneur !

Carly tira l'oreiller sur son visage.

— Je ne veux plus parler de tout ça. J'ai un mal de tête atroce.

Elle entendit Bess éteindre la lampe.

— Tu veux que je t'apporte tes gouttes ?

— Non, pas encore. Elles sont très chères. Je préfère attendre de voir si la douleur s'en va toute seule.

— Tu as besoin de ces gouttes, mais elles sont chères, alors tu vas souffrir plutôt que de les prendre ? Que tu acceptes l'argent de Hank ou non, Carly, il aura des droits. Tôt ou tard, il demandera peut-être à voir son enfant. Que feras-tu alors ? Tu lui diras non ?

Carly enfouit davantage son visage sous l'oreiller.

— Je ne ferais jamais une chose pareille. S'il est assez intelligent pour deviner, s'il me trouve et s'il s'en soucie, je le laisserai voir son enfant. Mais ne t'attends pas à ce que les choses se passent comme ça. Je te dis que c'est un salaud. Ces types-là se moquent pas mal d'avoir un droit de visite ou de savoir si leurs enfants ne manquent de rien.

Bess quitta la pièce sans répondre. Une fois seule, Carly roula sur le côté et remonta ses genoux contre sa poitrine. *Qui ?* Chaque fois qu'elle se remémorait la réponse de Hank, une telle fureur l'envahissait qu'elle en tremblait. Mais le pire était que cela lui faisait affreusement mal. Bien plus mal qu'elle ne voulait se l'avouer.

*

Hank garda son téléphone portable allumé toute la soirée, se demandant comment Carly s'était procuré son numéro. Très peu de gens le connaissaient, et il savait pertinemment qu'il ne le lui avait pas donné.

À dix heures, il souhaita bonne nuit à Jake et à Molly, puis monta dans sa chambre afin de rappeler Carly. Une femme à la voix grave décrocha dès la première sonnerie, lui donnant l'impression qu'elle attendait près du téléphone. Hank sut tout de suite qu'il ne s'agissait pas de Carly. Plus tôt, sa voix avait été douce, émue. Cette femme-ci parlait du ton sec d'un sergent-major.

— Je… euh…

Pris au dépourvu, Hank ne sut d'abord que dire.

— Je m'appelle Hank Coulter. Carly est là ?

Long silence.

— Elle dort, dit enfin son interlocutrice.

Ce devait être l'amie de Carly, songea-t-il. Elle n'avait pas l'air commode.

— Pourriez-vous lui dire que j'ai téléphoné, s'il vous plaît ? Il est extrêmement important que je lui parle.

Il s'attendait plus ou moins à ce qu'elle lui raccroche au nez, comme Carly l'avait fait.

— Je suis Bess, répondit-elle au contraire. La colocataire de Carly.

— Ah. Enchanté, Bess.

— Franchement, j'en doute. Et je doute fort que vous sachiez à quel point il est important que vous parliez à Carly.

L'estomac de Hank se noua brusquement, et un terrible pressentiment le submergea de nouveau.

— Malheureusement, reprit Bess, vous avez raté votre chance. Maintenant, elle ne vous contactera plus jamais. Elle a seulement essayé parce qu'elle se sentait obligée de vous informer, et vous ne vous êtes pas souvenu de qui elle était. Dites-moi, monsieur Coulter, déflorez-vous tant de vierges à l'arrière de votre pick-up que vous n'arrivez pas à en tenir le compte ?

Incapable de rassembler assez d'indignation pour se défendre, Hank se laissa tomber sur le bord de son lit.

— Carly est enceinte...

— Par votre faute, et en un sens par la mienne ! s'exclama Bess d'une voix frémissante de colère. Je n'aurais jamais dû l'emmener dans ce bar, et je n'aurais certainement jamais dû la laisser seule, à la merci d'un prédateur pervers.

Hank aurait voulu dire qu'il n'était ni un prédateur ni un pervers, mais la vérité était qu'il voyait beaucoup de choses très différemment depuis ce soir-là, et que Bess ne se trompait pas de beaucoup. Il était allé au Chaps pour s'amuser et finir la soirée dans les bras d'une fille accommodante, sans complications. Pour des raisons qui le dépassaient, Carly s'était trouvée sur son terrain de chasse.

— Je ne savais pas, dit-il. Si j'avais su qu'elle était vierge, je ne l'aurais jamais touchée, je vous le jure. Mais elle ne donnait pas ce genre d'impression.

— Ou peut-être que vous étiez tellement saoul que vous n'étiez pas en état d'appréhender correctement la situation.

La main de Hank se crispa sur le téléphone au point que son poignet lui fit mal. Des souvenirs défilèrent dans son esprit – Carly buvant sa boisson à petites gorgées et plissant légèrement le nez ; résistant momentanément lorsqu'il l'avait entraînée au-dehors ; ne sachant où mettre ses mains lorsqu'il l'avait embrassée... Bess avait raison : il n'avait pas su lire les signes.

Comme fatiguée par sa colère, Bess soupira.

— Pour couronner le tout, monsieur Coulter, ajouta-t-elle d'une voix empreinte de tristesse, Carly n'est pas n'importe quelle vierge. Elle est née aveugle, souffrant de cataractes congénitales et de dystrophie grillagée. Elle a subi une intervention pour recouvrer la vue il y a tout juste deux semaines et demie. Avez-vous la moindre idée de ce que cela veut dire ?

Hank eut l'impression qu'un précipice venait de s'ouvrir sous ses pieds.

— Aveugle, vous dites ? Je suis désolé. Des cataractes et quel genre de dystrophie ?

— Grillagée. Elle affecte la surface de la cornée. Dans les cas graves, comme celui de Carly, elle cause la cécité. La seule solution est une intervention qui consiste à gratter la surface de la cornée ou à pratiquer une greffe. Carly a eu sa première kératectomie une semaine avant de vous rencontrer.

Il n'avait pas envie d'entendre cela. Vraiment, vraiment pas envie.

— En ce moment, son cortex visuel est comparable à celui d'un nourrisson, poursuivit Bess. C'est la partie du cerveau où les images sont enregistrées, si vous voulez. À notre naissance, le cortex visuel est vierge. Celui de Carly l'est resté puisqu'elle est née aveugle. À présent qu'elle peut enfin voir, elle a du mal à apprendre les couleurs, à reconnaître les formes des lettres et des chiffres, à se familiariser avec le monde qui l'entoure. Elle souffre de maux de tête terribles dus à la stimulation constante de sa vue. Et maintenant, grâce à vous, elle ne peut même pas prendre de calmants parce qu'elle est enceinte.

Hank déglutit avec peine. Il se sentait au bord de la nausée.

— Le soir où vous avez rencontré Carly, elle était venue avec moi au Chaps pour s'asseoir à une table et regarder. Elle n'avait jamais vu de gens danser, et n'avait vu des hommes que de loin. Quand vous avez commencé à la draguer, elle a cru à toutes vos salades.

Bess poussa un soupir de frustration.

— Oh ! elle prétend maintenant qu'elle savait parfaitement que c'était du blabla et qu'elle a choisi de vivre le moment présent ! Mais je la connais depuis toujours. Quelque part au fond d'elle, elle a gobé tous les pitoyables mensonges que vous lui avez débités. Sans cela, elle ne serait jamais montée dans le pick-up avec vous.

Le cœur de Hank se serra douloureusement. Il se souvenait de s'être demandé si Carly sortait tout droit d'un couvent. Il ne s'était pas douté à ce moment-là qu'il était bien près de la vérité. Il avait été l'un des premiers hommes qu'elle voyait ? Sa propre voix résonna à ses oreilles. *Vous êtes superbe. Quand je vous ai vue, mon cœur a failli s'arrêter de battre.* Il n'y était pas allé de main morte.

Il ne pouvait en vouloir à Bess de son hostilité. Atterré et silencieux, il l'écouta lui expliquer les conséquences néfastes que la grossesse de Carly risquait d'avoir sur sa maladie.

— Sa première kératectomie ne va peut-être pas faire effet aussi longtemps que prévu, et son spécialiste lui a déconseillé d'en subir une seconde durant la grossesse. Comprenez-vous ce que cela veut dire, Hank ? Mon amie, qui a attendu vingt-huit ans pour voir enfin, risque de redevenir aveugle avant même la naissance du bébé. Pour comble de malchance, elle n'aura plus droit à une bourse spéciale pour terminer ses études, parce que officiellement, elle n'est plus considérée comme aveugle.

Réprimant une bordée de jurons, Hank pressa son poing serré contre son front.

— Sans compter qu'avoir un bébé revient cher, reprit Bess.

— Elle n'a pas d'assurance ?

— Si, mais elle n'est couverte qu'à quatre-vingts pour cent de ses frais.

Bess se lança dans une série d'explications complexes que Hank suivit à peine tant il avait du mal à se concentrer. Comment en étaient-ils arrivés à parler couverture sociale ? Carly était enceinte. Il avait besoin de quelques instants pour se ressaisir, mettre de l'ordre dans ses pensées.

— Imaginez la situation dans laquelle elle va se retrouver, Hank.

Elle se tut pendant ce qui parut à Hank un moment interminable.

— Eh bien ? lança-t-elle enfin. Vous n'avez rien à dire ?

Hank ne trouvait rien à dire, en effet. La réalité était infiniment pire que ce qu'il avait redouté. Seigneur ! Qu'avait-il fait ?

— Donnez-moi une minute. J'essaie de réfléchir.

— De réfléchir à quoi ? Si vous ne l'aidez pas, cette grossesse va gâcher toute sa vie !

— J'en suis conscient.

— Vraiment ? Il lui a fallu dix ans pour arriver là où elle en est. Et maintenant, avec ce bébé, elle ne pourra peut-être pas faire sa maîtrise. C'est déjà difficile pour n'importe qui de poursuivre des études en étant enceinte. Pour une aveugle, vous pouvez multiplier les problèmes par cent.

Hank hocha la tête, puis se souvint qu'elle ne pouvait pas le voir.

— Vous êtes toujours là ?

— Oui, répondit-il, je suis toujours là.

— Vous n'êtes pas bavard. Vous êtes si obtus que vous n'avez rien compris à ce que je vous ai dit ?

En temps normal, Hank n'aurait toléré une remarque de ce genre de la part de quiconque. Cependant, en cet instant précis, il avait vraiment l'impression de l'avoir méritée. Bess pouvait lui lancer toutes les insultes possibles et imaginables, c'était quand même Carly qui avait pris le coup le plus dur. *À force de jouer avec le feu, on finit par se brûler les doigts*. Il aurait donné cher pour que ce soit vrai. Seulement, au lieu de gâcher sa propre vie, il avait gâché celle de quelqu'un d'autre.

— Vous n'êtes peut-être pas bien loin d'avoir raison, admit-il. Je suis encore sous le choc.

— C'est tout ce que vous avez à dire ? Vous êtes *sous le choc* ?

— Vous croyez que je dois faire face à ce genre de situation tous les jours ? Essayez de voir les choses de mon point de vue ! Non seulement j'ai séduit une vierge, ce qui paraît quasi impossible de nos jours, mais de surcroît une aveugle. Ou plutôt, une vierge qui était aveugle et qui, maintenant, à cause de moi, risque de le redevenir. J'essaie d'absorber tout ça et de décider ce que je dois faire, bon sang !

— Ça me paraît assez évident.

Hank se laissa retomber sur le lit. Ce n'était pas la première fois qu'il faisait une imbécillité, mais là il s'était surpassé.

— Vous n'allez pas lui offrir d'argent ? insista Bess d'une voix perçante. Vous n'allez pas lui promettre de faire en sorte de réparer votre erreur ? Vous ne pensez qu'à vous-même ! On voit bien que ce n'est pas vous qui êtes malade comme un chien tous les matins. Que ce n'est pas votre avenir qui vient d'être fichu en l'air !

— Bess, je...

— Qu'est-ce que vous voulez qu'elle fasse ? Qu'elle vende des hamburgers pour régler les dépenses supplémentaires ? Elle ne peut même pas lire un menu !

— Donnez-moi une minute, Bess. Je ne vais pas me défiler.

— Quand je vous verrai en chair et en os, un portefeuille à la main, je serai peut-être plus disposée à vous croire.

— Ne raccrochez pas.

— Allez vous faire voir !

— Je ne peux pas venir lui offrir de l'argent si je ne sais pas où elle habite.

— Et je ne peux pas vous donner son adresse. Elle ne veut pas vous revoir, et maintenant que je vous ai parlé moi-même, je la comprends. Et à propos, le cow-boy, vous ne valez pas tripette comme amant ! Je ne sais pas ce qui s'est passé dans votre pick-up ce soir-là, mais ce n'est sûrement pas un souvenir que Carly va chérir jusqu'à la fin de ses jours.

Sur cette ultime flèche, Bess raccrocha brutalement. Hank resta immobile, écoutant la tonalité, encore stupéfait par tout ce qu'il venait d'entendre. Il soutiendrait Carly financièrement, cela allait sans dire, mais ça ne semblait pas suffisant.

Elle était malade chaque matin ? Et à en juger par ce que Bess lui avait expliqué, la nausée était peut-être le moindre des désagréments qu'elle aurait à supporter.

Il ne pouvait pas se contenter de lui donner un chèque pour soulager sa conscience et puis s'en aller.

6

Hank avait besoin de parler à quelqu'un, mais pas à Jake. Assis sur le canapé, un bras autour des épaules de sa jolie épouse, son fils endormi contre sa poitrine, Jake offrait l'image même de la respectabilité.

Après réflexion, il décida d'aller demander l'avis de son frère Zeke. Celui-ci avait deux ans de plus que lui, mais était encore célibataire. Il comprendrait peut-être comment un homme pouvait se fourrer dans un tel pétrin.

Soulagé de voir la lumière encore allumée dans la maison, Hank se gara dans l'allée circulaire. L'air froid de la nuit le fit frissonner dès qu'il sortit du véhicule. Deux mois plus tôt, quand il avait aidé Zeke à emménager, son frère avait annoncé son intention d'acheter des chaises longues afin de pouvoir s'installer sur la véranda ouverte le soir et de contempler ses terres. Pour le moment, elles n'avaient pas fait leur apparition.

— Salut, Hank ! dit Zeke en venant lui ouvrir. Qu'est-ce qui t'amène à cette heure ?

Rien de tel qu'un frère pour aller droit au but. Une odeur de poisson s'échappa de la porte ouverte, et Hank devina que Zeke s'était mitonné un de ces délicieux repas dont il avait le secret. Tout mâle endurci qu'il était, il adorait cuisiner. Leur mère disait à qui voulait l'entendre qu'il ferait un jour le bonheur de son épouse, mais jusqu'à présent, Zeke faisait la sourde oreille.

— Il faut que je te parle. J'espère que je ne te dérange pas.

Zeke baissa les yeux sur sa montre.

— Je dois me lever à l'aube, mais je peux te consacrer un petit moment.

Tout en se disant qu'un petit moment ne suffirait sûrement pas, Hank entra. Le son de la télévision allumée dans le salon lui parvint, lui rappelant que la terre n'avait pas cessé de tourner. Ce n'était qu'une impression qu'il traînait depuis sa conversation avec Bess...

— J'ai planté mes tomates, aujourd'hui, annonça Zeke en refermant la porte. Si tu étais venu plus tôt, je t'aurais montré le jardin.

Hank n'était pas d'humeur à parler jardinage.

— J'ai vraiment foiré, dit-il tout de go.

— Ah bon ?

Zeke fronça les sourcils. La ressemblance entre les deux frères était frappante.

— Laisse-moi deviner... Tu t'es bagarré dans un bar et tu as cassé la gueule à un type.

— Ça fait presque deux semaines que je n'ai pas mis les pieds dans un bar. Et je voudrais bien qu'il s'agisse d'une histoire de bagarre. Ce serait sacrément plus simple.

— À ce point ?

Zeke le précéda dans le salon, éteignit la télévision et se dirigea vers le bar.

— Assieds-toi, dit-il en indiquant le canapé. Qu'est-ce que je t'offre ? Un whisky irlandais ? Écossais ? J'ai de la bière, si tu préfères.

Hank secoua la tête et s'assit.

— Rien, merci. J'ai décidé de boire moins d'alcool.

La bouteille de whisky à la main, Zeke s'immobilisa.

— Tu ne fréquentes plus les bars et tu as décidé de boire moins ?

— Exactement.

L'expression stupéfaite de Zeke irrita Hank.

— Quoi, tu n'es pas content ? C'est pourtant bien toi qui me harcèles depuis presque un an pour que je le fasse, non ?

Un long silence s'ensuivit. Finalement, Zeke reposa la bouteille.

— Bon sang de bonsoir, qu'est-ce que tu as fait ? Ça doit être drôlement sérieux pour t'avoir convaincu de changer d'attitude.

Hank se pencha en avant, les coudes sur les genoux, et se prit la tête entre les mains.

— J'ai mis une fille enceinte.

Zeke se laissa tomber dans un fauteuil voisin et étendit les jambes. Du coin de l'œil, Hank ne voyait de son frère que son jean poussiéreux et les semelles usagées de ses bottes.

— Ah, dit Zeke.

Il y eut un autre silence.

— Bordel ! Je ne suis pas l'aîné ! reprit-il. Pourquoi viens-tu me parler de ça ? C'est à Jake que tu devrais le dire.

— Jake est marié. Je me sentais plus à l'aise avec toi, avoua Hank. J'ai pensé que tu comprendrais peut-être mieux que lui.

— Tu te trompais. À moins que le préservatif n'ait éclaté, il n'y a aucune excuse pour mettre une fille enceinte.

— Je n'ai pas utilisé de préservatif, marmonna Hank. Je le fais, normalement, mais cette fois-là, je…

Il haussa les épaules avant de poursuivre.

— Comme tu le dis, je n'ai aucune excuse. J'étais un peu saoul.

Hank leva les yeux vers le visage sévère de son frère.

— Bon, d'accord. J'étais vraiment saoul.

— Au point de ne pas te rendre compte de ce que tu faisais ? Excuse-moi, mais j'ai du mal à le croire.

— J'ai voulu sortir les préservatifs de la boîte à gants. Le paquet m'a échappé et ils sont tous tombés par terre. On était sur la banquette arrière, et…

Il déglutit afin de raffermir sa voix.

— La vérité crue, c'est que j'étais trop saoul pour m'en soucier. J'étais incapable de réfléchir, tu comprends ? Je me suis dit qu'il n'y avait pas de mal à faire une exception.

— Sans blague ! Vous avez eu des relations sexuelles dans ton pick-up ? fit Zeke, atterré.

— Elle ne voulait pas aller au motel.

Hank retira son Stetson qu'il jeta sur le coussin à côté de lui et repoussa ses cheveux en arrière.

— Je comprends que tu aies envie de me passer un savon, mais pour le moment, c'est de tes conseils que j'ai besoin. Pas d'un sermon. J'ai foiré, je l'admets. Maintenant, il faut que je trouve le moyen de réparer les dégâts.

Zeke soupira et se pinça l'arête du nez.

— Pas facile de réparer ce genre de dégâts…

— C'est pire que ça, Zeke. Elle était vierge.

— Quoi ?

— Tu m'as entendu.

Zeke se leva et alla vers le bar.

— C'est le comble ! Quel âge a-t-elle ?

— Vingt-huit ans. J'ai un minimum de principes, figure-toi. Si une femme a l'air d'avoir moins de vingt et un ans, je prends mes jambes à mon cou.

La désapprobation se lisait dans les yeux bleus de Zeke.

— Je n'en doutais pas, répondit-il en ouvrant la bouteille de whisky.

Il en versa une bonne rasade dans un verre et revint s'asseoir dans son fauteuil.

— Tu m'as pris par surprise. Où diable as-tu dégoté une vierge de vingt-huit ans ?

— Au Chaps.

— Qu'est-ce qu'elle faisait là-bas ? Elle voulait vivre dangereusement ?

Toute honte bue, Hank déballa l'histoire dans les moindres détails, y compris les explications de Bess concernant la maladie de Carly. Quand il eut fini, Zeke resta immobile, le regard fixé sur ses bottes.

— Tu ne vas pas dire quelque chose ? demanda Hank d'une voix où perçaient la gêne et la tension.

— Rien ne me vient à l'esprit.

Zeke vida le contenu de son verre en trois gorgées.

— J'ai du mal à en croire mes oreilles, Hank ! Une fille aveugle ? Que diable vas-tu faire ?

— C'est pour ça que je suis là. Pour te demander conseil. Je ne peux pas me contenter de la soutenir financièrement et la laisser se débrouiller seule.

Zeke appuya la tête contre le dossier du fauteuil, puis se redressa.

— Frérot, tu as besoin d'un verre. Tu trembles comme une feuille.

Hank baissa les yeux sur ses mains et constata que Zeke avait raison.

— Peut-être. Je suis encore sous le choc, je crois. Quand son amie Bess a commencé à me raconter tout ça... Je n'arrive pas à croire que j'aie pu être aussi idiot. Et que ce soit avec une fille comme Carly ne fait qu'aggraver les choses.

— Un whisky ne te fera pas de mal, assura Zeke. Peut-être que ça t'aidera à y voir plus clair. Tu peux passer la nuit sur le canapé.

— Merci. Je ne veux pas conduire après avoir bu. Avec la chance que j'ai en ce moment, j'aurais sûrement un accident.

Zeke retourna au bar.

— Excuse-moi de te le faire remarquer, mais j'ai l'impression que tu as déjà enfreint cette règle plusieurs fois.

Devant l'air interrogateur de Hank, il ajouta :

— Pour aller du Chaps au motel, par exemple…

— Il n'y a qu'une rue entre les deux, expliqua Hank, et c'est toujours tard le soir. De toute manière, la plupart du temps, je ferme mon pick-up et j'appelle un taxi.

— Je suis heureux de l'apprendre. Je n'aimerais pas penser que tu prends le volant en état d'ivresse.

— Jamais, affirma Hank en soutenant le regard de son frère. Je sais que ça peut te paraître difficile à croire, mais en général, je me conduis de manière responsable. Ce qui s'est passé avec Carly n'avait rien d'habituel pour moi.

— Comment as-tu pu aller aussi loin sans… enfin, tu sais… sans te rendre compte qu'elle était vierge ? Tu n'as pas vu qu'elle manquait d'expérience ?

— Non. Elle était…

Hank se tut et fronça les sourcils.

— Tu comptes le laisser vieillir, ton whisky, ou quoi ?

Zeke remplit les verres et reprit sa place.

— Si cette Carly reperd la vue, comment diable va-t-elle pouvoir continuer ses études sans aide financière ? Elle va avoir un tas de dépenses supplémentaires durant la grossesse. Et comment une aveugle va-t-elle arriver à s'occuper d'un enfant tout en essayant de suivre des cours ?

L'estomac noué, Hank se contenta de secouer la tête.

— Tu as raison, continua Zeke. Couvrir ses frais ne suffira pas. Je ne suis même pas certain que ce soit faisable. Payer deux loyers pendant deux ans ne serait pas facile ; tu n'en as peut-être pas les moyens, Hank.

Cette idée avait déjà traversé l'esprit de Hank.

— Elle te plaît assez pour que tu puisses envisager de l'épouser ? demanda Zeke.

— Franchement, je n'en sais rien, avoua Hank d'une voix blanche. Cette nuit-là, je n'ai pas vraiment essayé de faire sa connaissance. Elle était jolie, je voulais la séduire. La conversation n'était qu'un moyen de rompre la glace. Quant à l'épouser...

Il soupira.

— C'est la seule solution qui me paraisse envisageable financièrement. Le reste n'a pas vraiment d'importance.

— Tu lui as parlé de cette possibilité ?

— Non, je n'en ai pas eu l'occasion. Elle ne veut pas me parler. Chaque fois que j'appelle, elle raccroche.

Zeke arqua ses sourcils bruns.

— Tu as eu des relations sexuelles avec cette femme, et maintenant elle refuse de te parler ?

Hank fit tourner lentement son verre de whisky entre ses doigts et expliqua le malentendu au sujet du nom de Carly.

— Je ne me suis pas vraiment comporté comme un prince, ce soir-là. Je ne me souviens pas clairement de ce qui s'est passé, seulement qu'elle a crié. C'est là que j'ai compris qu'elle était vierge. Juste après... j'ai dû perdre conscience. Je me suis réveillé le lendemain matin sur le sol du pick-up. Évidemment, elle avait disparu. J'ai été malade d'inquiétude pendant plus d'une semaine ; je ne me rappelais pas son nom de famille, et je ne savais pas où la chercher. Elle ne m'a appelé que ce soir.

— Eh bien, petit frère, le moins qu'on puisse dire, c'est que la situation n'est pas simple ! Tu devrais peut-être aller chez elle et lui parler de vive voix. L'expérience m'a appris que les femmes sont plus disposées à écouter quand on est là en personne.

— Il faudra que je la retrouve, d'abord. Elle ne veut pas me donner son adresse.

Le mal de tête de Hank s'était aggravé.

— Avant de faire ça, il faudra aussi que je prépare soigneusement ce que je vais dire. Pour des raisons évidentes, elle ne va pas être enthousiaste à l'idée de m'épouser. Mais j'ai beau tourner et retourner la situation dans ma tête, je ne vois pas de meilleure solution. Avec sa maladie, elle ne peut pas travailler. Et Bess m'a dit que son assurance ne couvre que quatre-vingts pour cent de ses dépenses de santé. La mienne est meilleure et, si Carly était ma femme, elle serait automatiquement couverte.

— Même pour une maladie préexistante ?

— J'ai relu le contrat avant de venir. Les nouveaux conjoints sont couverts après un délai de trois mois.

— Cela seul t'économiserait une fortune, observa Zeke.

— Oui, répondit Hank avec lassitude. Et vivre ensemble reviendrait moins cher aussi. Une seule maison, une seule série de charges, etc. Je me disais que nous pourrions emménager dans le chalet au bord de la rivière. Ce n'est pas un palace, mais il n'y aurait pas de loyer et je peux l'aménager convenablement. Je gagne assez bien ma vie à présent et j'ai quelques économies, mais je ne roule pas sur l'or non plus.

— C'est une drôle de manière de s'engager dans le mariage, Hank.

— Je sais. Malheureusement, je n'ai guère le choix.

Hank contempla son whisky d'un air morose.

— Je n'avais pas prévu de me marier, crois-moi. Mais ce bébé est le mien. Tout l'avenir de Carly dépend de moi et de la façon dont je vais assumer mes responsabilités.

Un léger sourire se dessina sur le visage hâlé de Zeke.

— Continue comme ça, petit frère, et je vais commencer à penser que tu as enfin mûri.

Une bouffée d'émotion comprima la poitrine de Hank.

— J'ai mérité ça, je suppose. J'ai un peu tardé à faire mes frasques de jeunesse.

Zeke se laissa aller contre le dossier de son fauteuil et croisa ses longues jambes.

— C'est le moins que l'on puisse dire. J'ai fait les miennes à l'université.

— J'avais deux emplois, pendant mes études, lui rappela Hank. La première année, papa était en train de faire faillite et après, il a perdu le ranch.

— C'est vrai.

Zeke fronça les sourcils et son visage s'assombrit. Hank comprit que son frère pensait à leur sœur Bethany et à cette période douloureuse de leur vie. En dépit des sacrifices consentis par leur père, l'accident qu'avait eu Bethany à dix-huit ans l'avait laissée paralysée, et elle était condamnée à se déplacer en fauteuil roulant depuis.

— C'est vrai que ça n'a pas été drôle pour toi, admit-il.

— Non. Et ensuite, j'ai travaillé dur pour économiser et reprendre le ranch avec Jake. C'est seulement l'année dernière que les choses se sont améliorées… J'ai commencé à gagner plus, sans avoir à me tuer autant au travail. C'était la première fois que je pouvais prendre du bon temps, et j'ai un peu perdu la tête. Et maintenant, Carly en fait les frais.

Hank soupira.

— Je n'avais jamais imaginé qu'il m'arriverait quelque chose de ce genre. Je me sens si…

Il s'interrompit et se massa la nuque.

— Je ne peux pas exprimer ce que je ressens. J'ai l'impression d'être un salaud, en pire.

— Tu sais ce que dit papa. Il n'y a pas de meilleur professeur que le regret.

Hank fit tourner son verre entre ses mains.

— N'en parlons plus, décréta-t-il. Ce qui est fait est fait, et les remords n'y changeront rien. Il faut que je pense à Carly et au bébé.

— Exact.

— Si j'arrive à persuader Carly de m'épouser, je peux tout assumer, financièrement. Mon emploi du temps est relativement flexible et me permettra de m'occuper du bébé pour qu'elle soit libre d'étudier. Je pourrai aussi prendre soin d'elle si des problèmes se présentent durant la grossesse.

— Comment penses-tu qu'elle accueillera ta proposition ? demanda Zeke. Il va falloir que tu te montres convaincant.

Hank imagina la probable réaction de Carly et sentit son mal de tête empirer.

— Vous pourriez peut-être envisager un arrangement temporaire, suggéra Zeke. Sur deux ans, par exemple. Jusqu'à ce qu'elle ait subi une nouvelle intervention, obtenu sa maîtrise et trouvé un travail qui lui permette de s'en sortir. Avec ton soutien financier, évidemment.

L'idée était séduisante, et Hank l'accueillit avec soulagement.

— Deux ans, ce n'est rien en comparaison de toute une vie. Continue.

Zeke acquiesça.

— De cette manière, tu pourrais régler ses dépenses, l'aider durant la grossesse et t'occuper du bébé pendant qu'elle suit ses cours. Ensuite, tu lui verserais une somme raisonnable pour s'installer, et vous reprendriez l'un et l'autre votre liberté. Elle serait à l'abri du besoin, l'enfant aurait ton nom et tu aurais automatiquement un droit de visite. Ce n'est pas la solution idéale, mais de nos jours, beaucoup d'enfants grandissent avec des parents divorcés. Et vous pourrez l'un et l'autre refaire votre vie.

Pour la première fois depuis sa conversation avec Bess, Hank entrevit une lueur d'espoir.

— Il est possible qu'elle accepte cela, dit-il, songeur. À condition que je puisse l'amener à me parler, évidemment.

— Je n'ai pas d'idée miracle à t'offrir sur ce plan. C'est toi le charmeur de la famille, petit frère. De ce côté-là, je ne t'arrive pas à la cheville.

— Ne dis pas de bêtises.

Zeke se mit à rire et lança à Hank un des coussins du canapé.

— Les chevaux m'adorent. Les femmes, c'est une autre affaire. J'appelle un chat un chat, et les femmes aiment qu'un homme leur raconte des bobards de temps en temps.

Il se leva.

— J'ai une question... Si Carly refuse de te dire où elle habite, comment vas-tu la retrouver ?

— J'ai son numéro de téléphone. Un bon copain à moi travaille dans la police. Il devrait pouvoir m'obtenir son adresse. Le problème va être de la persuader de m'écouter.

7

Carly ouvrit l'armoire à pharmacie, cherchant à tâtons sur les étagères le flacon qui contenait sa solution de lavage oculaire. Depuis son opération, trois semaines auparavant, elle se réveillait souvent le matin avec les paupières collées.

L'ayant enfin localisée, elle versa un peu de liquide dans la cuiller en plastique, se pencha en avant et laissa la solution amollir la croûte qui s'était formée sur ses cils. Même après avoir terminé, elle voyait encore flou.

Inquiète, elle se rendit dans la cuisine. Il lui fallut plusieurs tentatives pour réussir à composer le numéro du spécialiste de Portland. Lorsqu'il répondit enfin, Carly était si bouleversée qu'elle tremblait. D'une voix incertaine, elle décrivit ses symptômes.

— Votre grossesse a-t-elle été confirmée ? demanda-t-il.

— Oui, admit-elle, l'estomac noué par l'angoisse. J'ai eu les résultats hier.

— Je ne vais pas vous raconter d'histoires, Carly. Comme je vous l'ai dit durant notre précédente conversation, une grossesse affaiblit votre résistance à la dystrophie, parce que l'essentiel des vitamines et des éléments nutritifs que vous absorbez est détourné vers le bébé. Dans votre cas, la maladie peut empirer très vite. En bref, votre problème de vision est peut-être dû à la grossesse.

— Combien de temps pensez-vous qu'il me reste avant de redevenir aveugle, docteur Merrick ?

Elle se prépara au pire tandis que le médecin prenait son temps pour répondre.

— C'est impossible à prévoir.

Il marqua une nouvelle pause.

— Restons positifs, d'accord ? Ce flou pourrait avoir d'autres causes. Vous souffrez peut-être d'une inflammation des paupières.

Il se tut de nouveau.

— Pour plus de sûreté, j'aimerais tout de même que vous soyez examinée. Cela dit, il serait ridicule que vous fassiez quatre heures de route pour venir ici alors que le médecin de Crystal Falls est parfaitement qualifié pour vous ausculter. Je vais demander un rendez-vous pour vous, et je vous rappellerai pour vous dire à quelle heure y aller.

— Merci, docteur Merrick.

— Essayez de ne pas trop vous inquiéter. Ce n'est pas dans votre intérêt ni dans celui du bébé.

Carly s'entoura la taille de son bras. Le médecin avait raison. La perte de sa vision n'était plus son premier souci. Elle devait penser au petit être qui grandissait en elle.

— D'après mes notes, conclut le spécialiste, vous avez un bilan le 7 juillet. Je pourrai vous en dire plus à ce moment-là.

— Si la vision floue est un effet de la dystrophie, devrai-je venir plus tôt ?

Le spécialiste hésita.

— Si c'est le cas, Carly, je ne pourrai pas faire grand-chose avant la naissance du bébé. Nous devons avant tout nous assurer que vous ne souffrez pas d'une infection post-chirurgicale. Si c'est de cela qu'il s'agit, mon collègue de Crystal Falls pourra vous soigner aussi bien que moi.

Après avoir raccroché, Carly mit une tranche de pain dans le grille-pain puis ouvrit le réfrigérateur et se planta devant, cherchant à voir ce qui se trouvait sur les clayettes. Rien ne lui parut appétissant. Depuis une semaine, elle avait des envies de plats amers. Elle ouvrit un carton de lait chocolaté, puis jeta un coup d'œil dans les placards où elle dénicha une conserve de choucroute.

Lorsqu'elle dévissa le couvercle, l'odeur qui lui parvint lui sembla délicieuse. Elle prit une fourchette et se mit à manger à même le récipient. Divin ! songea-t-elle en buvant une gorgée de lait chocolaté pour arroser le tout. En théorie, la combinaison des ingrédients aurait dû lui donner des frissons. Curieusement ce n'était pas le cas. Au contraire, le mélange semblait atténuer ses nausées.

Son petit déjeuner terminé, Carly prit une douche et s'habilla. En sortant de la salle de bains, elle constata qu'elle se sentait beaucoup mieux. Le mal au cœur et le vertige s'étaient presque dissipés. *Choucroute et lait chocolaté.* Elle se promit d'en acheter un stock de façon à pouvoir déjeuner ainsi chaque matin. À vrai dire, elle avait aussi envie de choux de Bruxelles. Peut-être cela n'avait-il rien d'étonnant. Elle avait lu quelque part que les envies durant la grossesse étaient souvent causées par un manque de minéraux et de vitamines.

Elle venait de finir de se brosser les cheveux quand on sonna à la porte. Elle alla ouvrir. Un homme se tenait sur le seuil. Le soleil derrière lui dessinait un halo éblouissant autour de ses cheveux et rendait ses traits indistincts. Elle le fixa avec perplexité, la vive lumière lui transperçant les yeux comme autant d'aiguilles.

— Re-bonjour, dit-il.

Carly aurait reconnu entre mille cette voix grave et chaude. L'estomac soudain noué, elle chancela légèrement tandis que sa main se crispait sur la poignée de la porte. Elle était trop stupéfaite pour parler. Des questions sans réponse se bousculaient à une vitesse vertigineuse dans sa tête. Comment l'avait-il retrouvée ? Pourquoi s'était-il donné cette peine ? Et comment osait-il dire « Re-bonjour » comme s'ils s'étaient quittés les meilleurs amis du monde ?

— Tu ne me reconnais pas ? demanda-t-il avec un rire incrédule.

Carly n'allait certainement pas lui expliquer que le soleil l'aveuglait. Il fit un pas en avant, et ses traits décidés devinrent plus nets. Elle eut soudain l'impression qu'il envahissait l'espace. Il était beaucoup plus grand et plus large d'épaules que dans son souvenir, et le bleu éclatant de ses yeux rivalisait avec celui du ciel.

Une seconde, elle envisagea de lui claquer la porte au nez et de courir se réfugier dans sa chambre. Au lieu de cela, elle resta où elle était, et se cramponna au chambranle pour ne pas perdre l'équilibre.

Vêtu d'un jean délavé et d'une chemise bleue, il était l'image même de la masculinité. Il sourit, révélant ses dents blanches et régulières. Le cœur de Carly se mit à battre à toute vitesse et elle ne put s'empêcher de regarder sa bouche, se remémorant le plaisir qu'elle avait éprouvé lorsqu'il l'avait embrassée. Cette pensée l'irrita et l'emplit de honte. Comment avait-elle pu être aussi naïve ? Leur rencontre ne signifiait rien pour lui. Il couchait sans doute avec une femme différente chaque week-end.

— Va-t'en, parvint-elle à articuler.

Il posa une main sur le chambranle au-dessus de la sienne.

— Tu sais très bien que je ne peux pas faire ça, Carly. J'ai parlé à Bess au téléphone, hier soir. Je suis au courant pour le bébé.

— Bess te l'a dit ? s'écria Carly, abasourdie.

— Il fallait bien que quelqu'un le fasse. C'est mon enfant. J'avais le droit de savoir.

Carly demeura une seconde silencieuse. Comment Bess avait-elle osé ? Son amie savait très bien qu'elle aurait voulu ne jamais revoir Hank.

— Elle t'a donné mon adresse aussi ?

— Non, non. Elle n'a pas voulu. Mais j'avais ton numéro de téléphone. Un de mes amis a déniché ton adresse.

Carly pressa une main protectrice sur son ventre. La lueur résolue qui brillait dans le regard de Hank ne lui disait rien qui vaille. À l'université, elle avait connu quelques filles qui s'étaient trouvées enceintes par accident, et elle n'avait pas oublié la manière dont leurs petits amis avaient réagi. Ils les avaient encouragées à subir un avortement. Si Hank était venu dans l'intention de la persuader de faire quelque chose de ce genre, il en serait pour ses frais.

— Je suis désolé de ne pas avoir reconnu ton nom quand tu as téléphoné hier soir. Avec tout le bruit qu'il y avait dans le bar, j'ai pensé que tu t'appelais Charlie. Il m'a fallu une seconde pour faire le lien, mais tu avais déjà raccroché. Ce n'était pas que je ne me souvenais pas de toi. Je suis même retourné au bar pour voir si quelqu'un te connaissait, en espérant te retrouver. Si tu ne me crois pas, tu peux téléphoner au Chaps et demander au barman.

— Je me fiche de savoir si tu te souviens de moi ou non, affirma-t-elle bien qu'elle ait le cœur serré. Je veux que tu t'en ailles, c'est tout.

Il posa le pied sur le paillasson.

— Tu es enceinte de moi…

Sa voix s'était faite rauque.

— Je ne peux pas faire comme si de rien n'était.

— Je ne vais pas te donner le choix, répliqua Carly.

Le regard de Hank se souda au sien. Ses yeux bleus étaient devenus durs, perçants. Aucun sourire n'adoucissait plus son visage.

— J'aimerais te parler de la façon dont nous devrions gérer la situation.

— Je vais avoir ce bébé, rétorqua aussitôt Carly, tremblante. Si tu es venu m'offrir de l'argent pour que je me fasse avorter, tu peux oublier cette idée aussi vite que tu m'as oubliée, moi. Mon bébé n'est pas une erreur à rectifier. Suis-je claire ?

— On ne peut plus claire. Je ne suis pas là pour suggérer quoi que ce soit de ce genre. Vas-tu m'inviter à entrer et écouter ce que j'ai à dire ?

— Tu peux le dire ici.

Carly se moquait éperdument de paraître désagréable. Elle s'était conduite de manière si stupide, ce soir-là !

Il fronça les sourcils, se redressa et cala les pouces par-dessus sa ceinture.

— Tu veux vraiment que tout le monde dans cet immeuble soit au courant de nos affaires ?

— « Nos » affaires ? Il n'y a pas de « nous » dans cette équation.

La lueur résolue réapparut dans les yeux de Hank.

— Très bien. Je vais rectifier ce que j'ai dit. Tu veux que tout le monde soit au courant de *tes* affaires, à savoir que tu portes mon enfant ?

— C'est *mon* enfant, pas le tien.

Son estomac se souleva tout à coup et le goût de la choucroute qu'elle avait engloutie lui revint à la bouche.

— Je ne vais pas te rappeler dans cinq ans pour te demander de l'argent, si c'est ce que tu crains. Tu peux t'en aller tranquillement et faire comme s'il ne s'était jamais rien passé.

— C'est vraiment ce que tu penses que je veux faire ? M'en aller ?

— Je me fiche de ce que tu veux.

— Quelle que soit l'opinion que tu as de moi, elle ne change rien au fait que je suis le père de ce bébé.

— Biologiquement parlant, oui. Comme un donneur de sperme.

Un muscle tressauta sur la mâchoire de Hank et Carly éprouva une crainte soudaine. Aveugle de naissance, elle avait développé une sorte de sixième sens, un radar qui l'aidait à jauger autrui. Cette nuit-là, au Chaps, elle avait senti chez Hank une gentillesse sous-jacente qui l'avait poussée à lui faire confiance. Maintenant, elle sentait émaner de lui une force et une détermination qu'elle n'avait pas soupçonnées.

— Peut-être ne suis-je qu'un donneur de sperme. Quoi qu'il en soit, je me sens dans l'obligation de m'assurer que ni le bébé ni toi n'allez manquer de rien. Bess m'a parlé de tes problèmes de vue et des conséquences que cette grossesse risquait d'avoir sur ton état de santé et sur ta situation financière. Je veux faire mon possible pour alléger ton fardeau.

Carly eut un haut-le-corps.

— J'ai une nouvelle pour toi. Je ne veux pas que tu ressentes la moindre obligation envers mon bébé ou envers moi. Tu crois que je t'ai contacté pour te demander de l'argent ? J'avais seulement le sentiment que tu avais le droit de savoir que tu allais être père. Je n'avais pas pour objectif de t'extorquer de l'argent.

Hank se rendit compte que cette conversation ne menait nulle part. Tout en essayant de mettre de l'ordre dans ses pensées, il ne put s'empêcher de se féliciter d'au moins une chose : il avait choisi une femme superbe pour être la mère de son enfant. À la lumière crue du jour, Carly avait des traits délicats, un teint d'ivoire et de grands yeux bleus. Ses cheveux naturellement blonds étaient striés de mèches couleur miel et tombaient sur ses épaules en cascade dorée. Son T-shirt blanc et son jean serré épousaient sa jolie silhouette, soulignant de petits seins ronds, une taille mince et de longues jambes.

Face à elle, il sentit se réveiller des souvenirs qui s'étaient refusés à lui jusqu'à maintenant – il se remémorait à quel point elle avait semblé à sa place entre ses bras, le goût enivrant de ses baisers, le désir insensé qu'il avait eu d'elle.

Ce qui le frappait surtout, c'était la candeur angélique qui émanait d'elle. Il l'avait remarquée ce soir-là... et ignorée. Les femmes qui fréquentaient les bars avaient souvent l'air dur; le cœur de Carly semblait se refléter dans ses yeux.

Ses yeux. Ils étaient si beaux qu'il avait du mal à croire qu'ils étaient malades. Pis encore, l'usage désinvolte qu'il avait fait de son corps l'avait peut-être condamnée à des mois de cécité. Comment diable pourrait-elle retourner à l'université sans son aide?

Un léger grincement attira son attention. Inconsciemment peut-être, elle avait tourné sa main sur la poignée de la porte, trahissant la tension qui l'habitait. Ses sens en alerte, Hank promena lentement le regard sur le visage de Carly, et remarqua à quel point il était crispé. Était-ce de la peur qu'il lisait sur ses traits?

Cette pensée le troubla. Il ne l'avait pas forcée à le suivre, après tout. Pour autant qu'il s'en souvenait, elle avait fondu entre ses bras quand il l'avait embrassée. Elle avait été consentante jusqu'au bout.

Peut-être était-ce là le problème, songea-t-il. Elle s'était abandonnée à l'instant, donnée à lui sans réserve. En y repensant maintenant, elle devait s'en vouloir et penser qu'elle avait de bonnes raisons de se méfier. *Elle a cru à toutes vos salades*.

— Je suis occupée, dit-elle. Si tu as autre chose à me dire, vas-y. Je ne vais pas rester ici toute la matinée.

Il se gratta la nuque, regrettant de ne pas porter son chapeau. Un Stetson était toujours utile dans les moments de tension.

— Accepterais-tu de dîner avec moi ?

Pas brillant, certes.

Un léger pli se forma entre les sourcils de Carly.

— Comment peux-tu imaginer un seul instant que j'accepterais de sortir avec toi ?

— Je ne parle pas d'un dîner aux chandelles. Je me disais... enfin, tu sais... que tu serais peut-être plus à l'aise en terrain neutre. Dans un lieu public, où nous pourrions discuter de tout cela et arriver à une décision.

— Nous étions en terrain neutre, la dernière fois, lui rappela-t-elle.

Hank ne trouva pas de parade immédiate à cette réplique.

— Et toutes les décisions concernant mon bébé m'appartiennent, ajouta-t-elle. Quand l'enfant sera né, je te le ferai savoir. Si tu veux obtenir un droit de visite, je ne compte pas t'en empêcher. Mais je ne veux pas avoir d'autre contact avec toi.

La conversation ne prenait pas la tournure que Hank avait espérée.

— Carly, s'il te plaît, je...

Ses yeux magnifiques étincelèrent de colère.

— Tu sais ce que tu m'as dit juste avant de perdre connaissance ?

Hank n'en avait pas la moindre idée. Sa perplexité devait être évidente car elle redressa le menton et poursuivit :

— Veux-tu que je te rafraîchisse la mémoire ?

Avant qu'il n'ait eu le temps de réagir, elle lâcha le mot et lui claqua la porte au nez. Hank sentit ses épaules s'affaisser. En temps normal, jamais il n'employait de langage obscène en présence de femmes et d'enfants ; c'était une règle que lui avait enseignée son père. Honteux, il ferma les yeux. Carly lui avait fait un cadeau précieux, sa virginité, et il avait utilisé un tel vocabulaire ?

Déchiré entre l'envie de tambouriner à sa porte et celle de s'en aller, il resta un moment immobile puis décida de partir. Il avait fait un premier pas. Carly lui était hostile, et à juste titre. Dans quelques jours, peut-être serait-elle plus encline à lui parler…

*

Lorsque Bess rentra, trois heures plus tard, Carly lui expliqua qu'elle avait rendez-vous chez le spécialiste.

— Le médecin peut me recevoir à 16 h 45. Cela t'ennuierait de m'emmener ?

— Bien sûr que non.

Bess fronça les sourcils, visiblement inquiète.

— Merrick pense-t-il que tu es en train de perdre la vue ?

— D'après lui, il y a de grandes chances pour qu'il s'agisse d'une simple inflammation, répondit Carly en évitant son regard. Mais étant donné que je suis enceinte, il est aussi possible que la dystrophie reprenne le dessus.

— Si tôt ? Comment est-ce possible ? demanda Bess en lui posant la main sur l'épaule.

— Il dit que la plupart des vitamines que j'absorbe sont maintenant orientées vers le bébé plutôt que vers ma vue. Certaines femmes perdent la vue très vite.

Elle s'efforça de sourire.

— Il ne sert à rien de se lamenter, Bess. Si cela arrive, tant pis. Pour l'instant, j'essaie de rester positive. Pourquoi s'inquiéter alors qu'il ne s'agit peut-être que d'une infection ?

Plus tard cet après-midi-là, en quittant le cabinet médical avec Bess, Carly lui résuma le diagnostic.

— Il dit que tout vient d'une inflammation des paupières, affirma-t-elle avec un grand sourire. Il faut que je mette des gouttes plus souvent et que je repose davantage mes yeux. Que je fasse des siestes.

Bess déverrouilla les portières de sa vieille Toyota.
— Et tes cornées ? Pas de changement ?
Carly monta dans la voiture et boucla sa ceinture.
— Il a remarqué une petite détérioration, avoua-t-elle, l'estomac noué. Mais pour le moment, rien de très grave. Il va téléphoner au Dr Merrick pour lui en parler. L'un des deux me rappellera demain pour me donner plus d'informations.
Bess ne dit presque rien durant le trajet de retour. Une fois à l'appartement, elle se rendit dans la cuisine et prépara un thé glacé pour elle et un verre de jus de fruits pour Carly. Puis elle posa sur Carly un regard soucieux.
— Tu penses que tu es en train de redevenir aveugle, n'est-ce pas ?
— Tu oublies que j'ai été aveugle presque toute ma vie. Si cela arrive, je me débrouillerai.
Bien que visiblement inquiète, Bess n'insista pas. Carly en fut soulagée. Elle ne voulait pas y penser pour l'instant. Le moment venu, elle saurait gérer la situation. Elle l'avait toujours fait. Quand on naît aveugle, on n'a pas le choix.

*

Le lendemain, Bess annula un entretien d'embauche afin de pouvoir être là quand le Dr Merrick téléphonerait.
L'estomac noué par la tension, elle attendit patiemment que Carly ait raccroché.
— Qu'a-t-il dit ?
Carly repoussa sa chaise.
— Il y a bel et bien une détérioration des cornées.
Bess ferma les yeux.
— Le côté positif, reprit Carly, est que cela ne signifie pas nécessairement que je vais redevenir aveugle durant la grossesse. La dystrophie est une maladie curieuse. Elle peut progresser très vite

pendant un temps, puis connaître une rémission. Ou l'inverse.

Elle haussa les épaules.

— Il ne me reste qu'à attendre. J'espère pouvoir continuer à voir pendant quelques mois au moins.

— Comment peux-tu rester si calme ? Ça me rend folle !

Carly leva les yeux au ciel.

— À quoi bon hurler ou m'arracher les cheveux ? Je dois accepter ce qui va arriver, voilà tout.

*

Le lundi soir, Hank prit son courage à deux mains et composa le numéro de téléphone de Carly. Elle répondit à la deuxième sonnerie.

— Bonsoir, Carly. Ici Hank.

Ayant bien répété son discours, il s'apprêtait à continuer quand un déclic résonna à ses oreilles, suivi du bruit de la tonalité.

— Carly ?

Pas de réponse. Il fixa l'appareil. Comment diable pouvait-il communiquer avec elle si elle refusait de lui parler ? Apparemment, elle s'attendait à ce qu'il disparaisse et oublie qu'elle existait. Que son enfant existait. Eh bien, elle se trompait lourdement ! Il n'allait certainement pas laisser son enfant grandir sans père. Et pas davantage abandonner la mère de son enfant alors qu'elle avait besoin de lui.

Il s'assit à son bureau et écrivit à Carly une longue lettre, lui demandant pardon pour la conduite abominable qui avait été la sienne le soir où ils s'étaient rencontrés. Une fois de plus, il lui offrit son soutien moral et financier durant sa grossesse. Le vendredi, n'ayant pas obtenu de réponse, ni par courrier ni par téléphone, il dut se rendre à l'évidence. Son approche ne fonctionnait pas. En dernier recours, il décida de tenter la bonne vieille méthode consistant à envoyer des fleurs. Une douzaine de roses faisait parfois des miracles là où tout le reste avait échoué…

*

Allongée sur le sol devant la télévision, Carly plissait les yeux sur le puzzle qu'elle essayait de reconstituer. C'était un passe-temps qui l'ennuyait à mourir et qui lui donnait l'impression d'être la dernière des idiotes, mais qui était censé aider son cortex visuel à identifier les formes.

La sonnette tinta, lui offrant une distraction bienvenue. Avalant une dernière bouchée de chou, elle bondit sur ses pieds. L'espace d'un instant, la pièce tournoya et la moquette beige sembla onduler. Elle s'immobilisa, attendant que sa vision se soit stabilisée avant d'aller jusqu'à la porte.

Sur le seuil se tenait un homme maigre, au visage flou et rougeaud. Il portait dans ses bras une longue boîte qu'elle jugea rose pâle. Elle avait du mal à différencier les multiples nuances de rose, et commençait à désespérer de jamais y parvenir.

— Carly Adams ?

— Oui.

Il fit un pas en avant et lui tendit le carton. Son visage devint plus net. Carly vit qu'il était jeune, avec des cheveux roux et de drôles de petites taches marron sur les joues et le nez. *Des taches de rousseur*. Elle en avait entendu parler, mais c'était la première fois qu'elle en voyait. Il lui adressa un sourire chaleureux.

— Elles sont pour vous, madame Adams. Il y a une carte de l'expéditeur à l'intérieur.

Éberluée, Carly regarda l'homme s'éloigner jusqu'à ce qu'il ne soit plus qu'une masse indistincte qui se détachait sur le vert de la pelouse de l'immeuble. Un délicieux parfum, reconnaissable entre mille, flotta jusqu'à ses narines, attirant de nouveau son regard sur la boîte.

Des roses ?

Carly referma la porte et se rendit dans la cuisine. Puis elle ouvrit le carton, retira le papier de soie, et laissa échapper un cri ravi à la vue des boutons d'un rouge éclatant.

Mourant d'envie de les prendre une par une pour les examiner, elle baissa les yeux sur les fleurs. Elle avait toujours adoré le parfum des roses, mais n'avait jamais eu l'occasion d'en voir de près. Elles étaient infiniment plus belles qu'elle ne l'avait imaginé, et leurs pétales doux comme du velours. Qui donc avait pu les lui offrir ? Son père vivait en Arizona et ne disposait que de maigres revenus. Il lui enverrait peut-être une carte pour la féliciter au sujet du bébé, mais les roses étaient au-delà de son budget.

Hank ! Il ne pouvait s'agir que de lui. La première impulsion de Carly fut de les mettre à la poubelle, comme la lettre qu'il lui avait envoyée, mais elle hésita. Elle souleva les longues tiges avec précaution, inspirant leur parfum délicat, et sut qu'elle ne pourrait pas se résoudre à les jeter.

Elle se consola en se disant que Hank avait sans doute commandé ces roses par téléphone et payé par carte de crédit. Il n'avait jamais vu ces fleurs, ce qui atténuait quelque peu sa réticence à les garder.

Bess rentra alors que Carly disposait la dernière rose dans un pot de choucroute vide transformé en vase de fortune.

— Comment s'est passé ton entretien ?

Bess lança son sac sur le canapé.

— Nous étions plus de cinquante. Je n'avais aucune chance.

— Tu trouveras quelque chose la semaine prochaine, assura Carly.

— Oh ! s'exclama Bess en voyant les roses. Elles sont magnifiques !

— N'est-ce pas ? répondit Carly en reculant d'un pas pour admirer son arrangement.

Le pot n'étant pas tout à fait assez haut et un peu trop large, les fleurs s'étalaient dans toutes les directions, formant sur la table un bouquet imposant.

— Qui les a envoyées ?

— Ne va pas tout gâcher. J'ai failli les jeter.

— Hank.

Bess prit la petite carte que Carly avait ignorée et laissée dans les replis du papier de soie. Elle parcourut le message d'un air songeur.

— Mmm…

— Que dit-il ? demanda Carly, soucieuse.

— Pas grand-chose. Seulement qu'il est vraiment désolé et qu'il espère que tu vas lui téléphoner.

— Il est optimiste.

— Les roses sont chères, Carly, et une livraison à domicile aussi. Il est évident qu'il essaie de faire la paix.

— Tu le plains, c'est ça ? Excuse-moi, mais je ne vais pas me laisser faire.

Bess se dirigea vers le réfrigérateur et se servit un verre de thé glacé.

— À mon avis, un homme qui envoie des roses pour s'excuser mérite d'être entendu de vive voix. Que risques-tu à l'écouter ?

Carly se rapprocha, déplaçant des fleurs çà et là. Comme elle tendait la main vers une des tiges, elle manqua son but et heurta le pot. De l'eau gicla sur la table.

Bess prit une éponge et vola à son secours.

— Ça s'aggrave si vite que ça ?

Pour toute réponse, Carly se contenta de hausser les épaules

— Réponds-moi, Carly. Ta vue a vraiment empiré au cours de la semaine écoulée ?

Carly ne voulait pas mentir, mais elle avait du mal à dire tout haut la vérité.

— Un peu, marmonna-t-elle. J'espère que c'est dû à l'inflammation des paupières.

— As-tu téléphoné à Merrick ?

— Pourquoi ? Je mets les gouttes qu'il m'a prescrites. Soit elles vont faire effet, soit non. Il m'a dit dès le départ qu'il ne pouvait rien faire contre la dystrophie. La maladie va progresser à son rythme.

Bess se laissa tomber sur le canapé, et contempla les roses un instant.

— Oh ! Carly ! Je pense vraiment que tu devrais au moins parler avec Hank. Quel mal y aurait-il ?

— Bizarre que tu utilises cette expression. C'est exactement ce que je me suis dit ce soir-là, quand j'ai perdu la tête. *Quel mal y a-t-il ?* Et tu sais ce qui s'est passé ? Il m'a fait mal, émotionnellement et physiquement.

— Seulement parce qu'il était ivre, et qu'il ne savait pas qu'il devait faire attention. Il le regrette, Carly. Nous commettons tous des erreurs.

— La mienne a été de lui faire confiance. Je ne veux pas le revoir. Je ne veux pas lui parler. En ce qui me concerne, il n'existe pas !

Bess réfléchit.

— Tu es toujours attirée par lui, n'est-ce pas ?

— Oh ! je t'en prie !

— Ça se voit comme le nez au milieu de la figure. C'est pour ça que tu es tellement décidée à ne pas le revoir. Tu as peur d'être séduite, d'oublier à quel point c'était horrible la première fois et de te retrouver dans la même situation.

— Jamais !

Voyant que Bess s'apprêtait à répondre, Carly lui imposa le silence d'un geste.

— Assez ! Comment peux-tu imaginer une chose pareille ? J'ai fait une erreur, mais ça ne veut pas dire que je suis complètement idiote !

— Et lui, il n'a pas droit à l'erreur ?

— Tu crois vraiment que c'était sa première erreur de ce genre ? Je t'en prie ! Je n'étais pas sa première conquête. Seulement notre rencontre s'est moins bien terminée que d'ordinaire.

— Peut-être, mais s'il avait compris qu'il s'était mal conduit ? Je crois qu'il mérite qu'on lui accorde le bénéfice du doute. Il n'y a pas beaucoup d'hommes qui se donnent autant de mal pour assumer leurs responsabilités.

— Je ne veux pas être une des responsabilités de Hank Coulter.

Sur quoi Carly tourna les talons et regagna sa chambre. Elle s'assit sur le bord du lit et enfouit son visage entre ses mains.

En son for intérieur, elle savait que Bess avait raison. Elle avait peur de Hank Coulter. La dernière fois qu'elle avait été seule avec lui, un désastre s'était produit. Elle se souvenait du moment où elle l'avait revu, debout sur le seuil, grand et incroyablement imposant. Cet homme la troublait, et son instinct lui soufflait de garder ses distances.

8

Assis dans le fauteuil inclinable, Hank commençait à s'assoupir, bercé par le dessin animé que Molly avait glissé dans le magnétoscope dans l'espoir d'amener Garrett à se rendormir après un mauvais rêve. Il entendit vaguement le téléphone sonner et Jake répondre.

L'instant d'après, sa belle-sœur le secouait.

— C'est pour toi, chuchota-t-elle.

Hank prit l'appareil et se leva.

— Allô ? dit-il en se dirigeant vers la cuisine.

— Bonsoir, Hank. Ici Bess. J'ai essayé de vous appeler sur votre portable, mais vous n'avez pas répondu.

Hank tapota sa ceinture.

— Oh ! J'ai dû le laisser dans mon pick-up.

Il se frotta les yeux pour se réveiller.

— Que se passe-t-il ? Carly va bien ?

— À vrai dire, je crains que non.

Cette fois, Hank se sentit complètement réveillé.

— Qu'y a-t-il ?

Bess lui relata rapidement les incidents des derniers jours.

— Je crois que sa vue se détériore très vite. En plus de cela et des nausées, elle souffre de migraines terribles.

— A-t-elle appelé son médecin ?

— Il lui a dit qu'il ne pouvait rien faire. Je me suis renseignée par moi-même, et le pronostic n'est guère optimiste. Certaines femmes deviennent aveugles très vite, en moins de trois semaines dans certains cas. À en juger par ce que j'ai vu, j'ai peur que Carly ne soit de celles-là.

Hank se passa la main sur le front.

— Trois semaines ?

— Son temps est compté, Hank. Elle espère que c'est l'inflammation de ses paupières qui cause ses troubles de la vision, mais je crois qu'elle se raconte des histoires.

— Tout ça est ma faute. Je suis désolé.

— Je commence à le croire, en effet, répondit Bess doucement.

— Elle refuse toujours de me parler. J'ai essayé de lui téléphoner, je suis même allé la voir un matin. Elle a fini par me claquer la porte au nez.

— Je l'ai appris, oui. Les roses sont splendides, à propos. Elle n'est pas si méchante, d'habitude. C'est juste que… la situation est terrifiante pour elle et je crois que vous lui faites un peu peur.

Hank pouvait songer à pas mal d'adjectifs pour décrire Carly. « Méchante » n'en faisait pas partie.

— J'ai senti qu'elle se méfiait de moi, mais je ne sais pas au juste pourquoi. J'ai conscience de m'être mal conduit ce soir-là, mais je ne l'ai pas forcée à monter dans mon pick-up.

— Je ne sais pas ce qui l'inquiète réellement. Elle refuse d'en parler.

— Vous n'avez aucune idée ?

— Elle a eu une expérience malheureuse avec un garçon, il y a quelques années. Je ne vais pas entrer dans les détails, mais il l'a vraiment traitée d'une manière abominable. Elle l'avait cru. Tout comme elle vous a cru. Peut-être n'a-t-elle plus confiance en son propre jugement.

Bess poussa un soupir las.

— C'est peut-être une question d'amour-propre. Franchement, je n'en sais rien.

— Je voudrais vraiment l'aider, ne serait-ce que financièrement, faute de mieux.

— Dans ce cas, il va peut-être falloir vous montrer plus ferme.

— Que voulez-vous dire ? demanda Hank en fronçant les sourcils.

— Mon amie est enceinte et, qu'elle l'admette ou non, elle est sur le point de redevenir aveugle. Elle a des nausées et des maux de tête presque chaque matin. Je ne parle même pas des complications qui risquent de survenir pendant la grossesse. En septembre, je vais reprendre mes études de maîtrise et travailler à plein temps. Qui va s'occuper d'elle si elle tombe malade ou si elle a des problèmes imprévus ? Et comment va-t-elle faire face aux dépenses qui vont s'accumuler ?

Hank ne sut que répondre.

— Ses économies ne feront pas long feu, reprit Bess. La grossesse va les engloutir et elle n'aura plus d'argent pour une deuxième opération des yeux. Que fera-t-elle alors ? Devra-t-elle rester aveugle en attendant d'avoir mis de côté assez d'argent pour une intervention ?

Hank voulut intervenir, mais Bess poursuivait déjà.

— En tant qu'institutrice débutante, elle ne touchait pas un salaire mirobolant. Même si elle retourne à Portland et si elle reprend son ancien emploi, elle aura tout juste de quoi se loger. Autrement dit, Hank, elle va avoir besoin d'un sérieux coup de main. Si vous voulez l'aider, je pense que vous devriez le faire, et sans attendre.

— Comment puis-je l'aider si elle refuse de me parler ?

— C'est ce que je vous disais au début. Soyez plus ferme ! Parfois...

Elle s'interrompit et soupira de nouveau.

— J'ai du mal à croire que je dis ça, mais parfois les femmes laissent leurs émotions influer sur leur bon sens, et Carly tout particulièrement. Beaucoup de gens handicapés acceptent leurs limites et s'y résignent. Pas Carly. Elle était déterminée à faire tout ce que Cricket et moi pouvions faire, avec aussi peu d'aide que possible. Elle a appris à monter à bicyclette, à faire du skate. Elle avait toujours les genoux et les coudes écorchés, mais elle ne renonçait pas pour autant. Elle tenait dur comme fer à être indépendante.

Hank écoutait, saisissant mal le lien entre le récit que lui faisait Bess et la situation présente.

— Maintenant, elle est enceinte, continua Bess, et vous proposez de jouer l'homme fort et solide qui vole à son secours. Or, Carly n'est pas arrivée là où elle en est aujourd'hui en se reposant sur les autres. Vous comprenez ?

— Pas vraiment, avoua Hank.

Il avait du mal à imaginer une petite fille aveugle juchée sur une bicyclette. Où diable ses parents avaient-ils eu la tête ?

— Nous avons tous besoin d'aide de temps à autre, ajouta-t-il.

— Pour Carly, ce n'était pas l'exception, mais la règle. Elle avait le choix entre laisser sa cécité contrôler son existence ou se battre constamment pour mener une vie normale. Elle a toujours refusé d'être traitée différemment des autres. Elle venait à l'école toute seule ; elle portait son propre plateau à la cantine ; elle grimpait à la corde en gymnastique. Au collège, elle avait compté le nombre de pas entre les haies sur la piste du terrain de sport pour pouvoir les franchir comme tout le monde. Quand elle tombait, elle remettait la haie et repartait.

— Autrement dit, elle est têtue.

— Têtue, oui, et parfois difficile. Mais regardez-la ! Auriez-vous deviné qu'elle était totalement aveugle il y a un mois à peine ?

— Non, admit-il d'un ton bourru. Où voulez-vous en venir, Bess ?

— Carly ne veut peut-être pas de l'aide des autres, mais ça ne signifie pas qu'elle n'en a pas besoin.

— Vous êtes une amie fantastique, Bess.

— En ce moment, j'ai plutôt l'impression d'être une traîtresse, avoua-t-elle d'une voix incertaine. Vous ne pouvez pas savoir à quel point je me sens coupable.

— Vous agissez pour son bien, c'est tout.

— Et je vous révèle des choses qu'elle ne me pardonnera peut-être jamais d'avoir dites.

Elle hésita, puis se jeta à l'eau.

— Je crois que cette grossesse est devenue aux yeux de Carly une nouvelle série de haies. En plus de la méfiance qu'elle éprouve envers vous, elle tient à se débrouiller seule. D'autres femmes ont des bébés sans être mariées. D'autres femmes parviennent à joindre les deux bouts avec un enfant. Elles n'épousent pas un homme qu'elles n'aiment pas juste pour vivre plus confortablement.

Hank se massa la nuque.

— Elle doit prendre en compte l'intérêt de notre bébé.

— Je sais. Mais pour elle, c'est peut-être plus facile à dire qu'à faire. Elle veut que son enfant soit fier d'elle, plus tard. Et à son avis, elle ne sera admirable que si elle se débrouille par elle-même.

— Alors, quelle est la solution ?

Hank jeta un coup d'œil par-dessus son épaule afin de s'assurer qu'il était toujours seul dans la cuisine, puis il parla à Bess de la conversation qu'il avait eue avec son frère Zeke.

— Si je pouvais la persuader de m'épouser, je le ferais sans hésiter. C'est la seule solution qui me paraisse jouable. Nous pourrions considérer que c'est un arrangement temporaire, le temps qu'elle subisse une nouvelle intervention et qu'elle obtienne sa maîtrise. Si, à ce moment-là, elle veut toujours partir, je lui donnerai une somme d'argent pour qu'elle puisse s'installer et nous divorcerons.

— *Si* elle veut partir ? Cela veut-il dire que vous resteriez marié dans le cas contraire ?

Hank s'adossa au plan de travail, les yeux fixés sur la porte.

— Je serais ouvert à cette possibilité. Après tout, qu'est-ce qui nous dit que nous n'allons pas nous entendre à merveille et être heureux ? Il serait préférable pour notre enfant que nous restions ensemble.

Long silence.

— Allez-y, dit enfin Bess.

— Où ? demanda Hank, surpris.

— Épousez-la. Votre frère et vous avez raison, c'est la meilleure solution. Avec toutes les dépenses auxquelles vous allez devoir faire face, vous n'aurez jamais les moyens d'avoir deux ménages séparés. Si Carly pense que c'est un arrangement temporaire, elle finira par accepter. Croyez-moi.

— Problème… Comment puis-je l'épouser alors qu'elle ne veut même pas m'adresser la parole ?

— Vous me semblez loin d'être stupide, Hank. Servez-vous de votre imagination.

— Comment ? Je ne peux pas la forcer à m'épouser. Il y a des lois contre ce genre de choses !

— Il y a aussi des lois qui donnent aux pères certains droits inaliénables. Dans sa situation actuelle, Carly n'est pas en mesure de subvenir aux besoins d'un enfant.

Un frisson parcourut l'échine de Hank.

— Que voulez-vous dire ?

— Vous avez essayé la gentillesse. Ça a marché ?

— Non.

— Alors peut-être que le moment est venu de jouer les méchants. Elle ne prendra pas le risque de perdre ce bébé, je la connais.

Hank n'aimait guère le tour que prenait la conversation.

— Elle n'a pas de famille qui puisse lui venir en aide ?

— Elle n'a plus que son père. Elle pourrait aller chez lui, mais il vit en Arizona dans une résidence pour retraités, loin de tout. Il n'y a pas d'écoles et, autant que je sache, pas de transports en commun, ce qui veut dire que Carly ne pourrait pas travailler. Souvenez-vous que les aveugles ne peuvent pas conduire. Son père ferait de son mieux pour l'aider, mais il a quelques soucis de santé et n'est certainement pas en mesure de surveiller un enfant pendant qu'elle travaille. Et il ne pourrait pas faire le taxi tous les jours.

— Il n'y a personne d'autre ?

Venant d'une famille si unie, Hank avait du mal à l'imaginer.

— Pas de frère ni sœur ?

— Carly est fille unique. Son père a soixante-treize ans, et sa mère a succombé à un cancer il y a deux ans. Je serai là, bien sûr, mais je ne vais pas avoir beaucoup de temps entre mon travail et ma maîtrise. Même si je reportais mes études à une date ultérieure, il faudrait que j'aie un emploi. Quant à notre amie Cricket, elle est en Colombie en ce moment, sur un chantier archéologique. Elle ne peut pas revenir sans mettre sa carrière en danger.

— Je comprends.

Il était sincère. Il ne voyait pas pourquoi d'autres que lui auraient dû se sacrifier pour venir en aide à Carly. C'était lui qui l'avait mise dans ce pétrin ; c'était à lui de l'en tirer.

*

Le lendemain matin, au réveil, Carly s'aperçut avec consternation que son stock de choucroute et de choux de Bruxelles était épuisé. Bess était déjà partie à un entretien dans un cabinet de vétérinaires, et elle n'avait pas de chauffeur à sa disposition. Après s'être habillée rapidement, elle se brossa les cheveux et partit à pied pour le supermarché voisin.

Quarante-cinq minutes plus tard, elle était de retour dans sa rue. Elle avait l'eau à la bouche en songeant aux provisions qu'elle portait dans ses sacs en plastique qui étaient si lourds qu'elle avait les doigts engourdis.

Elle avait presque atteint la résidence lorsqu'elle remarqua un pick-up bleu garé le long du trottoir. Comme elle s'engageait dans l'allée, un homme descendit du véhicule et claqua la portière. Carly avait beau voir flou, elle sut aussitôt que c'était Hank.

Son cœur se mit à tambouriner dans sa poitrine. Elle lui avait dit clairement qu'elle ne voulait pas le revoir. Pourquoi refusait-il de la laisser en paix ?

Ses bottes résonnaient sur le macadam derrière elle. Carly faillit se mettre à courir pour lui échapper, mais sa fierté l'en empêcha. Elle n'allait pas lui donner la satisfaction de la voir s'enfuir comme un lapin effrayé.

Il la rattrapa avant qu'elle ait pu s'engouffrer dans l'entrée.

— Attends. Laisse-moi porter ça pour toi.

Elle continua à marcher.

— Non, merci. Va-t'en !

— Pas question.

Carly avait les doigts crispés sur les poignées, mais il parvint néanmoins à s'emparer des sacs sans effort apparent. Elle songea à les lui reprendre, mais un seul regard aux épaules musclées de Hank lui confirma que la partie était perdue d'avance.

Comme s'il avait lu dans ses pensées, il lui adressa un petit sourire.

— Bonjour à toi aussi.

Elle n'allait certainement pas échanger des propos badins avec lui.

— Nous allons discuter, Carly.

Le ton n'était plus amical ou espiègle, mais teinté d'une froide détermination.

— Si tu te sens plus en sécurité dans un restaurant, mon offre tient toujours. Mais d'une manière ou d'une autre, il va falloir que nous parlions.

— Plus en sécurité ? répéta-t-elle en prenant soin de gravir les marches sans trébucher, ce qui n'était pas une mince affaire. Je n'ai pas peur de toi.

— Disons que tu te méfies, alors.

— Je ne me méfie pas non plus.

D'une main tremblante, elle fouilla dans sa poche à la recherche de la clé et visa la serrure, espérant trouver le trou du premier coup. Mais non. Gagnée par la frustration, elle tâtonna en vain.

Hank transféra un des sacs dans son autre main, lui prit la clé et l'introduisit dans la serrure.

Aussitôt, Carly franchit le seuil et se retourna pour lui claquer la porte au nez. Il cala un pied dans l'interstice, puis brandit la clé et les provisions avec un nouveau sourire.

— Tu n'oublies rien ?

Quel goujat arrogant, dominateur et imbu de lui-même ! Carly aurait voulu ne l'avoir jamais rencontré. Elle jeta un coup d'œil aux sacs qui contenaient le remède à ses nausées matinales. Après avoir fait une demi-heure de marche pour aller les acheter, elle n'allait certainement pas le laisser partir avec.

Elle tendit le bras.

— Donne-moi mes affaires.

Il sourit.

— Pour que tu me fermes la porte au nez ? J'aimerais autant ne pas avoir à crier ce que j'ai à dire par le trou de la serrure. Faisons un marché. Tu m'invites à entrer, et je te les rends.

Carly serra les dents.

— Donne-moi ces sacs, sinon…

— Sinon quoi ?

Carly savait pertinemment qu'il serait puéril de proférer des menaces qu'elle ne pourrait pas mettre à exécution.

— Sinon, j'appelle la police !

Hank jeta un coup d'œil dans les sacs.

— Des choux de Bruxelles surgelés et…

Il inclina la tête pour lire une étiquette.

— … de la choucroute ? Je doute que ce soit un vol passible de prison. Je vais courir le risque.

— Tu es insupportable ! s'exclama Carly, passant brusquement de l'irritation à la fureur.

Bloquant toujours la porte du pied, Hank baissa les bras et sembla se détendre, comme s'il était prêt à passer la journée là si nécessaire.

— Veux-tu me faire l'honneur de venir déjeuner avec moi ? Il y a un endroit tout près où on sert d'excellentes crêpes et du très bon café. C'est très fréquenté. Nous pourrions parler sans attirer l'attention.

Le seul fait de penser à manger une crêpe suffit à lui donner un haut-le-cœur.

— Non. Je veux que tu me rendes mes provisions et que tu t'en ailles.

— J'avais peur que tu dises ça.

Avant qu'elle ait pu deviner son intention, il poussa la porte de l'épaule et entra. Carly recula, le fixant avec stupeur pendant qu'il refermait le battant.

— Sors d'ici ! cria-t-elle. Tu ne peux pas faire ça !

Il parcourut la pièce du regard.

— Qui va m'en empêcher ? Toi ? Avec quelle armée ?

Il verrouilla la porte, glissa la clé dans la poche de Carly et lui remit les provisions.

— J'ai essayé d'être gentil, Carly. Maintenant, je vais changer d'approche. Que ça te plaise ou non, nous allons parler.

— Sors d'ici ! Je ne te le répéterai pas.

— Désolé, mon chou, mais c'est non. Je suis têtu, figure-toi.

Carly réprima non sans mal son envie de lui balancer le sac de pots de choucroute en pleine figure.

— Qu'est-ce que tu espères en entrant de force chez moi ? Tu crois vraiment que ce genre d'attitude va m'inciter à parler ? Qu'est-ce que tu veux prouver ? Que tu es plus fort que moi ?

— S'il faut en arriver là, nous avons tous les deux des ennuis.

Elle se demanda ce qu'il voulait dire par là, mais il ne lui fournit pas d'explication. Il croisa les bras.

— Quant à savoir si tu as envie de me parler ou pas, à ce stade, peu m'importe. J'ai assez de choses à dire.

Méfiante, Carly fronça les sourcils.

— Va ranger tes provisions, suggéra-t-il d'un ton jovial. Ne te gêne pas pour moi. Je peux parler pendant que tu es occupée.

Carly passa rapidement ses options en revue et conclut qu'elle n'avait guère le choix. Un homme imposant et résolu se tenait dans son salon, bloquant l'unique sortie. Il était hors de question qu'elle puisse le contourner. Sans compter qu'elle se souvenait avec une amère netteté de l'aisance avec laquelle il l'avait soulevée dans ses bras pour la déposer à l'arrière de son pick-up la fameuse nuit de leur rencontre. Tenait-elle vraiment à lutter physiquement contre lui ?

La réponse était non.

Elle tourna les talons et se dirigea vers la cuisine avec une conscience aiguë de la présence de Hank derrière elle.

— Je t'écoute, siffla-t-elle en posant les sacs sur le plan de travail. Tu as cinq minutes. Si tu n'es pas sorti d'ici là, j'appelle la police.

Elle ponctua sa phrase d'un regard appuyé vers le téléphone.

— Ne fais pas l'erreur de penser que je n'oserai pas le faire. Ma patience est à bout.

Hank s'adossa à la cloison qui séparait la cuisine du salon et lança un regard désinvolte à l'appareil, puis retira son Stetson et l'expédia sur le canapé. Sans chapeau, il semblait un peu moins grand, mais Carly ne se sentit pas rassurée pour autant.

Il se passa la main dans les cheveux.

— Y a-t-il moyen de faire un peu marche arrière et de recommencer de zéro ?

— Non. Il n'y a rien que j'aie envie de recommencer avec toi.

Elle versa les choux de Bruxelles surgelés dans un récipient, les recouvrit d'eau chaude et les mit dans le micro-ondes avant de reporter son attention sur ses autres courses. Elle laissa un pot de choucroute et un carton de lait chocolaté sur le plan de travail.

— C'est ce que tu manges au petit déjeuner ?

— Si ça ne te plaît pas, tu peux ressortir par où tu es entré.

Il soupira et changea de position, croisant les chevilles. Jamais auparavant l'appartement n'avait semblé si exigu à Carly. Elle n'était pas encore très douée pour estimer la taille des gens, mais elle jugeait qu'il mesurait plus d'un mètre quatre-vingts.

Elle retira le couvercle de la choucroute, prit une fourchette et commença à manger. Elle n'avait pas le choix. Si elle gardait l'estomac vide, elle allait vomir toute la matinée.

— Alors ? demanda-t-elle entre deux bouchées. Le temps passe. Cinq minutes et c'est tout. Ensuite, tu t'en vas, d'une manière ou d'une autre.

Il jeta un nouveau coup d'œil au téléphone.

— Nous sommes dans ce pétrin ensemble, toi et moi, dit-il doucement. Ce serait tellement mieux si nous pouvions trouver une solution qui nous convienne à tous les deux.

Tout en le foudroyant du regard, Carly enfourna une nouvelle portion de choucroute.

— Je ne veux rien avoir à faire avec toi. Je risquerais d'attraper quelque chose.

Il eut l'audace de sourire.

— Pas de danger. J'ai toujours utilisé un préservatif.

L'expression éloquente de Carly lui fit prendre conscience de ce qu'il venait de dire et il cilla.

— Tu as été ma seule et unique exception.

— C'est toi qui le dis.

— Si la possibilité d'avoir contracté une MST t'inquiète, j'irai subir un test et je te montrerai les résultats.

Carly avait été inquiète, en effet, mais elle n'allait certainement pas le lui avouer. Il saurait alors qu'elle avait passé des heures à penser à leur rencontre. Mieux valait qu'il croie que cette idée ne lui était jamais venue à l'esprit.

— Une MST est le cadet de mes soucis, en ce moment, affirma-t-elle avant d'engloutir une nouvelle bouchée de choucroute.

— Je sais. Et c'est pourquoi nous devons avoir une conversation.

Le minuteur du micro-ondes émit un bip sonore. Carly sortit les choux de Bruxelles et se mit à les dévorer, alternant avec la choucroute et arrosant le tout de lait chocolaté. Avec un peu de chance, Hank allait être dégoûté et s'en irait.

Il se contenta de l'observer, un mélange d'incrédulité et de curiosité consternée sur les traits.

— Pas étonnant que tu aies la nausée, remarqua-t-il.

— À vrai dire, ça aide un peu, répondit-elle, un chou de Bruxelles dans la bouche. Et comment sais-tu que j'ai eu la nausée ?

Une seconde, il parut décontenancé. Puis il se ressaisit.

— La plupart des femmes enceintes ont des nausées.

Carly songea à insister, mais se ravisa. Moins elle prenait part à cette conversation, mieux c'était.

— Pour un homme si résolu à parler, tu ne sembles pas avoir grand-chose à dire.

— J'y viens.

Carly se dirigea vers l'évier et mouilla une serviette. Comme elle s'éloignait de lui, son visage devint une tache floue et foncée. Elle s'essuya la bouche et revint.

— Tes cinq minutes sont presque écoulées.

Il acquiesça et un muscle tressauta sur sa mâchoire. Carly se souvint d'avoir écouté des romans sur cassette et de s'être demandé à quoi ressemblait un muscle qui tressautait. Maintenant, enfin, elle savait. Il paraissait furieux, résolu, et plus qu'intimidant. Elle avait le sentiment que Hank Coulter était en mission et qu'il ne reculerait pas avant de l'avoir accomplie.

— Je suis venu te faire une proposition, dit-il enfin.

— Une quoi ? répéta-t-elle, interloquée.

— Ce n'est pas ce que tu penses.

Il enfonça les mains dans les poches de son jean, une attitude qui fit paraître ses épaules plus larges encore.

— Regardons la situation de manière rationnelle, veux-tu ?

— Es-tu en train de dire que je ne suis pas rationnelle ?

— Non, pas du tout, répondit-il calmement. Je me suis mal exprimé. Ce que je veux dire, c'est que nous devons examiner la situation sous tous ses aspects, évaluer les problèmes potentiels et nos ressources pour les résoudre, et essayer de prendre des décisions qui soient dans l'intérêt de notre enfant et le tien.

— Mon enfant, corrigea-t-elle.

Une étincelle jaillit dans les yeux bleus de Hank.

— *Notre* enfant, répéta-t-il. Je suis son père.

— C'est ce que tu dis.

— Cela peut être confirmé très facilement par une prise de sang. N'y pense même pas. Je jouerai un rôle actif dans la vie de mon enfant, avec ou sans ta coopération. Et je te prie de croire que les choses seront plus agréables pour toi si tu coopères.

Carly déglutit, peinant à avaler sa bouchée de chou. L'espace d'un affreux moment, elle crut qu'elle allait s'étrangler.

— C'est une menace ?

— Interprète ça comme tu voudras. Je suis le père de cet enfant et j'ai certains droits inaliénables, sans parler de mes responsabilités. La justice me soutiendra sur ces deux points. Il est dans ton intérêt de ne pas être à couteaux tirés avec moi.

C'était incontestablement une menace. L'appétit de Carly en fut coupé net et elle laissa retomber sa fourchette dans le pot de choucroute.

— Je ne fais que citer les faits.

Il continua, énonçant la liste de toutes les raisons pour lesquelles elle avait besoin d'aide, dont certaines qu'il n'aurait pu connaître à moins qu'un de ses proches ne lui ait livré ces informations. Quand il se tut, Carly tremblait de tous ses membres.

— Comment sais-tu tout cela ?

— Je me suis renseigné. Ai-je dit quelque chose d'inexact ?

Elle se contenta de le fixer sans répondre.

— Bien. Quant à moi, reprit-il en se détachant du mur, je ne suis pas riche, mais je gagne bien ma vie. J'ai enfreint toutes mes règles de conduite le soir où je t'ai rencontrée et, à cause de cela, j'ai bouleversé ton existence à un point qui risque d'affecter tout ton avenir.

— Mon avenir ne regarde que moi.

— Dans des circonstances normales, je serais d'accord avec toi. Mais maintenant que tu es enceinte, c'est différent. Il est de mon devoir d'assurer le bien-être matériel et émotionnel de notre enfant.

— Pour un Casanova de comptoir, tu sembles prendre la paternité très au sérieux.

Carly n'aurait pu en jurer, mais elle crut que ses lèvres avaient blanchi.

— J'ai mérité cette remarque, je suppose.

Sa pomme d'Adam montait et descendait comme s'il était en train d'avaler un chou de Bruxelles tout rond.

— Pour le moment, cependant, laissons mon passé en dehors de cette histoire et concentrons-nous sur les solutions à ce gâchis.

Carly ouvrit la bouche pour lui dire que c'était son affaire, puis se ravisa. Ils avaient déjà abordé cette question.

— De mon côté, reprit-il, je n'ai pas les moyens de régler toutes les dépenses de santé liées à tes yeux, plus celles de la grossesse et de la garde de l'enfant, et te soutenir financièrement pendant tes études si nous continuons à vivre séparément.

Ses dernières paroles firent tressaillir Carly.

— À… vivre séparément ?

— Ne t'énerve pas avant de m'avoir entendu jusqu'au bout.

— Tu ne…

Carly déglutit et prit une profonde inspiration afin de se calmer.

— Tu es en train de suggérer que nous vivions ensemble ?

Elle éprouvait une envie de rire proche de l'hystérie.

— Tu ne parles pas sérieusement ?

— Je suis on ne peut plus sérieux, mais je ne te propose pas que nous vivions ensemble. Je te propose de m'épouser. Et le plus tôt serait le mieux.

Carly n'en croyait pas ses oreilles.

— Quoi ?

— Tu m'as entendu. Et avant que tu montes sur tes grands chevaux, laisse-moi ajouter qu'il s'agirait d'un arrangement temporaire – une mesure de dépannage, pour ainsi dire, en attendant que tu obtiennes ta maîtrise. Jusque-là, tu bénéficierais de mon assurance-santé, je réglerais tes autres dépenses, je t'aiderais à élever l'enfant et j'arrangerais ton transport pour aller à l'université.

Carly leva la main pour l'interrompre, mais il continua à parler.

— Quand tu auras terminé tes études et que tu auras subi une nouvelle intervention pour recouvrer la vue, je te donnerai une somme pour t'installer, nous mettrons fin au mariage et nous reprendrons l'un et l'autre notre liberté. Naturellement, je m'attendrai à avoir un droit de visite pour mon enfant. Je te verserai une pension mensuelle basée sur mes revenus.

Une boule acide remonta dans la gorge de Carly.

— Tu as perdu l'esprit ! Comment peux-tu imaginer un seul instant que j'envisagerais de t'épouser ? Bess n'avait pas le droit de te révéler tout cela ! Pas le droit !

— Ne va pas t'en prendre à Bess. Je ne vais pas te raconter d'histoires. Nous nous sommes parlé, en effet. Mais je n'ai pas obtenu toutes ces informations par son intermédiaire. Tu as une amie loyale.

— Si elle est loyale, comment sais-tu que mon assurance ne couvre pas tous mes frais médicaux ? Comment sais-tu que mon père vit en Arizona ?

— Je suis un as de l'Internet. Avec les logiciels appropriés, on peut trouver presque n'importe quoi, même le genre de films que les gens louent.

Carly ne le crut pas une seconde. Il connaissait trop de détails qui ne pouvaient venir que de Bess. Et la trahison lui faisait terriblement mal.

— Bess est ton amie, Carly, ajouta-t-il comme s'il lisait dans ses pensées. Elle t'est très attachée. Peut-être a-t-elle laissé échapper quelques détails, mais seulement parce qu'elle pensait à ton bien et à celui du bébé.

— Tes cinq minutes sont terminées, asséna-t-elle d'une voix tendue.

Le muscle de la mâchoire de Hank se mit à tressauter de nouveau.

— Je ne partirai pas d'ici avant que nous ayons réglé cette affaire.

— Oh ! que si ! Mon bébé et moi n'avons rien à voir avec toi.

— C'est là que tu te trompes. De mon point de vue, il semble peu probable que tu sois capable de subvenir aux besoins de mon enfant.

Carly saisit le téléphone.

— Sors d'ici, ou j'appelle la police.

Il ne bougea pas.

— Je suis sérieuse, Hank.

Elle plissa les yeux, cherchant le 9 sur le clavier. Avant qu'elle ait pu le trouver au toucher, Hank coupa la ligne.

— J'espérais vraiment que nous pourrions discuter comme deux adultes raisonnables et trouver une solution.

La fureur de Carly s'accrut.

— As-tu la moindre idée du nombre de femmes enceintes qui n'épousent pas le père de leur enfant ? Personne ne leur reproche d'être déraisonnables !

— Ces femmes n'ont pas à faire face aux mêmes problèmes que toi. Tu risques de perdre la vue de nouveau.

La cécité faisait-elle donc d'elle un être inférieur ? songea Carly avec amertume. Même sa meilleure amie s'était retournée contre elle. Des larmes brûlantes lui montèrent aux yeux.

— J'essaie seulement de faciliter ta vie et celle de notre bébé.

— Je l'ai dit et je le répète : je n'ai pas besoin de ton aide et je n'en veux pas.

Hank avait gardé la main sur le récepteur, l'empêchant de composer le numéro.

— J'aurais préféré ne pas en arriver là, mais tu ne me laisses pas le choix.

Carly lui décocha un regard méfiant.

— Crois-tu vraiment que j'accepterais de voir mon enfant naître dans la pauvreté et être élevé par une mère aveugle ? Soit tu m'épouses et tu restes jusqu'à ce que tu aies traversé cette mauvaise passe que j'ai causée, soit je demande la garde du bébé.

Carly devint blanche comme un linge et son corps lui sembla soudain de plomb.

— Tu ne ferais pas une chose pareille.

— Tu veux parier ?

Hank savait qu'il aurait très peu de chances d'obtenir gain de cause auprès d'un tribunal. C'était du bluff, rien de plus. Il ne pouvait qu'espérer que Carly ne s'en rendrait pas compte.

— Je te hais, murmura-t-elle.

Il n'en doutait pas. Si la pâleur soudaine de Carly lui donnait l'impression d'être le dernier des salopards, elle lui apprenait aussi que sa menace avait fait effet. D'un côté, il le regrettait, mais de l'autre il en était soulagé. Quelqu'un devait lui venir en aide, et c'était à lui que cette responsabilité incombait.

Elle le dévisagea, le regard traversé par une série d'émotions. L'incrédulité, le choc, la peur, la colère…

— Sors d'ici, murmura-t-elle d'une voix rauque.

Hank lâcha le téléphone et traversa la pièce pour aller reprendre son Stetson.

— Ne commets pas l'erreur de penser que je ne demanderai pas la garde du bébé. Si tu ne me laisses pas d'autre choix, je n'hésiterai pas une seconde.

Arrivé à la porte, il s'arrêta et la regarda.

— Je te donne deux jours pour réfléchir. Ensuite, je te rappellerai. Soit nous nous marions, soit je prends un avocat. À toi de voir.

— Vas-y, prends un avocat ! s'exclama-t-elle. Je m'en moque. Tu ne pourras pas me voler mon bébé. Tu n'as aucune raison valable, et je me battrai jusqu'au dernier souffle pour le garder.

Hank franchit le seuil et se retourna.

— Libre à toi d'essayer. Ce sera au juge de décider. Si tu veux courir ce risque, vas-y. Pendant que tu réfléchiras, souviens-toi d'une chose. Un avocat coûte cher, et un procès aussi. J'ai les moyens de les payer. Et toi ?

Là-dessus, il referma la porte et resta un instant immobile sur le paillasson, aux prises avec sa conscience. Le chantage qu'il venait d'exercer le révoltait profondément. Il était tenté de faire demi-tour et d'aller dire à Carly qu'il retirait ses menaces. Mais avait-il le choix ? Devait-il la laisser se débattre dans la misère pendant qu'il prendrait du bon temps ?

Alors qu'il hésitait, un sanglot étouffé lui parvint. Un instant plus tard, une porte claqua dans l'appartement, et il entendit des pleurs qui semblaient venir de la chambre située à droite de l'entrée. Il imagina Carly sur son lit, le visage pressé contre l'oreiller.

Pourquoi diable se sentait-il coupable alors qu'il essayait de faire son devoir ? Il mit la main sur la poignée, prêt à la tourner. À la dernière seconde, il laissa retomber son bras. Le mariage était la meilleure solution – la seule solution. S'il capitulait maintenant, ils seraient de retour à la case départ, Carly refusant d'accepter le moindre sou et raccrochant chaque fois qu'il téléphonerait.

Il ne pouvait l'accepter. Elle avait besoin de lui. Il la soutiendrait donc, qu'elle le veuille ou non. Et tant pis si elle le méprisait en conséquence.

9

Carly était dans sa chambre quand Bess revint déjeuner, trois heures plus tard. Les yeux gonflés et le nez rougi par les pleurs, elle roula sur le côté et se recroquevilla sur elle-même, redoutant la discussion à venir.

— Ohé ! Carly ! Devine quoi ! Je crois que j'ai un job ! Dans un cabinet dentaire ! Ce sera parfait !

Bess ouvrit la porte à la volée et fit irruption dans la chambre, s'arrêtant net à la vue de Carly prostrée sur la couette.

— Ô mon Dieu ! Que se passe-t-il ?

Carly se redressa et s'assit au bord du lit. Le mouvement brusque lui fit monter le sang à la tête et elle eut l'impression que ses tempes allaient exploser. Elle regarda son amie sans rien dire pendant de longues secondes.

— Hank est venu, dit-elle enfin.

Bess esquissa un pas vers elle.

— Oh ! Carly ! Tes yeux. Je vois d'ici que tu as de nouveau mal à la tête. Laisse-moi aller te chercher de la glace.

— Non, n'y va pas, s'il te plaît.

Carly se leva.

— Il faut que je te parle.

— De quoi ?

— Nous sommes amies depuis l'âge de cinq ans, continua Carly. J'avais en toi une confiance totale.

— Carly, je…

— Tu as tout raconté à Hank dans mon dos ! Tu lui as parlé de la possibilité que je redevienne aveugle, de mon assurance-santé, de mes finances, de mon père. De tout, enfin. Pire, je crois que tu l'as encouragé à se servir de ces informations contre moi.

Bess pâlit.

— Hank a fait de son mieux pour te couvrir, et c'est tout à son honneur, mais il a dit trop de choses qui ne pouvaient venir que de toi.

Les larmes lui montèrent aux yeux de nouveau, et elle battit des paupières pour les refouler.

— Il affirme que tu es une amie loyale, et il a raison. Tu l'as été.

Carly déglutit, la gorge nouée.

— Jusqu'à présent.

— Oh, Carly !

— D'abord, j'ai été en colère. Maintenant, je…

Elle eut un geste d'impuissance.

— Pourquoi, Bess ? Comment as-tu pu me faire une chose pareille ?

Des larmes brillaient dans les yeux de Bess. Comme à bout de forces, elle se laissa tomber sur le lit.

— J'ai fait ce que je devais faire. Et je l'ai fait pour toi, Carly. Pas contre toi.

Carly s'adossa au mur.

— Il menace de me prendre mon bébé. Il dit qu'il demandera la garde si je refuse de l'épouser.

La culpabilité se peignit sur le visage de Bess.

— Tu savais ?

Ce n'était pas à proprement parler une question.

— Nous n'avons pas abordé les détails, mais je lui ai conseillé d'être plus ferme avec toi. En ce qui concerne la garde, c'est moi qui l'ai suggéré.

Carly eut l'impression que son cœur se brisait.

— Tu… tu lui as dit de me prendre mon bébé ?

— J'espère que vous n'en arriverez pas là, mais la suggestion vient de moi, oui. Quel autre moyen de pression a-t-il ? Tu as besoin de son aide, Carly, et tu es trop têtue pour l'admettre. J'ai toujours admiré ta détermination et je crois que tu es une femme remarquable. Mais je pense que, cette fois, tu pousses l'indépendance trop loin.

— Ce n'est pas à toi d'en juger. C'est de ma vie qu'il s'agit.

— Non. Plus seulement. Tu prends des décisions pour deux, maintenant. Et celles que tu as prises ne sont pas très sages.

— Tu n'as pas le droit de…

— Oh si !

Bess se releva.

— J'ai le droit. Je t'aime, Carly, et je vais aimer ton bébé. Je te connais mieux que tu ne te connais parfois. Je comprends que tu aies besoin de te débrouiller par toi-même, mais il y a des limites. L'obstination ne va pas te nourrir. Elle ne va pas subvenir aux besoins du bébé si tu tombes malade. Elle ne va pas payer tes frais d'université, ni ton assurance, ni les dépenses supplémentaires qui ne vont pas tarder à tomber. Sans parler d'une nouvelle opération en juillet. Y as-tu seulement pensé ? Que comptes-tu faire ? Rester aveugle pendant quelques années de plus en attendant d'avoir économisé sou par sou pour pouvoir te l'offrir ?

Un nœud s'était formé dans l'estomac de Carly.

— Tu n'as même pas pris rendez-vous avec le médecin pour un examen prénatal ! lui reprocha Bess.

— C'est faux ! protesta Carly. J'ai pris rendez-vous le jour où on m'a appelée pour confirmer la grossesse. Je n'ai pas pu en obtenir un tout de suite et j'ai tout simplement oublié de te le dire.

— Bon. Je suis contente de l'apprendre. Mais il n'en reste pas moins que tu ne penses pas à ce bébé comme tu devrais, insista Bess. Pas vraiment. Tu n'es pas réaliste.

— Je ne serais pas la seule femme à avoir un enfant toute seule ! protesta Carly.

— Les autres ne font pas face aux mêmes problèmes que toi. Réveille-toi, Carly ! Cette fois, il ne s'agit pas d'un jeu.

Elle tourna les talons. Carly la suivit des yeux, choquée, blessée, luttant contre les larmes.

— C'est de mon enfant que nous parlons !

Bess s'immobilisa sur le seuil.

— Exactement. Alors, commence à te conduire comme une mère.

Outrée, Carly la suivit dans le salon.

— Je ne me prostituerai pas dans un mariage sans amour !

Bess s'assit sur le canapé et replia ses jambes sous elle.

— C'est ce que tu penses, que Hank aura des exigences sur le plan physique ?

Carly croisa les bras.

— Nous serions mariés. Et s'il décidait que toutes ces dépenses lui donnent droit à certaines compensations ? Je ne veux pas en repasser par là !

Bess arqua les sourcils.

— Comment sais-tu que tu n'y prendrais pas plaisir ?

— Y prendre plaisir ?

À la seule pensée d'endurer la même douleur de nouveau, Carly sentit son ventre se nouer.

— Tu es folle ! Jamais, tu entends ? Jamais !

— Même si ça veut dire que tu pourras garder ton bébé ? Hank a quand même dû t'attirer plus qu'un peu, ce soir-là, sinon tu ne te serais pas retrouvée dans ce pétrin !

— Oh ! je t'en prie ! Il s'est conduit comme un vrai goujat, ce matin. Il est entré de force, il a refusé de partir, et il m'a menacée !

— La faute à qui ? Quand il a essayé d'être gentil, tu l'as envoyé sur les roses.

— Je n'arrive pas à croire que tu prends son parti !

— Je suis de ton côté, Carly. Et du côté du bébé. Hank est ta seule bouée de secours. Si tu refuses son aide, qu'est-ce que tu vas faire ? Vivre d'allocations ? Emprunter de l'argent à ton père pour te battre contre Hank au tribunal ?

— Tu sais très bien que je n'imposerais pas ce fardeau à mon père. S'il pensait, ne serait-ce qu'un instant, que je risque de perdre mon bébé, il vendrait tout ce qu'il a et s'endetterait pour l'empêcher. Il a déjà fait trop de sacrifices pour moi.

— C'est ce que font les parents, répondit Bess doucement. Peut-être que tu devrais suivre son exemple et envisager de faire quelques sacrifices toi-même.

*

Hank se pencha par-dessus la table de billard, visa avec soin et commençait à tirer quand son téléphone portable se mit à sonner. Il tressaillit. Au lieu d'atteindre son but, la blanche partit vers la gauche, heurta une autre bille et la suivit dans la poche.

Il laissa échapper un juron.

Zeke eut un petit rire.

— Sauvé par le gong ! J'ai cru que tu allais me battre à plate couture et empocher les dix dollars.

Hank avait tiré l'appareil de son étui.

— Oui ?

— Hank ? fit une voix de femme, incertaine.

Hank lança à son frère un regard éloquent, puis tourna le dos à la table, se tassant légèrement.

— Carly ?

— Oui. J'ai… euh… il faut que je te parle.

Il ne pouvait y avoir qu'une seule raison à cet appel : elle avait décidé d'accepter sa proposition. Hank se sentit partagé entre son soulagement et l'appréhension qu'il percevait dans la voix tremblante de Carly. Il était évident que la décision lui coûtait.

Désireux de s'éloigner de la télévision et du regard inquisiteur de son frère, il se dirigea vers les portes-fenêtres.

— Je t'écoute. Pas de problème. Que voulais-tu me dire ?

— J'ai l'impression que tu es occupé. Je peux rappeler plus tard.

Elle semblait presque trop encline à le faire. La main de Hank se crispa sur l'appareil.

— Je ne suis pas occupé, mon chou.

Il se mordit la lèvre aussitôt. Ce n'était pas le moment de l'effrayer en se montrant trop familier.

— Je suis chez mon frère, Zeke. Tu n'aurais pas pu appeler à un meilleur moment, au contraire.

— Oh !

Il y eut un silence.

— Il est affreusement tard, insista-t-elle.

Hank baissa les yeux sur sa montre. Dix heures et demie. Pas vraiment l'heure de se transformer en citrouille.

— Que voulais-tu me dire ? répéta-t-il.

— Je… je ne sais pas très bien par où commencer.

— Je n'ai pas très bien géré nos conversations moi-même, alors dis-le, et puis on verra.

Malgré la distance, il sentait la tension qui l'habitait.

— Je… j'ai beaucoup réfléchi à… ta proposition.

Il s'en était douté. Tout son corps se raidit.

— Et ?

— J'envisage… j'envisage seulement, note bien, de l'accepter.

Hank se détendit. Si elle envisageait d'accepter, ce n'était qu'une question de temps avant qu'elle le fasse.

— Je vois, répondit-il en s'efforçant de dissimuler sa satisfaction.

Il entendit un froissement de papier.

— J'ai deux conditions.

À vrai dire, il avait l'impression qu'elle en avait dressé toute une liste.

— Oh ? Quelle sorte de conditions ?

— D'abord, je veux que tu comprennes que je te rembourserai dès que possible.

Hank doutait qu'elle soit en mesure de le faire un jour et s'en moquait, mais c'était un détail qu'ils pourraient régler plus tard. Si elle se sentait mieux à l'idée de le rembourser, il n'allait pas protester.

— Entendu. Ça ne me pose pas de problème.

— Je veux que tu notes toutes tes dépenses, insista-t-elle. Lorsque nous divorcerons, nous déduirons ce que tu aurais versé au titre d'une pension pour l'enfant, et je te devrai le reste. Nous nous mettrons d'accord sur un plan de remboursement mensuel qui soit adapté à mes moyens.

Ainsi, elle avait examiné la question en détail. Pas de faveurs. Son obstination était frustrante. Pourtant, il ne pouvait s'empêcher de l'admirer pour sa ténacité.

— Très bien. Ça me convient.

Il y eut un bref silence.

— Et ? demanda-t-il.

— Et quoi ?

Hank eut un petit sourire.

— Tu as dit deux conditions. Quelle est la seconde ?

Carly dit quelque chose d'une voix étouffée, et il ne put saisir ses paroles. Il se couvrit l'oreille pour s'isoler du bruit de la télévision.

— Pardon ?

— Pas de sexe, répéta-t-elle à peine plus fermement. Je ne veux pas que tu viennes te plaindre dans trois mois de l'injustice de notre arrangement. Pas de sexe, point à la ligne. Jamais.

Hank se frotta le bout du nez et se massa la nuque. Jusqu'à cet instant, il n'avait pas songé aux modalités de leur vie ensemble. Il avait été si concentré sur la décision de Carly que rien d'autre ne lui avait semblé important.

— Je vois, dit-il.

Si tant était que ce fût possible, la voix de Carly devint plus tremblante encore.

— Tu n'as pas l'air très content.

Hank fixa les ombres qui enveloppaient la terrasse de Zeke.

— Ce n'est pas ça. Disons plutôt que ça m'inquiète un peu.

Il jeta un coup d'œil en direction de son frère, qui rangeait les billes en s'efforçant de ne pas faire de bruit.

— Je sais que cet arrangement n'est pas idéal, et je comprends tes réserves. Mais dans l'intérêt de notre enfant, j'espérais que nous pourrions rester ouverts à toutes les possibilités.

— C'est-à-dire ?

Hank jeta un nouveau coup d'œil à son frère. Zeke avait fini de ranger et ne faisait pas mystère de l'intérêt qu'il portait à la conversation.

— Que j'espérais que nous pourrions nous habituer l'un à l'autre et au moins essayer de faire en sorte que ça marche entre nous, expliqua Hank. Tu dois admettre qu'il serait préférable pour notre enfant que nous restions ensemble.

— Tu n'as pas parlé de ça ce matin ! protesta-t-elle d'une voix perçante. Tu as dit que je pourrais reprendre ma liberté.

— Tu seras libre de le faire. C'est évident, non ? J'explore les possibilités, c'est tout. Tu me détestes au point qu'il te paraît inconcevable qu'on puisse tomber amoureux l'un de l'autre ?

— Oui.

Hank jura intérieurement. Il appuya le front contre la vitre fraîche, et prit une profonde inspiration. Il devait rester calme, choisir ses mots avec soin. Néanmoins, la réponse immédiate de Carly et la panique qu'il avait perçue dans sa voix étaient une source d'inquiétude.

— Carly, donne-moi une réponse honnête, d'accord ? Était-ce si affreux l'autre soir que tu as peur à l'idée d'avoir une relation sexuelle avec moi ?

— Oui, avoua-t-elle faiblement.

La télévision se tut brusquement. Hank jeta un coup d'œil par-dessus son épaule et vit Zeke poser la télécommande sur la table. Apparemment, son frère ne voulait pas manquer une miette de l'échange. Hank appuya de nouveau son front contre la vitre.

— Je suis désolé de la manière dont les choses se sont passées, murmura-t-il d'une voix sourde. Tu ne sauras jamais à quel point, Carly. Je donnerais mon bras droit pour remonter le temps et te traiter de la manière dont tu méritais d'être traitée, pour que tu y prennes plaisir.

— Amen, commenta Zeke doucement.

Hank aurait donné cher pour que son frère se taise ou, mieux encore, qu'il disparaisse.

— Je ne veux pas en parler, dit Carly d'une voix teintée de frustration. D'ailleurs, j'aurais dû savoir que tu ne serais pas d'accord.

— Je n'ai pas dit ça, rectifia Hank. Si nous ne pouvons pas repartir de zéro, alors évidemment nous n'aurons jamais de relations sexuelles. C'est seulement que j'hésite à m'enfermer dans des promesses qui excluent la possibilité de faire de notre mariage un succès. C'est tout.

— Pas de sexe ? souffla Zeke. Nom d'une pipe ! Fais attention à ce que tu promets, mon vieux. Deux ans, c'est sacrément long !

— Eh bien, il faut que tu comprennes quelque chose ! s'exclama Carly à l'autre bout du fil. En ce qui me concerne, j'hésite à entrer dans un arrangement qui pourrait peut-être tourner au vinaigre pour moi. J'espérais établir des règles de base.

Hank fit mentalement un pas en arrière et s'efforça de considérer la situation du point de vue de Carly. Sans doute avait-elle des raisons légitimes de se méfier ; elle le connaissait à peine. Elle le considérait comme un vrai salaud, et il ne lui avait guère donné de raisons de croire le contraire...

— Faisons-le, dans ce cas, dit-il doucement.

— Faisons quoi ?

— Mettons-nous d'accord sur des règles. Je suis tout à fait prêt à te promettre qu'il ne se passera rien, absolument rien, entre nous si tu ne le veux pas.

— Voilà qui est mieux, chuchota Zeke en hochant la tête.

— Comment puis-je savoir si je peux te faire confiance ?

Les nerfs tendus à craquer, Hank se passa la main sur le visage.

— Si tu considères que ma parole n'a aucune valeur, tu n'as aucune garantie que je tiendrai les promesses que j'ai faites jusqu'ici.

— Tu crois que je ne m'en rends pas compte ?

Cet aveu trahissait à quel point l'arrangement devait lui paraître précaire. Pas étonnant que sa voix tremble.

Hank s'adossa à la porte coulissante. Tant pis si Zeke écoutait. Il ne voulait pas qu'elle se mette dans cet état : ce n'était bon ni pour elle ni pour le bébé.

— Carly, mon chou, écoute-moi. D'accord ?

Hank se rendit compte qu'il avait laissé échapper un autre terme d'affection, mais tant pis. Toute sa vie, il avait entendu son père parler à sa mère en ces termes. L'imiter lui venait aussi naturellement que de tenir une porte pour une femme ou de lui tirer une chaise. De toute façon, s'ils devaient vivre ensemble, il ne voulait pas avoir à surveiller la moindre de ses paroles ni à feindre d'être quelqu'un qu'il n'était pas.

— Tu m'écoutes ?

— Oui, murmura-t-elle.

— Dans ma famille, la parole d'un homme équivaut à un engagement. Je ne fais pas de promesses à la légère, et encore moins à une femme. Si je le faisais, mon père et mes quatre frères se chargeraient de me botter les fesses.

— Je serai le premier dans la file, annonça Zeke avec un petit rire.

— Oh ! fit Carly.

Hank doutait qu'elle le croie. Avant d'avoir rencontré sa famille et de le connaître mieux, elle continuerait certainement à se demander si elle avait pris la bonne décision. Il aurait aimé pouvoir remédier à cette situation, mais certaines choses ne pouvaient être changées du jour au lendemain. Tisser des liens de confiance dans une relation nécessitait un peu de temps.

Entre-temps, il n'avait guère envie de prendre des engagements qui le tiendraient pieds et poings liés. Peut-être les chances de faire de leur mariage un succès étaient-elles quasi inexistantes, mais il ne pouvait s'empêcher de penser à la douceur de leurs baisers ce soir-là, devant le bar. Il y avait eu de la passion entre eux ; il ne lui fallait qu'une occasion de la ranimer. S'il y parvenait, qui pouvait affirmer qu'ils ne décideraient pas de rester ensemble ?

— Je sais que je ne t'ai pas donné beaucoup de raisons de me croire, mais je ne suis pas un si mauvais type.

Zeke gloussa.

À l'autre bout du fil, un silence assourdissant lui répondit. Un silence aussi lourd qu'une condamnation.

— Je te fais le serment solennel qu'il ne se passera rien entre nous si tu ne le veux pas, Carly. Si tu y réfléchis, est-ce que mon acceptation n'est pas tout aussi valable formulée comme ça ? Au final, le résultat est le même. Je te le répète : nous n'aurons pas de relations sexuelles si tu ne le désires pas.

— Ça ne me paraît pas aussi… fixe, protesta-t-elle faiblement.

— Si un homme ne tient pas parole, rien n'est fixe ! Tu auras beau m'enfermer dans toutes les promesses que tu voudras, tu entreras quand même dans cet arrangement sans garanties.

— Je retire ce que j'ai dit, grommela Zeke. Tu n'as pas hérité de tout le charme dans la famille, mon vieux. Même moi, j'aurais pu faire mieux.

Hank posa la main sur le micro.

— Tu vas la boucler, oui ?

— Quoi ? s'écria Carly d'une voix choquée.

— Pas toi, assura Hank très vite. Je parlais à mon frère. Il est là et il n'arrête pas de mettre son grain de sel dans la conversation.

— Il *écoute* ?

Hank réprima un juron et, sentant venir un mal de tête, pressa le poing contre son front.

— Il est dans la pièce, mais il n'écoute pas vraiment, mentit-il.

— Pardon, marmonna Zeke en haussant les épaules.

— Où en étions-nous ? demanda Hank à Carly.

— Tu disais qu'il n'y a pas de garanties.

— Seulement si ma parole n'a pas de valeur. En revanche, si elle en a, tu seras aussi en sécurité avec ma version que tu le serais avec la tienne.

Hank attendit sa réaction. Rien. Il commença à redouter qu'elle ne raccroche. Au fond, le plus important était qu'elle consente à l'épouser. Peut-être devrait-il accepter sa condition et essayer de la faire changer d'avis plus tard ?

Il était sur le point de capituler quand elle reprit la parole.

— Je suppose que c'est vrai, dit-elle d'une petite voix.

Devant son impuissance, Hank eut soudain la gorge étrangement nouée. Il aurait voulu être auprès d'elle. Pourquoi, il l'ignorait. Sa présence ne l'aurait sûrement guère réconfortée.

— Carly, il faut que tu aies confiance en moi, insista-t-il doucement. Je te jure que tu ne le regretteras pas.

— J'espère que non.

— Ça veut dire que nous sommes d'accord ?

— Je n'ai pas vraiment le choix.

Il l'entendit prendre une brusque inspiration.

— Si tu me fais un procès, que pensera le juge ? Une femme enceinte, sans doute en train de devenir aveugle, au chômage et sans la moindre perspective de décrocher un emploi… Je ne peux pas risquer de perdre mon bébé.

Hank aurait donné cher pour ne pas avoir eu à abattre cette carte. La vérité était qu'il n'avait jamais envisagé de lui disputer la garde. Le fait qu'elle ait choisi d'avoir cet enfant, en dépit du coût pour sa propre santé, en disait long sur son dévouement et l'amour qu'elle lui portait déjà.

— Je suis fatiguée, reprit-elle d'une voix lasse. Fatiguée de me battre contre toi, contre Bess… Tant que je peux garder mon enfant, rien d'autre ne compte. Je peux survivre à n'importe quoi pendant deux ans.

Il ne sut que penser de cette déclaration. Elle pouvait survivre à n'importe quoi ? Mais que diable s'imaginait-elle ? Qu'il allait lui sauter dessus dès qu'il lui aurait mis la bague au doigt ?

— Je voudrai tout cela par écrit, ajouta-t-elle.

Il cilla, reportant son attention sur la conversation.

— Tu veux que je mette par écrit que je ne vais pas te harceler pour que tu couches avec moi ?

— Que tu ne vas pas demander la garde de l'enfant après notre divorce.

— Oh ! Bien sûr. Ça ne m'ennuie pas de signer un document de ce genre.

— Dois-je comprendre que ça t'ennuierait de signer un document stipulant que tu ne vas pas me harceler pour coucher avec toi ?

Pour une étrange raison, Hank ne put réprimer un sourire. Comme si le sexe était pire que la mort ! Or, ce n'était pas vraiment drôle. C'était sa faute si elle voyait les choses ainsi.

— Non, bien sûr que non. Si tu le veux par écrit, ce sera fait.

— Bien. Je préférerais, oui.

Il y eut un silence.

— Entendu. Je m'en charge.

Elle soupira, et il devina qu'elle était épuisée, en effet. Dès qu'ils auraient réglé tous ces détails compliqués, il pourrait prendre les choses en main et essayer de lui faciliter la vie.

— Et maintenant ? reprit-elle. Tu vas... tu vas vouloir qu'on se marie bientôt ?

— Plus tôt tu seras couverte par mon assurance-santé, mieux cela vaudra. Si quelque chose tournait mal avant, les frais s'accumuleraient vite.

Il tenta de mettre de l'ordre dans ses pensées.

— La première chose à faire est d'organiser le mariage civil. Il faudra que nous allions au palais de justice remplir les formulaires nécessaires. Un mariage civil te convient-il ? Je suis prêt à me marier à l'église, si tu préfères.

— Non, je ne veux pas d'une cérémonie à l'église. Ce serait trop solennel. Il ne s'agit que d'un arrangement temporaire, après tout. De plus, les mariages religieux coûtent plus cher. Si nous ne maîtrisons pas les frais, je te rembourserai jusqu'à la fin de mes jours.

Un signal d'alarme se déclencha dans le cerveau de Hank. Il n'allait pas commencer à rogner sur tout sous prétexte qu'elle ne voulait pas trop s'endetter envers lui ! Il ouvrit la bouche pour le lui dire, puis se souvint de la théorie de Bess à propos des haies et tint sa langue. C'était encore une question dont ils pourraient discuter plus tard.

— Très bien. Nous ferons simple. Mais nous aurons besoin de témoins.

— As-tu quelqu'un en tête ?

— J'imagine que ma famille voudra venir. Cela t'ennuie ?

— Je suppose qu'il faudra que je les rencontre tôt ou tard. Autant en finir tout de suite.

Hank tenta en vain d'imaginer le clan Coulter s'éclipsant discrètement après la cérémonie. Cela ne se passerait pas ainsi. Ils voudraient célébrer le mariage, même s'il n'était que civil, et ils considéreraient Carly comme une des leurs dès qu'elle aurait la bague au doigt. Il n'était pas question d'« en finir ». Pas avec eux.

— Tu comptes inviter Bess ? demanda-t-il.

— Je… oui, si tu n'y vois pas d'inconvénient.

Elle semblait encore hésitante, incertaine. Hank aurait voulu pouvoir trouver des mots pour la rassurer.

— Bess est comme une sœur pour moi, ajouta-t-elle. En ce moment, je suis fâchée contre elle, mais je ne peux pas l'exclure.

— Et ton père ?

— Non. Il se sentirait obligé de venir, et il n'a pas les moyens de s'offrir un billet d'avion. Le mariage ne signifiera rien, de toute façon. Je ne vois aucune raison de l'inviter. Je lui téléphonerai quand tout sera terminé.

Un mariage qui ne signifierait rien ? Cette idée allait à l'encontre de tous les principes qu'on avait inculqués à Hank, mais il était le seul à blâmer. Tout était sa faute. C'était lui qui avait imaginé ce plan insensé.

— Bon, dit-il. Il voudra probablement venir pour la naissance du bébé. De cette manière, il n'aura pas à payer deux voyages.

— Exactement. Et puis, je me sentirai plus à l'aise si tout est très simple.

Hank espéra pouvoir convaincre sa mère de voir les choses de la même manière. Mary Coulter adorait les fêtes de famille ; elle insisterait à coup sûr pour organiser une réception.

— Je passerai quelques coups de fil lundi matin pour me renseigner, et je t'appellerai après.

— Je… D'accord. Lundi ?

— Lundi sans faute.

Elle raccrocha sans lui dire au revoir. Un peu décontenancé, il remit le téléphone à sa ceinture. Derrière lui, Zeke leur préparait un verre.

— Eh bien ?

Hank alla s'asseoir sur un tabouret.

— Elle accepte de m'épouser.

— Tu n'as pas l'air ravi.

Il prit le whisky-coca que son frère lui tendait et essuya du pouce la condensation qui s'était formée sur le verre.

— Je l'y ai forcée… J'ai l'impression d'être le dernier des salauds.

— Parfois, petit frère, la vie ne nous donne pas le choix. Si une femme a besoin d'un coup de main, c'est bien elle.

— Elle a peur que je ne me transforme en Roméo à la seconde où elle dira oui.

— Tu es humain, après tout.

Hank faillit s'étrangler avec sa boisson.

— Je ne me suis jamais imposé avec une fille ! Je ne vais pas commencer maintenant.

— Je sais, Hank. Mais le sexe a son importance. Qu'est-ce que tu comptes faire pendant deux ans ? Avoir des aventures à droite et à gauche ?

Hank émit un bruit dédaigneux.

— Tu plaisantes ! Je serai un homme marié.

Zeke acquiesça.

— Exactement. Ce ne serait pas ton genre. Ce qui te condamne à l'abstinence, à moins qu'elle ne change d'avis.

— Je ne vais pas me faire trop d'illusions à ce sujet. Je lui ai donné ma parole de ne pas faire pression sur elle, et je compte bien la tenir.

— Certes. Mais que cela te plaise ou non, un homme a des besoins physiques. Un type frustré, même de tempérament placide – et laisse-moi te dire que ce n'est pas ton cas – risque de devenir difficile à vivre.

— Je ne suis pas coléreux, protesta Hank.

— Tu n'es pas non plus doux comme un agneau. Vivre avec une femme sans la toucher, être avec elle tout le temps, peut créer des tensions dans n'importe quelle relation.

— Je ferai avec, répondit Hank en faisant tourner son verre entre ses doigts. Si les douches froides ne marchent pas, j'irai bosser aux écuries jusqu'à ce que je tombe de sommeil, mais je ne la harcèlerai pas. Elle a assez souffert à cause de moi.

Zeke lui décocha un regard perçant.

— Tu ne serais pas en train de commencer à avoir des sentiments pour cette fille ?

— Des sentiments ? Sûrement pas ! Elle a un caractère à faire se damner un saint.

— Je vois.

— Ça m'étonnerait, répondit Hank avec un rire sans joie. Elle ne ressemble à aucune autre femme que je connaisse. Elle est difficile, exaspérante même, et…

Ne trouvant pas les mots, il se tut.

— Et ?

— Adorable, murmura Hank. Si adorable que je mérite le fouet pour l'avoir touchée.

— Adorable ?

Zeke eut un large sourire.

— Eh bien…

— Quoi ? grogna Hank, agacé.

— A ta santé, Roméo ! dit Zeke en levant son verre. Tu es fichu !

10

Le lundi matin, à dix heures moins le quart, Carly buvait un thé quand le téléphone se mit à sonner. Sachant que c'était sans doute Hank, elle bondit de sa chaise comme si elle avait été piquée par une guêpe. Puis elle hésita, se frottant les mains sur son jean, réticente à répondre.

À la cinquième sonnerie, elle rassembla son courage et décrocha.

— Allô ?

— Bonjour.

Sa voix grave était amicale. Carly imaginait presque son sourire tranquille et en fut agacée.

— Comment va l'estomac, ce matin ? demanda-t-il sans prendre la peine de se présenter.

En temps normal, une question anodine sur sa santé n'aurait pas gêné Carly. Venant de Hank, elle semblait indiscrète et, surtout, possessive. C'était de son système digestif qu'il s'agissait, tout de même !

— Très bien, mentit-elle.

— Pas de nausée ? Tant mieux. Et la tête ?

Avoir la migraine était presque devenu normal, pour elle. C'était seulement quand la douleur se faisait lancinante qu'elle était obligée de s'allonger.

— Ça va aussi, merci.

— Bien, bien.

Un léger crissement lui parvint, évoquant le bruit d'un stylo contre une surface dure.

— Je viens de téléphoner au palais de justice, reprit Hank. L'Oregon n'exige aucune prise de sang ni examen médical. Un certificat de publication des bans suffira, après quoi nous pourrons prendre rendez-vous avec un juge de paix pour la cérémonie. Que dirais-tu de vendredi après-midi ?

— Pour le mariage, tu veux dire ?

Carly ne s'était pas attendue à ce que les choses aillent aussi vite.

— Oh ! C'est dans... euh... quatre jours !

Pourquoi était-il si pressé ?

— Je sais, répondit-il, mais il n'y a aucune raison d'attendre. Autant que ce soit réglé dès que possible.

Que ce soit réglé ? Elle ne put s'empêcher de penser que c'était une drôle d'expression pour parler d'un mariage. De *son* mariage.

— Ça va ? demanda-t-il.

— Très bien, mentit-elle de nouveau.

À vrai dire, elle était horriblement nerveuse. Nerveuse au point d'avoir le cœur battant et des picotements sur la peau. Vendredi ? Elle se souvenait de la hâte avec laquelle il avait tiré sur ses vêtements et éjaculé sur ses cuisses, tant il était impatient de la posséder. Et voilà qu'il allait aussi vite en besogne à présent. Quelle garantie avait-elle qu'il tiendrait parole ?

— Je suis... aux anges.

— Essaie de ne pas te faire trop de souci pour ce mariage, dit-il au bout d'un moment. D'accord ? Je ne veux pas que tu aies mal à la tête à cause de ça. Penses-y comme à un détail pratique.

Comment savait-il qu'elle avait des maux de tête au moindre stress ? Par Bess, évidemment. Et comment pouvait-il s'imaginer qu'elle allait être convaincue par son argument ? Ce mariage n'avait rien d'un simple détail pratique ! Elle serait coincée dans un ranch perdu, à des kilomètres de la ville, sans moyen de transport. Elle dépendrait entièrement de Hank Coulter. Cette pensée ne fit qu'ajouter à son angoisse. Elle était habituée à se débrouiller par elle-même. À partir de maintenant, elle allait renoncer au contrôle de sa propre vie. Il n'y aurait pas de magasins accessibles à pied, elle serait coupée du monde. Aurait-elle seulement accès à un téléphone ?

— À propos, je me suis occupé de ce papier.

Aussitôt, elle reporta son attention sur la conversation.

— Mon frère Zeke a été témoin de ma signature. Pas de relations sexuelles à moins que tu ne le désires. Pas de demande de garde après le divorce. J'ai aussi inclus une clause concernant la somme que j'ai promis de te remettre. Si tu veux que j'ajoute autre chose, tu n'as qu'à me le dire.

Il semblait si conciliant que cela éveilla les soupçons de Carly. S'il croyait vraiment que le document le liait sur le plan juridique, ne serait-il pas plus réticent à inclure d'autres conditions ?

— Quelle va être ta solution à propos de ce problème ?

— Que veux-tu dire ?

Se demandant s'il faisait exprès de ne pas comprendre, Carly serra les dents.

— Je parle du fait que tu ne vas pas avoir de relations sexuelles pendant deux ou trois ans, murmura-t-elle, l'estomac noué par la tension. As-tu l'intention de… tu sais… continuer comme avant ?

— Sortir le week-end, tu veux dire ?

C'était une façon polie de décrire la chose.

— Oui. C'est ce que tu comptes faire ?

— Je serai marié, rétorqua-t-il comme si sa réponse suffisait. Je ne sortirai pas avec d'autres femmes. Cela reviendrait à rompre mes vœux.

Génial ! Il serait tout à elle, frustration sexuelle incluse.

— Que vas-tu faire, en ce cas ?

Il y eut un autre silence, suivi par un soupir las.

— C'est mon problème, Carly. Fais-moi confiance pour le gérer.

Non. C'était son problème à elle ! Et elle ne lui faisait absolument pas confiance.

— Carly, reprit-il comme s'il lisait dans ses pensées, je t'ai promis que ce serait un mariage blanc à moins que tu n'en décides autrement. J'ai rédigé un document qui te le garantit par écrit. Que puis-je faire d'autre pour que tu sois convaincue ? Dis-le-moi et je le ferai.

— Laisse tomber, répondit-elle d'une voix creuse. J'étais seulement... laisse tomber.

Vendredi... Et s'il était alcoolique ? Violent ? La liste de risques était sans fin. Ce soir-là, au Chaps, il lui avait paru gentil et Bess semblait avoir confiance en lui, maintenant. Mais que savaient-elles vraiment de Hank Coulter ? Rien. S'il était ivre mort chaque soir de la semaine, elle ne s'en apercevrait qu'après l'avoir épousé.

— Tu es libre, cet après-midi ? demanda-t-il, coupant court à ses réflexions.

Le cœur de Carly manqua un battement.

— Pourquoi ?

— Il y a un délai légal à respecter après l'obtention d'un certificat de publication des bans. De trois jours, je crois. Nous devons nous occuper des papiers aujourd'hui ou demain pour pouvoir nous marier vendredi.

— Oh !

Carly tira sur son vieux T-shirt et tapota ses cheveux, encore ébouriffés après la nuit.

— À quelle heure ?

— Vers deux heures, ça t'irait ?

Elle réfléchit un instant.

— Si tu es vraiment décidé à faire ça, je suppose que oui.

— J'y suis décidé, dit-il fermement. Veux-tu que je t'expose ma situation financière ?

— C'est inutile, merci.

— Tu es sûre ? Tu te sentirais peut-être rassurée si tu avais une vue d'ensemble de la situation et si tu savais que nous n'avons pas d'autre possibilité.

Carly doutait fort que cela puisse la rassurer d'une quelconque manière. Elle n'était même pas sûre d'être capable de réfléchir de façon rationnelle. Peut-être ses hormones lui jouaient-elles des tours ; elle avait l'impression d'être constamment à cran.

— Non, ça ira, parvint-elle à répondre.

— À tout à l'heure, alors. Et une dernière chose avant que tu raccroches…

— Quoi ?

— Pourrions-nous essayer de nous dire au revoir, cette fois, comme des gens civilisés ? Jusqu'ici, tu m'as raccroché au nez à chacune de nos conversations téléphoniques.

Il avait parlé d'un ton taquin, et elle faillit sourire. Puis elle se ressaisit et serra les lèvres. Elle n'allait pas se laisser charmer par lui de nouveau. Baisser sa garde était dangereux.

— J'aime te raccrocher au nez. Ça me donne une satisfaction perverse.

Bref silence.

— J'aime satisfaire les femmes, répondit-il enfin d'une voix amusée. Ne te gêne pas.

Carly laissa retomber le récepteur sur son socle, en souriant malgré elle.

*

Hank arriva à deux heures précises. Il frappa trois petits coups secs à la porte et attendit.

Lorsque Carly apparut enfin sur le seuil, elle tenait trois chemisiers sur des cintres. Elle portait un grand T-shirt blanc par-dessus une jupe à fleurs roses et rouges. Hank remarqua ses pieds nus, ses chevilles fines et ses mollets fermes avant de reporter son attention sur son visage. Un type aurait pu tomber plus mal pour un mariage forcé, songea-t-il. Nettement plus mal.

— Je suis désolée, dit-elle. J'avais l'intention d'être prête.

Elle repoussa ses beaux cheveux en arrière.

— J'ai un problème un peu gênant et, puisque Bess n'est pas là, j'ai pensé que tu pourrais m'aider.

— Quel genre de problème ?

— Je ne sais pas encore assortir les couleurs, expliqua-t-elle en levant les chemisiers plus haut pour qu'il puisse les inspecter. Peux-tu me dire lequel des trois va le mieux avec ma jupe ?

L'un d'eux était orange et constellé d'étoiles vertes et mauves. Hank avait du mal à imaginer qu'elle puisse envisager de le mettre avec une jupe à fleurs.

— Je ne suis pas un expert, mais si j'étais toi, je choisirais le blanc.

Elle pivota sur ses talons.

— Je reviens tout de suite.

Il entra et referma la porte.

— Prends tout ton temps.

Comme elle se dirigeait vers sa chambre, elle commença à retirer son T-shirt. Hank aperçut le bas de son dos nu et un bras mince, puis la porte se ferma, le privant du spectacle. Il s'assit sur le canapé pour l'attendre.

Deux minutes plus tard, elle ressortit. Hank leva les yeux et réprima à grand-peine un sourire appréciateur. Elle se frotta le bout du nez, qui vira au rose.

— Merci de ton aide. Ça va, comme ça ?

Elle était splendide. Et si adorable, si peu sûre d'elle-même qu'il mourait d'envie de la couvrir de compliments. Mais ce n'était sûrement pas une bonne idée.

— Tu es superbe, dit-il en se levant. Si j'avais su que tu allais être aussi élégante, j'aurais changé de chemise.

Elle porta une main à sa gorge et recula d'un pas.

— Tu as raison. Une jupe est trop habillée. J'aurais dû mettre un pantalon. Excuse-moi une minute pendant que…

Hank tendit le bras et lui prit le poignet.

— Tu es parfaite comme tu es, assura-t-il. Je plaisantais.

Comme elle s'était raidie à son contact, il se hâta de la lâcher. Il y eut un silence. Hank chercha quelque chose à dire, mais aucune remarque spirituelle ne lui venant, il se contenta d'un simple :

— Eh bien ? Tu es prête ?

Elle frottait le poignet qu'il venait de toucher comme si elle redoutait qu'il soit contaminé.

— Aussi prête que je peux l'être.

— Tu auras besoin de ton sac.

— Oh ! Bien sûr. Il faut que je prenne mes papiers. Dois-je aussi présenter un extrait de naissance ?

— Non. Seulement une pièce d'identité.

Elle se dirigea vers la cuisine et revint presque aussitôt munie d'un petit sac noir tout juste assez grand pour contenir un portefeuille.

— Tu voyages léger.

— Quoi ?

Hank secoua la tête.

— Rien. Allons-y.

Une fois dehors, elle batailla pour fermer la porte à clé. Se souvenant des paroles de Bess, Hank réprima l'envie de lui proposer son aide. Comme il l'observait en silence, il remarqua que ses mains tremblaient. Elle était nerveuse, songea-t-il, préoccupé. Il savait pertinemment que c'était à cause de lui. Il tenta de se remémorer la fameuse nuit de leur rencontre – surtout la fin. Les images qui flottaient dans sa tête étaient vagues et confuses, mais pour une raison ou pour une autre, cette jeune fille avait peur de lui.

Jeune fille ? Hank tressaillit à cette pensée. Elle avait vingt-huit ans, bon sang ! Son cerveau devait se ramollir ! Pourtant, il ne pouvait se débarrasser de l'idée qu'elle était aussi timide, aussi peu sûre d'elle qu'une adolescente.

À la quatrième tentative, elle parvint enfin à introduire la clé dans la serrure. Il voulut l'aider à monter dans le pick-up, mais elle se déroba et se débrouilla seule. Hank ferma la portière et contourna le véhicule pour aller s'installer au volant. Carly était raide comme un piquet sur son siège. L'espace d'une seconde, il ne comprit pas ce qui avait pu la rendre plus anxieuse encore, puis il se souvint de ce qui s'était passé la dernière fois qu'elle était montée dans ce pick-up.

Les paumes moites, il s'engagea dans le flot de circulation et jeta un coup d'œil dans sa direction.

— Quelle belle journée ! dit-elle enfin, rompant le silence.

Il saisit avec soulagement la perche qu'elle lui tendait.

— C'est un des charmes de Crystal Falls, affirma-t-il. Le soleil y brille plus de trois cents jours par an en moyenne.

— Vraiment ? Comme c'est intéressant ! À Portland, il pleut presque aussi souvent.

Sur le point de dire : « Vraiment ? » lui aussi, Hank se retint avant que la conversation ne vire pour de bon au ridicule.

— Tu sais ce qu'on dit à propos des gens de l'Oregon ? Ils ne bronzent pas, mais ils rouillent !

Elle eut un petit rire suraigu.

— Sauf ici.

— Oui. Ici, on bronze et on a le cancer de la peau comme tout le monde.

Hank s'arrêta à un feu rouge. Carly était encore tendue, mais s'efforçait de n'en rien laisser paraître.

— J'adore le ciel ici, affirma-t-elle. Il est d'un bleu si intense ! C'est une des premières choses que j'ai vues, tu sais.

— Tu habitais déjà ici quand tu as subi ton opération ?

— Nous avions emménagé dans l'appartement la semaine d'avant et nous avons fait l'aller et retour à Portland pour l'opération. C'était un peu compliqué, évidemment, mais Bess devait être sur place au plus tôt pour commencer à chercher un emploi.

Hank se félicita intérieurement que l'amitié des deux jeunes femmes ait survécu à cette épreuve. Il avait craint que le rôle joué par Bess ne cause une rupture définitive. Le fait que Carly ait pardonné ce qu'elle avait considéré comme une trahison de la part de son amie en disait plus long sur elle que bien des discours.

Quelques minutes plus tard, Hank se gara le long de la rue principale. Carly descendit et partit en direction du palais de justice sans l'attendre. Il se hâta de la rejoindre, puis la prit par les épaules et passa sur sa gauche, la plaçant entre les vitrines et lui.

— Pardon, dit-il alors qu'elle l'interrogeait du regard. Un homme devrait toujours marcher côté rue. D'après mon père, c'est une des règles de conduite d'un gentleman.

— Il n'a pas entendu parler du mouvement féministe ?

— Du quoi ?

Elle leva les yeux au ciel et sourit.

— Je sais que nous ne sommes pas à Portland, mais ce n'est tout de même pas le bout du monde, ici.

— Tout dépend des gens qu'on fréquente. Nous autres, ranchers, avons nos propres façons de penser, surtout en ce qui concerne les femmes.

— Ah bon ?

Hank se hâta de clarifier ce qu'il venait de dire.

— C'est assez peu connu, mais les femmes de ranchers affirment avoir lancé le mouvement féministe, affirma-t-il.

— Vraiment ? fit-elle d'un ton amusé.

— Elles n'ont jamais eu besoin d'aller manifester pour obtenir l'égalité des droits. Elles les ont acquis à la sueur de leur front il y a plus d'un siècle. Prends ma mère, par exemple. C'est une vraie dame, mais je l'ai vue mater un taureau, faire les foins, et en même temps s'occuper de la maison et des enfants et préparer à dîner pour vingt personnes le soir venu. Mon père dit que c'est une sacrée femme, et il a raison. Ils avaient chacun leur rôle, bien sûr, mais le soir, quand mon père rentrait des champs, il pouvait enfiler un tablier et se mettre à faire la cuisine aussi vite qu'elle enfilait un jean et des bottes pour travailler au-dehors avec lui. Toutes les tâches étaient partagées.

— Ça paraît merveilleux.

— Oui. Ma mère est adorable et mon père... tu ne vas pas tarder à faire sa connaissance. C'est un homme à la fois moderne et attaché à une courtoisie d'un autre temps. Il est tout à fait pour que les femmes occupent des postes à responsabilité, mais il pense qu'aucun homme ne doit leur manquer de respect.

Ils avaient atteint les marches du palais de justice.

— Je suis tellement nerveuse que j'ai les mains toutes moites, avoua-t-elle.

— À propos du mariage ?

Elle hocha la tête.

— J'aurais vraiment préféré qu'il y ait une autre solution.

Hank repoussa son Stetson pour mieux voir le visage de Carly et lui sourit gentiment.

— Tout ira bien. Je te le promets.

Elle hocha de nouveau la tête et se redressa.

— Compte tenu des circonstances, nous n'avons pas d'autre choix. Je le sais.

Elle se détourna et s'engagea dans le vaste escalier. Hank remarqua qu'elle plissait les yeux pour se concentrer et comprit qu'elle avait du mal à distinguer le bord des marches.

— C'est mon cortex visuel, expliqua-t-elle en voyant qu'il l'observait. J'apprécie mal la profondeur de champ, les creux et les contours.

— Ah.

Une fois en haut, il poussa les doubles portes et s'effaça pour la laisser entrer. Puis il la prit par le coude et la guida vers l'ascenseur.

— Nous pouvons monter par l'escalier, protesta-t-elle.

— J'ai travaillé dur toute la matinée, mentit-il.

Les portes métalliques se refermèrent derrière eux. Hank pressa le bouton du troisième étage et s'adossa à la main courante, les bras croisés, observant Carly à la dérobée. Elle resta au centre de la cabine, triturant fébrilement l'anse de son sac de main et se tapotant les cheveux. Il aurait donné cher pour qu'elle puisse se détendre un peu.

— Il ne faut pas s'en faire toute une montagne, tu sais. Dans cinq minutes, ce sera fini.

Elle acquiesça avant de lui accorder un sourire hésitant. Hank eut l'impression que le soleil venait de surgir de derrière un nuage. Elle avait une bouche en cœur, la plus jolie qu'il ait jamais vue.

— Ça me fait un drôle d'effet. C'est la première fois que je me marie.

Il ne put réprimer un petit rire.

— À vrai dire, moi aussi.

L'ascenseur s'immobilisa avec un petit sursaut et les portes s'ouvrirent. Il la précéda vers le bureau et la fit entrer. Quelques instants plus tard, ils avaient en main le formulaire à remplir. Carly tenait le papier sous son nez pour déchiffrer les caractères. Hank la regarda avec perplexité. Elle semblait devoir étudier chaque lettre afin de pouvoir reconnaître un mot.

— Pourquoi y a-t-il tant de polices différentes ? grommela-t-elle. Parfois les « a » ont une petite queue, d'autres fois non ! Ça me rend folle !

Hank examina les mots et la lumière se fit dans son esprit. N'étant pas habituée à lire des lettres, Carly essayait de les lier aux formes qu'elle avait mémorisées au toucher.

Soucieux de lui épargner un surcroît de frustration, il se mit à lui lire les lignes tout haut, ce qui lui valut un regard courroucé de l'employé. Hank ne lui accorda aucune attention ; il ne voulait pas passer des heures dans ce bureau.

— Ce n'est qu'un formulaire standard, murmura-t-il à l'oreille de Carly. Est-il absolument nécessaire que je lise tout ?

— J'aime savoir ce que je signe.

Hank se mit à lire la ligne suivante. Avant de savoir quelle mouche l'avait piqué, il en avait altéré la formulation.

— Je promets en ce jour, commença-t-il doucement, d'être l'esclave sexuelle de mon mari, de ne pas lui poser de questions et de lui obéir en toutes choses, même s'il est affreusement violent et déraisonnable.

Elle écarquilla les yeux et lui arracha le papier des mains.

— Quoi ?

L'espace d'un horrible moment, Hank crut qu'il avait commis une erreur en la taquinant. Puis elle ravala un rire et leva les yeux au ciel.

— Tu es impossible ! Ce n'est pas ce qui est écrit.

— Exactement. C'est un formulaire standard.

Elle soupira.

— Oh ! très bien ! Montre-moi où je dois signer.

Il pointa l'espace du doigt. Avec une moue de concentration, elle griffonna son nom, appuyant sur le stylo au point de le casser. Fasciné par sa bouche, Hank oublia complètement le formulaire.

Il aurait volontiers cédé sa part du Lazy J juste pour pouvoir l'embrasser de nouveau.

— J'ai écrit droit ? demanda-t-elle avec inquiétude.

Pas précisément, mais il n'allait pas le lui dire.

— C'est très bien, répondit-il en ajoutant sa signature à la sienne.

Après avoir montré leurs pièces d'identité à l'employé, ils furent libres de partir. Comme ils retournaient vers l'ascenseur, Carly soupira.

— Je suis contente que ce soit terminé.

Hank se sentait soulagé lui aussi, sans savoir au juste pourquoi. Ce n'était qu'une formalité, après tout. Ils regagnèrent le pick-up en silence. Cette fois, Hank ne tenta pas d'aider Carly à y prendre place. Avant de démarrer, il se tourna vers elle.

— Voudrais-tu aller déjeuner quelque part ?

Elle parut surprise.

— J'ai déjà mangé.

— Boire un café, alors ?

Il lui semblait important de passer un moment avec elle avant le mariage. Peut-être se sentirait-elle moins stressée si elle le connaissait un peu mieux.

— Non, merci, dit-elle avec un sourire pour atténuer l'impact de son refus. Je n'ai pas le droit de boire du café. Ce n'est pas bon pour le bébé.

Hank aurait pu lui dresser une liste de toutes les boissons inoffensives pour le bébé qu'elle aurait pu choisir dans un bar, mais il décida de ne pas insister. Il était évident qu'elle n'avait pas envie de rester avec lui.

Le trajet de retour se fit dans le silence. Lorsque Hank se fut garé le long du trottoir, il coupa le contact.

— Eh bien, à vendredi, je suppose.

Elle hocha la tête, ses doigts triturant un bouton de son chemisier.

— Pourrais-tu venir me chercher en allant au palais de justice ? Bess a été rappelée pour un deuxième entretien dans un cabinet dentaire aujourd'hui. C'est bon signe, mais si elle décroche le poste, il est possible qu'elle doive travailler vendredi.

— Pas de problème, répondit Hank. Vers trois heures et demie ?

— Ce sera très bien.

Elle resta immobile un instant, cherchant visiblement quelque chose à dire, puis elle soupira.

— Eh bien, je ferais mieux d'y aller. À vendredi.

— Entendu.

Avant de refermer sa portière, elle lui adressa un sourire nerveux.

— Au revoir.

Hank la suivit des yeux tandis qu'elle s'éloignait le long du trottoir.

Vendredi.

Dans quatre jours, ils seraient mariés.

11

Ce soir-là, Hank alla voir ses parents. Il avait beau connaître par cœur tout ce qui l'entourait, il eut l'impression que la scène se déroulait dans un autre univers lorsqu'il s'assit à la table de cuisine. Sa mère était installée en face de lui, son père à sa droite.

— Tu es sûr que tu ne veux rien ? demanda Mary. Je viens de faire du café.

Hank avait déjà les nerfs à fleur de peau. Il n'avait certes pas besoin de caféine. Il se cala sur sa chaise en chêne.

— Non, merci.

Mary but une gorgée de thé et reposa sa délicate petite tasse au rebord doré.

— C'est gentil d'être venu. Il y a quelque temps que nous ne t'avons pas vu.

— Nous sommes débordés, à cette époque de l'année. Jake et moi sommes encore en train de marquer les poulains, et cette semaine on nous a amené quatre chevaux à dresser.

Le regard de Hank se porta sur le mur près de la fenêtre, où six séries d'empreintes digitales avaient été moulées dans du plâtre – une pour chaque membre de la tribu Coulter. Les siennes lui semblaient si petites qu'il avait peine à croire qu'elles aient pu lui appartenir. Il songea soudain qu'un jour prochain, il verrait peut-être celles de son fils sur ce même mur.

— Ça va bientôt se calmer, ajouta-t-il.

— Tant mieux. Jake et toi travaillez trop dur.

Hank chercha en vain une entrée en matière qui lui permettrait d'annoncer la nouvelle en douceur à ses parents. Il rejeta une idée après l'autre, tandis que le tic-tac de la vieille horloge en forme de théière lui semblait plus sonore à chaque seconde qui passait.

— J'ai quelque chose à vous dire, dit-il enfin. Préparez-vous à un choc.

Mary eut un haut-le-corps tandis que Harv fronçait les sourcils, fixant sur lui le regard bleu et perçant qui l'avait toujours intimidé enfant.

— Je ne sais pas par où commencer, alors je vais aller droit au but.

Il marqua une pause, puis se jeta à l'eau.

— Je me marie vendredi.

Ses parents le dévisagèrent, incrédules. Sa mère, une petite femme dodue aux cheveux bruns à peine striés de gris, posa avec précaution sa tasse sur sa soucoupe, sourit d'un air hésitant et jeta un coup d'œil vers son mari.

— Je suis désolée, dit-elle en riant. Je deviens un peu sourde. J'aurais juré que tu viens de dire que tu vas te marier.

Hank acquiesça.

— Tu as bien entendu.

— Je ne savais même pas que tu avais une petite amie attitrée !

Hank n'avait pas menti à ses parents depuis sa petite enfance, et il n'allait pas commencer à présent.

— Ces choses-là arrivent très vite, parfois.

— Tu as dit vendredi ? répéta sa mère.

Elle porta une main à sa gorge, les yeux soudain doux et brillants.

— C'est si rapide !

— Je sais que ça doit vous paraître précipité. Je suis désolé de ne pas vous avoir avertis plus tôt.

Harv tapota sa poche de chemise, cherchant le paquet de cigarettes auquel il avait renoncé quatre ans plus tôt.

— Depuis quand connais-tu cette femme, fiston ?

— Depuis un certain temps, répondit Hank d'un ton évasif.

— Tu l'aimes ? demanda sa mère avant de se mettre à rire. Question idiote ! Tu ne l'épouserais pas si ce n'était pas le cas.

Si seulement ils savaient ! Hank fut reconnaissant à sa mère d'avoir répondu à sa propre question. S'il pouvait l'éviter, il préférait ne pas avoir à entrer dans les détails de sa relation avec Carly.

Mary plissa le front.

— Tu as dit vendredi ?

Hank hocha la tête.

— Seigneur ! Mais c'est dans trois jours !

— Nous allons faire ça simplement, maman. Elle n'a pas de famille ici. Ce sera une cérémonie civile, rien de plus.

Mary parut dépitée.

— Mais tu ne vois pas d'inconvénient à ce que j'organise une petite réception, tout de même ? Nous pouvons fêter cela ici. Quel genre de mariage serait-ce s'il n'y avait pas de réception après ?

— Carly et moi ne voulons pas de réception. Nous sommes euh... enfin... c'est assez soudain... et nous voulons éviter tout le tralala...

— Un mariage n'est pas uniquement destiné aux mariés, intervint son père. Il est pour la famille aussi. Si ta mère veut organiser une réception, je ne vois pas pourquoi elle ne devrait pas le faire.

Résolu à les convaincre, Hank chercha un argument de poids, susceptible de satisfaire ses parents.

Nada. Puis il commit l'erreur de regarder sa mère ; elle avait les yeux pleins de larmes.

— Tu ne vas te marier qu'une seule fois, dit-elle d'une voix tremblante.

Pas nécessairement, songea Hank, mais le moment était mal choisi pour le faire remarquer.

— Je tiens à marquer l'événement, reprit-elle. Tu es notre fils !

Comment un homme était-il censé tenir tête à sa mère quand celle-ci était au bord des larmes ? Hank retira son chapeau et le posa sur la chaise à côté de lui. Bon sang ! Il pouvait s'opposer sans problème à un homme. Curieusement, ce n'était jamais aussi facile avec une femme. Et maintenant, il en avait deux à satisfaire.

— C'est déjà assez triste de n'avoir qu'une cérémonie civile, continua Mary, sa voix devenant plus tendue à chaque mot. Mais ne rien fêter du tout ? Nous n'aurons pas de photos, pas de souvenirs à partager en famille ! Et…

Sous la table, le père de Hank le poussa du pied. Hank comprit qu'il avait perdu la bataille et leva la main.

— Maman ?

Elle continuait à parler.

— Maman ? Hé ! Vas-tu me laisser placer un mot ?

Mary se tut, mais lui adressa un regard lourd de reproche.

— Si je dis oui, peux-tu me promettre solennellement d'organiser quelque chose de très, très simple ?

Elle hocha la tête.

— Oui, bien sûr. Je peux faire simple.

— Alors, c'est d'accord, céda Hank. Mais il faut qu'il n'y ait que très peu d'invités, seulement les membres de la famille.

— Très peu d'invités, répéta Mary, aussitôt ragaillardie. Pas de problème. Ce sera plus intime.

Elle cilla, refoulant ses larmes, et s'essuya les joues.

— Je suis désolée. Ce n'est pas tous les jours qu'un de vos enfants se marie ! Je ne conçois pas qu'on puisse faire les choses autrement.

Hank avait reçu le message. Cinq sur cinq. Tant que sa mère ne mettait pas les petits plats dans les grands, une réception n'avait rien de dramatique, après tout.

— Carly, tu as dit ? Quel joli nom ! reprit Mary. Quand allons-nous la rencontrer ?

Hank se frotta le menton.

— Elle va être très occupée, cette semaine, à faire ses bagages et à se préparer pour la cérémonie. Il vous faudra sans doute attendre le jour du mariage.

— C'est dommage.

Hank était d'accord, mais il ne voulait pas imposer à Carly trop d'épreuves à la fois. Une fois le mariage passé, sa famille aurait tout loisir de faire sa connaissance.

Il tritura la mosaïque en haricots censée être un dessous-de-plat qui ornait le centre de la table. Il l'avait fabriquée pour la fête des Mères une éternité auparavant. Son père l'avait recouverte d'une pâte de fibre de verre afin de protéger le motif, un coq mal centré, affligé d'un strabisme prononcé et d'une crête en dents de scie. Le pauvre volatile avait l'air d'avoir été assommé par un coup de marteau.

— Comment est-elle ? insista Mary.

Hank réfléchit un instant.

— Blonde, jolie.

Le regard de son père se durcit.

— Pas dans le genre vulgaire, ajouta-t-il. Ses cheveux sont naturellement blonds, couleur miel, avec des mèches plus foncées. Elle ne porte pas de maquillage, ou presque pas. Si je devais la décrire en quelques mots, je dirais qu'elle ressemble à un ange – comme ceux qu'on voit peints sur les plafonds des églises.

Harv se détendit et Mary sourit.

— Elle doit être adorable.

Elle s'empara d'un stylo et d'une feuille de papier et se mit à griffonner des notes.

— Il faudra inviter les Kendrick, dit-elle en jetant un coup d'œil vers Hank.

Il eut une vision du salon de ses parents plein à craquer.

— Hormis Ryan, les Kendrick ne font pas vraiment partie de la famille, maman.

— C'est tout comme. Bethany est une Kendrick, à présent. Et Ryan va forcément leur parler du mariage.

Elle entreprit de dresser une liste qui, sous l'œil effaré de Hank, ne tarda pas à prendre des proportions alarmantes.

— Et nous ne pouvons pas laisser de côté les parents de Molly.

Hank adressa un regard suppliant à son père. Harv réprima un sourire amusé.

— Ils ne pourront peut-être pas venir, ma chérie. Il faudrait qu'ils descendent de Portland en voiture, et nous ne leur donnons guère de temps.

Hank pria pour que son père ait raison. Si cinquante personnes débarquaient pour assister à la cérémonie, comment l'expliquerait-il à Carly ?

— Je pense vraiment qu'il vaudrait mieux n'inviter que la famille proche. J'ai quatre frères et une sœur, dont deux qui sont mariés et qui ont des enfants. Nous ne tiendrons pas tous dans le bureau d'état civil, sans parler des parents éloignés…

— Ne t'inquiète pas, dit Mary. Je m'occupe des détails.

C'était justement ce qui inquiétait Hank. Les détails. Pourquoi fallait-il que les femmes compliquent tout ?

Mary leva les yeux vers son mari.

— Nous ne devons pas oublier Sly et Helen.

Harv lança à Hank un regard de biais.

— Je suppose que non.

Une fossette se creusa dans la joue de Mary.

— Notre Hank qui se marie ! Tu n'as pas du mal à y croire, Harv ? Quand il a annoncé qu'il avait quelque chose à nous dire, je m'attendais à tout sauf à ça !

— C'est une surprise, pour sûr.

Harv repoussa sa chaise.

— Hank, pendant que ta mère fait la liste des invités, tu peux venir au garage avec moi ? J'ai quelque chose à te montrer.

Se préparant à un interrogatoire en règle, Hank suivit son père. Harv ne le déçut pas.

— Qu'est-ce qui se passe ? demanda-t-il d'une voix sourde, dès que la porte fut refermée.

— Rien, papa. Je me marie, c'est tout.

— Autant que je sache, tu ne fréquentes personne. Et tu arrives ici, fier comme un paon, nous annoncer que tu te maries ?

— Écoute, papa…

— Garde tes salades pour ta mère. Elle te croit. Dis-moi la vérité.

Hank s'exécuta, relatant toute l'affaire, y compris la manière dont il avait contraint Carly à l'épouser. À mi-chemin du récit, Harv se laissa tomber sur une laitière en fer-blanc. Vers la fin, sa mâchoire tressaillait, signe qu'il serrait les dents. Ses yeux bleus étincelaient de colère.

— Je suis désolé, papa, conclut Hank lorsqu'il eut terminé. Je sais que je t'ai déçu.

— Je ne suis pas fier de toi, mon garçon. Je croyais t'avoir élevé autrement.

— Si ça peut te consoler, j'ai appris une dure leçon. Maman me répétait tout le temps qu'un jour ou l'autre, j'aurais des ennuis. Elle avait raison, sauf que ce n'est pas moi qui souffre. Quoi qu'il arrive entre Carly et moi, je ne fréquenterai plus jamais les bars.

Son père se redressa.

— Fréquenter les bars ? Le terme est un peu faible quand on parle de se saouler et de déflorer des filles à l'arrière d'un pick-up.

Hank ne trouva rien à dire pour sa défense. Les larmes aux yeux, il affronta le regard dur de son père.

— Tu sais ce qui est le pire ?

— Non. Quoi ?

La gorge de Hank se noua.

— Carly est exactement le genre de fille que j'aurais choisie si j'avais eu assez de bon sens pour en chercher une. Elle est douce et jolie, et gentille, avec juste assez de caractère pour me garder sur le droit chemin.

Il soupira et donna un coup de pied dans une feuille sèche qui s'était faufilée sous la porte.

— Chaque fois que je la regarde, je me demande comment j'ai pu penser qu'elle était une habituée des bars. Et comme je ne savais pas qu'elle était vierge, je n'ai pas pris de précautions particulières. Je lui ai fait mal, j'en suis sûr. Elle se méfie de moi, à présent.

— Je ne m'inquiète pas trop pour ça, rétorqua son père. Tu trouveras le moyen de l'apprivoiser.

Hank n'en était pas si sûr.

— Peut-être.

Harv se leva lourdement. Hank attendit que son père lui dise « Je te l'avais bien dit » ou qu'il l'accable de reproches. Au lieu de cela, Harv le prit par les épaules, le regarda dans les yeux et sourit tristement.

— J'aurais préféré que tu ne mettes pas cette pauvre fille dans une situation pareille, je ne vais pas prétendre le contraire. Mais puisque tu l'as fait, je suis fier de voir que tu assumes tes responsabilités.

Hank s'était attendu à tout sauf à ce genre de déclaration.

— C'est mon enfant, papa. Il n'y a aucun doute là-dessus. Cette grossesse va gâcher la vie de Carly, si je n'interviens pas.

— Beaucoup d'hommes prendraient leurs jambes à leur cou.

— J'ai été élevé mieux que ça.

Harv acquiesça.

— Dans des circonstances normales, je n'aurais jamais approuvé que tu la contraignes à t'épouser, mais rien ne me paraît normal dans votre situation.

C'était le moins que l'on puisse dire, songea Hank.

Harv sourit, puis lui tapota le bras.

— Elle aura une famille pour la soutenir, à partir de maintenant.

Hank jeta un coup d'œil à la porte qui communiquait avec la cuisine. Il avait parfois été exaspéré par le clan Coulter, si nombreux et si étroitement soudé. Maintenant, il se réjouissait de son existence. Sa mère prendrait Carly sous son aile et il pouvait compter sur Jake et sur Molly pour l'accueillir chaleureusement au ranch. Carly se sentirait peut-être un peu intimidée au début, mais Hank était persuadé qu'elle ne tarderait pas à aimer sa famille presque autant que lui.

— Elle aura aussi quelqu'un de bien à ses côtés, commenta Harv doucement.

Surpris, Hank interrogea son père du regard. Ce dernier baissa la tête et donna à son tour un coup de pied dans la feuille.

— Quand un homme élève des fils, il a tendance à présenter de lui une image flatteuse, histoire de montrer l'exemple. J'ai fait ma part d'erreurs, des choses dont je n'ai jamais parlé devant vous, les garçons.

Il leva les yeux, l'air penaud.

— Moi aussi, j'ai couru les filles et fait la bringue. Je ne voulais pas me marier. Je ne me voyais pas encombré d'une ribambelle de gamins à nourrir.

Sûrement pas, pas moi ! Et puis j'ai rencontré ta mère...

Il fit à Hank un clin d'œil.

— J'ai eu le coup de foudre pour elle et j'ai passé les mois suivants à prendre des douches froides. C'était une fille bien. Elle n'était pas du genre à se laisser renverser dans le foin sans avoir la bague au doigt. Je n'avais pas d'autre choix que de l'épouser. Son père a failli faire une attaque ! Il a dit que j'étais un voyou, un bon à rien, que je la ferais souffrir, et il a refusé de nous donner sa bénédiction. Il était fou de rage quand on s'est sauvés et qu'on s'est mariés quand même.

— Grand-père ne t'aimait pas ? s'exclama Hank, incrédule.

Harv eut un léger rire.

— Il avait raison. J'étais un voyou doublé d'un bon à rien.

Il planta son index sur le torse de Hank.

— Il fallait une femme comme ta mère pour me remettre sur les rails, et elle m'y a gardé depuis. Ton grand-père a fini par m'accepter. Quand Jake est arrivé, on s'entendait bien, lui et moi. Et ça a duré jusqu'à sa mort.

Harv esquissa un sourire amusé.

— Tu sais les dernières paroles qu'il m'a dites ? « Traite ma Mary comme il faut, sinon, je te jure que je reviendrai d'outre-tombe pour te botter les fesses, gamin. »

Hank ne put s'empêcher de rire. Il avait encore du mal à croire que son père ait pu courir les femmes.

— Et puisque le père de Carly n'est pas là pour le dire, c'est moi qui le ferai à sa place, reprit Harv en étrécissant les yeux. Traite-la comme il faut, sinon, c'est moi qui te botterai les fesses !

— Ne t'inquiète pas, papa. Mes frasques sont terminées. Dans peu de temps, j'élèverai un enfant et je me peindrai sous un jour meilleur que je ne le suis, moi aussi.

— Je sais, répondit Harv en hochant la tête. Je t'ai élevé, non ?

Comme il s'apprêtait à retourner dans la cuisine, Hank le rappela.

— Papa... Il y a une dernière chose...

Harv se retourna vivement.

— Si c'est une mauvaise nouvelle, garde-la pour plus tard. J'en ai entendu assez pour aujourd'hui.

— Non, ce n'est rien de grave.

Hank se frotta la nuque, choisissant ses mots avec soin.

— Ça m'ennuie de te demander ça parce que je sais que tu n'aimes pas avoir de secrets vis-à-vis de maman, mais dans ce cas précis, pourrais-tu garder pour toi la grossesse de Carly pendant quelques jours ?

— Je préférerais ne pas avoir à le faire, répondit Harv en fronçant les sourcils.

— Je sais et je comprends. C'est juste que... eh bien, si tu le dis à maman, elle va en parler à Bethany. En un rien de temps, toute la famille sera au courant. Je ne voudrais pas que quelqu'un fasse un faux pas et que Carly se sente humiliée le jour de son mariage.

Harv acquiesça.

— Très bien, fiston. Je te donne une semaine, pas un jour de plus. Ta mère et moi n'avons pas de secrets l'un pour l'autre.

— Quelques jours suffiront, promit Hank. C'est pour Carly, pas pour moi. Peut-être que cela ne l'ennuierait pas. Beaucoup de femmes sont enceintes avant de se marier de nos jours, mais on ne sait jamais. Sa vie n'a rien d'ordinaire.

Harv se frotta le menton, faisant crisser sa barbe naissante, plus grise que brune à présent.

— Ta mère sera ravie pour le bébé, tu sais. Elle ne porterait jamais de jugement sur ce genre de chose.

— Ce n'est pas ça qui m'inquiète, soupira Hank. Pas une seconde. C'est juste que Carly ne vous a jamais vus. Elle a besoin d'un peu de temps avant que maman se mette à s'extasier et à l'inonder de cadeaux pour le bébé.

Harv s'esclaffa et le poussa vers la porte.

— Tu ferais mieux de rentrer avant qu'elle invite la moitié de la ville à ton mariage.

Hank espéra que son père plaisantait, mais quand il regagna la cuisine, Mary était déjà au téléphone, parlant à toute allure à sa sœur Bethany.

— Oui, disait-elle, vendredi après-midi à seize heures ! Comme ça, sans crier gare ! Il dit qu'elle s'appelle Carly. Oui, eh bien, tu connais ton frère. Il ne s'est jamais traîné à quatre pattes, mais il a marché à sept mois. Rien n'a changé.

Hank entendit la voix étouffée de Bethany à l'autre bout de la ligne. Il imagina sa sœur, assise dans le fauteuil roulant ultramoderne que son mari Ryan avait fait fabriquer spécialement pour elle, ses yeux marron pétillant de joie.

Mary éclata de rire et tendit l'appareil à Hank.

— Elle veut avoir tous les détails. Je te la passe !

*

Le vendredi suivant, à quinze heures trente précises, Hank sonna à la porte de Carly. En attendant qu'elle vienne lui ouvrir, il vérifia le nœud de sa cravate américaine, redressa les épaules pour ajuster sa veste en tweed et s'assura que la boucle de son ceinturon était bien centrée. Il se sentait nerveux ; une fine pellicule de sueur perlait sur sa peau.

Le jour de son mariage.

Lorsqu'il entendit tourner la poignée, il cacha le bouquet de mariée dans son dos et plaqua un sourire qu'il espérait amical sur ses lèvres. Puis la porte s'ouvrit et son sourire se figea. Il resta bouche bée. L'ange s'était transformé en femme fatale.

Carly arborait un fourreau d'un blanc scintillant doté d'un décolleté qui donnait un sens nouveau au mot « plongeant ». Le tissu épousait toutes les courbes de son corps ravissant et la jupe était agrémentée d'une fente qui montait jusqu'à mi-cuisse, révélant presque entièrement une jambe fuselée. Elle donnait l'impression de s'être maquillée à la truelle et ses cheveux formaient de part et d'autre de sa tête une masse de boucles blondes qui semblait assez rigide pour qu'on y pique des décorations de Noël.

— Bonjour, dit-elle d'une voix incertaine.

Hank était incapable d'articuler un son.

— Bess avait préparé une robe pour moi, mais j'ai perdu un bouton, poursuivit-elle en lissant le tissu sur ses hanches. Je me suis piqué le doigt en essayant de le recoudre et j'ai saigné sur le bustier.

Sa voix était devenue perçante.

— Cette robe-ci appartient à Bess. Je l'ai trouvée tout au fond de son placard. Je suis nulle pour choisir des vêtements. Ça va ?

La robe aurait été le rêve érotique de tout homme normalement constitué si Carly l'avait accompagnée de talons aiguilles, au lieu de quoi elle arborait des sandales blanches toutes simples, qui créaient un contraste pour le moins saisissant avec sa tenue.

Encore sous le choc, Hank entra et referma la porte.

— Tu t'es mis du maquillage, dit-il enfin.

Elle posa sur lui un regard hésitant. Le bleu de ses yeux était presque éclipsé par des demi-lunes d'ombre à paupières verte.

— Je n'en mets jamais, d'habitude. Il a fallu que je m'y prenne à trois fois.

Hank ne fut guère surpris par son aveu, même si, pour une première tentative, il y avait relativement peu de coulures. Il considéra sa jolie bouche recouverte d'un rouge vif, l'épaisse couche de mascara qui recouvrait ses cils, et songea qu'elle avait dû emprunter la trousse de maquillage de Beth. Les teintes auraient davantage convenu à une brune.

Il fut brusquement ramené des années en arrière, au soir où sa sœur avait assisté à son premier bal. Leurs parents avaient été appelés à l'écurie pour une urgence. Chargé d'attendre que le vétérinaire rappelle, Hank était le seul membre de la famille présent dans la maison quand Bethany avait émergé de la salle de bains, ressemblant de manière frappante à Carly à présent, le visage tartiné de couleurs criardes, arborant une coiffure à faire peur, les cheveux collés par la laque.

La seule différence était que Bethany savait qu'elle avait l'air affreux, alors que Carly ne s'en doutait pas.

Une seconde, Hank envisagea d'être lâche. Il ne voulait pas lui faire de peine. Mais d'un autre côté, il ne pouvait pas se taire et la laisser sortir dans cet état. Plus tard, lorsqu'elle comprendrait à quel point sa robe et son maquillage étaient déplacés, elle se sentirait humiliée chaque fois qu'elle se souviendrait du jour de son mariage.

L'hésitation dut se lire sur son visage, car Carly porta une main à son cœur.

— Je suis hideuse, n'est-ce pas ?

— Tu ne pourrais jamais être hideuse.

Il posa le petit bouquet sur le canapé et se retourna vers elle.

— C'est juste que cette robe est trop sexy pour un mariage. Tes cheveux sont beaucoup plus beaux naturellement, et tu es trop maquillée.

Elle parut atterrée.

— Mon Dieu !

Elle fit volte-face, puis pivota de nouveau et l'implora du regard.

— Peux-tu m'aider à choisir une robe plus appropriée ?

Hank avait l'intention de faire bien plus. Il retira sa veste et retroussa ses manches en la suivant dans la chambre. Des cartons étaient empilés partout sur le lit, signe qu'elle avait déjà fait ses bagages pour emménager dans le chalet. Par chance, elle avait laissé quelques tenues sur des cintres. Lorsqu'elle ouvrit le placard, les yeux de Hank tombèrent sur une robe bleu pâle toute simple.

— Celle-ci sera parfaite, affirma-t-il.

— Et mes cheveux ? Et le maquillage ?

— Il se trouve que je suis un expert en la matière, répondit-il. J'aidais ma sœur Bethany à se préparer quand elle sortait.

Il baissa les yeux sur sa montre, se résignant à être en retard pour la cérémonie.

— Peux-tu retirer cette robe, enfiler un peignoir et me retrouver dans la salle de bains ?

Quelques instants plus tard, quand Carly apparut sur le seuil, Hank ajustait la température de l'eau. Elle se mordilla la lèvre en le voyant s'approcher, un gant mouillé à la main. Il lui nettoya le visage à l'aide d'une lotion démaquillante, puis l'attira vers le lavabo, la forçant doucement à baisser la tête pour qu'il lui mouille les cheveux. Elle poussa un petit cri stupéfait.

— Jamais je ne me suis sentie aussi humiliée, murmura-t-elle.

— Ce n'est pas ta faute. Tu n'as pas l'habitude des couleurs, et tu ne vois pas les paillettes.

Il appliqua le shampooing, prenant soin de ne pas lui en faire couler dans les yeux, après quoi il lui rinça rapidement les cheveux. Les fesses rondes de Carly se pressaient contre son entrejambe et ce contact lui rappela le contrat qu'ils avaient passé, ravivant sa détermination à la faire changer d'avis à ce sujet.

— Là, dit-il en lui enveloppant les cheveux d'une serviette. Où est le maquillage ?

Elle lui désigna une petite trousse près du lavabo. Hank l'ouvrit, inspectant rapidement le contenu avant d'en sortir trois objets seulement, du mascara, du fard à joues, et un rouge à lèvres rose pâle.

Debout devant lui, Carly l'observa, tendue, les yeux écarquillés, alors qu'il se mettait au travail. De l'avis de Hank, elle avait un teint parfait, qui n'exigeait aucune retouche. Cependant, il comprenait qu'elle désire se montrer sous son meilleur jour pour faire la connaissance de sa famille. Un soupçon de maquillage la rendrait plus sûre d'elle.

— La règle de base est qu'il vaut toujours mieux ne pas en mettre assez que d'en mettre trop, expliqua-t-il en appliquant une couche de mascara sur ses longs cils soyeux. L'idée est d'avoir l'air naturel.

— Nous allons être en retard à cause de moi, chuchota-t-elle.

Le devant du peignoir bâillait légèrement, révélant un soutien-gorge en dentelle délicate et la naissance de ses seins. Au prix d'un gros effort, Hank réussit l'exploit de fixer son regard sur le visage de Carly.

— Ce n'est pas ta faute. J'aurais dû venir plus tôt.

— Tes parents seront fâchés ?

Il appliqua une touche de couleur sur ses lèvres.

— Je ne crois pas, dit-il en lui faisant un clin d'œil. S'ils sont un peu agacés d'avoir attendu, ils l'oublieront dès qu'ils auront vu leur jolie belle-fille.

Quand il eut terminé, il retira la serviette qui retenait ses cheveux. Ils tombèrent en mèches souples et humides sur ses épaules. Fasciné par sa beauté, Hank les peigna puis les mit en place du bout des doigts.

— Voilà, ça y est, annonça-t-il. Cours mettre ta robe et nous pourrons partir.

Elle jeta un coup d'œil nerveux à la glace.

— Il faut que je me sèche les cheveux. Je ne peux pas y aller comme ça.

— Le temps qu'on arrive, ils seront presque secs, affirma-t-il. Et ils seront magnifiques.

Carly ne parut guère convaincue.

— Je suis un don Juan, souviens-toi. Je sais de quoi je parle.

Elle regagna la chambre, le bousculant au passage. Lorsqu'elle en ressortit, quelques minutes plus tard, elle était superbe avec sa robe bleu pâle et ses sandales toutes simples.

— Tu es absolument parfaite.

Les paroles avaient jailli d'elles-mêmes. Hank était sincère. Elle était parfaite en effet, innocente et nerveuse, timide et incertaine.

— Je serai l'homme le plus fier du pays en entrant au palais de justice à ton bras, ajouta-t-il en lui offrant le bouquet.

— Oh ! Hank, tu n'aurais pas dû ! murmura-t-elle, les yeux brillants de larmes. Elles sont magnifiques.

Elle inspira profondément leur parfum.

— Des œillets ? Ce sont mes préférés.

Hank comprit brusquement qu'elle devait identifier les fleurs à leur odeur. Il la regarda effleurer délicatement un pétale.

— Ça, c'est une marguerite.

À son tour, il toucha un pétale couleur lavande.

— Voici une orchidée sauvage. Et là, ce sont des jacinthes des bois.

— Merci beaucoup.

Elle rougit légèrement.

— J'ai toujours adoré les fleurs – parce qu'elles sentent si bon, je suppose. Même quand je ne pouvais pas les voir, je les appréciais.

Hank se promit intérieurement de lui en offrir souvent à partir de maintenant. Il plongea la main dans sa poche.

— J'ai... euh... j'ai aussi acheté autre chose.

Elle lui décocha un regard stupéfait.

— Nous devrons avoir des alliances, pour la cérémonie. Mais quand je suis allé à la bijouterie, je n'ai pas pu résister à la tentation.

Il ouvrit la petite boîte en velours bleu nichée au creux de sa paume.

— Je ne savais pas ce qui te plairait, alors j'ai choisi quelque chose qui me faisait penser à toi.

Il sortit de son écrin une bague de fiançailles, un cercle de diamants minuscules disposés autour d'un joyau plus gros, étincelant, au centre. Il la glissa au doigt de Carly en se félicitant de son choix. La bague était ravissante, ni trop voyante ni trop insignifiante, et le motif délicat convenait parfaitement à Carly.

— Je suis content qu'elle t'aille.

Carly leva la main, l'air troublé.

— Il ne fallait pas, Hank. Elle a dû te coûter une fortune.

— Pas tant que ça.

Il la regarda, se prenant à regretter... il ne savait quoi au juste. Que les choses ne soient pas différentes ? Qu'il n'ait pu la demander en mariage de manière plus conventionnelle ?

— Puisque nous allons nous marier, autant faire les choses comme il faut. Dans le pire des cas, tu pourras toujours la donner à notre fils ou à notre fille un jour.

Elle parut soudain méfiante.

— Dans le pire des cas ?

Il s'était mal exprimé, réalisa Hank. Il jeta un coup d'œil à sa montre.

— Nous sommes déjà très en retard. Nous ferions mieux d'y aller.

— C'est une très jolie bague, Hank. Merci.

Elle ne semblait pas déborder de joie à la perspective de la porter, et Hank supposa que le sens symbolique du bijou la gênait. Une bague de fiançailles était la promesse d'un avenir partagé, et une alliance scellait cette promesse. En passant la bague au doigt d'une femme, un homme la déclarait sienne.

Hank n'avait rien contre.

Jamais une femme ne lui avait autant plu.

12

Hank et Carly furent en retard à leur propre mariage. De trente-cinq minutes seulement, mais pour ceux qui étaient arrivés à l'heure convenue, l'attente avait été longue. Les membres de sa famille se tenaient au coude à coude dans la salle exiguë, fébriles et impatients, transpirant dans leurs habits du dimanche. Debout derrière une petite table disposée le long du mur du fond, le juge de paix arborait une mine sombre et irritée.

Lorsque Hank poussa la porte, Carly se blottit contre lui, une main crispée sur sa veste, l'autre tenant étroitement son bouquet. Il songea à la rassurer, puis il aperçut ses parents et décida de les laisser faire. Il avait toujours pu compter sur leur gentillesse.

À côté de lui, Carly était raide comme un piquet. Instinctivement, Hank passa un bras autour de ses épaules, s'efforçant de lui faire comprendre qu'ils étaient entourés de gens amicaux prêts à l'accueillir à bras ouverts.

Le magistrat les foudroya du regard. Il était clair qu'il avait hâte de commencer, mais Hank se refusait à bousculer Carly. Il était hors de question qu'elle dise « oui » sans avoir au moins été présentée à ceux qui allaient assister à la cérémonie. Il se rattraperait plus tard en offrant au juge un généreux pourboire.

— Papa, maman, voici Carly. Carly, je te présente mes parents, Mary et Harv Coulter.

Hank n'avait jamais été aussi fier d'être un Coulter qu'en cet instant. Sa mère s'avança avec un sourire ravi, les bras ouverts.

— Je m'appelle Mary, ma chère petite, mais j'espère que vous m'appellerez maman. Je suis si heureuse de faire votre connaissance !

En dépit de sa nervosité, Carly sembla retrouver son naturel. Elle esquissa un de ces sourires éblouissants qui avaient tourné la tête de Hank le fameux soir au Chaps.

— Moi aussi, je suis contente de vous rencontrer. Hank m'a tellement parlé de vous !

Mary était aux anges. Du coin de l'œil, Hank vit Bess se détacher du groupe. Elle sourit mais resta en retrait, visiblement désireuse de ne pas interrompre l'échange. Harv étreignit Carly avec chaleur, lançant à Hank un regard approbateur par-dessus son épaule.

— Vous ressemblez tant à Hank ! commenta Carly.

Harv eut un petit rire.

— La marque des Coulter. Mes fils en sont tous affligés.

Mary vint étreindre Hank à son tour.

— Elle est superbe, mon petit. Absolument superbe.

— Merci, maman. C'est vraiment quelqu'un de remarquable.

À présent, tous les membres du clan Coulter étaient au courant de la maladie de Carly et de ses problèmes de vision. Harv avait tenu parole et n'avait pas soufflé mot de la grossesse, mais il n'avait pas estimé nécessaire de taire les autres informations que Hank lui avait données.

— C'est extraordinaire, chuchota Mary. On ne dirait jamais qu'elle était aveugle il y a peu de temps.

Hank allait reprendre sa place au côté de Carly quand son père la présenta à Zeke, lequel l'embrassa sur la joue avant de l'entraîner vers ses frères jumeaux, Isaiah et Tucker. Hank se fraya en hâte un chemin dans la foule pour se charger des présentations. Lorsqu'il enroula un bras autour de sa taille, elle tressaillit comme s'il l'avait touchée avec un charbon ardent.

Hank raffermit son étreinte, et rencontra le regard amusé de Tucker.

— Mon chou, voici mon frère Tucker. Tucker, Carly Adams.

Carly plissa les yeux, fixant les jumeaux.

— Ô mon Dieu ! s'exclama-t-elle, consternée. Je commence à voir double.

Tucker éclata d'un rire sonore. Isaiah, le plus calme et le plus réservé des deux, se contenta de sourire.

— Non, mon cœur, tu ne vois pas double. Isaiah et Tucker sont jumeaux, expliqua Hank. J'ai moi-même du mal à les distinguer, parfois.

— Vraiment ?

Carly les étudia avec une curiosité mêlée de stupeur.

— J'ai entendu parler des jumeaux, bien sûr, mais je n'en avais encore jamais vu.

Elle leva les yeux vers Hank.

— Ils te ressemblent beaucoup.

— Comme le disait papa, nous nous ressemblons tous.

— Parlez-nous de vous, Carly, dit Tucker avec chaleur. Maman a dit que vous étiez institutrice ?

— Oui, en effet. J'ai pris un congé sabbatique cette année pour faire ma maîtrise.

Visiblement intéressé, Isaiah intervint à son tour.

— Vraiment ? Dans quelle matière ?

Ignorant que toute la famille de Hank était déjà informée de sa maladie, Carly expliqua qu'elle souffrait de dystrophie grillagée et qu'elle souhaitait se spécialiser dans l'enseignement des malvoyants.

— C'est fantastique ! commenta Tucker. Je parie qu'on manque d'enseignants dans ce domaine.

La conversation se poursuivit pendant quelques minutes, puis Tucker emmena Carly vers leur sœur Bethany, qui venait d'ouvrir une école d'équitation pour enfants handicapés. Les deux jeunes femmes avaient donc déjà un point commun. Hank regarda tour à tour sa future épouse et ses frères jumeaux, soulagé que tout semble se passer sans anicroche. Avant la fin de la journée, Carly aurait sans doute été séduite par chacun des membres de sa famille, qu'elle le veuille ou non.

Certain de la laisser en de bonnes mains, Hank saisit l'occasion de s'occuper des détails de dernière minute avec le juge de paix.

Contrairement à l'impression qu'avait eue Hank, Carly était en proie à un malaise croissant. Elle s'était attendue à une cérémonie intime. Au lieu de cela, il devait y avoir au moins une vingtaine de personnes, peut-être davantage, et tous ces visages inconnus lui donnaient le vertige. Jamais elle ne se souviendrait de tous les noms. Pis encore, il était évident que les amis et parents de Hank croyaient qu'il s'agissait d'un véritable mariage, d'une union pour le meilleur et pour le pire. Sachant qu'il n'en était rien, Carly se sentait affreusement coupable.

Le mensonge lui répugnait, et feindre d'aimer un homme qu'elle connaissait à peine était le plus gros mensonge de sa vie. Elle n'avait en commun avec Hank que leur bébé. Dans deux ou trois ans, ils divorceraient et suivraient chacun sa propre voie. Comment était-elle censée regarder ces gens en face, sourire et se conduire comme si c'était le plus beau jour de sa vie ?

C'était une chose que de signer des papiers et de s'unir pour des raisons financières. Faire passer cet arrangement pour un véritable mariage et laisser une famille l'accueillir en son sein avec tant de sincérité, c'était une autre affaire. Bethany était si amicale et si intéressante que Carly l'avait aimée sur-le-champ. Quant à Ryan Kendrick, son mari, c'était un grand cow-boy brun et élancé, avec des yeux bleus pétillants et un sourire chaleureux. De fait, ils étaient tous si gentils que Carly dut s'obliger à garder ses distances, ne voulant ni trop les aimer ni les encourager à l'aimer parce qu'elle savait que ce mariage n'était qu'un simulacre.

Ayant conversé suffisamment longtemps avec Bethany pour ne pas paraître impolie, Carly se détourna, cherchant en vain Hank du regard. Comme s'il avait deviné son désarroi, Zeke surgit soudain à côté d'elle et lui prit la main.

— Vous avez peur ?

Carly lui lança un regard abattu.

— Je suis terrifiée.

— Hank est par là, dit-il en la guidant à travers la foule. Tout le monde est nerveux, vous savez. C'est normal. Dans cinq minutes, ce sera terminé.

Au contraire, songea Carly, dans cinq minutes, cela ne ferait que commencer.

— Je ne peux pas tromper tout le monde ainsi, murmura-t-elle, sachant que Zeke avait été présent le vendredi précédent lorsqu'elle avait accepté l'offre de Hank au téléphone. Ils pensent que c'est un vrai mariage.

Elle lui pressa la main.

— Faites-moi sortir d'ici, Zeke. Je vous en prie. Je ne peux pas continuer.

Il la dévisagea, inquiet et consterné, puis il raffermit sa prise sur sa main.

— Hank ! Hé ! Hank ! appela-t-il en faisant signe à son frère. Ta fiancée a besoin de toi.

Carly aurait voulu disparaître dans un trou de souris. Maintenant, tous les regards convergeaient sur elle.

Zeke lui pressa la main de nouveau.

— Ne vous inquiétez pas. Personne ne sait de quoi vous voulez lui parler.

Carly se rendit compte qu'elle s'accrochait à lui comme un enfant perdu, mais lorsqu'elle tenta de se dégager, il resserra son étreinte.

— Ne vous enfuyez pas, murmura-t-il d'une voix grave si semblable à celle de Hank que c'en était troublant. Hank arrive. Parlez-lui, au moins.

Une veste en tweed apparut soudain devant les yeux de Carly.

— Qu'y a-t-il, mon chou ?

La voix de Hank. Carly se pencha vers lui, soulagée que Zeke la lâche enfin.

— J'ai décidé que je ne pouvais pas me marier, dit-elle faiblement. Ce n'est qu'un mensonge. Un gros, un épouvantable mensonge. Je ne peux pas, voilà tout.

Hank lui entoura les épaules de son bras et se pencha plus près. Sa présence, son contact apaisèrent les nerfs de Carly tel un baume, ce qui lui parut le comble de l'ironie.

— Hé ! rien n'a changé, lui dit-il. Ce n'est qu'un détail technique.

— Pas pour ta mère.

Il lui massa l'épaule doucement.

— Elle a la fibre maternelle. Même les enfants du quartier l'appellent « Mamie ». Calme-toi, mon chou. Souviens-toi des raisons pour lesquelles nous avons pris cette décision.

Carly hocha la tête docilement.

— Nous devons penser à notre bébé, poursuivit-il. D'accord ?

Elle hocha la tête de nouveau, se demandant pourquoi la proposition semblait si raisonnable quand il en parlait et si insensée lorsqu'elle se trouvait seule avec les pensées qui se bousculaient dans son esprit.

— Dans quelques jours, assura-t-il, nous dirons la vérité à mes parents et nous les mettrons au courant de nos projets. D'accord ?

— Ils me mépriseront. Ils croiront que je me suis servie de toi.

— Non, pas du tout. Ils penseront que tu es une jeune femme merveilleuse, et pleine de courage, qui fait de son mieux dans l'intérêt de son enfant.

Bess les rejoignit. Hank lui expliqua en quelques mots que Carly avait des doutes.

— Tu ne peux plus faire marche arrière, à présent, affirma Bess. Tu as pris ta décision, Carly. Vas-y. Pense au bébé et oublie tout le reste.

À cet instant, le juge de paix réclama le silence. Bess ajusta les fleurs du bouquet, s'adressant à Carly dans un souffle.

— Il faut que tu le fasses, Carly. Cesse de réfléchir. Va là-bas avec Hank et réponds aux questions. Les mots ne veulent rien dire.

— Depuis quand ?

— Depuis que Hank et toi en avez décidé ainsi.

Hank alla se placer à la gauche du juge et redressa les épaules. À cette distance, il ressemblait de manière frappante à Zeke. L'estomac retourné, Carly redouta un instant d'être malade. Ç'aurait été le comble ! De là où elle se tenait, elle ne pouvait distinguer les deux frères l'un de l'autre. Peu importait. Zeke, Hank… Elle n'aurait pu affirmer honnêtement avoir une préférence. Peu importait après tout de savoir qui elle allait épouser, tant qu'elle aurait un mari pour régler les factures. Ce n'était qu'un simulacre sordide, un sacrilège et une insulte à tout ce qu'il y avait de plus sacré. Elle avait peine à croire qu'elle était tombée si bas.

— C'est injuste de tromper sa famille et ses amis de cette manière.

Le cœur de Carly tambourinait contre ses côtes.

— Ils sont tous si gentils avec moi…

Bess remit une nouvelle fleur en place et sourit.

— Justement. Tu as beaucoup de chance. Ils vont comprendre pourquoi tu as fait ce choix, et ils s'en réjouiront.

Une tête sombre surgit soudain devant les yeux de Carly. Elle faillit bondir. Zeke lui effleura l'épaule.

— Votre amie a raison. Le plus important, pour le moment, c'est ma nièce ou mon neveu. Ne vous inquiétez pas pour les autres. S'ils ne voient pas pourquoi ce mariage était nécessaire, vous pouvez compter sur moi pour le leur faire comprendre.

Bess sourit.

— Je n'avais pas réalisé que vous écoutiez la conversation.

Zeke lui rendit son sourire.

— J'ai un talent pour tendre l'oreille quand je ne devrais pas.

Il posa sur Carly un regard amical et son expression s'adoucit encore.

— Sérieusement, mon chou, vous n'avez pas d'autre choix possible. Et n'y pensez pas comme à une tromperie. La seule chose qui importe, c'est le bien-être de votre enfant.

Emportant cette pensée dans son cœur, Carly alla se mettre à côté d'un homme qu'elle connaissait à peine, afin de devenir son épouse devant la loi.

Hank prononça ses vœux le premier. Il retourna les paumes de Carly vers le haut comme le voulait la tradition, les tenant dans les siennes avant de répéter une à une les phrases du juge de paix.

— À compter de ce jour, ces mains seront là pour te réconforter quand tu auras du chagrin, te donner force et courage quand tu auras peur, te protéger en cas de danger.

Des larmes apparurent dans les yeux de Carly, troublant sa vision au point qu'elle ne voyait même plus Hank. En revanche, elle voyait ses mains, et savait qu'il tenait déjà la promesse qu'il venait de lui faire, lui donnant force et courage alors que les deux l'abandonnaient. Elle entendit confusément le reste de ses paroles résonner dans sa tête en une suite de mots désordonnés.

— Carly Jane Adams, reprit le juge de paix, répétez après moi…

Elle obéit, promettant d'aimer et d'honorer Hank Coulter jusqu'à ce que la mort les sépare. Elle était si bouleversée, si nerveuse, qu'elle aurait répété n'importe quoi.

Elle parvint tant bien que mal au bout de la cérémonie. Enfin, Hank glissa l'alliance à son doigt et elle lui rendit la pareille d'une main tremblante. Lorsque le juge les déclara mari et femme, elle crut que ses jambes allaient se dérober sous elle, mais le bras de Hank était là, ferme et solide autour de sa taille, pour la soutenir. Informé qu'il pouvait désormais embrasser la mariée, il se contenta de déposer un baiser léger et impersonnel sur ses lèvres, un baiser si fugace qu'il tenait plus du rêve que de la réalité.

C'était fini. Carly et lui se retournèrent pour faire face à leurs invités. Tous se précipitèrent pour les féliciter.

Ensuite, Carly fit ce qu'on attendait d'elle, signant son nom au bas d'un document qu'elle distinguait à peine avant de quitter le palais de justice au bras de Hank. Le trajet jusqu'à la maison de ses parents se déroula dans le flou. Une fois arrivée, Carly fit machinalement tout ce qu'elle était censée faire, avec l'impression d'être prisonnière d'un cauchemar. Des voix s'élevaient autour d'elle, un brouhaha qui pénétrait ses tympans et emplissait sa tête sans y laisser de traces.

Hank ne la quitta pas d'une semelle. Elle se raidissait chaque fois qu'il la touchait, et pourtant il passait souvent le bras autour de sa taille, comme pour la rassurer.

Après avoir fait le tour de la pièce pour échanger quelques mots avec chacun, Bess vint les rejoindre près de la cheminée.

— C'est une réception fantastique! dit-elle. Je n'arrive pas à croire que Mary ait pu organiser tout cela aussi vite.

— Ma mère est extraordinaire, répondit Hank. Elle adore recevoir, et elle a un talent pour ça.

— Tout est parfait, intervint Carly. Quand je pense à tout le mal qu'elle s'est donné, je me sens affreusement coupable.

Hank s'était déjà excusé pour le nombre des invités et le fait que sa mère ait insisté pour organiser une réception. À ce moment précis, Mary commença à faire le tour de la pièce avec un plateau de canapés. Lorsqu'elle arriva à leur hauteur, Carly prit une petite assiette et en choisit poliment quelques-uns.

— Mmm! fit Bess en goûtant un champignon farci. Délicieux!

Hank se servit à son tour, félicita sa mère pour ses préparatifs et la remercia une fois de plus.

— Ce n'est rien, protesta Mary. Tu me connais, j'adore faire ce genre de choses.

Elle adressa à Carly un sourire chaleureux.

— Et c'est une occasion spéciale.

Puis elle s'éloigna, parcourant la pièce du regard pour s'assurer que ses invités ne manquaient de rien.

— S'il y a quelque chose que tu n'aimes pas, ne te force pas à manger, chuchota Hank à sa nouvelle épouse. Je sais que tu as l'estomac fragile en ce moment.

Carly secoua la tête en souriant.

— J'étais si nerveuse aujourd'hui que j'ai oublié de déjeuner. Ça me fera du bien de grignoter un peu. J'ai tendance à être barbouillée, si je reste à jeun.

Elle parvint à manger trois petits gâteaux salés garnis de fromage et décorés d'olives vertes. Puis Hank remarqua qu'elle hésitait.

— Trop riche, peut-être ?

Comme elle hochait la tête presque imperceptiblement, Hank se hâta de terminer sa propre assiette et l'échangea avec la sienne. Elle lui adressa un regard reconnaissant.

— Merci, Hank. Je ne voudrais pas blesser ta mère en ne prenant rien.

Hank s'en était douté, et cela ne faisait que confirmer à ses yeux combien Carly était douce et attentive. Quelques minutes plus tard, elle le prouva une fois de plus en s'extasiant sur le gâteau que Mary avait confectionné.

— Tout est fantastique, commenta-t-elle en effleurant du doigt les jolies serviettes. Personne n'aurait pu rêver d'une plus belle réception, Mary. Merci infiniment de vous être donné toute cette peine.

— Appelez-moi maman, répéta Mary. Et je ne me suis pas donné tant de mal. J'étais ravie de pouvoir le faire.

Zeke adressa à Carly un sourire taquin.

— Vous tenez le coup ? Nous sommes une famille plutôt exubérante. Ça ne vous intimide pas, j'espère ?

Carly se mit à rire.

— Tout le monde est si gentil que je ne suis pas du tout intimidée.

C'était vrai, jusqu'à un certain point. Elle trouvait la famille de Hank sympathique. Comment aurait-il pu en être autrement ? Pourtant, cela ne signifiait pas qu'elle se sentait à l'aise. Depuis la cérémonie, Hank s'était mis à la toucher fréquemment, et d'une manière qu'elle percevait comme possessive. Chaque fois qu'il enroulait le bras autour d'elle, son cœur se mettait à cogner à toute allure, et elle devait se faire violence pour respirer normalement. Et s'il avait changé d'avis à propos de leur accord ? Jusqu'à maintenant, il ne lui avait pas remis de document écrit, ainsi qu'il s'y était engagé.

Au centre des festivités, Carly n'avait guère le temps de s'attarder sur cette pensée, mais son inquiétude demeurait à l'arrière-plan, prête à ressurgir chaque fois que son mari posait la main sur elle.

Hank remplit les flûtes à champagne, puis se joignit à Carly pour porter un toast à leur avenir. En buvant le vin pétillant, il ne put s'empêcher de contempler sa nouvelle épouse avec fierté. Si difficile que soit la situation, elle s'était conduite avec grâce et dignité et avait conquis le respect de tous.

Sous les applaudissements des invités, il tint sa main dans la sienne pour couper le gâteau, puis déposa une petite tranche sur une assiette en papier ornée de rubans et de fleurs argentées. Carly lui offrit gentiment la première bouchée, après quoi il piqua une petite part sur sa fourchette et la fit manger à son tour.

Hank garda un bras autour des épaules de sa femme tandis que tous portaient un toast à leur bonheur. Ce fut Harv qui commença, disant que Mary et lui étaient ravis d'accueillir Carly au sein de leur famille, et qu'ils souhaitaient aux jeunes mariés tout le bonheur possible.

Lorsque les flûtes eurent été remplies de nouveau, Jake, l'aîné des fils Coulter, prit la relève.

— Cela semble vraiment étrange d'être ici, dit-il. J'ai vu mon petit frère grandir, j'ai mis des pansements sur ses genoux égratignés, je l'ai surveillé du coin de l'œil à l'adolescence quand il se bagarrait. Je suppose que je m'étais imaginé qu'il resterait toujours mon petit frère, que rien ne changerait jamais.

Les yeux brillants, Jake leva son verre.

— Bienvenue dans notre famille, Carly. Félicitations, petit frère. Tous mes vœux à vous deux.

Zeke s'avança à son tour.

— Moi aussi, j'ai du mal à croire que mon petit frère s'est marié. En le regardant aujourd'hui, j'ai remercié le ciel de ne pas être à sa place.

Tout le monde éclata de rire. Zeke tourna son regard vers Carly.

— Pour l'essentiel, tout au moins. Je dois dire qu'il y a eu des moments où je l'ai envié. Jamais je n'ai vu de mariée aussi ravissante !

Les femmes roucoulèrent.

— Oh ! Comme c'est mignon !

De leur côté, les hommes exprimèrent bruyamment leur accord.

— Bien dit, Zeke !

Zeke but une gorgée de champagne, puis reporta son attention sur les jeunes mariés.

— Maintenant, je commence à me demander pourquoi tu es toujours là, petit frère. Si j'avais une épouse aussi belle, j'aurais hâte d'entamer ma lune de miel !

Mary se récria aussitôt.

— Nous n'avons même pas mangé le gâteau ! Et ils n'ont pas encore ouvert leurs cadeaux !

Hank aurait donné cher pour que Carly et lui puissent s'éclipser de bonne heure. Il n'était pas sûr qu'elle tienne le coup encore bien longtemps. D'un côté, il était reconnaissant à son père et à Zeke, qui savaient l'un et l'autre que le mariage n'était que temporaire, de ne pas avoir trahi le secret. D'un autre côté, il comprenait aussi qu'il devait être éprouvant pour Carly d'endurer tous ces souhaits de bonheur éternel, sans parler des allusions au fait que Hank devait être pressé de partir afin de consommer leur union.

Il fut heureux de voir Carly manger une part entière de gâteau. Lorsque tout le monde fut servi, les invités se rassemblèrent dans le salon pendant que les nouveaux mariés ouvraient leurs cadeaux. Hank n'avait jamais vu autant d'appareils ménagers réunis, et oublia vite qui leur avait offert quoi. Par chance, sa belle-sœur Molly tenait une liste, et il se promit de la remercier plus tard.

Quand tous les cadeaux eurent été ouverts, Hank passa un bras autour des épaules sa femme et fit avec elle le tour des invités, remerciant chacun d'être venu. Carly serra des mains et se laissa étreindre de bonne grâce, se montrant particulièrement adorable et reconnaissante envers Mary.

Hank aurait pu se passer du riz et du lancer du bouquet, mais sa mère avait prévu tous les détails. Sous une pluie de riz, il entraîna son épouse vers son pick-up, garé dans la rue. Avant de monter, Carly se retourna pour lancer son bouquet.

— Par ici ! cria Bess. Si je l'attrape, j'aurai peut-être de la chance !

Carly éclata de rire.

— Le voilà !

Le bouquet s'envola, mais pas en direction de Bess, comme Carly en avait eu l'intention. Au contraire, les fleurs virèrent vers la gauche et heurtèrent Zeke en pleine poitrine. Il réagit instinctivement, attrapant le bouquet pour l'empêcher de tomber. Puis il fit une grimace qui déclencha l'hilarité générale.

— Pas question, grommela-t-il. Je ne serai pas le suivant. Je reste célibataire !

Il tenta de remettre les fleurs à Bess, qui secoua la tête.

— Non. C'est vous qui l'avez attrapé. Vous êtes coincé !

Tout le monde riait encore quand Hank aida Carly à monter dans le pick-up. Sans réfléchir, il se pencha par-dessus elle pour lui attacher sa ceinture, puis ajuster la lanière en travers de sa poitrine. Ce faisant, les jointures de ses doigts effleurèrent le sein de Carly qui prit une inspiration choquée. Il se figea. L'espace d'un instant chargé de tension, ils se dévisagèrent, Hank conscient de la manière dont la pointe du mamelon s'était durcie à son toucher.

Il se ressaisit très vite et referma la portière passager. Quand il prit place au volant, Carly s'était recroquevillée près de la portière, les bras étroitement serrés autour sa taille mince comme si elle voulait lui hurler de ne pas la toucher.

Hank démarra et appuya sur la pédale d'accélérateur. Leur mariage commençait mal.

13

Hank traversa les terres du Lazy J en direction du chalet. Le faisceau des phares découpait une tranche dorée dans les épais bosquets de pins, créant un jeu d'ombres dansantes parmi les troncs d'arbres. Au-delà, les bois étaient plongés dans une obscurité menaçante.

Carly se pressait contre la portière. Vaguement nauséeuse, elle fixait l'univers flou derrière la vitre, regrettant de ne pouvoir retourner dans son appartement et dormir dans son lit. Les événements de la journée l'avaient épuisée. Son visage lui faisait mal à force d'avoir trop souri.

— Ça va ? demanda Hank.

Ça ne pouvait aller mieux ! Elle était mariée à un quasi-inconnu, et c'était leur nuit de noces. Elle espérait que Hank tiendrait parole, mais ne pouvait s'empêcher de craindre qu'il ait changé d'avis. Elle regrettait à présent de ne pas avoir insisté pour qu'il lui remette le document où il s'engageait à des relations platoniques. La journée avait été si frénétique qu'elle n'y avait pas songé avant qu'il soit trop tard.

— Oui, répondit-elle. Je suis fatiguée, c'est tout.

— Moi aussi. Ça n'a pas été facile.

À vrai dire, elle soupçonnait que la soirée à venir serait encore plus pénible. Mariée… Chaque fois qu'elle y pensait, elle avait du mal à respirer.

Il s'arrêta près d'un bâtiment sombre et trapu, éteignit les phares et coupa le contact.

— Nous y sommes, annonça-t-il. C'est seulement un petit chalet, avec deux chambres. Rien de luxueux, mais nous pouvons faire quelques travaux. J'ai pensé que tu serais plus à l'aise ici que dans la maison principale. Ainsi, tu auras plus d'intimité.

En cet instant précis, Carly se moquait éperdument de savoir à quoi l'endroit ressemblait. Elle ne désirait qu'une chose : s'allonger sur un lit propre, de préférence seule, et dormir.

— Reste là, ordonna-t-il. Je vais faire le tour. Il fait noir comme dans un four, et le sol est inégal.

Il se pencha par-dessus le siège pour attraper son sac de voyage. Lorsqu'il ouvrit la portière, la veilleuse du plafond s'alluma. La lumière vive brûla les yeux douloureux de Carly et une bouffée d'air froid s'engouffra dans l'habitacle. À son grand soulagement, il referma la portière, la replongeant dans l'obscurité.

Quelques secondes plus tard, il cogna à sa vitre. Carly se redressa et retira sa ceinture. Il effleura son coude et elle se tourna, pensant qu'il lui tendait la main pour l'aider à descendre. Au lieu de cela, il la prit par la taille et la déposa tranquillement sur le sol. Pendant ces brèves secondes de contact, Carly sentit la force de ses épaules et de ses bras, les muscles solides qui se raidissaient sous sa veste en lainage…

Il passa un bras autour d'elle pour la guider vers la maison.

— Désolé pour les ornières. La plupart du temps, personne n'habite ici et nous n'avons pas entretenu le jardin. Fais attention.

En haut des marches, il la lâcha pour ouvrir la porte, puis s'effaça afin de la laisser entrer. En dépit de la chaleur de Hank qui l'enveloppait, Carly frissonna en franchissant le seuil. Il alluma une lampe de sol qui baigna la pièce d'une lumière tamisée.

— Bess m'a dit que la lumière vive te faisait mal aux yeux, dit-il, alors j'ai mis du quarante watts ici et dans la chambre. J'espère que ça aidera un peu.

Cela aidait infiniment, en effet, et elle avait du mal à croire qu'il ait pu être si attentionné.

— C'est fantastique, Hank. Merci d'y avoir pensé.

— J'ai laissé les lampes de la cuisine et de la salle de bains en l'état, mais si elles sont trop fortes, dis-le-moi et je m'en occuperai.

Il referma la porte, puis retira sa veste et la lança négligemment sur un fauteuil. Encore glacée, Carly se frictionna les bras tout en parcourant le petit salon du regard. À sa droite, une cheminée en galets occupait tout un pan de mur. Un canapé en cuir et des fauteuils assortis étaient placés face à l'âtre, évoquant immédiatement dans l'esprit de Carly des soirées d'hiver passées devant un feu pétillant. Au-delà du canapé, elle vit une table ancienne et des chaises.

— J'ai préparé un feu, poursuivit Hank. Veux-tu mettre ma veste en attendant que la pièce se réchauffe?

À vrai dire, il ne faisait pas très froid. Carly savait que ses frissons étaient davantage dus à la nervosité qu'à la température ambiante.

— Ça va, merci.

Hank se dirigea vers la cheminée. De loin, ses traits devenaient indistincts et les contours de sa silhouette élancée s'estompaient. Pourtant, vêtu de sa chemise blanche, il semblait encore plus large d'épaules que d'ordinaire.

Il se baissa pour allumer le feu. Des flammes ambrées s'élevèrent aussitôt en crépitant, l'enveloppant d'un halo doré. Le cœur de Carly manqua un battement et son pouls s'accéléra. Malgré tout ce qui s'était passé, elle ne put s'empêcher de songer au soir où ils s'étaient rencontrés. Ses baisers l'avaient fait fondre, et elle se souvenait de la chaleur de ses mains, des mots tendres qu'il lui avait dits. Comme chaque fois, un nœud glacé se forma au creux de son ventre alors qu'elle se remémorait la douleur qui avait suivi.

Elle savait qu'il serait vain de chercher à se défendre s'il tentait d'exercer ses droits maritaux. À cette pensée, sa nervosité s'accrut et elle sentit la nausée l'envahir.

— Il ne va pas tarder à faire plus chaud, dit Hank en se relevant et en se tournant vers elle.

Le bleu de ses yeux était intense et troublant. Carly s'efforça de vider son esprit, mais ses pensées traîtresses persistèrent. Dans peu de temps, pour le meilleur ou pour le pire, elle saurait si Hank Coulter était un homme de parole.

Il traversa la pièce lentement, d'un pas à la fois souple et puissant, s'arrêta devant elle et sourit. Son expression ne trahissait rien.

— Aimerais-tu visiter la maison ?

— Oh ! Oui, bien sûr.

Il contourna le comptoir qui séparait la cuisine du petit salon.

— Voici la cuisine, dit-il en lui adressant un regard espiègle. Et le coin salle à manger qui sert aussi de table de jeux et bureau.

Il indiqua une porte au-delà.

— Là, c'est la chambre qui donne sur l'arrière. Mes affaires y sont.

Inclinant la tête, il désigna une autre pièce.

— Et voici la chambre principale.

Carly eut un petit rire nerveux tandis qu'il tendait le bras pour allumer le plafonnier. Après une brève hésitation, elle lui emboîta le pas, se reprochant d'être une sotte. S'il revenait sur sa promesse et insistait pour qu'ils aient des relations sexuelles, elle y survivrait. Jusque-là, il ne lui avait pas semblé cruel, seulement égoïste et irréfléchi.

— Comme je te le disais, ce n'est rien d'extraordinaire, et ce n'est pas très grand, s'excusa-t-il alors qu'elle parcourait la pièce des yeux.

— C'est ma chambre ?

— Oui. J'ai demandé à la gouvernante d'y faire le ménage à fond. Elle a nettoyé les tiroirs et les étagères. Il n'y a pas beaucoup de placards, mais il devrait y avoir assez de place pour tes affaires.

— Je n'ai pas tant de vêtements que cela, répondit-elle en se penchant pour tapoter le matelas. Étant aveugle, je ne me suis jamais préoccupée de la mode.

Hank hocha la tête.

— La salle de bains est sur la gauche en sortant de la chambre. Si tu veux prendre une douche, tu trouveras des serviettes et des gants propres dans le placard en face du lavabo.

— Entendu, merci.

Il retourna dans le salon pour y prendre une partie de ses bagages.

— As-tu faim ? demanda-t-il en lui tendant la valise.

À la seule pensée de manger, Carly se sentit barbouillée.

— Non, non. Je ne pourrais rien avaler.

Il passa une main dans ses cheveux, puis s'éclaircit la gorge.

— Bon, fit-il avec un léger sourire. Je pense que je vais me faire des œufs au bacon. Tu es sûre que tu ne veux pas te joindre à moi ? Les canapés et le gâteau de ma mère me semblent déjà loin.

Carly secoua la tête.

— Non, merci. Vas-y. Je vais seulement me rafraîchir avant d'aller me coucher.

Emportant sa valise, Carly se dirigea vers la salle de bains avec l'espoir d'avoir le temps de prendre une douche et de se coucher avant que Hank ait fini de cuisiner.

Quand elle pressa l'interrupteur, elle fut momentanément éblouie par la lumière vive du plafonnier. Elle cilla et referma la porte, décontenancée de constater qu'il n'y avait pas de verrou. L'idée que Hank pouvait entrer à tout moment la mettait mal à l'aise, mais elle n'avait guère le choix. Plissant les yeux pour épargner ses cornées sensibles, elle posa sa valise par terre, puis se dévêtit.

Elle était sous la douche depuis quelques minutes à peine quand une odeur écœurante lui parvint. Du bacon. L'air lui sembla soudain saturé de graisse, comme si le ventilateur de la salle de bains s'était transformé en poêle à frire. Elle eut un brusque haut-le-cœur et déglutit précipitamment, mais la sensation de nausée ne fit que s'intensifier. Elle allait vomir.

Carly se rinça les cheveux en hâte, sortit de la baignoire et attrapa une serviette avant que son estomac ne se soulève pour de bon.

*

Pendant que le bacon était en train de cuire, Hank avait retiré sa chemise blanche. Torse nu, il cassait un œuf dans la poêle quand un bruit étrange lui fit tendre l'oreille. On aurait dit que Carly avait des haut-le-cœur. Il éteignit le gaz et courut à la salle de bains.

— Carly ! Ça va ?

— Ne… n'entre pas ! Ça va. Ça va b… bien.

Elle n'en donnait pas l'impression. Hank mit la main sur la poignée et entendit Carly vomir de nouveau. N'y tenant plus, il entrebâilla la porte. Enveloppée d'une serviette, elle était à genoux devant la cuvette des toilettes, ses mains fines crispées sur la lunette. Hank entra. Elle le vit du coin de l'œil et resserra aussitôt la serviette autour de ses seins.

— Va-t'en ! Je ne suis pas habillée.

Un spasme la secoua tout entière.

— Sors d'ici, s'il te plaît, hoqueta-t-elle. J'ai besoin d'être seule.

Pas question, songea Hank. Il prit un gant propre dans le placard et le mouilla. Puis il s'agenouilla derrière elle.

— Tiens, mon chou, dit-il en glissant une main autour de sa taille.

La main de Carly se referma sur son poignet. La serviette commença à glisser, et elle laissa échapper un miaulement de détresse.

— Ce n'est rien.

Hank lâcha le gant et attrapa la chemise de nuit qu'elle avait laissée sur le lavabo.

— Tout va bien, mon cœur. Je vais te couvrir.

Il sentit les muscles de Carly se nouer sous son poignet. L'instant d'après, son corps se convulsa de nouveau, frappé par une nouvelle vague de nausée. Elle ne vomit rien. Pour avoir connu ce genre d'expérience après quelques bonnes cuites, Hank savait combien ces haut-le-cœur étaient douloureux. Il se souvenait aussi qu'il avait été épuisé après.

Lorsque les spasmes se furent apaisés, il la soutint d'un bras tout en faisant passer la chemise de nuit par-dessus sa tête. Comme il lui prenait la main pour lui faire enfiler une manche, elle résista, s'accrochant obstinément à la serviette.

— Je ne la laisserai pas tomber, promit-il. Donne-moi ta main. C'est bien.

Petit à petit, il parvint à l'habiller.

— Tu vois ? Tu es complètement couverte.

Le vêtement ample recouvrait à la fois Carly et la serviette. Elle se laissa aller contre son épaule, et le cœur de Hank fit un bond dans sa poitrine. Tant bien que mal, il se mit en devoir de sécher ses cheveux mouillés, froids contre son torse nu. Elle s'appuya faiblement contre lui tandis qu'il s'affairait.

— J'avais tellement mal au cœur…, murmura-t-elle. Le bacon…

— Oh ! Je suis désolé. Je n'y avais pas pensé.

— Moi non plus. Je ne savais pas que l'odeur me rendrait malade.

Hank aurait donné cher pour échanger sa place avec la sienne. Elle semblait à bout de forces et tremblait de tous ses membres.

— Je suis là, mon chou. Je n'ai pas beaucoup d'expérience auprès des femmes enceintes, mais je vais apprendre au fur et à mesure.

Il reprit le gant, le mouilla d'eau froide et lui épongea le visage. Elle plissa le nez, fronçant les sourcils. Son visage était strié de marques noires, vestiges du mascara qu'il avait appliqué sur ses cils en début d'après-midi. Il lui nettoya les joues, puis lui souleva le menton pour la contempler. Elle était splendide, belle comme un ange, exactement telle qu'il l'avait décrite à son père. Sauf qu'elle était réelle et d'autant plus adorable. Mais elle avait passé toute sa vie dans une bulle, jusqu'au moment où il était arrivé pour la faire éclater...

— J'espère que la fraîcheur va te faire du bien. Ça marche toujours, pour moi.

— Hmm..., murmura-t-elle en s'appuyant davantage contre lui.

Une bouffée de désir l'envahit, et il serra les dents, s'en voulant de réagir ainsi. Il ne voulait pas lui faire peur.

— Quand ce sera fini, je te mettrai au lit. Peut-être que tu pourras t'endormir.

Sans crier gare, elle fut secouée de nouveaux haut-le-cœur. Hank la prit par les épaules et la soutint en attendant que la crise passe. La violence de ses spasmes l'inquiétait, pour elle et pour le bébé. Il lui épongea le visage et le cou de nouveau. La fraîcheur sembla la soulager, et elle poussa un soupir tremblant.

— C'est si humiliant.

Sa voix était empreinte d'une résignation impuissante. Ému, Hank posa le front sur la tête de Carly.

— Ne dis pas de bêtises. Il arrive à tout le monde d'être malade.

Elle frissonnait. Il se contenta de la tenir pendant un moment. Ensuite, il la souleva et la porta jusque dans la chambre. Il sentait ses cuisses nues, moites et chaudes sur ses avant-bras.

Carly gémit lorsque sa tête toucha l'oreiller puis elle repoussa faiblement l'ourlet de sa chemise de nuit, s'efforçant de couvrir ses jambes. Hank l'aida en tirant sur le tissu. Ses doigts entrèrent en contact avec sa chair crémeuse, et des images défilèrent dans sa mémoire, le ramenant au soir où il l'avait rencontrée. Le souvenir de sa peau douce et soyeuse quand il avait abaissé son jean…

— Il faut que je retourne dans la salle de bains, protesta-t-elle en se redressant. Je vais encore vomir !

Hank s'empressa d'aller chercher une corbeille garnie d'un sac-poubelle. Carly roula sur le côté, passa un bras autour du récipient et posa le menton sur le bord. Ne sachant que faire, il s'assit près d'elle et lui lissa les cheveux.

— Est-ce que tu as mangé quelque chose depuis le petit déjeuner, à part les quelques canapés chez mes parents ?

Elle secoua la tête presque imperceptiblement.

Hank jeta un coup d'œil à sa montre. Vingt et une heures. Elle devait avoir l'estomac complètement vide, et il savait que la faim suffisait parfois à provoquer des nausées. Un moment plus tard, son corps se convulsa, et elle remonta brusquement les jambes, heurtant la hanche de Hank. Son visage s'altéra. À la lueur qui venait de la salle de bains, il vit qu'elle était affreusement pâle.

Il se leva et gagna la cuisine, résolu à appeler sa mère. Si quelqu'un pouvait lui donner un conseil, c'était bien Mary Coulter. Elle avait élevé six enfants.

Mary répondit en riant. À en juger par le vacarme, la réception continuait à battre son plein.

— Maman, c'est Hank. Carly est vraiment malade. Elle a des haut-le-cœur, mais elle ne vomit pas. Je suis un peu inquiet.

— Elle a dû attraper la grippe. Tu n'as pas de médicaments pour un estomac barbouillé ?

Hank laissa échapper un soupir las.

— Ce n'est pas la grippe, maman. Elle est enceinte. Je ne peux pas lui donner n'importe quoi. Je risquerais de faire du mal au bébé.

Il y eut un long silence.

— Je vois, dit enfin Mary.

Hank se reprocha de ne pas lui avoir annoncé la nouvelle avec plus de délicatesse. Il en avait pourtant eu l'intention.

— Ça ne va pas du tout, dit-il en se passant la main dans les cheveux. Je ne sais vraiment pas quoi faire.

— Quand j'étais enceinte et que j'avais la nausée, des biscuits salés et de la limonade me faisaient toujours du bien.

— Ça m'étonnerait qu'elle réussisse à en manger.

Il jeta un coup d'œil en direction de la chambre ; Carly semblait s'être apaisée.

— Il faut que tu lui fasses prendre quelque chose, reprit sa mère. Tu as des biscuits salés ?

— Non, mais je peux aller voir s'il y en a au ranch.

— Et de la limonade à température ambiante. De toutes petites gorgées et de tout petits morceaux de biscuits. Si elle mange trop vite, elle va recommencer à vomir. Si ça ne marche pas, appelle les urgences et demande-leur si tu dois l'amener. Je ne suis pas médecin.

— Merci, maman.

Mary soupira.

— De rien, Hank. Appelle-moi demain matin pour me donner des nouvelles.

Hank reconnut le ton de sa mère.

— Je suis désolé de t'avoir annoncé la grossesse aussi brutalement. Je voulais te le dire dès que possible, une fois le mariage passé.

— Un bébé, Hank ! Comment diable est-ce arrivé ?

Il ouvrit la bouche pour répondre, mais ne trouva pas ses mots. Il avait toujours eu du mal à aborder ce genre de sujet avec sa mère.

— C'est arrivé, voilà tout, se contenta-t-il de dire.

— Eh bien, c'est une excellente surprise. Et dire que nous commençons à être à court de champagne alors que nous avons une autre raison de nous réjouir ! Un nouveau petit Coulter est en route.

Hank se pinça l'arête du nez. À moins que son père ne la bâillonne, sa mère allait annoncer la nouvelle à tous ses invités dès l'instant où elle aurait raccroché. Eh bien, tant pis ! Le secret n'aurait pu être gardé très longtemps de toute manière. Cela lui éviterait la peine d'avoir à informer tout le monde. Finalement, ce serait moins gênant pour Carly.

Lorsqu'il retourna dans la chambre, quelques secondes plus tard, Carly avait fermé les yeux. Il lui déplaisait de la déranger, mais il ne voulait pas qu'elle se réveille en son absence et se demande où il était passé.

Il lui effleura l'épaule.

— Je vais aller te chercher quelque chose pour les nausées. Ça m'ennuie de te laisser seule, ajouta-t-il alors qu'elle se tournait vers lui. S'il faut que j'aille au magasin, je serai parti environ une demi-heure. Ça ira ?

Comme elle murmurait quelques paroles indistinctes, Hank remonta les couvertures sur elle pour qu'elle n'ait pas froid.

— Je vais me dépêcher. D'accord ?

Elle hocha la tête.

*

Carly aurait voulu dormir, mais les accès de nausée étaient si fréquents qu'elle ne parvenait pas à s'assoupir. Elle tenta de changer de position, sans succès. Son estomac était barbouillé quoi qu'elle fasse.

Une nouvelle vague de nausée l'assaillit, pire que les précédentes. Après, elle resta un moment immobile, le front posé sur le bord de la corbeille, les yeux fixés sur la tache blanche et floue du sac en plastique, se demandant ce que Hank était allé chercher. Elle ignorait l'heure qu'il pouvait être. Tout ce qu'elle savait, c'est qu'il devait être tard. Elle avait du mal à croire que Hank s'était rhabillé pour aller lui acheter un remède contre les nausées. C'était gentil de sa part. Elle se dit vaguement qu'il était peut-être moins égoïste qu'elle ne l'avait cru.

Comme si le fait de penser à lui avait suffi à le faire revenir, elle entendit arriver le pick-up. Quelques instants plus tard, le faisceau des phares balaya la pièce. Une portière claqua peu après, et un bruit de bottes résonna sur les marches. Hank avait une démarche reconnaissable, décidée mais tranquille, légèrement traînante. Carly rangea soigneusement cette information dans sa mémoire. Si sa vue venait à lui faire entièrement défaut, elle aurait peut-être besoin de se remémorer son pas.

Hank entra dans la maison avec mille précautions, espérant sans doute qu'elle s'était endormie. Si seulement ! Elle n'ouvrit pas les yeux lorsqu'il s'approcha doucement du lit.

— Je suis réveillée, murmura-t-elle d'une voix si rauque qu'elle la reconnut à peine.

— Comment ça va ? demanda-t-il avec sollicitude.

— Pareil.

— Je le craignais. Je reviens tout de suite, d'accord ?

Il quitta la pièce et elle entendit un froissement de sac en papier, suivi du bruit de ses bottes se dirigeant vers la cuisine. Une minute plus tard, il était de retour dans la chambre.

— Et voici le remède des Coulter pour la nausée : biscuits salés et limonade.

Carly se cramponna à la corbeille.

— Je ne peux pas manger ça. Je vais vomir.

Il alluma la lampe et posa le verre sur la table de chevet. Ensuite, il s'assit au bord du lit, ses traits bien dessinés clairement visibles à la lumière.

— Tu as l'estomac vide. C'est pourquoi tu n'arrives pas à vomir, lui fit-il remarquer en ouvrant un paquet de biscuits salés. Il faut prendre de petites bouchées et de petites gorgées.

Il lui retira la corbeille et la posa par terre.

— Essayons la limonade, pour commencer. Tu as sans doute la gorge trop sèche pour avaler quoi que ce soit.

— Je ne peux pas, protesta Carly.

Il glissa un bras sous ses épaules et lui soutint la tête, puis porta le verre à ses lèvres.

— Juste un peu, mon chou.

Carly était trop faible pour discuter. Elle but une toute petite gorgée. À sa grande surprise, elle apprécia le goût de la boisson. Il leva le verre pour lui en donner un peu plus, puis il lui fit reposer la tête sur l'oreiller et lui tendit un biscuit.

— Laisse-le fondre sur ta langue, lui conseilla-t-il. On va te faire manger ni vu ni connu. Qu'en dis-tu ? Peut-être que ton estomac ne s'apercevra de rien.

Sa logique échappait à Carly, mais Hank était déterminé. Elle s'exécuta et fut étonnée lorsque son estomac se mit à gronder.

Hank eut un petit rire.

— Tu vois ?

Il jeta un coup d'œil à sa montre.

— On attend trois minutes et on recommence.

Le silence s'installa entre eux. Carly avait perdu toute notion du temps. Elle savait seulement que Hank lui avait donné cinq gorgées de limonade, sans doute à trois minutes d'intervalle, et elle commençait à se sentir mieux lorsqu'il reprit soudain la parole.

— Ce qu'il nous faut, c'est un peu de conversation. Je suppose que tu n'as guère envie de bavarder… C'est donc à moi de m'en charger…

Il appuya les coudes sur ses genoux.

— C'est une première pour moi. Je ne trouve rien à dire, constata-t-il avec un regard en biais teinté d'espièglerie. C'est peut-être l'environnement. La plupart du temps, quand je suis dans une chambre avec une femme, la conversation n'est pas une priorité.

Prise au dépourvu par sa remarque, Carly ne sut comment réagir, mais il détourna aussitôt son attention en claquant dans ses doigts.

— Oh ! J'oubliais…, dit-il en plongeant la main dans sa poche pour en tirer un document. Notre accord, expliqua-t-il. Le fameux papier qui dit « Pas de procès pour obtenir la garde de l'enfant », et « Pas de galipettes pour Hank ».

Il le mit sur la table de chevet, à bonne distance du verre de limonade.

— Je suis désolé de ne pas te l'avoir donné à l'appartement. J'avais l'intention de te le remettre en même temps que le bouquet et les bagues, et puis tu as ouvert la porte et…

Il s'interrompit, tira sur le lobe de son oreille et sourit.

— … nous avons été… euh… occupés par autre chose.

Il laissa ses paroles en suspens un instant.

— Dans toute la précipitation, j'espère que je ne t'ai pas blessée en suggérant que tu changes de robe. Tu étais superbe, vraiment. C'était juste un peu trop sexy pour un mariage.

Carly fixa la fenêtre illuminée par le clair de lune. Elle était gênée par ses compliments. Ils lui rappelaient avec quelle facilité elle s'était laissé berner le soir de leur rencontre. Il ne la trouvait pas jolie, ne l'avait jamais trouvée jolie, et elle avait été idiote de monter dans ce pick-up avec lui.

Il lui effleura les cheveux. Elle tressaillit et lui décocha un regard méfiant. Hank l'observait, le front barré par un pli.

— Bon, j'ai dit quelque chose qui t'a peinée. Dis-moi ce que c'est.

— Rien.

Rien d'important, de toute manière. Elle ne voulait pas y attacher d'importance.

— Faut-il que je revienne sur tout ce que j'ai dit, point par point, et que je devine tout seul ?

— C'est sans intérêt.

— Hmm.

Son ton disait clairement qu'il n'était pas convaincu. Il lui souleva la tête pour lui offrir encore un peu de limonade, puis lui tendit un nouveau biscuit. Pendant qu'elle attendait que le gâteau fonde dans sa bouche, il se mit à passer en revue toutes ses paroles.

— J'ai dit que j'étais désolé de ne pas t'avoir donné le papier cet après-midi.

Il marqua une pause, étudiant sa réaction.

— Non, ce n'est pas ça.

Il sourit et continua.

— Ensuite, j'ai mentionné le bouquet et les bagues, dit-il sans la quitter des yeux. Ce n'est pas ça non plus. Mon score est lamentable. Je n'ai plus qu'une seule chance, après quoi je suis fichu. Ensuite, j'ai dit…

Carly avala le morceau de biscuit.

— Veux-tu arrêter, s'il te plaît ? C'est ridicule.

— Dans le mille ! s'exclama-t-il. Tu es fâchée parce que je t'ai dit que tu étais superbe.

Carly promena nerveusement la main sur la courtepointe soyeuse. Elle aurait donné cher pour qu'il cesse de la regarder ainsi.

— Je n'aime pas que tu me fasses des compliments. C'est tout.

— Je vois.

Le silence retomba entre eux. Au bout d'un moment, Hank le rompit.

— Peux-tu m'expliquer pourquoi ?

Comme elle ne répondait pas, il posa une autre question.

— Ça t'inquiète de savoir que je te trouve belle ?

Elle ne voulait pas en parler, mais il était clair qu'il n'allait pas lâcher prise.

— Ça me met mal à l'aise que tu dises des choses alors que je sais que tu ne les penses pas.

— Qu'est-ce qui te fait croire que je ne les pense pas ?

Carly eut soudain l'impression de manquer d'air. Comment répondre à cette question ? Elle ne tenait pas à lui avouer qu'aucun homme, avant lui, ne lui avait accordé un regard. Saisie par un besoin désespéré de s'éloigner de lui, elle se redressa. Aussitôt, elle fut prise de vertige.

— Hé !

Hank la retint par les épaules.

— Si tu ne restes pas tranquille, ton joli petit minois risque de se retrouver le nez dans la corbeille.

— Tu ne vas donc pas te taire ? s'écria-t-elle alors même qu'il l'obligeait à se rallonger.

— Qu'est-ce que j'ai encore dit ?

— « Ton joli petit minois » ! Il n'est pas petit, pour commencer, et encore moins joli. Je ne suis pas jolie, et je ne veux pas qu'on me dise que je le suis. C'est clair ?

Il garda les mains sur ses épaules, l'empêchant de se redresser.

— Calme-toi. Je ne veux pas que tu sois malade.

Il lui massa doucement les épaules à travers la longue chemise de nuit.

— C'est de toute évidence un sujet sensible. Je suis désolé d'en avoir parlé. Nous en discuterons plus tard. D'accord ?

— Je ne veux pas en discuter plus tard. Ne le dis pas, c'est tout.

Se souvenant des paroles qu'il avait prononcées ce soir-là, elle leva les yeux vers son visage hâlé. *Vous ai-je dit que vous êtes superbe ?* Ô Seigneur, elle l'avait cru ! Elle ne savait pas pourquoi cela lui faisait aussi mal, mais force était de constater qu'elle avait l'impression que des lames de couteau lui transperçaient le cœur.

— Ne le dis pas, répéta-t-elle.

Hank la relâcha et recula, passant une main dans ses cheveux encore ébouriffés par son chapeau. Elle crut qu'il allait insister, prétendre la main sur le cœur qu'elle était la plus belle femme qu'il ait jamais rencontrée, ce qui serait un mensonge de plus. Au lieu de quoi il sourit.

— Serait-ce notre première chamaillerie de jeunes mariés ?

— Comment ? fit Carly, décontenancée.

— Encore un problème de vocabulaire ? On ne dit pas ça, à Portland ?

Elle eut envie de sourire, et sentit son exaspération redoubler.

— Je sais parfaitement ce que ça veut dire !

— Tant mieux. Si tu dois te chamailler avec moi, autant connaître la définition du mot.

— Je n'ai pas la moindre intention de me chamailler avec toi.

— Commence à me dire ce que j'ai ou pas le droit de dire, et nous allons nous chamailler, mon chou. C'est inévitable.

— Je n'essaie pas de te dire ce que tu dois ou ne dois pas dire.

— Ah non ?

— Non. C'est juste que je n'apprécie pas que tu dises des choses que tu ne penses pas. Et je suis sûre que tu ne penses pas réellement que je suis superbe.

— Eh bien, dis donc !

Il se frotta le nez.

— Maintenant, tu me dis ce que j'ai le droit de penser ? On dirait que j'ai épousé une femme autoritaire.

Carly se couvrit les yeux. Son cœur saignait quand elle le regardait. Comment était-il possible d'éprouver une telle souffrance et d'avoir envie de rire en même temps ?

— Va-t'en, veux-tu ? Je voudrais dormir, maintenant.

— Je suis ton distributeur officiel de biscuits et de limonade. Je ne m'en irai pas avant que tu aies mangé au moins cinq gâteaux salés.

Elle tendit la main.

— Très bien. Donne-les-moi, et je les mangerai. Je n'ai pas besoin que tu sois présent.

— Ma mère affirme que tu dois les manger lentement. Si ça ne t'ennuie pas, je vais rester.

— Ça m'ennuie. Je veux que tu t'en ailles.

— Ce n'est pas dans notre contrat.

Carly abaissa le bras pour le dévisager.

— Notre quoi ?

Il désigna d'un geste le document plié sur la table de chevet.

— Notre contrat. Il stipule que je ne ferai pas pression sur toi pour avoir des relations sexuelles et que je ne réclamerai pas la garde de l'enfant. Mais il n'y a pas un seul mot là-dedans disant que tu peux te débarrasser de moi quand ça te chante. Si ç'avait été une de tes conditions, je ne l'aurais jamais signé, ajouta-t-il avec un lent sourire.

Carly sourit malgré elle, puis sursauta lorsqu'il tendit la main et effleura le coin de sa bouche.

— Voilà ce fabuleux sourire. Note que je n'ai pas dit « superbe ». Tu ne viendras pas me dire que je suis pas coopératif.

— Je veux dormir maintenant.

— On en a déjà parlé. Tu as à peine commencé à grignoter le troisième biscuit.

— Tu es impossible !

— Je crois que ça a déjà été dit. Nous avons besoin d'un nouveau sujet de conversation. Si je te parlais du ranch ?

Sans attendre son accord, il se lança dans un monologue apaisant au sujet du Lazy J. Il commença par évoquer l'incendie qui avait dévasté la maison principale peu après le mariage de Jake et de Molly. Il relata les étapes de la reconstruction, expliquant que Jake et lui avaient utilisé du bois provenant de leurs propres terres.

— Je croyais qu'il fallait faire sécher le bois avant de s'en servir, remarqua-t-elle tandis que le sommeil la gagnait.

— C'est le cas. Nous avons payé une entreprise pour le traiter.

Il s'interrompit le temps de lui offrir une gorgée de limonade, l'encouragea à reprendre un morceau de biscuit, puis se remit à parler.

Carly s'assoupissait lentement, bercée par le timbre grave et chaud de sa voix. Il lui décrivit leurs cow-boys, commençant par Shorty, un petit homme trapu aux cheveux couleur sable dont le meilleur ami était un affreux chien bâtard baptisé Bart qui mordait tout le monde, y compris son maître ; puis il évoqua Levi, un type maigre aux yeux verts et pétillants qui parlait avec un fort accent du Sud, et qui possédait un vieux pick-up baptisé Mandy, que seul un réseau compliqué de cintres et de fil de fer empêchait de tomber en ruine.

De temps à autre, il lui soulevait la tête pour lui donner de la limonade et des morceaux de biscuit. Bientôt, elle eut mangé les cinq gâteaux. Elle se sentait si ensommeillée qu'elle avait du mal à garder les yeux ouverts.

— Tu les aimes beaucoup, n'est-ce pas ? murmura-t-elle.

— Les biscuits ?

Elle rit doucement.

— Non. Shorty et Levi.

Hank haussa les épaules et se massa la nuque.

— Oh ! En un sens, je suppose, oui. Shorty est un peu grincheux et Levi a des idées tellement arrêtées qu'il en est agaçant, mais ils sont tous les deux très loyaux.

Il se mit à parler de Danno, un jeune dégingandé à la tignasse flamboyante et au visage criblé de taches de rousseur, qui n'était pas très futé mais qui avait un appétit d'ogre, au point qu'il aurait pu manger un âne.

— Je pensais qu'on disait manger un bœuf. Manger un âne ? C'est une drôle d'expression, non ? Enfin, je n'en sais rien, après tout. Je n'ai jamais vu d'âne.

— Ah non ?

Une lueur amusée apparut dans le regard de Hank.

— Il me semble pourtant, mon chou, que tu en as un devant toi.

Son sourire s'éteignit et il fit mine de remonter les couvertures.

— Comment va l'estomac ?

Carly était frappée par sa référence à l'âne. Voulait-il dire par là qu'il regrettait la manière dont il s'était conduit le fameux soir au Chaps ? Pourtant, autant qu'elle s'en souvenait, il ne s'était jamais vraiment excusé.

— Je me sens mieux, dit-elle après quelques instants de silence.

— C'est bien. Le remède Coulter semble efficace.

Il lui tendit un autre biscuit et se mit à lui raconter des anecdotes tirées de la vie quotidienne au ranch. Bien qu'intéressée, Carly avait de plus en plus de mal à rester éveillée. À un moment donné, le son de la voix de Hank devint de plus en plus lointain, et elle sombra dans un sommeil épuisé.

Hank se tut et regarda son épouse endormie. Ses cheveux avaient séché en éventail sur l'oreiller. À la faible lueur de la lampe, ses mèches ondulantes brillaient comme de l'or fondu auquel se mêlaient çà et là quelques touches argentées. Ses longs cils projetaient des ombres arachnéennes sur ses joues et sa bouche tendre ne demandait qu'à être embrassée.

Elle croyait ne pas être belle. Seigneur ! Qu'avait-il dit ou fait pour lui faire croire une chose pareille ? Lui faire un enfant avait été criminel. Pour ne pas l'avoir réconfortée ensuite, il aurait mérité une raclée mémorable. Mais lui faire penser qu'elle n'était pas l'image même de la perfection ?

C'était impardonnable.

Carly était une énigme. Elle ne ressemblait à aucune des femmes qu'il avait connues. Il ne s'en plaignait pas, loin de là, mais il ne savait pas comment s'y prendre avec elle. Il passait le plus clair de son temps à surveiller ce qu'il disait de crainte de l'offenser ou de lui faire peur, et le reste à s'excuser.

Se sentant lui-même assez las pour s'endormir, il s'étira en soupirant et songea avec envie au lit qui l'attendait dans la petite chambre. À cet instant précis, n'importe quelle paillasse lui aurait paru confortable. Cependant, il hésitait à laisser Carly seule. Et si elle avait besoin de lui durant la nuit ? Les cloisons intérieures étaient en rondins et le bois absorbait les sons. Dans la chambre du fond, il risquait de ne pas l'entendre.

Il décida de se mettre à côté d'elle, sur la courtepointe. Ainsi, il serait là si elle se réveillait ; il ne resterait qu'un moment, se dit-il en éteignant la lampe.

À peine allongé, il s'endormit.

Un peu plus tard, Carly se réveilla et découvrit Hank près d'elle. Le clair de lune adoucissait ses traits, et son visage hâlé ressemblait presque à celui d'un jeune garçon.

La perspective de partager son lit avec lui ne l'enchantait guère. Et s'il devenait par trop amical dans son sommeil ? Elle envisagea de le secouer, mais il était tard et il lui répugnait de le réveiller. Il faisait froid dans la pièce. Avec un soupir, elle le recouvrit de la courtepointe. Comme elle le bordait, il murmura quelque chose et changea de position. Puis il entrouvrit les yeux et la regarda d'un air perplexe pendant plusieurs secondes.

Lorsqu'il la reconnut, il lui adressa un sourire ensommeillé.

— Salut, Charlie.

Puis il se rendormit.

Carly l'observa. *Charlie*. Il ne lui avait pas menti, comprit-elle. Cette nuit-là, au bar, il n'avait pas compris son nom, bien qu'elle l'ait corrigé par deux fois. Lorsqu'il avait affirmé qu'il l'avait cherchée, elle ne l'avait pas vraiment cru. À présent, elle se demandait s'il ne lui avait pas dit la vérité.

Quoi qu'il en soit, cela ne changeait rien. Elle était toujours la dernière d'une longue série de conquêtes – une femme de plus séduite un vendredi soir. Pourtant, curieusement, cela la rasséréna de savoir qu'il ne l'avait pas oubliée tout de suite.

Gardant cette pensée blottie au fond de son cœur, elle sombra de nouveau dans le sommeil.

14

Le lendemain matin, Hank se leva à l'aube. En sortant de la salle de bains sur la pointe des pieds, il s'arrêta au pied du lit pour contempler Carly. Elle était plongée dans un sommeil profond, le visage encore marqué par les nausées de la veille. Malgré tout, elle était belle. Une de ses mains reposait gracieusement sur l'oreiller. Il eut envie de se pencher et de l'éveiller d'un baiser.

C'était de la folie. Elle n'était pas prête à accepter cela, et il avait juré de ne pas la toucher. À regret, il se glissa hors de la chambre et gagna la cuisine pour faire du café. Quelques minutes plus tard, il quittait la maison, une tasse fumante à la main. Il but sa première gorgée au pied des marches, promenant son regard sur le ranch et le paysage teinté de rose pâle. Le soleil n'allait pas tarder à se lever, et des rayons dorés viendraient illuminer les cimes des arbres qui bordaient les champs.

Il partit vers les écuries. Une fois les corvées matinales terminées, il se rendrait en ville afin d'aller chercher le reste des affaires de Carly. Elle avait fait ses bagages avant le mariage, et les cartons attendaient à l'appartement qu'on vienne les récupérer. Elle avait été si malade la veille au soir qu'il ne voulait pas lui demander de venir avec lui. Avec un peu de chance, il serait de retour avant qu'elle soit réveillée.

*

Hank rentra au chalet à huit heures moins vingt. Il venait de poser le premier carton dans le salon lorsque Carly émergea de la salle de bains, enveloppée d'une serviette blanche.

— Oh ! s'écria-t-elle avant de battre en retraite précipitamment, claquant la porte.

— Je vais chercher un autre carton, lança-t-il. Tu peux en profiter pour sortir !

La porte s'entrouvrit, et un œil bleu se posa sur lui. Un sourire aux lèvres, Hank ressortit. Lorsqu'il revint, il décida de remettre le déchargement à plus tard et de préparer le petit déjeuner pour Carly.

Quand elle fit son apparition peu après, jolie comme un cœur dans un jean et un chemisier rose, Hank était assis à table, savourant une tasse de café.

— Le petit déjeuner est prêt.

— Oh ! Je... euh... la plupart du temps, je ne prends pas de petit déjeuner normal si tôt dans la journée.

Il désigna la table.

— Crois-moi, mon chou, ce petit déjeuner-là n'a rien de normal. De la choucroute en conserve, des choux de Bruxelles et du lait chocolaté. Que dis-tu de ma mémoire ?

Elle eut un sourire hésitant.

— Il ne fallait pas te donner tout ce mal.

Hank poussa une chaise du pied.

— Eh bien, c'est fait, alors assieds-toi et mange.

Elle prit place à côté de lui et il remarqua qu'elle avait rassemblé ses cheveux en queue de cheval. Il les préférait libres ; il lui semblait dommage de cacher ces jolies boucles. Il se cala sur sa chaise pour mieux la contempler. Toute sa vie, il avait entendu l'expression « un teint de pêche », sans jamais comprendre ce que cela désignait. Maintenant, il comprenait. Le visage de Carly était parfait, sa peau pâle et lisse comme de la crème.

Il ne se lasserait jamais de regarder son petit nez droit, ses pommettes fragiles, ses sourcils blonds délicatement arqués au-dessus de ses grands yeux expressifs. Pas belle ? Chaque fois qu'il se souvenait de ses paroles, il avait le cœur serré. Si une autre femme avait dit cela, il aurait été sceptique, songeant qu'elle allait à la pêche aux compliments. Mais Carly était différente. Quand elle se regardait dans la glace, elle ne voyait peut-être pas ce que tout le monde voyait – une jeune femme ravissante, avec des yeux dans lesquels un homme pouvait se perdre.

Au lieu de dévorer son petit déjeuner, elle posa une serviette sur ses genoux, puis hésita. Elle paraissait si gênée qu'il se demanda s'il ne devrait pas quitter la table. Mais non, décida-t-il. Plus tôt elle se détendrait en sa présence, mieux cela vaudrait.

— Je n'ai mis ni beurre ni sel dans les choux de Bruxelles, précisa-t-il.

Elle les poussa du bout de sa fourchette.

— C'est parfait. Je les préfère nature.

Elle prit d'abord de petites bouchées délicates, portant fréquemment la serviette à ses lèvres. Après une minute, cependant, son appétit l'emporta, et elle se mit à manger avec enthousiasme, laissant échapper de petits sons appréciateurs tout en dégustant sa choucroute.

Hank se surprit à regretter qu'elle ne se comporte pas ainsi avec lui. Puis il se souvint qu'elle l'avait fait, une fois, et qu'il avait raté sa chance.

Elle cessa brusquement de mâcher et fixa sur lui ses yeux bleus et lumineux.

— Qu'y a-t-il ?

Il repoussa son chapeau.

— Rien. On dirait que c'est bon.

Elle piqua sa fourchette dans un chou de Bruxelles et le lui offrit.

— Merci. Le matin, je me contente des œufs offerts par Omelette et Cocotte.

— Pardon ?

— Nos poules. Nous les avons baptisées à partir de plats d'œufs. Sur-le-plat, À-la-coque, Florentine, expliqua-t-il avec un petit haussement d'épaules. C'est cucul, hein ? Molly est sentimentale. Quand les poules cessent de pondre, elle les laisse finir leur vie tranquillement dans un champ. On ne les mange que si elles font une crise cardiaque.

Carly le regarda avec surprise.

— Vous ne leur tordez pas le cou ?

— Molly me tuerait si j'essayais ! De temps en temps, je bats des bras et j'agite mon chapeau, histoire de leur faire peur, mais ça ne marche jamais.

Elle engloutit le chou avec un plaisir manifeste. Ensuite, elle but du lait chocolaté et essuya la moustache qui s'était formée sur sa lèvre supérieure.

— C'est fabuleux ! Merci d'y avoir pensé. C'est mon remède contre la nausée matinale.

— Ton remède ? Tu es sûre que ce n'est pas la cause ?

Sa joue était déjà gonflée par un autre chou.

— Hmm.

Il laissa échapper un rire amusé et but une gorgée de café. D'ordinaire, il prenait son petit déjeuner au ranch. Convaincue que le taux de cholestérol des employés allait être multiplié par dix, Molly s'arrachait les cheveux en voyant les quantités de beurre et de crème qu'utilisait la nouvelle cuisinière. Hank, pour sa part, ne s'en plaignait pas.

— Tu n'es pas une obsédée de la cuisine minceur, au moins ? demanda-t-il malgré lui.

Elle lui lança un regard timide.

— J'aime manger sain, mais je n'en fais pas une obsession.

À en juger par son petit déjeuner, Hank se demanda leur définition de la cuisine saine était la même.

— Tu es végétarienne ?

— Oh non !

— Tant mieux. Et dis-moi, ces plats étaient tes préférés avant que tu sois enceinte ?

Carly plissa le nez.

— Non. J'en mangeais de temps en temps, mais pas très souvent.

Hank fut soulagé de l'entendre. Et intrigué.

— Et donc, un beau matin, tu t'es levée et tu as su que la choucroute, les choux de Bruxelles et le lait chocolaté étaient ce qu'il te fallait ?

— Pas exactement. J'ai d'abord mangé quatre kilos de cornichons.

Quatre kilos de cornichons ? Hank réprima un frisson horrifié.

— D'un seul coup ?

— Non. Il m'a fallu deux jours.

Même alors, elle n'avait pas chômé, songea Hank.

— L'essentiel, c'est que ça t'ait fait du bien, commenta-t-il tandis qu'elle se redressait, l'air rassasié. Comment va ton estomac, maintenant ?

Elle rougit légèrement et se mit à débarrasser la table.

— Très bien. Merci encore. C'est très gentil à toi de t'en être souvenu.

Gentil. Il avait marqué un point. Sauf qu'il percevait dans la voix de Carly un trouble qui l'inquiétait.

Elle marqua une pause avant d'aller vers l'évier.

— Et merci aussi pour la limonade et les biscuits hier soir. Je ne m'attendais pas à ce que tu ailles faire des courses à une heure pareille.

— Ça t'a fait du bien. C'est tout ce qui compte.

— Oui, enfin… commença-t-elle avec un sourire hésitant. C'était quand même très gentil.

Deux points en sa faveur. Hank l'observa un instant tandis qu'elle faisait la vaisselle. Jake l'avait récemment aidé à installer des robinets modernes, mais la vieille pompe manuelle au bord de l'évier fonctionnait toujours.

— C'est une antiquité, expliqua-t-il à Carly. L'eau vient droit d'une source.

Elle lui lança un regard stupéfait, puis actionna la pompe et fit un bond en arrière lorsque l'eau jaillit du bec.

— Oh ! C'est la première fois que je vois ça.

Hank comprit subitement qu'il y avait une foule de choses qu'elle n'avait jamais vues. Son cœur se serra. Elle avait sans doute espéré vivre mille expériences nouvelles après son opération, et voilà qu'elle était sur le point de redevenir aveugle. Certes, elle ne savait pas combien de temps cela prendrait, mais il n'était pas sûr que ce soit une bonne chose. À sa place, il aurait préféré savoir, afin de profiter au maximum du temps qu'il lui restait.

Pendant qu'elle achevait de mettre de l'ordre dans la cuisine, il alla chercher d'autres cartons. Lorsqu'il rentra avec le dernier, elle leva les yeux.

— Où puis-je mettre mes affaires ?

Hank posa son chargement sur le sol.

— Où tu veux. Tu es chez toi, ici, à présent.

Il la regarda prendre un petit coussin dans le carton qu'il venait d'amener et promener doucement les doigts dessus, les yeux clos. Le sourire qui se dessina sur ses lèvres lui donna envie de sourire aussi.

— Tu y tiens ?

Elle acquiesça.

— C'est ma mère qui l'a fait, quand j'étais petite. Elle avait brodé « Je t'aime » dessus avec du gros fil pour que je puisse suivre les lettres avec mes doigts.

Hank essaya d'imaginer la petite fille lisant ces mots du bout des doigts. Jusqu'à cet instant, il ne s'était jamais rendu compte à quel point la vie était différente pour les aveugles.

— Si je posais tout sur le canapé pour que tu le ranges à ton goût ? suggéra-t-il. Comme ça, tu sauras où les choses se trouvent.

Elle hocha la tête, et ils se mirent au travail tous les deux. Il ne fallut que peu de temps à Hank pour vider les cartons. Ensuite, il aida Carly à ranger, lui demandant toujours où elle voulait mettre chaque objet.

Il avait une conscience aiguë de chacun de ses gestes, de toutes ses expressions – la manière dont elle caressait de temps à autre le coussin brodé et un petit ours aux oreilles déchirées que son père lui avait offert des années plus tôt. Ses trésors étaient tous des objets qu'elle pouvait toucher ou serrer contre elle.

— Tu n'as pas de photos, observa-t-il.

— Non, c'est vrai.

Elle parcourut du regard ses vêtements et possessions.

— Je pourrais peut-être demander à papa de m'en envoyer quelques-unes. J'adorerais voir une photo de ma mère. Et de lui, bien sûr.

Elle n'avait jamais vu ses parents ? Hank se figea et la regarda. Bien sûr que non ! comprit-il. Elle était aveugle encore un mois plus tôt.

— Ça te paraît étrange, dit-elle. Que je ne connaisse pas mes parents.

Hank s'assit sur ses talons.

— Pas étrange. Plutôt au-delà de ma compréhension, je suppose. Intellectuellement, je sais que les aveugles ne peuvent pas voir. Mais je n'ai jamais vraiment songé à ce que cela signifiait au quotidien. Ne jamais voir le visage de sa mère… J'ai du mal à l'imaginer.

Les yeux brillants, Carly se détourna.

— Je l'ai vue, mais pas de la manière dont les autres voient. Elle me tenait sur ses genoux et me laissait toucher son visage.

Les commissures de ses lèvres se relevèrent.

— Elle était très belle.

Sa voix tremblait et Hank devina que sa mère lui manquait terriblement. Ne sachant que dire, il se remit à trier ses affaires. Un instant plus tard, il trouva un vieux ruban en piteux état auquel on avait fait trois nœuds et dont on avait attaché les deux extrémités.

— Tu veux garder ça ou je le jette ?

Perplexe, elle fixa un instant le fragment de tissu. Puis un sourire radieux se dessina sur son visage.

— Oh ! C'est mon anneau d'amitié. Pose-le ici, à côté de mes vêtements. Je lui trouverai une place plus tard.

— Qu'est-ce que c'est qu'un anneau d'amitié ? demanda Hank, intrigué.

— Le cercle symbolise l'éternité. Les nœuds représentent Cricket, Bess et moi, et nous rappellent que nous serons toujours amies. Cricket me l'a donné juste avant mon départ pour l'université. C'était la première fois que j'allais quitter ma famille et mes amis.

Elle alla prendre le ruban. Fermant les yeux, elle laissa ses doigts courir sur les nœuds, puis porta le satin effiloché à sa joue.

— Les premiers mois, quand j'avais le mal du pays, je me sentais toujours mieux après l'avoir touché.

— Vous êtes vraiment très proches, n'est-ce pas ?

Elle hocha la tête et posa doucement le ruban sur une pile de vêtements.

— Cricket et Bess sont comme des sœurs pour moi. Nous formions un trio indomptable. Elles ont été mes guides visuels pendant toute ma jeunesse.

Il eut un petit rire.

— Tes guides visuels ?

— Sans elles, je n'aurais jamais survécu à l'enfance, répondit-elle, un sourire creusant une fossette sur sa joue.

— Bess m'a dit que tu faisais du vélo et toutes sortes d'autres choses. Tes parents te laissaient faire ?

Hank sentit son estomac se nouer en l'imaginant.

— Ils pensaient que j'étais une enfant normale à tous points de vue, sauf que je ne voyais pas.

— Tu as vraiment fait du skateboard ? Tu n'avais pas peur ?

— De quoi ?

— D'avoir un accident. De tomber d'un talus… je ne sais pas. De tout, je suppose.

Carly se mit à rire.

— Souviens-toi que je suis née aveugle. Je n'avais jamais vu de talus. Je ne voyais pas les obstacles devant moi. J'aurais peut-être peur maintenant, mais pas à l'époque.

Elle rejeta la tête en arrière et ferma les yeux.

— J'adorais la sensation de vitesse, le vent qui fouettait mon visage. C'était merveilleux, soupira-t-elle en le regardant de nouveau. La seule chose qui s'en est rapprochée, c'est quand j'ai fait du parachute avec Cricket juste avant mon départ pour l'université.

— Du parachute ? Tu as sauté d'un avion ?

— Je n'avais aucun concept de l'altitude. Je n'avais pas peur du tout.

Hank se sentit glacé rien que d'y penser.

— Il peut y avoir un vent très fort, là-haut.

Elle l'interrogea du regard.

— Tu as essayé ?

— Oui. Et soit tu avais envie de mourir, soit tu étais complètement dingue. Et si le vent avait emporté sa voix et que tu n'avais pas ouvert ton parachute à temps ?

— Je n'ai pas sauté seule. Il y avait un moniteur avec moi.

Il fut soulagé de l'apprendre, mais il ne pouvait y penser sans avoir envie de la secouer comme un prunier pour avoir tenté l'expérience.

— N'empêche que c'est un sport dangereux.

— Comme le saut à l'élastique, et les gens le pratiquent quand même.

— Tu n'as tout de même pas essayé ?

— Non. Il fallait sauter du haut d'un pont. J'avais peur que l'élastique casse et que je tombe à l'eau.

Hank remarqua sa tension soudaine.

— Tu avais peur de tomber dans l'eau mais pas de t'écraser par terre ?

Elle baissa la tête et fit mine de s'intéresser aux chaussettes qu'elle pliait.

— L'eau me terrifie. Elle entre dans mes oreilles, je n'entends plus rien et je perds tout sens de l'orientation. Sous l'eau, je ne sais plus où est la surface. Et quand je remonte à la surface, je ne sais pas où est la rive. J'ai nagé avec Bess et Cricket quelquefois, mais je n'y ai jamais vraiment pris plaisir.

Elle alla dans la chambre afin d'y ranger une pile d'affaires. Quelques instants plus tard, Hank leva les yeux et vit qu'elle regardait par la fenêtre, en direction des enclos. Comme il s'approchait, elle fut parcourue d'un frisson.

— Les chevaux sont beaucoup plus grands que je ne l'imaginais.

— Tu n'en avais jamais vu ?

— Si, mais à la télévision, et ils n'avaient pas l'air si imposants.

Hank hocha la tête, songeur. Par moments, durant le cours de leur conversation, il avait cru commencer à comprendre ce qu'être aveugle signifiait. Et puis elle disait autre chose, et il se rendait compte qu'il n'en avait pas la moindre idée. Vivre dans le noir total, ne jamais voir l'aube, ne jamais regarder le soleil se coucher…

Il baissa les yeux sur elle, s'efforçant de saisir ce qu'elle éprouvait, mais c'était impossible. Le monde entier et tout ce qu'il contenait étaient nouveaux pour elle. Hank s'appuya à l'encadrement de la fenêtre et se retourna vers elle.

— Quel effet cela fait-il de voir pour la première fois ?

Elle pianota nerveusement sur la vitre. Il remarqua qu'elle changeait de position, s'éloignant de lui sans en avoir l'air.

— C'est déconcertant, avoua-t-elle en tapant de l'ongle sur le verre. Je sais que le verre est là, mais je ne le vois pas. Bess affirme que les rayons du soleil et les images se reflètent à sa surface, mais je ne remarque pas ces choses-là.

Hank suivit son regard. Une fois, quand il était enfant, il s'était cogné à une baie vitrée et avait failli se casser le nez.

— Les fenêtres peuvent être difficiles à voir pour n'importe qui.

— Je suppose.

Elle sourit et fronça les sourcils d'un air songeur.

— Certains objets me semblent à l'envers.

— Quel genre d'objets ?

— Oh ! des choses insignifiantes !

Elle haussa les épaules.

— Des choses que j'ai mémorisées au toucher il y a des années et qui semblent fausses à présent, bizarrement.

— Par exemple ?

— Le clavier du téléphone, les robinets d'eau chaude et froide, les lettres, les chiffres. C'est comme si...

Le pli se creusa sur son front.

— Quand je compose un numéro de téléphone, par exemple. Si je ferme les yeux, tout va bien. Mais si je les ouvre, tout s'embrouille, je tape le trois au lieu du un. C'est pareil avec les lettres.

Elle promena lentement les doigts sur la vitre.

— Quand on lit le braille, on suit le contour des bosses. On imagine la lettre, qui monte le long de votre bras et jusque dans votre cerveau, et on la stocke à l'intérieur de soi. On ne la voit pas. On l'a en soi. Et maintenant, elle est au-dehors et, pour moi, c'est comme si elle s'était retournée, qu'elle était à l'envers. J'ignore si d'autres ont la même expérience. Peut-être suis-je bizarre.

— On dirait que tu décris une forme de dyslexie. Peut-être as-tu du mal à juger des relations spatiales.

— C'est vrai que ça rappelle la dyslexie. C'est tout ce qu'il me fallait, un problème d'apprentissage en plus du reste !

Hank se mit à rire.

— Je doute que tu sois dyslexique, mon chou. Tu sais ce qui me vient à l'esprit quand je t'écoute ? Des lettres reflétées dans un miroir. Elles semblent à l'envers. Il est sans doute normal que tu aies des difficultés au début. La rétine fonctionne un peu comme un miroir, en conduisant des impulsions d'images au cerveau. Peut-être que ces impulsions sont embrouillées en ce moment et que les images se retrouvent à l'envers.

— Tu crois ? demanda-t-elle avec espoir.

Hank savait qu'il n'aurait pas dû la toucher, mais il ne put résister à la tentation. Il pinça doucement le bout de son adorable petit nez.

— Oui, assura-t-il. Cesse de t'inquiéter. Même si tu es dyslexique, ce dont je doute sérieusement, ce n'est pas un drame.

Elle n'en paraissait pas si sûre.

*

Ce soir-là, pendant que leur dîner mijotait sur le fourneau, Hank suggéra à Carly de téléphoner à son père.

Elle hésita.

— Ça m'ennuie de te causer des dépenses de téléphone.

Il sortit l'appareil portable qu'il gardait à sa ceinture et le lui tendit.

— J'ai un abonnement de trois cents minutes qui couvre les appels longue distance. En général, je n'en utilise même pas la moitié. Tu peux parler aussi longtemps que tu voudras et cela ne me coûtera pas un sou.

Elle plissa les yeux, regardant le téléphone, puis le lui rendit.

— Les chiffres sont trop petits pour moi. Peux-tu composer le numéro ?

Hank appuya sur les touches tandis qu'elle lui dictait le numéro puis il se rendit dans le salon et alluma la télévision, feignant de regarder les informations pendant qu'elle bavardait avec son père.

— Papa ? commença-t-elle d'une voix tremblante.

Elle se mit à parler, expliquant à Art Adams les raisons de son mariage temporaire avec Hank.

— Il a tenu à m'aider, dit-elle d'une voix hachée. En fin de compte, il a été si convaincant que je n'ai pas pu refuser. Je t'aurais invité, mais cela semblait absurde que tu dépenses tout cet argent pour faire le voyage alors qu'il ne s'agissait que d'une formalité.

« Convaincant ? » songea Hank honteux. Il lui avait fait du chantage, oui.

— Je sais, reprit Carly doucement. J'ai de la chance qu'il me soutienne.

Il y eut un long silence.

— Non, papa. Ce n'est pas ça. Nous… nous avons un arrangement. Il semble d'accord.

Il y eut une nouvelle pause.

— Je n'aurai pas le cœur brisé, papa. C'est seulement un arrangement, quelque chose qu'il m'a proposé de faire pour le bébé et pour moi. Nous n'avons pas d'autres attentes, ni l'un ni l'autre. Quand je serai en mesure de me débrouiller seule, nous mettrons fin au mariage.

Enfin, la conversation roula sur d'autres sujets, et Carly devint plus gaie.

— Tu as dansé le lindy hop ? Ce doit être quelqu'un d'extraordinaire pour t'avoir persuadé de danser !

Un soupir.

— À propos, c'est quoi, le lindy hop ?

La réponse de son père déclencha l'hilarité de Carly.

— Je suis très contente pour toi. Ça me fait plaisir de savoir que tu t'amuses bien là-bas.

Hank se réjouit intérieurement qu'elle soit si proche de son père. Cela lui rappelait les liens qu'il avait avec sa propre famille. Pourtant, bien trop vite à son goût, Carly mit fin à la conversation.

— C'est le téléphone de Hank, ajouta-t-elle. Je ne veux pas abuser.

Il faillit intervenir pour lui dire qu'elle pouvait parler aussi longtemps qu'elle en avait envie, mais il ne voulait pas qu'elle sache qu'il avait écouté. Il songea qu'elle avait couvert l'essentiel ; il pourrait toujours la persuader de faire usage de son abonnement à l'avenir.

— Merci, Hank, dit-elle doucement en lui rendant l'appareil. Ça m'a fait plaisir de lui parler.

Elle était sincère, il le vit à la chaleur de son sourire et à l'éclat de ses beaux yeux.

— Comment est-il ?

— Drôle. Merveilleux. Il a toujours été un roc pour moi.

Hank éprouva un absurde pincement de jalousie. Il voulait être celui sur qui elle comptait. D'où diable cette pensée venait-elle ? Il devait garder bien présent à l'esprit que Carly n'avait pas la moindre intention de voir le mariage perdurer. S'il commençait à s'imaginer qu'ils étaient ensemble pour toujours, il s'exposait à d'amères déceptions.

Désireux de se changer les idées, il lui proposa de l'emmener visiter les écuries.

— Je ne suis pas sûre d'être prête à voir des chevaux de près, avoua-t-elle en chemin.

Hank se mit à rire.

— Tu as fait du skateboard. Les chevaux sont beaucoup moins dangereux, crois-moi.

— C'est toi qui le dis.

À l'entrée de l'écurie, elle s'arrêta en voyant une jument dont la tête dépassait par-dessus la porte de son box.

Non sans réticence, elle se laissa entraîner à l'intérieur. Hank se demanda si c'était l'animal ou lui qui la rendait le plus nerveuse.

— Il est énorme !

— Elle, corrigea Hank en tendant la main pour gratter l'arrière des oreilles de la jument. Elle s'appelle Sugar. C'est une alezane.

— Je croyais que vous éleviez des *quarter horses*.

— Alezan désigne la couleur de la robe, pas la race.

Il pointa le doigt vers un cheval à la tête grise.

— Celui-là est un isabelle. Récemment, il a commencé à mordre, et sa propriétaire l'a envoyé ici pour qu'on lui réapprenne les bonnes manières. Dans le box d'à côté, c'est une jument baie.

Carly secoua la tête.

— J'ai encore du mal avec les différentes nuances de rose. Je ne pourrai jamais apprendre les couleurs des chevaux.

— Ils ne t'en tiendront pas rigueur.

Il la prit par la main, l'attirant plus près.

— Sugar n'est pas dangereuse.

Et moi non plus, songea-t-il.

— Ne t'inquiète pas. Elle ne te fera pas de mal.

Elle tendit la main, puis la retira au dernier moment.

— Elle a des dents, non ?

— Bien sûr. Mais elle ne mord pas.

— Tu en es certain ?

Hank tendit la main vers la bouche de la jument. Sugar crut qu'il allait lui offrir une sucrerie et remua les lèvres contre sa paume.

— Tu vois ? J'ai encore ma main.

Il saisit le poignet de Carly et mit ses doigts minces sous le nez de la jument.

— N'aie pas peur.

— Ô mon Dieu !

Raide de tension, elle ferma les yeux, visiblement convaincue qu'elle allait y laisser la moitié de son bras. Au bout d'un moment, elle rouvrit les yeux et gloussa en sentant les lèvres du cheval lui chatouiller la paume. Hank songea qu'il aurait aimé faire de même.

— Elle est si douce..., murmura-t-elle.

— Comme du velours, acquiesça-t-il, se souvenant de la texture de ses jambes la veille au soir.

Il lâcha son poignet.

— Tu peux la caresser, si tu veux. Elle est adorable.

Carly hésita et il se mit à rire.

— Je ne te dirais pas de le faire si tu courais le moindre risque. Cette jument est si gentille qu'on pourrait déposer un nouveau-né à ses pieds.

Carly s'avança d'un pas, toucha les oreilles de Sugar, et promena la main sur sa crinière.

— Tu es si mignonne.

Comme si Sugar avait reconnu une âme sensible, elle se mit à réclamer d'autres caresses.

— Je crois qu'elle m'aime bien ! s'exclama Carly en riant.

Comment le contraire aurait-il pu être possible ? Hank aussi l'aimait bien. Peut-être plus que de raison. Troublé par les émotions qu'elle éveillait en lui, il se détourna.

— Voici Sunset, l'étalon de Molly, annonça-t-il devant le box suivant. Molly est arrivée un jour au volant d'une Toyota, tirant un énorme van. Sunset était dedans, qui piaffait et hurlait à réveiller un mort. Le pauvre avait été fouetté jusqu'au sang. C'est comme ça que Molly a rencontré Jake.

Carly s'approcha du box et posa un regard bouleversé sur la robe noire de l'étalon.

— C'est affreux, dit-elle doucement. Qui avait fait ça ?

— L'ex de Molly, un certain Rodney Wells. Un beau salaud.

Hank se frotta le menton.

— Pardon. Je vais surveiller mon langage.

— Ton langage ne me choque pas, Hank, assura-t-elle en réprimant un sourire. J'ai entendu bien pire.

— Vraiment ?

— Je suis allée en fac, souviens-toi. D'abord dans un établissement spécialisé pour les non-voyants, puis à l'université de Portland. Sur les campus, le langage est plutôt relâché.

Elle reporta son attention sur le cheval.

— Pourquoi Molly a-t-elle amené un étalon blessé ici ? C'est Tucker qui est vétérinaire, non ?

— Tucker et Isaiah. Ils sont associés.

Il entoura du bras le cou de l'étalon.

— Molly n'était pas à la recherche d'un vétérinaire. Elle avait besoin d'un psychologue pour chevaux. Sunset avait été rendu à moitié fou par les mauvais traitements qu'il avait subis.

— Jake est psychologue pour chevaux ?

— Disons que lui et moi savons comment prendre les chevaux. Certaines personnes disent qu'ils nous écoutent. Molly a entendu parler de Jake par un entraîneur et elle a amené Sunset ici dans l'espoir que Jake pourrait le soigner.

À en juger par son aisance avec l'étalon, il était clair que Hank avait un don, en effet.

— C'est vrai ?

— Quoi ? demanda-t-il avec un regard interrogateur.

— Tu leur parles à l'oreille et ils t'écoutent ?

Il lui décocha un sourire taquin, révélant ses dents blanches.

— Je peux parler à ton oreille quand tu voudras.

Carly se souvint des frissons qu'elle avait éprouvés entre ses bras et se raidit légèrement.

— Ça ira, merci.

Son sourire s'élargit et il lui fit un clin d'œil.

— Pour répondre à ta question, non, ce n'est pas vrai. Je me débrouille, voilà tout. Au fond, les chevaux sont exactement comme les gens, avec leurs peurs et leurs phobies. Il y a des choses qu'ils aiment et d'autres qu'ils détestent. Certains entraîneurs de la vieille école utilisent des méthodes plutôt dures. D'autres sont plus doux, mais ils ont quand même tendance à adopter la même approche quel que soit l'animal. Jake et moi suivons notre instinct et nous prenons notre temps, en gardant toujours à l'esprit que chaque cheval est différent et qu'il a peut-être besoin d'être traité différemment.

Une lueur espiègle pétilla dans ses yeux bleu ciel.

— En un sens, ils sont comme les femmes.

— Tu as froid ? demanda-t-il en la voyant se frotter les bras.

— Non.

Elle mentait, mais elle ne voulait pas le lui avouer. Il ne portait pas de veste et aurait peut-être proposé de partager sa chaleur corporelle. D'une main timide, elle effleura les naseaux de l'étalon.

— N'aie pas peur, murmura Hank. Molly l'a changé. Il est aussi doux qu'un étalon peut l'être.

Carly retira précipitamment sa main.

— Que veux-tu dire par là ?

Hank sourit et se détourna, s'avançant plus loin dans l'écurie. Carly lui emboîta le pas, admirant malgré elle ses mouvements harmonieux, ses longues jambes légèrement arquées à hauteur des genoux.

— Les box fermés sont vacants ? s'enquit-elle, curieuse.

— Non, ils sont occupés par des mères avec leur poulain. Elles dorment déjà.

Au bout de l'allée, il lui désigna deux box plus vastes que les autres.

— C'est là que les juments mettent bas, expliqua-t-il. Elles peuvent s'allonger confortablement et étendre leurs jambes. C'est aussi là que nous marquons les chevaux.

— Vous les marquez ? répéta Carly d'un ton désapprobateur.

Elle avait toujours estimé qu'il s'agissait là d'une pratique cruelle.

— Pas comme tu l'entends. La plupart des gens ne marquent plus leurs chevaux au fer.

Il considéra un instant son visage indigné, puis se mit à rire et fit mine de se gratter la nuque.

— À présent, on leur met une sorte d'étiquette à l'oreille, un peu comme quand une femme va se faire percer les oreilles. Les chevaux les plus coûteux ont des puces implantées sous la peau, les autres ont un tatouage à l'intérieur du lobe. Ils ne souffrent pas.

— Oh ! fit-elle, soulagée.

Hank jeta un coup d'œil à sa montre.

— Nous devrions rentrer à la maison. Le ragoût va être prêt.

Il passa devant, songeant aux petites amies qu'il avait amenées au ranch par le passé. La plupart avaient détesté les chevaux. Carly ne semblait même pas avoir remarqué le crottin, et cela se confirma quand elle mit le pied dans un tas tout frais.

— Oh !

Elle secoua sa jambe, essayant de déloger la masse nauséabonde.

— Oh ! beurk ! C'est ce que je pense ? s'écria-t-elle en scrutant son pied.

— Si tu penses que c'est du crottin de cheval, tu as un prix d'excellence, répliqua-t-il en faisant demi-tour pour la prendre par le bras.

Alors qu'il s'attendait à ce qu'elle soit furieuse, elle éclata de rire et regarda autour d'elle avec la mine soupçonneuse de qui vient de s'aventurer en terrain miné.

Il lui fit contourner les piles fumantes, souriant de la voir secouer sa chaussure tous les quelques pas. Une fois dehors, elle s'arrêta pour la nettoyer sur l'herbe. Hank se baissa et la prit par la cheville pour inspecter la semelle. À son contact, elle tressaillit et faillit basculer en arrière.

— Hé !

Il la retint par la taille. Dès qu'elle eut recouvré l'équilibre, il reporta son attention sur la chaussure.

— Frotte encore un peu, lui conseilla-t-il.

Lorsque la semelle fut propre, il se redressa. Carly plissa le nez et lui sourit.

— Un des inconvénients d'avoir un cortex visuel mal entraîné… Je ne peux pas déceler les irrégularités sur le sol. Je n'ai su que le crottin était là qu'au moment où il a fait « chplof » sous mon pied.

Hank éclata de rire, heureux que son épouse ait le sens de l'humour.

*

Étendu sur le dos, les bras croisés sous la tête, Hank contemplait le plafond en cèdre de la petite chambre sur lequel la lumière de la lune dansait, suivant le mouvement des arbres qui se balançaient devant la fenêtre au gré du vent. Il ne pouvait pas dormir. Il pensait à Carly, à la façon timide dont elle avait caressé les chevaux au début, et avec chaleur ensuite ; à son rire quand elle avait marché dans le crottin ; à sa surprise lorsqu'il avait touché sa cheville ; à sa nervosité, plus tard, lorsqu'ils étaient rentrés à la maison.

Elle était si belle que ça lui faisait mal de la regarder. Il aurait aimé pouvoir le lui dire, mais s'il le faisait, elle croirait que c'était un cliché de plus. Elle le lui avait clairement signifié la veille au soir.

Pas de doute, il était vraiment mal parti avec elle. Au mieux, il ne pouvait qu'espérer obtenir son amitié. Il avait cru, peut-être stupidement, que leur mariage pourrait fonctionner. Or, plus il la côtoyait, plus il était convaincu d'avoir gâché sa chance. Certains ratages ne pouvaient tout simplement pas être réparés. Elle s'était persuadé qu'un deuxième round avec lui serait affreux, et il ne voyait pas comment la faire changer d'avis.

L'amitié serait mieux que rien, certes. Lorsqu'elle demanderait le divorce et s'en irait, ils pourraient rester en contact et œuvrer ensemble à être parents, dans l'intérêt de leur enfant.

Hank soupira et ferma les yeux. L'amitié. Pas facile de s'en satisfaire alors qu'il allait passer deux ans avec une femme superbe.

Seulement, voilà, dans la vie, on n'avait pas toujours ce qu'on voulait.

15

Au cours des jours qui suivirent, Hank se fixa pour objectif de devenir l'ami de Carly. Pour cela, il fallait qu'elle commence à être à l'aise avec lui. Il se mit donc à lui téléphoner à différents moments de la journée, juste pour bavarder un peu. Il la trouvait souvent occupée à entraîner son cortex visuel. Un après-midi, elle inspectait les tiroirs de cuisine, identifiant les ustensiles au toucher.

— Il y a un truc là-dedans que je ne connais pas, dit-elle. Il a deux poignées articulées, avec une sorte de petite boîte au bout percée de trous. Je n'ai aucune idée de ce que c'est.

Hank réfléchit un instant.

— Un presse-ail ?

— Excuse-moi, répondit-elle, feignant la gravité. C'est à toi que je pose la question.

Il se mit à rire.

— Ce doit être le presse-ail, répéta-t-il, expliquant comment on écrasait les têtes d'ail épluchées à l'aide de l'objet. Ça marche du tonnerre.

— Hmm. Un presse-ail. Je vais le mettre sur ma liste de choses à essayer. Quand pouvons-nous presser de l'ail ?

Hank raccrocha, un sourire aux lèvres. La plupart des gens auraient été gênés de ne pas avoir reconnu un presse-ail, mais Carly se laissait porter par le courant, déterminée à découvrir un maximum de choses aussi vite que possible.

À d'autres moments, il téléphonait alors qu'elle faisait ses exercices de vision quotidiens. Le spécialiste lui avait donné des posters à afficher au mur. L'un montrait les couleurs fondamentales et, au-dessous, les nombreuses nuances que l'on obtenait en les mélangeant. Un autre rassemblait les formes et symboles – carrés, rectangles, triangles, figures en huit, etc. Carly passait des heures à s'entraîner à les reconnaître. Un matin, Hank entra et la surprit en train de faire ce qui ressemblait à un puzzle d'enfant. Elle se hâta de remettre les pièces dans la boîte et la glissa sous le canapé, visiblement gênée qu'il sache qu'elle avait du mal à maîtriser une activité qui ne posait aucun problème à un enfant de cinq ans. Cette découverte permit à Hank de mieux saisir l'ampleur du combat qu'elle avait entrepris.

Afin de passer plus de temps en sa compagnie, il décida de prendre ses repas au chalet. Il se mit à manger des œufs pochés sur du pain grillé au petit déjeuner parce que l'odeur de friture donnait la nausée à Carly. À midi, il se contentait de sandwiches, et le soir, il mettait un tablier pour aider Carly à préparer le dîner.

Quand ils avaient terminé et rangé la cuisine, il l'emmenait parfois à la maison principale rendre visite à Jake et à Molly ou s'installait avec elle au salon pour regarder la télévision ou bavarder. Lorsqu'ils étaient seuls, la tension entre eux était palpable. En marchant, elle se tenait à distance et ne disait pas grand-chose. À la maison, elle prenait place en face de lui, et triturait nerveusement ses vêtements ou la frange d'un coussin. Souvent, prétextant la fatigue, elle allait se coucher de bonne heure.

On avait toujours dit à Hank qu'il avait plus de charme que tous ses frères réunis. Il s'efforça de s'en servir avec Carly. En fin de compte, ce fut lui qui tomba sous le charme.

Le courage était sans conteste le trait de caractère qu'il admirait le plus, et Carly se révéla être la personne la plus courageuse et la plus déterminée qu'il connaisse. Bien qu'il soupçonnât sa vue de se détériorer, elle ne laissait jamais entendre qu'elle était inquiète ou qu'elle avait des difficultés.

Quand il rentrait au chalet durant la journée afin de voir comment elle allait, il la trouvait souvent penchée sur les livres qu'elle avait apportés. Parfois, elle feuilletait un volume intitulé *Qu'est-ce que c'est*, un glossaire visuel des objets de tous les jours. D'autres fois, elle travaillait à identifier les lettres de l'alphabet. Les petits caractères l'obligeaient à garder le nez collé à la page. Souvent, un coude sur la table, elle se massait distraitement la tempe, comme si elle avait mal à la tête.

Hank aurait voulu lui demander pourquoi elle se torturait ainsi. Bientôt, elle ne pourrait plus voir la moindre lettre, sans parler de la reconnaître. À quoi bon s'infliger des maux de tête sans raison ? S'accrochait-elle à de faux espoirs ? Croyait-elle qu'elle n'allait pas perdre la vue durant sa grossesse ?

*

Cinq jours s'étaient écoulés depuis leur mariage. Le mercredi après-midi, Hank rentra à la maison à l'improviste pour changer de chemise et trouva de nouveau Carly plongée dans sa lecture. Cette fois, il ne put se taire plus longtemps.

— Mon chou, ne pourrais-tu mieux utiliser ton temps ?

Elle lui adressa un regard surpris.

— Pourquoi dis-tu ça ?

Hank s'exhorta à la prudence.

— D'après ton médecin, il est possible que tu perdes la vue avant la naissance du bébé. Si ça arrive, à quoi cela te servira-t-il de pouvoir reconnaître les lettres de l'alphabet ?

Il s'attendait à moitié à ce qu'elle se mette en colère. À sa place, il n'aurait certainement pas apprécié qu'on lui rappelle qu'il allait redevenir aveugle. Carly se contenta de sourire.

— Certaines patientes affectées de dystrophie grillagée n'ont pas de problème particulier durant leur grossesse.

— Donc, ta vue est restée stable ?

— Pas tout à fait, non.

Hank réprima un grognement.

— Ce n'est pas bon signe, n'est-ce pas ? dit-il prudemment.

— Non.

Le sourire de Carly s'atténua, puis revint.

— La maladie est imprévisible. Tous les patients sont différents et toutes les grossesses aussi. Je préfère rester optimiste.

Hank ne demandait pas mieux que de rester optimiste, seulement il ne voulait pas que Carly soit déçue. Elle avait remarqué que sa vue baissait, mais n'osait pas encore affronter la vérité.

— J'ai connu des patients qui ne sont jamais devenus complètement aveugles, reprit-elle. Ils pouvaient quand même voir un peu. Qui sait si mon cas est vraiment grave ?

Elle avait déjà été totalement aveugle, songea-t-il. Pouvait-il y avoir plus grave que cela ?

— En plus de la dystrophie, je suis née avec des cataractes congénitales, expliqua-t-elle. Tout le monde suppose que ma cécité était due aux deux affections, mais ce n'est pas forcément vrai. Elle a pu être causée par les cataractes. Peut-être que la dystrophie était relativement bénigne au départ et qu'elle s'est s'aggravée au fil du temps.

Ne sachant que répondre, Hank se laissa tomber sur une chaise et étudia son visage mince. D'un côté, il comprenait son raisonnement – et son fol espoir. De l'autre, il se rendait compte que sa vue se détériorait rapidement. Si lui l'avait remarqué, comment avait-elle pu l'ignorer ?

Peut-être s'en était-elle aperçue, et choisissait-elle tout simplement de rester optimiste jusqu'au moment où le sort s'abattrait sur elle. Face à son sourire résolument gai, il avait envie de pleurer.

— Eh bien, je suppose qu'il faut attendre. Peut-être auras-tu de la chance.

Elle acquiesça.

— Je t'en prie, ne va pas croire que je me berce d'illusions. Je sais que c'est peu probable.

Elle reposa le menton sur sa main et plissa légèrement ses beaux yeux, fouillant son visage.

— Tu parais inquiet. Il n'y a aucune raison de l'être.

Hank se frotta l'arête du nez. Inquiet ? C'était peu dire.

— Je suis une grande fille, Hank. Si le pire arrive, je ferai face.

L'idée d'être prisonnier du noir des mois durant le terrifiait. Carly, en revanche, ne manifestait aucune peur.

Comment pouvait-elle rester aussi calme, ne pas pleurer, exploser de colère, serrer les poings et en vouloir au monde entier ? Jamais il ne l'avait vue abattue. Au contraire, elle semblait en paix. Il la dévisagea, comprit qu'elle savait à quoi s'en tenir et qu'elle accepterait son sort.

— Tu te fatigues les yeux en lisant constamment.

— J'ai l'habitude d'avoir mal.

— Pourquoi ne pas profiter du présent et attendre ta prochaine opération pour entraîner ton cortex visuel ? Tu verras mieux et ce sera plus facile pour toi.

Elle referma son livre et alla chercher un verre d'eau à la cuisine.

— Je pourrais attendre, mais je perdrais du temps.

— Vraiment ? Tu as toute ta vie devant toi !

Elle se retourna, le verre à mi-chemin de ses lèvres.

— Si chaque intervention est un succès et produit le résultat escompté, je pourrai voir pendant vingt ans, peut-être trente, avant de rejeter les greffes. Mais si elles ne marchent pas ?

L'estomac de Hank se noua.

— Que veux-tu dire ?

Carly promena les doigts sur le verre, attrapant des gouttes d'eau, puis s'essuya la main sur son jean.

— Il n'y a aucune garantie. Le Dr Merrick ne peut rien promettre. Des dizaines de facteurs peuvent affecter le résultat, ne serait-ce qu'un virus ou un vaccin contre la grippe, et causer une aggravation de la maladie. Et parfois, les interventions ne marchent pas du tout.

Hank déglutit avec peine, et soudain ce fut lui qui eut envie de serrer les poings et de hurler. Était-elle en train de lui dire qu'elle ne recouvrerait peut-être jamais la vue ?

— Même si tout va bien, mes jours de vision seront comptés. Si quelque chose tourne mal…

Son regard s'assombrit.

— C'est impossible à dire. J'ai peut-être quinze ans de vision, peut-être cinq, peut-être rien du tout. Le sachant, si tu étais à ma place, perdrais-tu une seule journée ?

Peut-être rien du tout.

— Non, admit Hank, atterré. Je suppose que non.

— Exactement. Chaque minute est un cadeau.

Elle but une longue gorgée d'eau, puis reposa le verre sur le plan de travail.

— Le cortex visuel est une sorte de banque de données. Tout ce que je vois aujourd'hui, tout ce que je maîtrise visuellement, restera dans ma mémoire. Si mon opération se déroule bien l'été prochain, il me faudra peut-être quelques jours pour me réorienter, mais tout ce que j'apprends maintenant me sera utile. J'aurai déjà fait des progrès en matière de lecture, j'aurai moins de mal à composer un numéro de téléphone. Si j'utilise judicieusement le temps que j'ai maintenant, je serai mieux préparée pour profiter de ma vie à l'avenir.

Hank avait la gorge nouée par l'émotion. Un farouche instinct protecteur monta en lui. Il aurait voulu la serrer dans ses bras, la protéger. Malheureusement, la maladie était un monstre contre lequel il était impuissant.

Il regarda par la fenêtre les rayons du soleil qui filtraient à travers les arbres. Carly n'avait que le présent. Il n'avait pas vraiment compris cela jusqu'à cet instant. Le présent... Face à de tels risques, il aurait couru dehors, se serait rassasié les yeux de tout – des fleurs, des brins d'herbe, du souffle du vent dans les arbres. Il ne serait sûrement pas resté à la maison le nez dans un livre.

— Ça me paraît une piètre façon de passer les journées.

— Que suggères-tu ?

Une fossette se creusa sur sa joue et elle soupira, le regard soudain rêveur.

— Des tas de choses. Mais à quoi bon rêver de l'impossible ?

— Si tu pouvais faire ce que tu veux tout de suite, que ferais-tu ?

Carly haussa les épaules.

— J'ai toujours voulu apprendre à conduire... mais même maintenant, ma vue n'est pas assez bonne. Un jour, peut-être.

— Et ?

Il attendit une seconde.

— Quoi d'autre ?

— Si j'étais riche, je voyagerais.

— Où irais-tu ?

— Partout.

Son regard devint plus rêveur encore.

— Je verrais tout ce que je peux voir avant de perdre la vue – la tour Eiffel, les grandes pyramides, le désert du Sahara, le mont Everest.

Elle eut un petit rire, le son flottant harmonieusement dans l'air.

— J'adorerais voir un chameau.

— Un chameau ?

De l'avis de Hank, les chameaux étaient sûrement les créatures les plus laides qu'il ait jamais vues.

— Oui. Et un zèbre. Peut-être même un tigre, si je pouvais le faire sans être dévorée ! Je suppose que ça te semble stupide.

Au contraire, il songeait qu'elle était la personne la plus extraordinaire qu'il ait jamais connue. Il adorait voir son visage s'illuminer quand elle parlait de ses rêves.

Une vague de tristesse submergea Hank.

— Si j'avais de l'argent, je t'emmènerais dans tous ces endroits. Nous ferions nos bagages et nous partirions sur-le-champ.

Le visage de Carly s'assombrit.

— Je ne voulais pas te faire de peine. Tu fais déjà tant de choses, bien plus que tu ne devrais, en fait, et je t'en suis très reconnaissante.

Il ne voulait pas de sa reconnaissance, bon sang ! Ce qu'il voulait, c'était la rendre heureuse.

Une pensée soudaine lui vint. Peut-être ne pouvait-il pas l'emmener en Égypte ni à Paris, mais il pouvait se débrouiller pour ce qui était des leçons de conduite et des créatures exotiques.

— Quand as-tu rendez-vous avec le spécialiste ?

— Ce devait être le 7 juillet, mais je l'ai repoussé au lundi d'après.

— Pourquoi ? J'aurais pu t'emmener le 7.

— Je ne savais pas si tu avais quelque chose de prévu pour le week-end férié.

À vrai dire, Hank avait oublié que le 4-Juillet tombait un vendredi.

— Il y aura un repas de famille ici, c'est tout. Le soir, nous emmènerons sans doute les enfants au feu d'artifice.

— Au feu d'artifice ? répéta-t-elle, les yeux brillant d'excitation.

— Tu veux y aller ?

— Ce serait génial ! Si ça ne t'ennuie pas, évidemment.

— J'adore les feux d'artifice, affirma-t-il. Je ne manquerais celui-là pour rien au monde.

Il y avait tant de choses qu'elle n'avait jamais vues – et tant d'autres qu'elle ne verrait peut-être jamais. Peu importait qu'elles lui soient familières. Il y prendrait plaisir, parce que ce serait une expérience toute neuve pour elle.

— Quand nous irons en ville pour ton rendez-vous, nous passerons la nuit sur place.

— Pourquoi ? Mon rendez-vous est à quatorze heures. Nous pouvons facilement faire l'aller et retour dans la journée.

— Non. Nous allons en profiter pour faire quelques visites. D'abord, nous irons dans les gorges de la Columbia et, si nous avons le temps, peut-être au mont St. Helen.

— Mais nous n'avons pas les moyens de...

— Ne discute pas avec ton mari. Quand nous retournerons à Portland le soir, nous dînerons dans un restaurant chic et nous prendrons une chambre dans un hôtel cinq étoiles.

— Mais...

— Et le mardi, nous irons nous amuser.

— Ce n'est pas nécessaire. Tout cela va coûter cher, d'autant plus qu'il nous faudra deux chambres.

Elle réfléchissait trop. Hank réprima un sourire.

— Ne t'inquiète pas pour les finances, d'accord ? J'aimerais t'emmener au zoo de Portland le mardi, et je ne veux pas que nous soyons bousculés.

Carly écarquilla les yeux.

— Au zoo ?

Hank se mit à rire et se leva.

— Tu verras des chameaux, des zèbres, des girafes, des éléphants et peut-être même un tigre. Je ne sais pas au juste ce qu'il y a.

Un sourire ravi se dessina lentement sur son visage.

— Au zoo ?

Elle semblait si excitée qu'il n'aurait pas été surpris de la voir sauter de joie. De fait, elle courut vers lui et s'agrippa aux manches de sa chemise, les yeux pétillants.

— Oh ! Hank ! Ce sera fantastique. Un zèbre ? Je vais voir un vrai zèbre, vivant !

— *Peut-être* un zèbre, corrigea-t-il, regrettant qu'elle ne soit pas allée jusqu'à nouer les bras autour de son cou. S'ils en ont un.

Elle ne parut pas l'entendre.

— Et un chameau !

Riant aux éclats, elle s'éloigna en virevoltant. Son sens de l'équilibre était un tantinet précaire, et Hank dut glisser les pouces dans les passants de son ceinturon pour ne pas la prendre dans ses bras.

— Le zoo ! Quelle idée fabuleuse ! J'ai hâte d'y aller !

Quand Hank partit, quelques minutes plus tard, elle dressait la liste de toutes les créatures qu'elle y verrait. Compte tenu de sa profession, Hank ne tenait pas particulièrement à passer sa journée auprès d'un tas d'animaux, mais il souriait comme un idiot en sortant de la maison. Il lui avait offert des diamants, et elle avait répondu par un sourire hésitant et un « merci » poli. Il lui offrait une sortie au zoo voir des chameaux et des zèbres, et elle avait failli se jeter à son cou.

Bon sang ! Peut-être avait-il choisi de mauvais appâts.

*

Plus tard ce jour-là, Carly s'escrimait de nouveau sur les lettres de l'alphabet lorsqu'elle entendit un véhicule s'approcher. Ce n'était pas le pick-up de Hank, qui ronflait comme un tracteur et qu'elle aurait reconnu aussitôt.

Se demandant qui venait, elle referma son livre, s'avança vers la fenêtre et regarda au-dehors. Un vieux pick-up Ford gris était garé devant la véranda. Le conducteur en descendit. C'était Hank.

Il grimpa les marches d'un pas tranquille, lui fit signe en la voyant derrière la vitre et ouvrit la porte d'entrée.

— Tu es occupée, mon ange ?

— Je… non, pas vraiment.

Il lui adressa un grand sourire.

— Parfait. Alors allons-y.

— Où ?

— Faire une promenade, répondit-il. Viens. N'aie pas l'air si soupçonneuse. Don Juan a tiré la leçon de ses erreurs.

Carly repoussa ses cheveux en arrière.

— Quelqu'un va me voir ? Je suis affreuse.

— Seulement moi, et je trouve que tu es magnifique.

Éberluée, Carly le suivit néanmoins jusqu'au pick-up. Sa confusion redoubla lorsque Hank contourna le véhicule et s'installa côté passager. Elle s'avança davantage et regarda par la vitre ouverte.

— Pourquoi es-tu assis là ?

— Parce que tu vas conduire. Monte, dit-il en sortant une bière du pack posé sur le siège à côté de lui.

Le cœur de Carly manqua un battement.

— Quoi ?

Il fit un clin d'œil et décapsula la canette.

— Leçon de conduite. Tu te souviens ? Une des choses que tu as toujours rêvé de faire pendant que tu peux encore. Cesse de me regarder comme ça et monte.

— Je ne peux pas conduire ! Je vois très mal de loin !

— Fais-moi confiance, mon chou.

Il but une longue gorgée de bière et émit un léger sifflement.

— Allons-y.

Carly lui avait fait confiance une fois alors qu'il avait bu, et savait très bien où cela l'avait menée.

— Tu bois de l'alcool.

— J'ai travaillé sous un soleil de plomb toute la journée. Je me désaltère, ce n'est pas la même chose.

— Il y a une différence ?

— Oui. Crois-moi, je suis bien placé pour le savoir. Vas-tu monter, oui ?

— Je ne peux pas conduire. Tu as perdu la tête ?

— Où est passée l'intrépide Carly qui faisait du skateboard et sautait en parachute sans rien voir ?

— Elle est devenue sensée.

— Ou froussarde ? répliqua-t-il avec un regard moqueur.

Jamais Carly n'avait été traitée de froussarde. Elle ouvrit la portière et se glissa au volant.

— Si je nous tue tous les deux, ce sera ta faute.

— Ça n'arrivera pas, affirma-t-il en désignant la route, la canette à la main. On va prendre des chemins et à travers champs. J'ai appris à conduire dans cette bagnole quand j'avais dix ans. Je voyais à peine par-dessus le volant.

Carly prit une profonde inspiration et examina le tableau de bord poussiéreux. Il ne ressemblait pas du tout à celui de l'autre pick-up. Il n'y avait presque pas de boutons, et aucun gadget.

— Qu'est-ce que je fais ?

Hank lui expliqua à quoi servaient les pédales, puis consacra un moment à lui montrer comment changer de vitesse.

— Sur ce terrain, tu n'iras sûrement jamais au-delà de la seconde, mais une fois que tu sauras passer les deux premières vitesses, tu n'auras pas de problème avec les autres. Maintenant, garde le pied sur la pédale d'embrayage et démarre Titine.

— Comment sais-tu que cet engin est une fille ?

— Parce qu'elle exige beaucoup d'attention et qu'elle est totalement imprévisible.

— Charmant...

Il sourit.

— J'aurais pu faire pire, mais bon. On y va ou tu comptes rester ici jusqu'à la tombée de la nuit ?

Carly suivit ses instructions, et poussa un cri d'effroi quand le moteur rugit.

— Ô mon Dieu !

— Détends-toi. Tant que tu as le pied sur la pédale, tu contrôles tout. Là, c'est bien. Maintenant, accélère un peu pour voir.

Quelques instants plus tard, quand Hank la jugea prête, Carly lâcha la pédale d'embrayage. Le pick-up bondit en avant, le moteur toussa et cala.

— Qu'est-ce que j'ai fait de mal ?

Carly était si nerveuse qu'elle pouvait à peine respirer. Ses jambes se mettaient à trembler à chaque fois qu'elle appuyait sur les pédales.

— Ce n'est pas une bonne idée, marmonna-t-elle. J'apprécie que tu y aies pensé, Hank, vraiment, mais...

— Arrête, veux-tu ? Tu te débrouilles très bien. Tout le monde cale, au début. Il faut un peu d'entraînement pour apprendre à synchroniser tes gestes, lâcher l'embrayage au moment où tu accélères.

Un peu d'entraînement ? Carly redémarra. À sa seconde tentative, le véhicule fit un nouveau bond en avant, mais le moteur ne cala pas.

— On avance ! cria-t-elle, paniquée, les mains crispées sur le volant. Et maintenant ? Qu'est-ce que je fais ?

Un arbre surgit devant elle.

— Ô mon Dieu ! Un arbre, Hank ! Qu'est-ce que je fais ?

— Tourne le volant.

Il l'empoigna lui-même, l'aida à contourner l'obstacle, puis lui tapota le bras.

— Tu vois ? Facile comme bonjour.

Il pointa du doigt une piste creusée d'ornières sur leur droite.

— Va par là. Le chemin contourne un grand champ plus haut où on peut faire demi-tour sans problème.

Carly prit le virage trop serré, puis compensa à l'excès, mais finit néanmoins par s'engager sur la piste. Elle roula au pas, manœuvrant tant bien que mal pour essayer d'éviter les nids-de-poule. Au bout de quelques minutes, elle se détendit un peu.

— Je conduis ! dit-elle, émerveillée. Je suis en train de conduire !

Hank sourit et se cala sur son siège, savourant sa bière.

— Oui, et tu t'en tires comme une pro. Quelle impression ça fait ?

— L'impression d'avoir le monde à mes pieds !

Elle appuya sur l'avertisseur.

— C'est encore mieux que le parachutisme ! Merci, Hank. Je n'arrive pas à croire que tu m'as confié ton pick-up.

— Mon cœur, cette vieille bagnole est indestructible. C'est une Ford 1949, et on s'en sert au ranch pour tous les gros travaux. Elle a encaissé des coups de cornes, des coups de pied, elle a percuté plus d'arbres et de rochers que je ne peux en compter. Si tu y fais un gnon supplémentaire, il n'y a pas de mal.

Quelques minutes plus tard, ils atteignaient l'endroit du demi-tour. Hank inclina la tête vers le pare-brise.

— Fais attention à la clôture.

À cet instant précis, un rayon de soleil se refléta sur le pare-brise poussiéreux. Carly plissa les yeux.

— Quelle clôture ?

Hank se redressa sur son siège.

— Cette clôture-là ! Arrête ! Freine !

Carly abattit le pied sur la pédale... d'accélérateur. Le moteur rugit, le pick-up bondit en avant, et elle vit enfin la clôture – au moment où elle la défonçait.

— Nom de... ! cria Hank. Attention aux vaches !

— Aux vaches ?

Avant que Carly ait pu les voir, sans parler de les éviter, le pick-up grimpa le talus d'un fossé d'irrigation et s'envola. Deux secondes plus tard, ils atterrissaient au beau milieu du champ tandis que les vaches s'enfuyaient dans tous les sens en poussant des mugissements affolés.

Après la disparition des bovins, le silence s'abattit sur les lieux. Le moteur avait calé. Carly était paralysée sur place, les mains scotchées au volant. Quant à Hank, il tenait toujours sa canette de bière, dont le contenu décorait à présent le devant de sa chemise.

— Nom d'une pipe..., murmura-t-il. C'était plus excitant que prévu.

Carly était au bord des larmes.

— Ça va ? lui demanda-t-il.

Elle acquiesça.

— Oh ! Hank, je suis désolée ! parvint-elle enfin à articuler. J'ai été éblouie par le soleil. Je ne voyais plus rien. Les vaches n'ont rien, au moins ?

— Leur lait a tourné, pour sûr, répondit-il d'une voix étrange, tendue. Tu as vu la tête qu'elles faisaient ?

— Non. Je n'ai vu que leurs derrières.

Il éclata d'un rire sonore, qui le secoua tout entier. Il rit tellement que sa bouteille vide lui échappa et roula sur le plancher. Il rit à s'en tenir les côtes, jusqu'à ce que les larmes coulent sur ses joues.

Lorsqu'il se calma un peu, Carly prit la parole.

— Je ne vois pas ce qu'il y a de drôle !

Sans qu'elle comprenne pourquoi, il repartit dans son fou rire.

— Tu es devenu fou ? Ce n'est pas drôle. J'ai détruit ta clôture, abîmé ton pick-up, et failli tuer tes vaches !

— Je peux réparer la clôture, le pick-up n'a pas d'importance et les vaches sont seulement un peu secouées, répondit-il en s'efforçant de reprendre son sérieux. Elles n'ont pas vu de femme au volant depuis Bethany.

Il poussa un soupir et se massa le ventre.

— Oh ! il y avait longtemps que je n'avais pas ri autant !

Il lui adressa un faible sourire.

— Je retire ce que j'ai dit tout à l'heure. Tu peux aller assez vite pour avoir un accident, même ici. Tu es exceptionnellement douée.

Puis il se redressa, prit une profonde inspiration et expulsa l'air lentement.

— Eh bien, poursuivit-il en désignant le volant, voyons si ce bébé va démarrer.

— Oh non ! Je ne conduis plus.

— Bien sûr que si. Tu nous as amenés ici sans encombre, non ?

Il sortit une autre canette du pack. Dès qu'il tourna la capsule, un jet de bière jaillit du goulot, l'atteignant en plein visage. La mousse dégoulina sur ses sourcils sombres et le long de ses joues. Il laissa échapper un juron.

Carly s'esclaffa.

— Apparemment, il n'y a pas que les vaches qui ont été un peu secouées !

Hank la foudroya du regard.

— Je ne vois pas ce qu'il y a de drôle !

Elle porta une main à sa bouche, étouffant un gloussement. Cette fois, ce fut elle qui fut prise d'un fou rire.

*

Après dîner ce soir-là, Hank sortit le jeu de dames qu'il avait apporté en catimini à la maison à son retour du ranch.

— Tu as déjà joué ? demanda-t-il à Carly.

Elle s'approcha, regardant la boîte avec curiosité.

— À quoi ?

— Aux dames. C'est un jeu de société.

Elle s'assit et planta les coudes sur la table, observant ses gestes avec fascination tandis qu'il dépliait le damier et y plaçait les pions.

— Bess et Cricket y jouaient. Je ne pouvais qu'écouter.

— Eh bien, ce soir, mon chou, tu vas jouer.

— C'est compliqué ?

C'était si facile que c'en était ennuyeux à mourir pour Hank, mais il s'abstint de le lui dire.

— Pas trop.

— Quelle couleur veux-tu, rouge ou noir ? s'enquit-il en lui montrant deux pions.

— Rouge. Quelles sont les règles ?

Hank les lui expliqua. Quelques minutes plus tard, Carly jouait avec gravité, si excitée par moments qu'elle en bondissait de sa chaise.

— Je t'ai eu cette fois ! s'écriait-elle. Je suis bonne, non ?

Si compétente qu'elle soit devenue au cours de la soirée, elle confondait fréquemment les couleurs, utilisant les pions de Hank pour lui en prendre d'autres.

La première fois que cela se produisit, il s'apprêtait à protester quand il vit un sourire plein de fierté sur son visage. Il ne put articuler un seul mot.

Toute sa vie, Hank avait joué pour gagner. Les membres de sa famille lui avaient souvent reproché d'avoir un peu trop l'esprit de compétition. Gagner n'était pas tout, prétendaient-ils. Jamais il n'avait compris cette philosophie. À quoi bon jouer si on ne voulait pas gagner ?

C'était une question à laquelle personne ne lui avait jamais fourni de réponse satisfaisante. À présent, c'était chose faite. Carly y était parvenue sans même le savoir. En la regardant, en l'entendant rire, il avait compris que gagner n'était vraiment pas le plus important. Parfois, il était infiniment plus satisfaisant de se faire battre à plate couture et d'être récompensé par le sourire radieux du gagnant.

Après la partie, il attendit que Carly ait fini dans la salle de bains pour s'y rendre à son tour. Croyant l'avoir entendue sortir, il s'engagea dans le couloir, vêtu de son seul jean. Comme il atteignait la porte, celle-ci s'ouvrit, livrant passage à Carly enveloppée d'une serviette.

— Oh ! s'exclama-t-elle, en percutant sa poitrine.

— Oups !

Hank mit les mains sur ses épaules nues afin de prévenir sa chute.

— Pardon. Je croyais que tu avais terminé.

— Non, je…

Elle s'interrompit et leva les yeux. Leurs regards se soudèrent. Hank essaya de la lâcher, mais son cerveau ne semblait pas en mesure de communiquer avec ses mains. Elle était adorable, avec ses cheveux rassemblés en un chignon ébouriffé au sommet de sa tête, et sa peau douce, encore humide après la douche, sentait délicieusement bon. Un léger parfum de roses flottait autour d'elle, qui lui donnait envie de se pencher davantage pour mieux l'inspirer. Et il mourait d'envie de l'embrasser.

Pendant un moment qui sembla durer une éternité, elle fixa son torse. Quand elle releva enfin la tête,

Hank vit palpiter une veine à la base de sa gorge. Ses cils couleur de miel s'abaissèrent lentement et, qu'elle en ait eu ou non l'intention, ses lèvres s'entrouvrirent en signe d'invitation.

Il sembla à Hank que l'air s'était chargé d'électricité. Il sentait la présence de Carly dans toutes les particules de son corps. La serviette n'était qu'une mince barrière entre eux. Il imagina qu'elle tombait sur le sol, qu'il promenait les mains sur cette peau soyeuse…

Peut-être se pencha-t-il. Peut-être lut-elle son intention sur ses traits… Hank revint sur terre alors qu'elle tentait de se dégager, les yeux étincelants de colère.

— Non, dit-elle d'une voix étouffée. Non, s'il te plaît.

Elle s'était mise à trembler. Il la lâcha aussitôt.

— Carly, je…

— Plus jamais ! s'exclama-t-elle en reculant, cramponnée à sa serviette. Tu t'es moqué de moi une fois. Ça ne t'a pas suffi ?

Elle s'engouffra dans sa chambre et claqua la porte. Le cœur de Hank cognait dans sa poitrine. Il se laissa aller contre le chambranle, indifférent à l'arête en bois qui s'enfonçait dans son dos. Il s'était moqué d'elle ? Où diable était-elle allée chercher ça ?

Il se dirigea vers la chambre et mit la main sur la poignée, réprimant l'envie d'entrer sans y être invité.

— Carly, pouvons-nous discuter ?

— Non ! Il n'y a rien à dire. Et si tu essaies de nouveau de m'embrasser, je m'en vais.

Il posa la paume sur l'épais panneau en bois qui les séparait.

— Si je ne me trompe, tu as pris plaisir à m'embrasser, ce soir-là. Je ne me souviens peut-être pas bien du reste, mais je me souviens très bien de ça.

Silence.

— Je me trompe ? Tu y as pris plaisir ou pas ?

— Oui. Voilà, tu es content ? Quelle idiote je suis ! Va-t'en ! Laisse-moi tranquille.

Il appuya le front contre la porte.

— Si tu y as pris plaisir, Carly, pourquoi l'idée de m'embrasser de nouveau te met-elle en colère à ce point ?

— Parce que !

Parce que. C'était une réponse pour le moins évasive.

— Ça ne me dit pas grand-chose.

— Tant pis. Tu n'auras rien d'autre.

— Mon chou, s'il te plaît, ne pouvons-nous…

— Non ! Si tu veux un corps complaisant, trouves-en un en ville. Je suis déjà passée par là. Je t'ai averti dès le départ : pas de sexe. J'étais sérieuse.

Il avait reçu le message, cinq sur cinq. Il commençait aussi à soupçonner que sa répugnance émanait d'autre chose que de la douleur physique qu'il avait pu lui infliger. « Un corps complaisant ? » Hank ouvrit la bouche pour protester, pour lui dire que leur rencontre avait eu plus d'importance que cela à ses yeux, mais les mots se refusèrent à lui. S'il n'avait pas séduit Carly, il aurait couché avec une autre. Des rapports sexuels dénués de sens étaient sa distraction habituelle le week-end.

Ne me dis pas que je suis belle, avait-elle supplié le soir de leur mariage. *Tu n'es pas sincère.* Il avait été décontenancé, alors. Maintenant, il ne comprenait que trop bien. Elle savait que leur étreinte n'avait eu aucune importance pour lui et, par conséquent, qu'elle-même n'en avait aucune. Et cela l'avait blessée si profondément qu'elle ne guérirait peut-être jamais.

Hank se détourna et s'adossa au mur du couloir. Que faire, à présent ? Il était en train de tomber amoureux de Carly, et l'idée qu'il puisse la toucher lui répugnait.

Il alla se coucher, emportant cette certitude avec lui.

*

Cette nuit-là, il se tourna et se retourna dans son lit sans parvenir à trouver le sommeil. Alors que l'aube approchait, il s'apaisa enfin, en regardant les premières lueurs du jour effleurer l'horizon. Un nouveau début, songea-t-il, regrettant que Carly et lui ne puissent repartir de zéro de la même manière, laissant les ténèbres derrière eux pour se diriger vers le ciel bleu.

Mais comment ? La vie n'était pas un tableau noir. Il ne pouvait pas effacer ce qui s'était passé cette nuit-là. Il ne pouvait que lui dire qu'il regrettait et la supplier de lui pardonner.

Comme cette pensée s'imposait à lui, il se raidit. Dans la lettre qu'il lui avait écrite, il avait exprimé ses regrets sincères et lui avait demandé pardon. Et si elle n'avait pas lu cette maudite lettre ?

Il se redressa brusquement. Même si elle avait essayé, son écriture était difficile à déchiffrer. Elle avait déjà du mal à lire les caractères imprimés, alors le reste… Bien sûr qu'elle ne l'avait pas lue ! Il était idiot d'avoir imaginé le contraire.

Il se leva en hâte et enfila son pantalon. Ô mon Dieu ! Il ne s'était pas excusé ! Il se souvenait de lui avoir dit au téléphone qu'il était désolé, mais jamais il ne l'avait fait de vive voix ou du fond du cœur. La seule fois, depuis, où il s'en était approché avait été le soir de leurs noces, quand il s'était comparé à un âne en plaisantant.

Jamais parole n'avait été aussi juste. Il était un âne !

16

— Réveille-toi, mon chou... J'ai une surprise pour toi.

Carly s'arracha au sommeil, s'efforçant de focaliser son regard sur le visage hâlé penché sur elle : des yeux bleus, une mâchoire décidée, une bouche ferme qui esquissait un sourire révélant des dents éclatantes de blancheur. Hank. Elle se raidit et fut soudain parfaitement réveillée, le souvenir de leur échange la veille au soir lui revenant clairement à l'esprit en même temps qu'une bouffée de rancune.

— C'est l'heure du déjeuner ? demanda-t-elle en prenant appui sur un coude.

— Pas tout à fait.

Le sourire de Hank s'élargit. Il brandit un sac en plastique où s'étalaient de grosses lettres rouges.

— J'ai écumé toutes les papeteries ce matin, et je t'ai trouvé un cadeau.

Elle tenta en vain de voir à travers le plastique semi-transparent.

— Qu'est-ce que c'est ?

— Une surprise.

Il posa le sac sur la table de chevet.

— Tu ne te sens pas bien, ce matin, mon chou ?

— Ça va mieux maintenant. J'ai trop dormi, et j'ai eu la nausée en me réveillant.

— Tu as pris ton remède ?

Elle secoua la tête.

— Je vais te chercher de la limonade et des biscuits, dit-il en se dirigeant vers la cuisine.

Lorsqu'il revint, Carly s'était assise et tentait de remonter le drap sur elle.

— Ne t'en fais pas, dit-il comme s'il avait lu dans ses pensées.

Ses lèvres esquissèrent un sourire d'autodérision.

— J'ai rarement vu de chemise de nuit plus chaste. Tu es couverte des pieds à la tête.

Il s'assit sur un coussin à côté d'elle, posa le verre de limonade et lui tendit le paquet de biscuits.

— Ce n'est pas un cadeau très excitant, j'en ai peur, mais j'ai pensé qu'il pourrait t'aider à mémoriser les lettres.

Il lui fit un clin d'œil.

— Des aide-mémoire, mon chou.

Stupéfaite, Carly le regarda ouvrir la boîte. Elle n'eut pas même besoin de se pencher pour lire la lettre en gras qui figurait sur la première carte.

— Oh !

Ses yeux la picotèrent brusquement.

— Quel gentil cadeau !

Hank jeta un coup d'œil dans sa direction et vit qu'elle était au bord des larmes.

— Bon sang, mon cœur, ne pleure pas ! Ce sont des cartes, pas un collier de diamants.

C'était l'attention qui la touchait, le fait de savoir que Hank avait eu cette idée et qu'il avait passé toute la matinée à aller de magasin en magasin.

Il mit la pile de cartes au creux de sa paume bronzée.

— C'est cool, non ? Plus besoin de t'abîmer les yeux pour lire. Tu reconnaîtras les lettres en un rien de temps.

La gorge nouée, incapable d'articuler un son, Carly acquiesça. Elle ne savait plus très bien où elle en était. La veille au soir, elle aurait pu le frapper tant elle était furieuse contre lui. À présent, elle aurait voulu le serrer contre elle pour le remercier de sa gentillesse. Comment ses émotions pouvaient-elles basculer ainsi d'un extrême à l'autre ?

Elle posa les biscuits et but une gorgée de limonade.

— Nous les laisserons en ordre alphabétique pour commencer, dit-il en lui montrant la première carte. Ça te donnera un point de référence pour les reconnaître.

Il arqua ses épais sourcils bruns.

— Et la première est…

— Je peux les mémoriser toute seule, Hank.

Elle avait obtenu une licence, et il voulait lui apprendre l'alphabet ?

— C'est humiliant, marmonna-t-elle. J'ai l'impression d'avoir cinq ans.

— Ton cortex visuel n'est pas très vieux, et les aide-mémoire marchent mieux quand c'est quelqu'un d'autre qui les montre, répondit Hank en riant. Je vais te faire une leçon classée X pour adulte. Qu'en dis-tu ?

Montrant le A, il se leva, écarta les pans de sa chemise et exposa son estomac.

— A, comme abdos, dit-il en bandant ses muscles.

Carly écarquilla les yeux, fascinée. Le duvet sombre de son torse dessinait une bande qui allait en s'étrécissant, pour devenir une ligne mince à la taille de son jean.

Il brandit la carte suivante.

— B, comme biceps.

Sur quoi, il retira promptement sa chemise pour lui montrer ses bras. Carly en avait senti la force et ne fut guère surprise de voir les muscles saillants. Même si, la veille, elle n'avait eu d'yeux que pour son torse.

— Ça va ?

Redoutant qu'il ne s'interrompe, elle hocha la tête stupidement.

Bien trop tôt, il brandit l'une des dernières cartes.

— X, comme classé X, dit-il avec un sourire tranquille.

Le regard de Carly tomba sur la boucle argentée de son ceinturon. Elle s'en rendit compte et rougit jusqu'à la racine des cheveux. Les yeux bleus de Hank s'assombrirent et restèrent rivés aux siens pendant ce qui sembla un moment interminable. Puis il lui montra les dernières cartes, les posa sur la petite table et remit sa chemise.

Carly réprima un soupir.

— Merci, Hank. Ta version de l'alphabet est beaucoup plus distrayante que la mienne.

— Je suis content qu'elle te plaise, dit-il en se rasseyant. Parce que nous allons recommencer.

Carly n'était pas sûre que son cœur puisse supporter autant d'excitation. Le sourire de Hank s'effaça tandis qu'il préparait les cartes pour un second tour. Le visage grave, il lui montra le A. Ses beaux yeux prirent une teinte gris-bleu, rappelant à Carly un ciel d'orage qu'elle avait vu quelque temps auparavant.

— A, comme âne, commença-t-il d'une voix sourde et rauque. Aimerais-tu me graver ce mot sur le front ? J'ai réalisé hier soir que je ne t'avais jamais dit à quel point j'avais honte de la manière dont je me suis conduit avec toi ce soir-là, au Chaps. J'ai vraiment été le dernier des salauds.

Prise au dépourvu, Carly resta sans voix.

— B, comme butor. Je t'ai privée d'une année entière de vue.

Sa voix se fit plus grave encore, et ses joues minces se creusèrent davantage tandis qu'il serrait les dents.

— Je ne peux pas revenir en arrière, ni même espérer me rattraper. Quand tu deviendras aveugle, ce sera ma faute. Je donnerais n'importe quoi pour réparer, mais c'est impossible.

Carly avait cru un temps que cet homme n'était qu'un play-boy égoïste, qui ne se souciait que de lui-même. À présent, elle voyait des larmes briller dans ses yeux.

Elle ne voulait pas qu'il s'accable ainsi. À sa manière, il avait essayé de se rattraper et, au cours des deux années à venir, il continuerait à le faire.

— Ne dis pas cela, Hank, je t'en prie.

— C, comme Casanova, coureur de jupons, poursuivit-il impitoyablement. Mon passe-temps, le week-end, était de courir les femmes. Tu t'es trouvée sur mon terrain de chasse, et j'ai jeté mon dévolu sur toi sans me poser de questions.

Il brandit la carte suivante.

— D, comme détestable, dépravé.

Il laissa tomber les cartes sur la table. Quand il leva les yeux vers elle, son regard en disait bien plus qu'il ne pouvait exprimer par des mots.

— Il m'est venu à l'esprit hier soir que tu n'avais sans doute jamais lu ma lettre.

Carly s'en voulait à présent de ne pas même avoir essayé.

— Je ne vais pas dire que je regrette l'existence du bébé, reprit-il. Ce serait indigne d'un père. Mais tu ne peux pas savoir à quel point je regrette la manière dont les choses se sont passées.

Il lui effleura les cheveux, tendrement, avec précaution.

— Tu méritais mieux. Et si j'avais été sobre, j'aurais fait en sorte de te donner mieux.

— Oh ! Hank, à quoi bon…

— Laisse-moi finir.

Il déglutit avec peine.

— Je n'ai compris qu'hier soir à quel point je t'ai fait du mal. Maintenant, tu as peur d'avoir des relations intimes avec un homme.

Il marqua une brève pause.

— Je serais moins peiné si c'était seulement moi que tu voulais éviter, mais j'ai le sentiment que ce n'est pas le cas. Et savoir que je t'ai ôté tout désir d'être avec un autre me rend malade.

Carly ferma les yeux.

— Ce n'est pas toujours affreux, mon cœur. Avec la bonne personne, le sexe peut être merveilleux. Magique, fantastique, plus délicieux que tu ne peux l'imaginer.

Carly entrouvrit les paupières ; elle ne savait que dire. Elle savait seulement qu'elle ne pouvait supporter de voir tant de chagrin dans son regard.

— Je veux aussi que tu saches que tu es belle. J'étais ivre, ce soir-là, je l'admets. Mais je sais tout de même reconnaître une jolie femme quand j'en vois une. J'étais sur la piste de danse quand je t'ai aperçue. À partir de ce moment-là, je n'ai plus eu d'yeux que pour toi.

Elle ne s'était jamais vraiment attendue à ce qu'il lui demande pardon, et certainement pas de cette manière, sans se chercher d'excuses, sans tenter de se présenter sous un jour plus favorable. Ses paroles venaient du cœur – et elles étaient difficiles à prononcer, elle s'en rendait compte.

— Un jour, un type va te regarder et tomber fou amoureux de toi.

Il lui prit le menton, effleurant du pouce la rondeur de sa joue.

— Quand ça arrivera, ne laisse pas le souvenir de ce que je t'ai fait gâcher ce moment-là. Aie la foi. Fais-lui confiance. Saisis l'instant à pleines mains.

— Hank, je…

— Écoute-moi. S'il te plaît.

Il lui lâcha le menton et se passa la main sur le front.

— Je ne me souviens pas exactement de ce que j'ai fait. Je sais seulement que j'ai tout gâché et que je t'ai fait mal, et je le regrette plus que je ne peux le dire. Ne juge pas tous les hommes d'après moi, ajouta-t-il d'une voix tremblante. Si tu fais cette erreur, tu manqueras le meilleur de la vie.

Incapable d'articuler un mot, Carly acquiesça.

Hank se mit debout.

— Une dernière chose…

Elle leva les yeux, se demandant ce qu'il voulait encore ajouter.

— Maintenant, je comprends mieux à quel point tu étais réticente à venir vivre ici avec moi. Je sais que tu n'es guère encline à me croire, mais tu n'as pas à t'inquiéter. J'ai refusé de promettre quoi que ce soit quand tu me l'as demandé. Je vais le faire à présent. Pas de sexe. Jamais. Si cela peut rendre les deux années à venir plus supportables pour toi, mon cœur, tu as ma parole.

Il prit son Stetson et sortit de la chambre. Carly le suivit des yeux, sous le choc. Elle avait peine à croire qu'il lui ait demandé pardon avec tant d'émotion, mais elle était convaincue de sa sincérité. Cela ne changeait rien, et pourtant, curieusement, cela changeait tout.

Elle se couvrit le visage de ses mains. Pour la première fois depuis cette nuit-là, elle s'autorisa à réfléchir à ce qui s'était passé, à se remémorer de petits détails auxquels elle s'était refusé à penser. Elle ne pouvait plus se considérer comme une victime innocente. Les paroles que Hank avait prononcées l'obligeaient à considérer les événements non pas tels qu'elle aurait voulu les voir, mais tels qu'ils s'étaient réellement déroulés. Elle se souvint que tout son corps avait vibré d'excitation lorsqu'il l'avait invitée à danser. Qu'ils avaient ri ensemble tandis qu'il lui apprenait les pas. Qu'il avait su la mettre à l'aise en dépit de sa maladresse. Qu'elle avait pris plaisir à bavarder avec lui, et qu'il l'avait écoutée avec attention.

Elle avait blâmé Hank pour ce qui avait suivi, rejetant toute responsabilité. Mais si elle regardait les choses en face, n'était-elle pas au moins autant à blâmer que lui ?

Plus d'une fois, durant la soirée, elle avait songé à mentionner son handicap. Au dernier moment elle avait renoncé, de peur qu'il ne la laisse tomber. Elle n'avait pas refusé lorsqu'il lui avait commandé un cocktail. Pourtant, elle savait qu'il était déraisonnable de boire de l'alcool alors qu'elle était sous traitement. Ce n'était pas sous la contrainte qu'elle avait abandonné toute prudence et bu le cocktail.

C'était *son tour*. Leur rencontre avait semblé si magique ! Était-ce vraiment la faute de Hank si elle était sur un nuage et qu'elle rêvait d'un conte de fées ? Il ne l'avait pas obligée à sortir avec lui. Elle lui avait rendu son baiser de son plein gré, et n'avait pas protesté quand il l'avait conduite à son pick-up.

À partir de ce moment-là, qui était vraiment responsable de ce qui s'était passé ? Hank ne l'avait pas forcée. Une fois de plus, elle avait abandonné toute prudence, voulant vivre l'expérience et en savourer chaque seconde. À n'importe quel moment, elle aurait pu lui dire qu'elle n'avait jamais fait l'amour. Connaissant Hank comme elle le connaissait à présent, elle était sûre qu'il aurait arrêté. D'ailleurs, il avait arrêté dès qu'elle avait crié.

Elle fixa les cartes qu'il avait laissées tomber sur la table. B comme butor ? Elle ne pouvait en rester là. Il ne devait pas passer le reste de sa vie à se reprocher une erreur qui avait été la sienne aussi.

*

Hank venait de bander la jambe d'un jeune cheval et sortait du box quand une voix féminine s'éleva derrière lui. Par-dessus son épaule il vit la silhouette de Carly se détacher sur le seuil, nimbée d'un halo de soleil.

— Hé ! fit-il en posant le rouleau de pansement sur une étagère. Qu'est-ce qui t'amène dans l'antre du diable ?

Elle eut un petit rire et entra. Elle n'était pas tout à fait aussi nerveuse que lors de sa première visite, mais elle jeta néanmoins un regard inquiet au cheval sur sa droite, tout en triturant fébrilement les boutons de son chemisier.

— J'ai... euh... il faut que je te parle. Peux-tu m'accorder quelques minutes ?

— Bien sûr.

À cet instant, Levi émergea du bureau et adressa à Carly un salut amical. Elle sourit et échangea quelques mots avec lui. Puis elle se retourna vers Hank, le suppliant du regard.

— Je te promets de ne pas te retenir longtemps, mais j'aimerais te parler en privé.

Hank attrapa son Stetson accroché à une patère près de l'entrée.

— Pas de problème. Je ne suis jamais occupé au point de refuser quelques minutes à une jolie femme. Allons faire un tour au bord de la rivière.

Carly régla son allure sur la sienne alors qu'ils sortaient de l'écurie. Hank ne put s'empêcher de remarquer qu'elle avait croisé les bras autour de sa taille. Il était évident qu'elle était mal à l'aise, et cela l'inquiéta. De quoi pouvait-elle bien vouloir lui parler ?

Lorsqu'ils atteignirent le cours d'eau, il la conduisit vers un talus herbeux et lui fit signe de s'asseoir. Elle refusa et resta debout, le regard rivé au sol. Il se balança d'un pied sur l'autre, croisa les bras et attendit.

— Je... je ne sais pas par où commencer, dit-elle, hésitante.

Le cœur de Hank se serra. Il avait la désagréable impression qu'elle allait lui annoncer qu'elle ne voulait plus vivre avec lui.

— Commence par le début, mon chou. Si tu pars mal, tu peux revenir en arrière.

Elle hocha la tête, puis leva vers lui des yeux brillants de larmes.

— C'est vraiment étrange d'être une adolescente aveugle.

Hank fut un peu étonné par cette entrée en matière mais n'en montra rien.

— Au lycée, je rêvais qu'un garçon allait m'inviter à sortir avec lui. Le garçon le plus populaire de l'école, bien sûr, ajouta-t-elle avec un petit rire sans joie. Tant qu'à rêver, autant voir les choses en grand. Il ne s'agissait pas d'avoir le béguin pour quiconque ; je ne comprenais rien à ce genre de sentiment. Bess et Cricket gloussaient sans arrêt à propos des garçons, mais moi j'avais du mal à m'imaginer à quoi ils ressemblaient.

Elle marqua une pause.

— Je me demandais ce qu'étaient les biceps, continua-t-elle d'une voix tremblante. Et où ils étaient. Je ne voyais qu'en touchant, et aucun garçon ne m'avait proposé d'explorer son corps. Les descriptions ne m'aidaient pas. Mon seul point de référence, pour les relations, c'était les contes de fées que ma mère me lisait quand j'étais petite. D'où mon rêve à propos du prince de l'école qui tombait amoureux de moi. J'étais le vilain petit canard, l'aveugle que tous les garçons évitaient.

Il ne voyait pas très bien où elle voulait en venir, mais écoutait sans l'interrompre, ému par la douleur qu'il lisait sur son visage.

— Jusqu'à l'âge adulte, je n'ai éprouvé aucun désir sexuel. Durant mes études, j'ai découvert que c'était normal chez les aveugles. Alors que la plupart des jeunes découvrent leur sexualité, eux ne le font pas. Ils n'ont pas de stimulus visuel, et ne mûrissent pas sexuellement comme les autres.

— Je comprends, murmura-t-il.

Elle parut soulagée.

— Vraiment ? Ça doit être difficile à imaginer, pour quelqu'un qui voit. J'avais une idée de ce à quoi ressemblait mon corps, mais celui des garçons était un mystère. Ce soir-là, au Chaps, j'ai été stupéfaite que tu viennes t'asseoir à ma table. En dehors de toutes les autres différences physiques que j'avais remarquées pendant que je t'observais, j'avais du mal à croire que tu puisses être aussi grand. Beaucoup plus grand… et beaucoup plus fort que moi.

— Tu m'observais ? répéta-t-il en souriant malgré lui.

— Oui. Je… euh…

Elle rougit, gênée.

— Je ne sais pas pourquoi tu as attiré mon attention, mais tu l'as fait. J'ai à peine remarqué les autres hommes… Bref, comme tu l'as sans doute deviné, aucun prince charmant n'est jamais venu pendant que j'étais au lycée.

Carly regarda au loin pendant un moment, puis elle se remit à parler.

— À l'université, c'était pareil. Pas de prince. J'ai cessé d'espérer qu'il vienne un jour.

Quand elle regarda Hank de nouveau, ses yeux brillaient.

— Et puis, je suis allée au Chaps avec Bess, dit-elle doucement. Et soudain, il était là, il me souriait et il m'invitait à danser. C'était comme dans mon rêve, mais en mieux, parce que je pouvais enfin comprendre le pourquoi de tous ces gloussements et chuchotements. Il a dit les choses que j'avais rêvé d'entendre – que j'étais belle, qu'il m'attendait depuis toujours. Il m'a donné l'impression que j'étais la seule femme dans la salle.

— Oh ! Carly, je suis tellement désolé ! Je donnerais n'importe quoi pour remonter le temps et être le prince que tu méritais.

Elle secoua la tête.

— Non, tu ne comprends pas. Je savais que tu avais dit ces choses-là à une foule d'autres femmes, et que c'était seulement un moyen de me draguer. Être aveugle ne veut pas dire être idiote. Une femme n'arrive pas à l'âge de vingt-huit ans sans avoir au moins quelques notions de la vie… J'ai *choisi* de te croire, Hank. Tu comprends ? C'était mon tour. Après avoir attendu pendant des années, cela m'arrivait enfin ! Je ne voulais pas tout gâcher en parlant de ma cécité. J'avais peur que tu me voies autrement et que tu t'en ailles. Je ne voulais pas non plus que tu saches que je n'avais jamais fait l'amour. Le temps de cette soirée, je voulais être comme tout le monde.

Sa voix devint un murmure.

— Mon souhait s'est réalisé. Tu ne m'as pas traitée différemment des autres femmes que tu rencontrais dans les bars. Tu m'as dit ce que je voulais entendre. Tu as dansé avec moi. Tu m'as offert un verre et, de fil en aiguille, nous nous sommes retrouvés dans ton pick-up. À n'importe quel moment, j'aurais pu dire quelque chose. Tu as endossé toute la responsabilité de ce qui s'est passé ce soir-là, et jusqu'à maintenant, je t'ai laissé faire. Mais la vérité, c'est que j'ai agi en connaissance de cause. Ce n'est pas ta faute si j'ai feint d'être quelqu'un que je n'étais pas – et si j'ai été dépassée par les événements.

— Comme tout le monde ? répéta Hank.

Pour une raison étrange, ce choix de mots le troublait plus que tout le reste. Oubliant momentanément sa décision de ne pas la toucher, il l'attira dans ses bras. L'espace d'un instant, elle se raidit puis elle se laissa aller contre lui.

Il enfouit le visage dans ses cheveux, et resta immobile, absorbant l'aveu qu'elle venait de lui faire. Lorsqu'il songeait aux femmes qu'il avait rencontrées dans les bars, leurs visages se confondaient dans son esprit. Mais jamais il n'oublierait celui de Carly –

l'expression émerveillée de son regard, la courbe adorable de sa bouche quand elle souriait, la bonté qui semblait émaner d'elle.

Il ne voulait surtout pas qu'elle devienne comme tout le monde. Plus il apprenait à la connaître, plus elle lui semblait remarquable.

Il ne savait que répondre. Ce qui le tourmentait le plus, c'était qu'elle avait vu juste. S'il avait été au courant de sa cécité, il aurait certainement trouvé une excuse polie pour prendre congé d'elle. Pareil s'il avait su pour sa virginité. Oui, il serait parti, cela ne faisait aucun doute. Et que se serait-il passé alors ? Carly aurait fini par rentrer à la maison avec Bess, et n'aurait pas souffert de l'expérience. Ou un autre que lui aurait tenté de la séduire...

À cette pensée, Hank sentit un farouche instinct de possession l'envahir. Il avait envie d'enfermer Carly dans ses bras et de ne plus jamais la laisser partir. L'idée qu'un autre homme puisse la toucher lui était intolérable.

Il s'était mal conduit et regrettait amèrement ses erreurs. Avec le temps, peut-être Carly finirait-elle par l'aimer et lui accorder une seconde chance, se prit-il à espérer.

Car il l'aimait, entièrement et de toutes ses forces. Ce n'était plus le sens du devoir qui gouvernait ses actions, mais l'amour. Il ne pouvait supporter l'idée de la perdre. Il savait qu'il n'avait pas été facile pour elle de lui révéler ses sentiments les plus profonds et d'admettre qu'elle avait joué un rôle cette nuit-là, au bar. Il ne l'en aimait que davantage.

Au bout d'un moment, il rassembla assez de volonté pour relâcher son étreinte. La prenant par la main, il la guida vers le talus herbeux.

— Assieds-toi avec moi, dit-il d'une voix rauque et pressante qui parut étrange à ses propres oreilles.

— Je t'ai dérangé assez longtemps, répondit-elle en jetant un regard vers les écuries.

— S'il te plaît. J'ai besoin que tu comprennes certaines choses, Carly, et il va me falloir quelques minutes pour te les expliquer.

Elle fouilla son regard. Hank ne sut pas ce qu'elle y lut, mais dans le sien, il ne vit que tendresse. Ils restèrent immobiles quelques secondes, perdus dans le tourbillon de leurs émotions, les doigts entremêlés, les paumes jointes.

Finalement, elle acquiesça et ils s'assirent l'un à côté de l'autre.

— Mon enfance a été plus facile que la tienne, mais j'ai connu ma part de problèmes, commença-t-il, songeant au passé. Je ne veux pas dire que mes parents se disputaient ou que j'étais battu, seulement que la vie était dure. Le marché de la viande s'était effondré dans les années soixante-dix. Nous étions de petits producteurs, comparés aux grandes entreprises. J'étais tout petit quand mon père a dû licencier ses employés. Après, il a fait tout le travail seul, avec nous. Je me levais à l'aube avec mes frères pour travailler avant d'aller à l'école, et quand je rentrais, je retournais aux champs. Les choses se sont arrangées peu à peu, mais mon père avait contracté des dettes pour se maintenir en activité, et il fallait rembourser les emprunts. Nous n'avions pas d'argent. Étant le plus jeune, j'ai aussi été le dernier à quitter la maison. À mesure que mes frères partaient pour l'université, j'assumais de plus en plus de corvées.

Hank se passa la main sur le visage en soupirant. Il sentait que Carly l'observait mais ne pouvait se résoudre à la regarder.

— Quand j'ai terminé le lycée, j'étais fou de joie. Je me disais qu'il ne me restait qu'un été au ranch et qu'ensuite, je serais libre.

Il eut un sourire sans joie.

— Quand j'y repense, j'ai un peu honte. Mon père avait besoin de moi, et moi j'avais hâte de m'en aller.

Et puis il m'a demandé de reporter d'un an mon entrée à l'université. J'étais furieux. Mes parents avaient aidé mes frères pendant leurs études et je m'étais toujours dit qu'ils feraient pareil pour moi. Et voilà qu'il m'annonçait qu'il était à court d'argent. Je n'ai pas su comprendre ; je trouvais injuste qu'il me demande ce sacrifice.

— Mais tu as fini par aller à l'université ?

— Oui, avec un an de retard. Lorsque l'été suivant est arrivé, je n'y tenais plus. Je me voyais déjà vivre la belle vie sur le campus, faire la fête et sortir avec de jolies filles. Mais ça ne s'est pas passé comme ça.

— Qu'est-il arrivé ?

Hank retira son chapeau et le fit tourner entre ses mains.

— Tu as rencontré ma sœur, Bethany. Trois mois avant mon départ pour l'université, elle a eu un accident qui l'a laissée paralysée. Mes parents avaient une assurance-maladie mais, comme la tienne, elle ne couvrait pas tout. Et les médecins croyaient qu'une opération lui permettrait peut-être de recouvrer l'usage de ses jambes. Mon père aurait donné tout ce qu'il avait et plus encore pour tenter cette chance et, au cours de l'année qui a suivi, c'est précisément ce qu'il a fait. Il a emprunté de l'argent et a négligé le ranch pour être au chevet de Bethany à Portland. Ce mois de juin-là, juste après l'accident, j'étais jeune et je ne pensais qu'à moi. J'aurais pu renoncer à l'université et rester au ranch pour aider, mais j'avais déjà patienté un an et c'était mon tour de prendre du bon temps.

Il sourit tristement.

— C'était *mon tour*. Tu n'es pas la seule à avoir éprouvé ce genre de sentiment. J'adorais mes parents et ma sœur, mais je mourais d'envie de partir. Je ne saisissais pas encore clairement l'ampleur de nos difficultés financières.

Il haussa les épaules et passa la main dans ses cheveux.

— Le ranch était comme un boulet à mes yeux – un bout de terre sans valeur qui avait ruiné mon père. J'allais faire des miracles, trouver mieux, devenir quelqu'un. Je n'avais pas une très haute opinion de mon père. Pour moi, c'était un rancher qui se débattait pour survivre, avec de vieilles bêtes dans l'étable, des tracteurs hors d'âge, et des dettes à n'en plus finir.

Carly comprenait qu'il ait ressenti cela. À dix-huit ans, la plupart des jeunes n'étaient-ils pas égoïstes ?

— Après l'accident de Bethany, mon père a dû se déclarer en faillite.

Hank fixa la forêt qui bordait les prairies.

— Il a perdu le ranch. Il a tout perdu. J'ai dû prendre deux petits boulots pour pouvoir rester à la fac. La vie sur le campus n'a pas été la grande fête que je m'étais imaginée. Et quand j'ai enfin obtenu mon diplôme, plus rien ne m'attendait. Le Lazy J appartenait à un autre ; mes parents n'avaient plus rien.

Carly suivit son regard, plissant les yeux.

— Comment as-tu fait pour récupérer le ranch ?

— C'est une longue histoire, mais tout s'est bien terminé. J'ai mûri. J'ai commencé à avoir la tête sur les épaules, du moins je le croyais… Jake et moi avons décidé de nous associer en vue de racheter notre propre ranch. Après mes études, je suis revenu, je me suis fait embaucher comme cow-boy et j'ai économisé tout l'argent que je gagnais. J'ai travaillé comme une brute, sans jamais prendre le temps de m'amuser. Finalement, le type qui avait acheté le Lazy J a fait faillite à son tour, et Jake et moi avons pu racheter la propriété pour une bouchée de pain.

Hank sourit à ce souvenir.

— En plus du bétail, nous avons décidé d'élever notre propre race de chevaux et de mettre sur pied un service de dressage pour compléter nos revenus. Au départ, nous avons pensé que ce serait un à-côté, mais cela s'est avéré bien plus lucratif que le reste.

— Où veux-tu en venir, Hank ?

— J'y arrive.

Il cueillit un brin d'herbe et le coinça entre ses dents.

— Quand nous avons commencé à gagner de l'argent, les choses ont changé pour moi. Pour la première fois de ma vie, j'avais les moyens de m'offrir quelques jouets – un pick-up neuf, une selle faite main, d'autres trucs que je n'aurais jamais pu avoir avant… Bref, j'ai un peu perdu la tête.

Il se força à la regarder, et jeta le brin d'herbe.

— J'ai été élevé comme il faut, mais pendant un moment, j'ai oublié tout ce que mes parents m'avaient appris. Au lieu de rester dans le droit chemin, j'ai choisi d'enfreindre les règles. Je me disais que je ne faisais de mal à personne. Je croyais sincèrement que j'étais toujours le même Hank, mais que je m'amusais, pour une fois. En fait, je n'étais plus le même. Lentement, insidieusement, le mode de vie que j'avais adopté et les gens que je fréquentais m'avaient changé. Je ne l'ai compris que le matin où je me suis réveillé dans mon pick-up, avec une épouvantable gueule de bois et le vague souvenir d'une jolie petite blonde que j'avais rencontrée la veille.

Il marqua une pause.

— Quand j'ai repris mes esprits, je me souvenais à peine d'elle. La mémoire m'est revenue par bribes… Je me suis souvenu de l'avoir remarquée et draguée sans me demander une seconde ce qu'elle éprouvait, sans m'en soucier le moins du monde. Je la voulais, tout simplement, et j'étais résolu à l'avoir. Alors, je lui ai débité tous les clichés habituels, et je lui ai offert une boisson forte pour qu'elle perde ses inhibitions.

Hank se tut et prit une brève inspiration, se faisant violence pour dire à Carly la nausée qui l'avait gagné à la vue du sang sur le siège du pick-up.

— Ça a été comme si une lumière explosait dans mon crâne. J'ai compris à quel point j'avais changé, et j'ai compris aussi que je n'aimais pas l'homme que j'étais devenu, et que je ne le respectais pas. Je n'avais même pas pris la peine de retenir ton nom de famille. Il n'avait pas d'importance. Le matin venu, je n'avais pas l'intention de te revoir.

Carly détourna rapidement les yeux.

— Je sais que ce soir-là ne signifiait rien pour toi.

— Tu te trompes, Carly ! Le lendemain matin, il signifiait plus que je ne pourrais te le dire. À quel moment avais-je franchi la ligne ? Quand avais-je cessé de respecter les sentiments des autres ? De me soucier des femmes avec qui je couchais ? Tout ce que je voulais, c'était ne pas prendre de risques. Et avec toi, je ne me suis même pas donné cette peine.

Elle reposa le menton sur ses genoux repliés.

— Peu importe, à présent. Tu m'as présenté tes excuses et je t'ai présenté les miennes. Nous ne pouvons pas revenir en arrière et changer ce qui est arrivé. Nous ne pouvons qu'aller de l'avant.

Il secoua la tête.

— Il faut tirer la leçon de ses erreurs pour devenir meilleur. Ce soir-là m'a donné un choc. Je voulais désespérément te retrouver, et je ne pouvais pas. J'avais des cauchemars, je me réveillais en sueur, en me demandant si tu allais bien, si tu étais enceinte. Je revoyais ton visage innocent, tes grands yeux bleus… Jamais je n'avais eu aussi honte de moi. Tu crois peut-être que tu n'as pas essayé de me faire comprendre que tu n'avais pas l'habitude des bars ou des hommes, mais la vérité, c'est que tu m'as fourni quantité de signaux. J'étais trop ivre pour les remarquer, voilà tout. Et c'était ma décision, ajouta-t-il. Les gens peuvent mettre leur comportement sur le compte de l'alcool, mais le fait est que je savais pertinemment ce que je faisais quand j'ai commencé à boire. Je savais comment je voulais terminer la soirée, et ce qui s'est passé après est ma faute, pas la tienne. Tu dis que tu as été dépassée par les événements ? De mon point de vue, une femme, sexuellement expérimentée ou non, ne devrait pas avoir à s'inquiéter de ça. Pas si elle est avec un homme digne de ce nom.

Sa voix tremblait, reflétant l'intensité de ses émotions, et son regard la suppliait de comprendre. Ne sachant que dire, Carly se pencha et lui effleura la main.

Il la considéra avec un sourire empreint de tristesse.

— J'ai appris ma leçon. Je ne dirai plus jamais à une femme ce qu'elle veut entendre juste pour la séduire. Cela dit, j'aimerais quand même que certaines choses soient claires.

— Lesquelles ? demanda-t-elle d'une voix étranglée.

— Tu étais vraiment la plus belle femme dans le bar, ce soir-là. Ivre ou pas, je sais reconnaître la beauté. Et quand je t'ai vue, je me suis vraiment demandé d'où tu venais et pourquoi je ne t'avais jamais vue avant. Je ne t'ai pas raconté que des histoires.

Carly le regarda, les joues brûlantes. Les émotions qu'elle lisait dans les yeux de Hank l'alarmaient, lui faisaient désirer l'impossible. Elle devinait qu'il songeait qu'ils pourraient peut-être repartir de zéro, sur de bonnes bases, cette fois. Mais elle se devait de penser au long terme. Si elle s'autorisait à croire ce qu'elle voyait dans ses yeux, ils finiraient l'un et l'autre par avoir le cœur brisé. Ce ranch n'était pas un endroit qui convenait à une aveugle et, un jour, elle serait précisément cela : une aveugle qui n'aurait plus l'espoir de recouvrer la vue.

En ville, la cécité était plus facile à gérer. Il y avait des trottoirs, des passages piétons, des transports en commun. Elle pouvait demander à des professionnels d'organiser sa maison de manière à trouver facilement tout ce dont elle avait besoin. Surtout, elle pourrait aller et venir sans avoir besoin d'aide, exercer un métier et se débrouiller au quotidien, faire ses courses et aller chez le médecin.

Hank vivait à des kilomètres de la ville, dans un ranch immense et plein de dangers. Elle serait totalement dépendante de lui chaque fois qu'elle mettrait les pieds dehors, et il ne soupçonnait pas à quel point ce serait difficile pour lui de maintenir la maison organisée pour elle.

D'ailleurs, était-ce vraiment de l'amour qu'il éprouvait pour elle ? Hank avait un sens aigu du devoir, et elle attendait son enfant. Cela pouvait influencer ses sentiments. De plus, elle craignait qu'il n'ait pitié d'elle. Elle ne voulait pas être un objet de pitié, et certainement pas de la part de Hank. Si elle se permettait un jour d'aimer un homme, ce serait pour de bonnes raisons, pas de mauvaises.

— Merci, Hank, répondit-elle enfin. J'apprécie que tu m'aies dit tout cela.

Il tendit la main pour écarter une mèche qui tombait dans ses yeux, l'enveloppant d'un sourire si tendre qu'elle en eut le cœur serré.

— Y a-t-il une possibilité, même infime, que tu me donnes une autre chance ? Tu ne le regretteras pas, je te le jure. Je ne referai pas les mêmes erreurs. La prochaine fois, Carly, je te le promets, ce sera parfait.

Oh ! comme elle aurait aimé dire oui !

— Je crois qu'il vaudrait mieux que nous essayions de devenir amis, se força-t-elle à répondre.

Elle désigna les alentours d'un geste.

— Je ne suis pas faite pour vivre dans un ranch. Si nous forgeons des liens émotionnels, ce sera d'autant plus dur quand viendra le moment de m'en aller.

Il demeura silencieux un long moment, puis il acquiesça.

— Très bien. Nous serons amis. Sache seulement que si tu changes d'avis, mon offre tient toujours.

Carly se leva en hâte, épousseta son jean et lui décocha un sourire qu'elle espérait insouciant.

— Allons-y. Il faut que j'étudie, et tu as du travail qui t'attend.

17

Un mois plus tôt, si quelqu'un avait dit à Hank qu'il serait bientôt un homme marié et heureux de l'être, il aurait éclaté de rire. Pourtant, chaque fois qu'il regardait Carly, c'était précisément ce qu'il éprouvait. Elle était l'épouse idéale pour lui.

Le 4 juillet, tout le clan Coulter se réunit au ranch à l'occasion du pique-nique traditionnel. Hank constata avec plaisir que sa femme semblait parfaitement intégrée à sa famille. Ses frères l'adoraient, et elle s'entendait bien avec tout le monde, y compris Bart, le chien grognon de Shorty.

La mère de Hank arriva avec un peu de retard, apportant des cadeaux pour le bébé, un ensemble jaune, rose et bleu confectionné au crochet et une paire de hochets décorés de rubans bleu et rose. À leur vue, Carly rougit jusqu'aux oreilles.

Hank comprit son embarras. Ils étaient mariés depuis tout juste une semaine, elle pensait que personne n'était au courant de sa grossesse, et le jardin était plein de gens qu'elle connaissait à peine. Furieux que sa mère ait fait preuve d'un tel manque de tact, il traversa la pelouse pour aller la rejoindre. Cependant, Carly s'était déjà ressaisie et étreignait Mary avec chaleur.

— Ma mère faisait du crochet aussi, dit-elle. J'étais si triste de penser que mon bébé n'aurait pas de petits pulls faits par sa grand-mère, et regarde ! Il en aura, finalement.

Compte tenu du fait que Carly n'avait sans doute jamais vu de petits pulls faits main, Hank doutait fort qu'elle ait jamais eu cette pensée. Quoi qu'il en soit, c'était exactement ce que sa mère avait besoin d'entendre. Les yeux de Mary s'emplirent de larmes, puis elle sourit et sortit une couverture qu'elle était en train de crocheter de son sac.

— Elle complétera l'ensemble.

Une fois de plus, Carly prononça les mots qu'il fallait, parvenant Dieu sait comment à prendre un air ravi.

Quelques instants plus tard, Hank l'attira à l'écart.

— Je suis désolé que ma mère ait fait ça. Parfois, elle ne réfléchit pas assez avant d'agir.

— J'ai été gênée sur le coup, et puis je me suis dit que c'était ridicule. Tout le monde aurait fini par savoir très vite, de toute façon. Comme ça, c'est chose faite.

— Elle ne voulait pas te mettre dans l'embarras. Elle est contente, c'est tout.

— Elle est merveilleuse, et c'est touchant qu'elle soit si contente au sujet du bébé. Je l'apprécie beaucoup.

Soulagé qu'elle voie les choses ainsi, Hank hocha la tête.

Quelques minutes plus tard, son père l'entraîna vers l'écurie sous prétexte d'aller voir les poulains de l'année. Tandis qu'ils se dirigeaient vers les enclos, Harv mit la main sur l'épaule de Hank.

— Tu as de la chance ! Cette Carly est jolie comme un cœur et adorable, avec ça.

Hank acquiesça d'un hochement de tête.

— Tu commences à t'attacher à elle, hein ? demanda Harv.

— Je l'aime, papa.

Ils atteignirent la clôture et Hank posa les bras sur le barreau supérieur, les yeux dans le vague.

— Je sais que c'est arrivé très vite, dit-il. Je l'aime tellement que ça me fait peur.

— Ça veut dire que tes sentiments ne sont pas réciproques ?

— Elle veut seulement qu'on soit amis, répondit Hank en soupirant. C'est un pas dans la bonne direction, mais c'est loin de ce que je voudrais.

— L'amitié est un bon départ, remarqua Harv en s'appuyant sur la barrière à côté de lui. Tu la feras changer d'avis.

Hank n'en était pas si sûr.

— Nous avons eu une longue conversation, hier, et elle est plus détendue avec moi à présent. Mais c'est le seul signe encourageant.

— Le temps est ton allié.

— C'est vrai. Malgré tout, elle est toujours déterminée à mettre fin au mariage. Elle prétend qu'elle n'est pas faite pour vivre dans un ranch.

— Ça ne convient pas à tout le monde, admit Harv. Et rien ne dit que c'est une nécessité. Regarde Molly, par exemple. À première vue, Jake et elle n'ont pas grand-chose en commun. Mais je ne me souviens pas d'avoir connu un couple plus heureux.

— Je ne m'étais jamais rendu compte que tu étais si optimiste.

Harv réfléchit un instant.

— Pour ce qui est des affaires de cœur, je suppose que je suis un optimiste, en effet. Regarde ta mère… J'ai eu le coup de foudre pour elle. Pourtant, je n'aurais pas pu trouver une femme plus différente de moi.

— Vous me semblez parfaitement assortis.

— On était comme le jour et la nuit, au début. J'étais un fêtard et je buvais pas mal. Elle allait à l'église trois fois par semaine, lisait sa bible constamment et jurait qu'elle ne se laisserait jamais embrasser par des lèvres qui avaient touché à l'alcool.

Hank émit un petit rire.

— Je jurais comme un charretier, poursuivit Harv. Elle ne disait jamais un gros mot. Les six premiers mois de notre mariage, je ne l'ai jamais vue toute nue. Quand on allait se coucher, elle éteignait la lumière et se cachait sous les couvertures.

— Arrête, papa ! Je suis convaincu que ma mère est encore vierge. Laisse-moi mes illusions.

Harv se frotta la mâchoire, un sourire relevant les commissures de ses lèvres.

— Ce que je veux dire, c'est que la différence de caractères n'est pas forcément une mauvaise chose. Ta mère m'a fait découvrir beaucoup de choses, et elle m'a remis sur le droit chemin par la même occasion. Elle m'a quitté une fois, au début de notre mariage. Pendant presque une semaine, si je me souviens bien. Je m'étais imaginé que j'allais pouvoir continuer à boire et à sortir comme avant, marié ou non. Oh ! je ne l'ai jamais trompée ! Jamais. Mais elle n'en était pas sûre.

— Je ne savais pas que maman t'avait quitté.

— Elle était enceinte de Jake, à l'époque. Elle avait un ventre comme ça, fit-il avec un geste de la main. Ça n'a pas été facile de la faire sortir de chez son père, je peux te l'assurer. Elle ne pesait guère plus de cinquante kilos tout habillée, mais ça a été dur de l'attraper sans lui faire de mal, d'autant qu'elle était bien décidée à ne pas venir.

Hank le dévisagea, incrédule.

— Tu l'as forcée à rentrer à la maison ?

— Elle ne voulait pas revenir d'elle-même, répondit Harv en arquant un sourcil. Ta mère est têtue, au cas où tu ne t'en serais pas aperçu. Elle ne voulait pas m'écouter. Quand elle est partie, j'étais furieux. D'abord, je me suis dit que ça m'était égal, mais une fois ma colère retombée, j'ai compris que je ne pouvais pas vivre sans elle. Qu'est-ce que je pouvais faire, sinon aller la chercher ? Ce petit chat sauvage m'a collé un œil au beurre noir avant que je réussisse à la calmer.

— Maman t'a frappé ?

— J'en ai vu trente-six chandelles.

— Je ne l'aurais jamais cru ! Maman n'est pas du genre violent.

— En temps normal, non. Mais elle était vraiment fâchée, ce jour-là. Je crois qu'elle m'aurait mis K-O si elle avait eu quelques kilos de plus.

— Pas étonnant que grand-père ait eu une dent contre toi !

Harv éclata de rire.

— À ce moment-là, ton grand-père savait combien je l'aimais, fiston. Quand je suis arrivé, il avait déjà mis ses bagages devant la porte. Il m'a aidé à les charger dans le pick-up en disant que tous les jeunes mariés devaient passer par une période d'adaptation et que, si je voulais garder Mary, il valait mieux que je m'y mette rapidement.

— Autrement dit, c'est toi qui devais changer.

— Elle a fait certains compromis, j'en ai fait beaucoup, admit Harv. On s'est retrouvés quelque part au milieu. Même après toutes ces années, je ne pourrais pas vraiment dire comment fonctionne son cerveau la moitié du temps, et elle dirait sans doute la même chose de moi. La vie est pleine de surprises. Ça me plaît, et ça lui plaît aussi.

— C'est drôle d'entendre tout ça, remarqua Hank, pensif. Je ne me souviens pas de vous avoir entendus vous quereller, maman et toi.

— Hé ! À ma place, tu te serais disputé avec elle ?

Hank feignit de réfléchir.

— Non, je ne crois pas. Surtout après ce que tu viens de m'apprendre.

Ils se turent un instant, souriant tous les deux d'un air penaud.

— Où en étais-je ? reprit enfin Harv. J'ai complètement oublié.

— Je crois que tu essayais de me dire que quelques changements feraient peut-être pencher la balance en ma faveur. Dans des circonstances normales, je serais d'accord avec toi, mais Carly a un problème avec le fait que je suis rancher. Un homme ne peut pas changer ce qu'il est.

— Non, mais il peut s'emballer de papier cadeau.

Harv tapota l'épaule de Hank et se redressa.

— Tu la feras changer d'avis, fiston. Tu es un Coulter, non ?

*

Une heure plus tard, ils étaient prêts à assister au feu d'artifice. Le pick-up était garé au bord du lac, le plateau tourné vers l'eau, leur offrant la meilleure vue possible.

Carly était assise avec Hank à l'arrière, le dos appuyé à la cabine. Il avait apporté deux couvertures, la première pour les isoler de la plate-forme métallique, et l'autre pour les protéger du froid qui accompagnait la tombée de la nuit à cette altitude. À leur droite, Rafe et Maggie Kendrick, le beau-frère de Bethany et sa femme, attendaient le spectacle dans la même position, sauf qu'ils étaient blottis l'un contre l'autre comme des jeunes mariés. À gauche du pick-up de Hank, Bethany et son mari Ryan étaient perchés à l'arrière de leur Dodge, leur fils Sly dans les bras de Ryan.

— C'est amusant de connaître tous ceux qui sont garés autour de nous, remarqua Carly.

Hank étrécit les yeux en direction de son frère Jake et de sa belle-sœur Molly, qui avaient étalé une couverture au bord de l'eau, leur fils Garrett profondément endormi à côté d'eux.

— Si l'ambiance commence à se réchauffer, tu vas peut-être changer d'avis.

Carly plissa les yeux, puis gloussa. Elle avait beau voir un peu flou de loin, il ne pouvait lui échapper que Jake embrassait passionnément sa femme.

— Oh !

Hank sourit.

— Hé ! Jake ! Pas de ça en public !

Jake se contenta d'incliner l'angle de son Stetson pour bloquer la vue à Hank. Par souci de discrétion, Carly détourna le regard, seulement pour s'apercevoir que Rafe et Maggie échangeaient eux aussi un baiser.

— Oh !

Hank se mit à rire.

— Si tu es gênée, dis-le-moi. Je te prêterai mon chapeau.

Elle jeta un coup d'œil à son Stetson.

— Et quelle différence cela ferait-il ?

— Tu pourras l'abaisser sur ton visage pour que personne ne te voie.

— Pas question. Je tiens à voir le feu d'artifice.

— Tu es bien installée ?

— Ça va, à part l'arête en métal qui s'enfonce dans mes omoplates.

— Zut ! dit-il après avoir regardé derrière elle. Je suis plus grand ; elle ne me dérange pas.

Soulevant la couverture, il replia les genoux.

— Assieds-toi entre mes jambes. Je fais un très bon dossier.

Carly hésita.

— Je suis bien comme ça.

— Ne dis pas de bêtises. Viens.

Ce n'était pas une bonne idée, songea-t-elle. Mais il continuait à insister, et elle ne voulait pas qu'il pense qu'elle avait peur de s'approcher de lui. Elle s'installa donc entre ses genoux écartés. Aussitôt, il passa un bras ferme autour de sa taille, et elle sursauta. Un rire secoua la poitrine de Hank.

— Détends-toi. Nous sommes entourés de gens...

Il écarta les doigts sur ses côtes.

— Si je devais tenter quelque chose, tu crois vraiment que je le ferais ici ?

Pour autant qu'elle s'en souvenait, la présence de tiers ne l'avait pas gêné outre mesure la fois précédente. Sa nervosité s'accentua encore lorsqu'il remit la couverture sur eux, cachant leurs mains dessous.

— Je ne ferai pas de bêtises. Promis, assura-t-il.

Pour en être sûre, Carly posa une main sur son poignet, ce qui le fit rire de nouveau.

— Tu ne me fais pas confiance pour un sou, n'est-ce pas ?

— Ce n'est pas la question, répondit-elle.

Les mots avaient jailli d'eux-mêmes, mais c'était la vérité. Elle en était venue à faire confiance à Hank. En revanche, elle n'était pas du tout sûre de pouvoir en dire autant d'elle-même. Cette nuit-là, au bar, elle avait répondu à ses caresses avec un abandon total, ses inhibitions balayées par les sentiments qu'il éveillait en elle. À présent qu'ils étaient plus proches l'un de l'autre, ne risquait-elle pas de perdre la tête de nouveau ?

Il retira son chapeau et appuya la joue contre ses cheveux. Carly sentait son haleine lui chatouiller l'oreille. Envahie par une délicieuse langueur, elle ferma les yeux. C'était fantastique d'être tenue ainsi par lui, d'éprouver une telle sensation de sécurité.

Elle entendit Bethany glousser, puis le timbre grave de la voix de Ryan parvint jusqu'à eux. Bethany rit de nouveau.

— Ryan, arrête ! Et si Sly se réveille ?

— Nous aurions dû nous garer à côté de mes parents, grommela Hank avec un soupir. Quoique... Ils sont sûrement en train de faire la même chose.

Carly trouvait attendrissant de voir des gens mariés encore si profondément amoureux. Ils semblaient tous si heureux, ce qui avait l'effet pervers de l'emplir de tristesse. Connaîtrait-elle jamais un amour semblable, ou simplement quelque chose qui s'en approche ?

— Ça va ? demanda Hank.

— Très bien, répondit-elle gaiement.

— Il fait nuit, maintenant. Le spectacle ne va pas tarder à commencer.

Sa voix résonnait dans sa poitrine, et de petites vibrations se répercutaient dans les épaules de Carly. Sous la couverture, il resserra son étreinte autour d'elle. Puis, de sa main libre, il lui caressa le bras du bout des doigts, effleurant des endroits sensibles dont elle ignorait l'existence. Quand il atteignit son coude et se mit à décrire de petits cercles, elle frissonna et retint un gémissement ravi. Des pensées dangereuses s'immiscèrent dans son esprit – la vision des mains de Hank la caressant partout.

Elle était sur le point de lui demander d'arrêter quand il y eut un grondement sourd au loin, comme un coup de canon.

— Ah ! Ça y est, mon cœur, murmura Hank contre ses cheveux. Ton premier feu d'artifice. Régale-toi les yeux !

Le ciel s'illumina soudain d'éclairs multicolores, si éclatants que Carly en oublia la manière dont Hank l'avait caressée.

— Oh ! C'est magnifique ! Oh ! Hank ! Regarde !

— Ça te plaît, on dirait.

Elle sentit qu'il souriait. Il l'attira plus près de lui, gardant la main sur ses côtes. Carly se détendit, le regard rivé au ciel jusqu'à ce que les dernières fusées aient éclaté.

— Je me souviendrai de cette soirée jusqu'à la fin de mes jours, dit-elle doucement à Hank.

— Moi aussi, murmura-t-il. Moi aussi.

*

Durant le week-end férié, Hank se rendit compte que la vue de Carly se détériorait plus vite qu'elle ne voulait l'admettre. Le samedi, au déjeuner, elle voulut prendre son verre et le renversa. Plus tard dans la journée, il la surprit en train de plisser les yeux en direction de certains objets, comme si elle cherchait à les identifier. Le dimanche soir, en passant devant la porte entrouverte de sa chambre, il vit qu'elle avait tendu le bras et regardait sa main, fixant ses doigts écartés. Il n'osait pas imaginer à quel point ce devait être affreux de savoir qu'elle serait bientôt de nouveau dans le noir.

Hank avait prévu de l'emmener au zoo de Portland le mardi 15, soit la semaine suivante. Entre-temps, il ne voulait pas qu'elle reste cloîtrée au chalet, le nez dans un livre. Elle avait besoin de sortir un peu, de voir différents endroits, de stocker des souvenirs, au lieu de gaspiller des heures précieuses à exercer un cortex visuel qu'elle ne pourrait peut-être plus jamais utiliser.

Le mardi matin, il alla trouver Jake à l'écurie.

— Il faut que je prenne des congés, annonça-t-il à son frère.

Jake interrompit sa tâche et referma la porte du box.

— C'est la période la plus chargée de l'année, Hank, tu le sais.

Hank retira son chapeau et le fit claquer contre sa jambe.

— Je sais que ça tombe mal, mais je n'ai pas le choix. Je ferai tout ce que je peux ici, mais il me faut le gros des journées.

Aussi brièvement que possible, il exposa la situation à son frère.

— Sauf pour Portland et Crater Lake, nous ferons des excursions d'une journée. J'aimerais qu'elle voie le plus de choses possible pendant qu'il en est encore temps. Même quelques randonnées seraient mieux que rien. Elle n'a probablement jamais vu une cascade ou le soleil se coucher sur l'eau. Je veux qu'elle ait ces souvenirs.

Le visage grave, Jake acquiesça.

— Je comprends. Je me débrouillerai.

— Merci. Je sais que je te mets dans une situation délicate, mais je ne peux pas faire autrement. À cette heure-ci la semaine prochaine, elle pourrait être aveugle. Je n'ai aucun moyen de le savoir.

— Vas-y. Je vais téléphoner à papa et lui demander s'il peut nous donner un coup de main. Il sera content de s'occuper des chevaux. Ne t'en fais pas.

Hank hocha la tête.

— Merci, mon vieux. À charge de revanche.

*

Carly se servait un verre d'eau quand elle entendit la porte d'entrée se refermer. Elle reconnut le rythme caractéristique des pas de Hank qui traversait le salon.

— Carly ? Où es-tu, mon chou ?

— Ici, répondit-elle en sortant de la cuisine. Quelque chose ne va pas ?

Il lui adressa ce sourire tranquille qui ne manquait jamais de faire battre son cœur plus vite.

— Tout va très bien, au contraire, madame Coulter.

Il désigna ses sandales.

— Mets des baskets. Nous partons en balade.

— Où ?

— Je ne sais pas encore. Dans un endroit spécial.

Son air espiègle la fit sourire.

— Tu ne sais pas, mais c'est un endroit spécial ?

— Je prends quelques jours de vacances pour sortir avec toi.

Carly comprit son intention, et son cœur se serra.

— Tu ne peux pas arrêter de travailler. Nous avons tant de dépenses à prévoir…

— Combien de fois devrai-je te dire de ne pas t'inquiéter pour les finances ? Va mettre tes chaussures, et prends un pull au cas où. Je ne veux pas que tu attrapes froid.

Tout excitée à la perspective de sortir, Carly se hâta vers sa chambre. Ils allaient en excursion ! Fantastique ! Il n'y avait sans doute pas grand-chose à voir autour de Crystal Falls, mais ce serait distrayant de toute façon.

Cet après-midi-là, Hank la conduisit dans le désert. Comme il garait le pick-up sur une piste poussiéreuse, Carly fixa l'étendue dénudée, se demandant pourquoi il s'était arrêté. Elle ne voyait que des touffes de sauge et du sable à perte de vue.

— N'est-ce pas magnifique ? demanda-t-il doucement.

Carly se rendit compte qu'il fixait l'horizon. Elle suivit son regard et ne vit rien qu'une tache floue et rougeâtre. Son cœur se serra. Il avait pris un jour de congé exprès, roulé pendant des heures et gaspillé de l'essence pour lui montrer quelque chose de beau, et elle ne le voyait pas !

Elle faillit le lui avouer, mais en fut incapable. Il lui avait fait un cadeau. Peu importait qu'elle ne puisse pas l'apprécier, c'était l'intention qui comptait.

— Oh si ! C'est superbe, Hank.

— Les formations rocheuses par ici sont extraordinaires.

— En effet.

— Celle-ci s'appelle Bonhomme.

— Ah, oui, je vois pourquoi, mentit-elle en sentant son regard sur elle.

— Tu peux distinguer son visage… et tout ? insista-t-il.

— Hmm.

Elle se força à sourire et hocha la tête.

— Oui, en effet.

Hank, qui l'observait attentivement, s'aperçut qu'elle mentait. Non qu'elle manquât d'aplomb, mais elle n'avait pas rougi jusqu'aux oreilles. Bonhomme, la formation rocheuse devant eux, ressemblait effectivement à un homme allongé sur le dos. On distinguait clairement le profil de son visage à une extrémité, ses orteils à l'autre bout et, quelque part vers le milieu, une certaine partie de son anatomie dressée vers le ciel.

— Mère Nature est vraiment épatante, reprit-il, voulant en avoir le cœur net. On jurerait que c'est un homme debout. Je vois même la boucle de son ceinturon.

Carly sourit de nouveau.

— Tu as raison. Je la vois aussi.

— Carly ?

— Hmm ?

Elle tourna vers lui ses magnifiques yeux bleus. À les contempler ainsi, Hank avait peine à croire qu'ils soient affectés par la maladie. Ils étaient aussi limpides que l'eau d'une source.

— Tu ne vois rien du tout, n'est-ce pas ?

Son visage se décomposa. Elle se mordit la lèvre inférieure et secoua lentement la tête, les yeux brillants de larmes.

— Je suis désolée. Tu as fait tout ce chemin et tu as pris des congés… Je suis vraiment désolée.

Elle était désolée ? C'était elle qui allait devenir aveugle, bon sang, pas lui ! *Pourquoi ?* C'était si injuste !

— Il faut qu'on parle, dit-il fermement. Tu n'as pas été honnête avec moi à propos de tes yeux. Si ta vue a baissé à ce point, pourquoi n'as-tu rien dit ?

Pâle et tendue, elle fixait le pare-brise d'un air absent. Hank se demanda jusqu'où elle voyait.

— Je… je ne sais pas. Je me voilais la face, je suppose.

Elle serra ses mains l'une contre l'autre.

— Je me disais que ce n'était pas encore trop grave. Et si je n'ai rien dit, c'est parce que…

Elle s'interrompit et déglutit avec peine.

— Quand on dit les choses tout haut, elles semblent devenir plus réelles. Ce ne sont plus des peurs secrètes. Je ne voulais pas que ce soit vrai, alors je me suis tue en espérant que tout allait s'arranger.

Hank réprima une envie folle de la prendre dans ses bras.

Elle baissa la tête, épousseta son jean, puis tira sur le tissu comme pour enlever des peluches.

— Et je me sens tellement coupable...

— Coupable ? De quoi ?

Elle se remit à fixer la vitre.

— Je savais dès le départ que je deviendrais peut-être aveugle durant ma grossesse, mais je n'avais jamais imaginé que ça pourrait aller si vite. Certaines femmes ont de la chance. Je voulais être une d'entre elles.

Hank comprenait parfaitement qu'elle ait nourri cet espoir. Qui ne l'aurait pas fait à sa place ? Mais il ne voyait toujours pas pourquoi elle se sentait coupable.

— On dirait que les choses ne vont pas se passer comme ça, reprit-elle. Tout laisse à penser que je vais perdre la vue très vite. Tu vas te retrouver coincé avec une épouse aveugle pendant un an au moins. Je t'ai dit un jour que ce serait très difficile, que les non-voyants ont toutes sortes de besoins. Tu m'as affirmé que tout irait bien, mais je doute que tu réalises dans quoi tu as mis les pieds.

— Tu veux dire que tu as peur d'être un fardeau pour moi ? demanda-t-il, incrédule.

Elle hocha la tête.

— Si j'avais su que ça arriverait si vite, je n'aurais jamais...

— Arrête !

Hank lui souleva le menton, la forçant à le regarder.

— N'y pense même pas, mon chou ! Je savais à quoi m'en tenir quand j'ai fait mon choix.

— Comment peux-tu dire une chose pareille ? Tu n'as aucune idée de ce qui t'attend !

Elle se détourna brusquement.

— Les placards de cuisine, par exemple. En ce moment, ils sont rangés un peu n'importe comment, et tu peux mettre les choses là où il y a de la place. Quand je serai aveugle, rien ne devra être déplacé. Rien. Et ce n'est que le début. Tu laisses traîner tes vêtements et tes bottes un peu partout, tu tires des chaises et tu ne les repousses pas. Quand j'aurai perdu la vue, je ne pourrai pas vivre comme ça.

Hank n'avait jamais songé à l'ampleur des changements qui seraient nécessaires pour que leur arrangement fonctionne.

— Tu n'auras pas à le faire, affirma-t-il. Je vais devenir un maniaque du rangement.

Elle eut un rire tremblant, et Hank sentit qu'elle était au bord des larmes.

— Toi, un maniaque du rangement ?

— Je peux très bien modifier mes habitudes.

— Je ne voulais pas te forcer à vivre comme ça pendant des mois.

— Si je me souviens bien, je ne t'ai guère laissé le choix.

— J'aurais dû tenir bon et refuser de t'épouser. Tu ne m'aurais jamais pris mon bébé, Hank. Maintenant que je te connais mieux, je me sens idiote de t'en avoir cru capable.

Hank sourit tristement.

— Tu me connais bien, alors ?

— Oui. Tu es un amour, exactement comme Sugar et Sunset. Et ça me fait plus mal encore de le savoir. C'est une chose que de causer des soucis à quelqu'un qui n'est pas très gentil. C'est très différent quand il se révèle être une des personnes les plus fantastiques qu'on ait jamais rencontrées.

Qu'elle ait une si haute opinion de lui bouleversa Hank.

— Merci, dit-il d'une voix rauque. C'est un des plus beaux compliments qu'on m'ait jamais faits.

— Je suis tellement désolée de te faire ça, murmura-t-elle.

— C'est la vie. Je donnerais tout pour que tu puisses conserver la vue jusqu'au terme de ta grossesse, mais je n'ai pas l'impression que ça va arriver.

— Non, admit-elle d'une voix tremblante.

— Cela étant, je veux que certaines choses soient claires. Même si c'est difficile de vivre avec une personne aveugle – il sourit et lui adressa un clin d'œil afin d'adoucir ses paroles –, je ne considérerai pas cela comme un fardeau. Quoi qu'il arrive, nous y ferons face.

— Ce ne sera pas facile.

Rien de ce qui en valait la peine n'était jamais facile, songea Hank.

— Ça veut dire que ce ne sera pas ennuyeux ? demanda-t-il. Je déteste l'ennui.

Elle eut un rire ému.

— Non. Ce ne sera sûrement pas ennuyeux.

— Tant mieux.

Ils se turent et se regardèrent longuement.

— Je crois qu'il est important de garder une attitude positive, dit-elle enfin.

Hank était d'accord. Si quelqu'un avait la force de triompher du sort, c'était bien Carly.

— Bien sûr. Si la dystrophie se calme tout d'un coup, tu verras peut-être encore au neuvième mois.

Il lui fit un nouveau clin d'œil.

— Sauf pour ce qui est de tes orteils, bien sûr. Je tiens de source sûre – par ma belle-sœur Molly – que les femmes enceintes ne voient pas leurs orteils les trois derniers mois.

Carly se mit à rire.

— Ça, c'est le dernier de mes soucis.

— Je sais.

Il lui pressa la main.

— Ne t'inquiète pas. Si tu perds la vue, nous organiserons la maison en conséquence. Ça ne prendra que quelques jours.

— On ne devrait pas commencer maintenant ?
— Sûrement pas. On a des attractions à voir !
— Je ne peux pas les voir, Hank..., dit-elle en désignant l'horizon.
— Ça veut seulement dire que je dois m'approcher davantage, répondit-il en mettant le contact.
Comme il s'élançait à travers le désert, Carly s'agrippa au tableau de bord en riant.
— Il n'y a pas de route !
— D'où l'intérêt d'un 4×4, mon chou. Nous n'avons pas besoin de route.
Il lui sourit.
— Je vais aller lentement. Si ça secoue trop, dis-le-moi.
Carly décollait de temps en temps de son siège, mais celui-ci était confortablement rembourré et l'atterrissage était doux. Même dans le cas contraire, elle n'aurait pas demandé à Hank d'arrêter. Elle allait voir la formation rocheuse, malgré tout.
Quelques minutes plus tard, elle distingua enfin le piton en roche ocre qui se détachait sur le ciel bleu.
— Oh ! s'exclama-t-elle, sincère, cette fois. C'est magnifique ! Et c'est vrai qu'il ressemble à un homme étendu sur le dos.
Hank gloussa.
— Exactement.
Elle fixa de nouveau son regard sur les rochers.
— Je vois ses orteils, et ses genoux... Oh ! On dirait vraiment un homme, n'est-ce pas ? ajouta-t-elle en rougissant.
— Oui, au complet. Maintenant, je sais que tu l'as vu. Tu es toute rouge.
De là, Hank se dirigea vers l'est. Au crépuscule, il s'arrêta dans une buvette au bord de la route et acheta des sandwichs qu'ils dégustèrent en regardant le soleil se coucher sur le désert. Carly avait rarement vu un spectacle aussi splendide. Des flèches de

lumière d'un blanc étincelant traversaient les nuages vaporeux qui s'accumulaient à l'horizon. Très vite, le ciel tout entier se teinta d'une nuance magnifique de vieux rose.

— Merci de m'avoir amenée ici, Hank. C'est merveilleux.

— Profites-en, dit-il doucement. Ça ne va pas durer longtemps.

Il avait raison ; le coucher de soleil ne dura pas longtemps, mais elle savait qu'elle en garderait le souvenir jusqu'à la fin de ses jours.

Comme l'obscurité les enveloppait, Hank se cala sur son siège et demanda :

— Comment est-ce ?

Sa voix était rauque et si empreinte de tristesse que Carly comprit aussitôt sa question.

— Ce n'est pas encore trop grave… C'est un peu comme regarder à travers un brouillard ou une vitre embuée.

Il resta silencieux, immobile, une forme noire dans l'obscurité.

— Ça ira, Hank. J'ai l'habitude d'être aveugle.

— Je sais, mon chou. Je voudrais seulement que le ciel nous accorde un miracle.

— Il le fera peut-être. Sinon, je sais que ce sera plus facile cette fois. Avant, je n'avais jamais vu le ciel ni les étoiles. Quand les gens parlaient d'un beau coucher de soleil, je ne pouvais pas l'imaginer. À quoi ressemblait le rose ? le bleu ? Je n'en avais aucune idée. Maintenant, j'aurai toutes ces images dans ma tête.

Hank avait bien l'intention de faire en sorte qu'elle en voie davantage.

Des images dans ma tête. Ces mots résonnèrent en lui tout au long du trajet de retour. Il ne savait pas combien de temps il lui restait. Tout ce qu'il savait, c'est qu'ils allaient profiter de chaque seconde.

18

Durant le reste de cette semaine-là et tout le week-end qui suivit, Carly eut l'impression d'être une touriste. Hank l'emmena faire de longues promenades en voiture afin de lui montrer la région – les rivières, les forêts et les lacs, les pittoresques bourgades des collines, les montagnes au sommet enneigé. Ils pique-niquaient dans des prairies herbeuses parsemées de trèfle et de pissenlit, et faisaient ensuite la sieste sur l'épaisse couverture qu'il gardait dans le pick-up. D'autres fois, ils dînaient dans des restaurants panoramiques afin qu'elle puisse apprécier la vue tout en mangeant.

Pour Carly, c'était un interlude magique avant la tombée de la nuit – un temps d'espiègleries, de rires et de flirts sans conséquence avec un homme incroyablement séduisant qui ne faisait jamais pression sur elle pour obtenir davantage. Ils se tenaient par la main, faisaient semblant de se chamailler, jouaient à chat. Se promenaient dans la forêt en regardant les dessins que faisait le soleil sur la terre. Dansaient sans autre musique que celle du vent.

Parfois, lorsqu'ils trouvaient des sites particulièrement spectaculaires, ils s'asseyaient dans un endroit confortable et restaient là une heure ou plus, savourant la beauté du panorama. Durant ces haltes, Hank lui montrait des choses qu'elle n'aurait peut-être pas remarquées – les taches d'un faon, un écureuil cramponné à une branche, des nuages en forme d'animaux. De temps en temps, il lui prenait la main et jouait avec ses doigts. À d'autres moments, il passait négligemment un bras autour de ses épaules, caressant sa peau à travers le tissu de son chemisier.

Après avoir exploré les environs immédiats, ils s'aventurèrent plus loin, empruntant la pittoresque route nationale 101 pour se rendre en Californie du Nord et visiter Redwood National Park. De là, ils se rendirent à Crater Lake, où ils passèrent une journée à se promener sur de magnifiques sentiers de randonnée.

Au fil de leurs promenades, Carly prenait de plus en plus conscience du physique de Hank – sa taille, sa carrure, la façon dont les muscles de son dos et de ses bras tendaient sa chemise quand il bougeait, le balancement tranquille et souple de ses hanches quand il marchait. Elle se surprenait à se remémorer le fameux matin où il avait posé pour elle afin d'illustrer l'alphabet et brûlait de le revoir ainsi une dernière fois.

En quittant Crater Lake, ils se rendirent au lac Lemolo, louèrent un petit chalet au bord de l'eau et passèrent la soirée dans le charmant petit bar du village, à déguster des hamburgers et à danser au son du juke-box jusque tard dans la nuit.

Carly avait presque oublié à quel point Hank pouvait être irrésistible sur une piste de danse. Durant ses ballades favorites, il chantait en chœur avec la musique, et sa voix grave et chaude semblait résonner en elle. Elle aimait sentir ses bras puissants autour d'elle, ses mains tendres sur sa taille ou sur son dos. Elle aimait danser avec lui sur des mélodies lentes, sur des rythmes effrénés…

Elle aimait tout.

Elle aurait voulu capturer l'instant dans une bulle et le faire durer toujours – suivre le conseil que

Hank lui avait donné un jour, et saisir la vie à pleines mains.

— À quoi penses-tu ? murmura-t-il, ses yeux bleus plongeant dans les siens. Tu as l'air très sérieux.

Elle pensait à des choses dangereuses, des choses qu'elle n'osait partager avec lui. Durant ces derniers jours, elle avait baissé sa garde et l'impensable était arrivé ; elle était tombée follement amoureuse de lui.

— Je suis fatiguée, c'est tout.

Il lui fit décrire un cercle lent.

— Eh bien, petite maman, que dirais-tu si nous rentrions nous coucher ?

Lorsque la musique se tut, il régla l'addition, drapa le pull de Carly sur ses épaules et la guida au-dehors. Une brise fraîche soufflait sur le lac, apportant l'odeur de l'eau et des sapins. Comme ils passaient sous les branches basses d'un arbre, Carly tira sur la main de Hank pour l'inciter à s'arrêter.

Une seule fois dans sa vie, elle voulait partager un baiser passionné avec lui au clair de lune et voir l'homme séduisant qui l'embrassait.

— Qu'y a-t-il ?

La requête était là, sur le bout de sa langue. *Veux-tu m'embrasser, Hank ? Juste une fois ? Me donner un baiser intime, profond, enivrant. Un baiser d'adieu, en quelque sorte*. Puis elle leva les yeux vers lui et sut qu'elle ne pourrait jamais s'arrêter après un baiser. Elle voulait davantage et, si elle entrouvrait cette porte, elle ne pourrait peut-être plus jamais la refermer.

— Écoute. N'est-ce pas un son magnifique ?

Il inclina la tête.

— Le vent qui murmure dans les arbres, souffla-t-il. J'ai toujours adoré l'entendre.

Elle acquiesça, fixant avidement sa bouche, se souvenant des sensations qu'il avait éveillées en elle la dernière fois qu'il l'avait embrassée.

— Ça va ? demanda-t-il.

— Oui, ça va, répondit-elle avec un soupir en se penchant légèrement en arrière pour contempler le ciel. Oh ! Pas d'étoiles... J'espère qu'il ne va pas pleuvoir.

Hank leva les yeux à son tour. Le ciel clair était constellé d'étoiles scintillantes, mais Carly ne les voyait pas.

— C'est juste quelques nuages, mentit-il. Ça va passer.

— Oh ! je l'espère ! S'il pleut, ça va tout gâcher.

— Il ne pleuvra pas, je te le promets.

« Viens, ma belle, dit-il en se remettant à marcher. Il est temps d'aller te coucher. Demain sera une dure journée.

Ils quittèrent la route goudronnée pour emprunter un chemin pierreux. Sentant qu'elle hésitait, Hank passa un bras autour de sa taille pour la soutenir.

— Fais attention. Le terrain est très inégal.

Elle s'appuya sur lui davantage. Dans le clair de lune, il vit qu'elle regardait fixement devant elle, les yeux écarquillés. Il savait qu'elle voyait très mal dans le noir. Demain, le soleil inonderait de nouveau le monde de lumière, et elle pourrait voir. Peut-être pas clairement, mais elle verrait. Bientôt, pourtant, le soleil lui-même ne pourrait plus l'aider...

Une fois au chalet, Carly resta immobile au centre du salon et le regarda avec des questions dans les yeux. S'il s'était agi de n'importe quelle autre femme, Hank aurait conclu qu'elle lui adressait une invitation silencieuse.

— Qu'y a-t-il ?

Elle s'entoura la taille de ses bras, lui adressa un faible sourire et secoua la tête.

— Rien.

Elle était si belle ! Vêtue d'un jean et d'un chemisier blanc tout simple, les cheveux ébouriffés par la brise nocturne, elle était sans aucun doute possible la plus jolie fille qu'il ait jamais vue.

— Je peux te dire quelque chose ? demanda-t-il.

Une fossette creusa sa joue lorsqu'elle sourit.

— Ça dépend. Si c'est une mauvaise nouvelle, je ne veux pas l'entendre. Pourquoi gâcher une journée parfaite ?

Il se mit à rire et baissa la tête. Quand il la regarda de nouveau, elle l'observait, attendant sa réponse.

— Tu es superbe. Ce n'est pas un mensonge, mon chou, c'est un fait.

Elle leva les yeux au ciel et rougit.

— Si, sérieusement.

Hank combla la distance qui les séparait.

— Il faut que tu saches que ce ne sont pas des paroles en l'air.

Il lui souleva le menton du bout du doigt.

— Je ne dis pas ça pour te draguer. Nous avons un arrangement, et je ne vais pas l'enfreindre. Je veux que tu le saches, c'est tout. Tu es si belle !

Les yeux de Carly s'emplirent de larmes.

— Merci. Tu n'es pas mal non plus.

Il avait reçu des compliments plus flatteurs, mais aucun d'eux ne comptait plus, désormais. Seule comptait l'opinion de Carly.

— Je ne suis pas une experte, mais tu es l'homme le plus séduisant que j'aie jamais vu.

Il ne put s'empêcher de rire.

— Combien en as-tu vu ?

— Pas beaucoup par rapport à la plupart des femmes, mais je suis une experte en matière d'auras.

— De quoi ?

— D'auras.

Sa bouche esquissa un sourire espiègle.

— C'est l'essence d'une personne. Elle crée un champ magnétique autour de soi.

— Vraiment ?

En temps normal, Hank aurait déclaré que c'étaient des sottises, mais Carly avait été aveugle toute sa vie. Il était tout à fait possible que ses autres sens se soient développés pour compenser sa cécité.

— Et comment est la mienne ?

— Pleine de bonté, dit-elle en lui caressant doucement la joue. De chaleur. Je me suis sentie en sécurité avec toi le soir où je t'ai rencontré.

— Vraiment ?

Elle hocha la tête, puis lui effleura les lèvres du bout des doigts.

— C'est toujours vrai, murmura-t-elle.

Hank resta un moment figé sur place, s'efforçant de décrypter le sens de ses paroles tandis qu'elle sortait de la pièce. Il la suivit des yeux, presque convaincu qu'elle venait de lui donner le feu vert, et se demandant néanmoins si son imagination ne lui jouait pas des tours. Si elle avait eu cette intention, elle n'aurait pas pris la fuite aussi vite.

Il monta les marches peu après, tout en retirant sa chemise. Que diable avait-elle voulu lui dire ?

*

Carly écouta les pas de Hank dans l'escalier, puis se hâta d'enfiler sa chemise de nuit et de se glisser entre les draps. Hank lui avait laissé la chambre du rez-de-chaussée, meublée d'un lit immense où elle se sentait affreusement petite et seule, comme un timbre collé au bord d'une grande enveloppe. Elle tendit la main pour lisser le drap à côté d'elle. Il semblait si froid au toucher ! Tout ce temps passé avec Hank avait sérieusement entamé sa résolution. Elle aurait voulu qu'il soit là, près d'elle – elle aurait voulu respirer son eau de Cologne et l'odeur de sa peau, sentir sa chaleur l'envelopper.

Avait-elle perdu la tête ? Non, décida-t-elle. Jamais au contraire elle n'avait été aussi lucide. Enfin, enfin, elle avait trouvé un prince charmant et, comme une idiote, elle refusait l'occasion qui lui était offerte.

C'est maintenant ou jamais, lui soufflait une petite voix dans sa tête. *Quand tu feras l'amour avec un homme pour la première fois, ne voudrais-tu pas le voir?*

Pourquoi fallait-il s'inquiéter de l'avenir? Hank lui avait dit de saisir la vie à pleines mains. Et si l'intervention suivante devait échouer et qu'aucun homme ne lui accorde plus jamais un regard parce qu'elle était aveugle? Elle voulait avoir quelques souvenirs à chérir en vieillissant, avoir connu l'extase entre les bras d'un homme.

Qu'y avait-il de mal à cela? Pour l'instant, ils étaient mariés et elle n'avait même pas à s'inquiéter de tomber enceinte. Hank et elle savaient qu'ils finiraient par mettre un terme à leur mariage. Pourquoi ne pas profiter du temps qui leur était accordé?

Carly repoussa les couvertures, se leva et resta immobile, hésitante, frissonnant dans le noir. Elle se traita de lâche. Que risquait-elle, à part essuyer un refus? Résolument, elle sortit dans le couloir. Au pied de l'escalier, elle fut de nouveau assaillie par le doute mais elle rassembla son courage, ferma les yeux pour ne pas trébucher et monta les marches.

*

Sur le point de s'endormir, Hank entendit un bruit et roula sur le côté pour scruter l'obscurité. Carly se tenait au milieu de la chambre, une vaste pièce au plafond mansardé avec deux lits jumeaux, un contre chaque mur. Elle serrait les poings et redressait le menton, comme si elle s'apprêtait à livrer bataille.

— Hank?

Craignant qu'elle ne soit malade et se félicitant d'avoir gardé son caleçon, il se redressa.

— Tu as mal au ventre, mon cœur? demanda-t-il d'une voix ensommeillée.

— Non, je me sens tout à fait bien. C'est juste que je ne peux pas dormir.

— Descendons, suggéra-t-il en se frottant le menton. Je vais te préparer quelque chose. Du lait tiède, peut-être ?

— Je ne veux pas de lait tiède.

— Oh !

Il cilla et s'assit, cherchant à focaliser son regard.

— Dans ce cas, qu'est-ce que tu veux ?

— Du sexe.

Hank n'en avait pas dans le frigo.

— Tu pourrais te contenter de lait chocolaté ?

— Quoi ?

— Je n'ai pas de...

Il était sur le point de dire « sexe » quand son cerveau se remit enfin à fonctionner. Il cilla de nouveau. Il avait mal compris, forcément. Une femme comme Carly, timide, méfiante, inexpérimentée, n'entrait pas sans prévenir dans la chambre d'un homme en demandant du sexe. C'était comme dans un film ou... enfin, bref, ces choses-là n'arrivaient pas dans la vraie vie. Il s'éclaircit la gorge et se gratta la tempe.

— Qu'est-ce que tu as dit ?

— Quand ?

— Tu voulais quoi ?

— Du sexe.

Il hocha la tête. Bon. Il tira sur le lobe de son oreille, se demandant s'il n'avait pas fait couler de l'eau dans ses oreilles quand il s'était douché ce matin-là.

— Tu veux répéter ?

Elle émit un léger soupir de frustration, tourna les talons et sortit de la chambre.

— Laisse tomber. Je ne sais pas à quoi je pensais, dit-elle avant de se diriger vers l'escalier.

Elle s'arrêta pour agripper fermement la rampe avant d'entamer sa descente. Cloué sur place, Hank la suivit des yeux, bouche bée. Avait-elle dit « sexe » ? Il essaya de trouver d'autres mots qui sonnaient pareil. Mex, tex, dex… aucun n'avait le moindre sens.

Elle avait dit « sexe ».

Il sauta de son lit et était arrivé à mi-escalier quand il se souvint qu'il ne portait que son caleçon. Demi-tour. Où avait-il donc posé son pantalon ? Il trébucha sur ses bottes. Trouva sa chemise. Lâcha un juron. Sa main tomba enfin sur le jean. Il enfila une jambe, puis sautilla sur place, cherchant l'autre. Et puis zut ! Il ressortit de la chambre, le jean à moitié enfilé.

— Carly ? Mon chou ?

Du sexe. Elle avait dit qu'elle voulait du sexe ! Il parvint enfin à caler son pied dans l'autre jambe, et faillit faire un saut périlleux dans l'escalier. Il se rattrapa de justesse à la rampe et finit de mettre son pantalon. Son appareil génital et son caleçon étaient coincés d'un côté de sa braguette.

Il s'arrêta devant la chambre de Carly pour se rajuster.

— Carly ?

— Va-t'en.

Sûrement pas ! Hank poussa la porte et entra dans la pièce avec précaution. Elle était recroquevillée sous les couvertures.

— Je suis désolé. Il me faut toujours un moment pour avoir les idées claires quand je me réveille.

Du sexe. Pas d'erreur possible. Elle avait vraiment dit « du sexe » ! Elle ne bougea pas et ne le regarda pas davantage. Il s'approcha.

— Carly ?

— Quoi ?

Le front barré par un pli, elle s'assit dans le lit, tirant les draps sur sa poitrine.

— As-tu dit ce que je crois que tu as dit ?

Ses yeux étaient d'immenses sphères lumineuses dans le rayon de lune qui filtrait par la fenêtre.

— Et si je l'ai dit?

Hank se frotta la joue en s'efforçant de choisir ses mots avec soin, ce qui n'était pas simple compte tenu du fait qu'il avait l'impression d'avoir des œufs brouillés à la place du cerveau.

— Eh bien, je dirais… bien sûr.

Il grimaça.

— Je veux dire… enfin, *ouais*.

— C'est tout? *Enfin, ouais*?

Il s'assit au bord du lit et prit une profonde inspiration. Son cœur cognait encore à toute allure après qu'il avait failli se casser la figure dans les marches.

— On peut revenir cinq minutes en arrière?

— J'aimerais mieux pas. Ça n'a pas été un de mes meilleurs moments.

Hank éprouva une soudaine envie de rire.

— Je pourrais en dire autant.

Carly lissa ses cheveux de ses doigts tremblants, puis elle soupira et ses épaules s'affaissèrent.

— Je ne sais pas ce qui m'est passé par la tête. Je pensais… tu sais… aux possibilités… Et sans savoir comment, je me suis retrouvée en haut.

— À quelles possibilités, au juste?

— Toi et moi… Nous nous sommes tellement amusés, ces jours derniers. Ça paraît dommage de ne pas profiter pleinement du temps que nous avons ensemble.

Là, elle avait cent fois raison. C'était criminel, même. Elle était si belle qu'il en avait mal.

— Rien de permanent, bien sûr, reprit-elle. Nous resterions amis. Pas question de tout embrouiller avec des sentiments. Ce serait juste… tu sais… du sexe.

À présent qu'il avait compris exactement ce qu'elle voulait, Hank sentit la déception l'envahir. Curieusement, sans sentiments pour tout embrouiller, l'offre semblait en décalage avec celle qui la faisait. Carly n'était pas du genre à avoir des aventures sans lendemain. Elle ne l'avait jamais été. Il n'allait pas commettre deux fois la même erreur.

— C'est tout ce que tu veux ? demanda-t-il doucement. Du sexe ?

Elle acquiesça.

— J'aimerais que ce soit romantique, évidemment. Tu peux faire en sorte que ce soit romantique ?

La demande en elle-même en disait plus long à Hank que Carly ne pouvait s'en douter. Il étudia son visage ovale, ses beaux yeux et devina qu'il n'était pas le seul à être tombé amoureux. Sinon, elle ne lui aurait jamais fait cette proposition.

Oh ! il aurait donné cher pour accepter ! Au lieu de cela il se releva, résolu à faire les choses correctement, cette fois – ou pas du tout.

— Je suis désolé. Si c'est un corps complaisant que tu veux, va en trouver un en ville.

Elle lui décocha un regard incrédule.

— Quoi ?

— Tu m'as entendu. Je suis amoureux de toi. C'est fait, je ne peux pas revenir en arrière. Si nous allons plus loin dans cette relation, je ne ferai que me mettre dans une situation plus pénible, et j'aurai le cœur brisé quand tu partiras.

— Oh ! Hank ! murmura-t-elle. Ô mon Dieu !

— Désolé. Je sais que tomber amoureux ne faisait pas partie du contrat, mais mon cœur n'était pas d'accord. Je serais ravi de te rejoindre dans ce lit, dit-il en enfonçant les mains dans les poches pour ne pas céder à la tentation de la toucher. Si tu m'offrais davantage, une chance de vivre avec toi, je dirais cent fois oui. Mais ce n'est pas ce que tu envisages, ou je me trompe ?

— Non, avoua-t-elle faiblement. Ça ne pourrait jamais marcher entre nous.

— C'est ton avis et je pense que tu as tort. Quand deux personnes s'aiment, elles peuvent venir à bout de presque toutes les difficultés.

— C'est une belle idée, mais pas très réaliste en ce qui nous concerne.

Il la contempla avec tristesse pendant un long moment, puis se retourna.

— Où vas-tu ?

— Dans ma chambre.

Sur le seuil, il marqua une pause et la regarda encore. Il avait été d'une honnêteté brutale, sauf sur un point : il sentait déjà son cœur se briser.

— J'ai dit tout ce que j'avais à dire. C'est tout ou rien.

— Attends ! dit-elle comme il s'apprêtait à sortir.

— Qu'y a-t-il à ajouter ? demanda Hank en s'arrêtant. Nous sommes aux antipodes l'un de l'autre sur ce point. Tu tiens dur comme fer à ce que nous fassions notre vie chacun de son côté, je veux qu'on reste ensemble pour toujours. Tu ne vois que des problèmes, je ne vois que des solutions. Je ne crois pas que nous puissions aboutir à un compromis.

— En fin de compte, je serai aveugle, protesta-t-elle avec un geste d'impuissance. As-tu la moindre idée des sommes qu'il faudrait dépenser pour que les environs immédiats du chalet ne soient pas un danger pour moi ? Sans parler du fait que je serais coincée au ranch, loin de tout moyen de transport. Je ne pourrais pas aller travailler. Ce serait une situation impossible !

— Difficile, pas impossible, rectifia-t-il. Le transport n'est pas un problème insurmontable. Si je ne pouvais pas te conduire en ville, un de nos employés pourrait s'en charger.

— Je dépendrais toujours de quelqu'un pour tout. Tu imagines ce que j'éprouverais à vivre ainsi ?

— En ville, tu dépendrais d'un conducteur de bus, répliqua Hank en s'adossant au montant de la porte. Quelle différence cela fait-il ? Tu n'aimes dépendre de personne, n'est-ce pas ?

— Tu dis ça comme si c'était un crime.

— Plutôt une obsession. Tu t'es battue toute ta vie pour être indépendante. Maintenant, je te demande d'entrer dans une situation où l'indépendance totale est peut-être impossible.

— Il n'y a pas de peut-être. Je ne pourrais même pas aller faire des courses au supermarché toute seule.

— Est-ce vraiment si important pour toi ? demanda-t-il, arquant un sourcil. Beaucoup de couples font les courses ensemble.

— Ce n'est qu'un exemple. Ne déforme pas ce que je dis pour me faire passer pour la méchante de l'histoire. Je te rends service. Si nous restions ensemble, je serais un boulet pour toi, une responsabilité de tous les instants.

— Un adorable boulet, répondit-il, et une responsabilité que je chérirais chaque jour.

— Tu dis cela maintenant, mais tu finirais par m'en vouloir. Et cela te coûterait une fortune d'aménager le ranch pour qu'il soit adapté à une aveugle.

— Nous pourrions improviser jusqu'à l'été prochain. Après, si tout va bien, nous aurons des années devant nous pour faire toutes les améliorations nécessaires.

— Et si tout ne va pas bien ? Que ferons-nous alors ?

— Nous trouverons une solution. J'emprunterai de l'argent si nécessaire. Je ferai n'importe quoi. Je t'aime. Je veux que tu restes dans ma vie.

— Même si ça veut dire t'endetter jusqu'au cou ? Tu pourrais finir comme ton père, avec un ranch en faillite et un fils qui t'en voudra parce qu'il ne pourra pas aller à l'université. C'est ce que tu veux ? Voir tous tes rêves réduits à néant ?

— Mon rêve, c'est d'être avec toi. Quant à être comme mon père, ce ne serait pas si mal. C'est quelqu'un de bien.

— Je n'ai pas dit le contraire. Je voulais seulement… Oh ! tant pis ! Tu n'es pas réaliste. As-tu jamais eu le moindre contact avec des aveugles ?

— Non.

— Je n'ai rien à ajouter.

Hank se redressa.

— Tu ne sembles pas avoir une très haute opinion de moi, répondit-il, la colère perçant dans sa voix. Tu crois vraiment que mes sentiments pour toi pourraient changer juste parce que la vie est difficile, que je cesserai de t'aimer au premier obstacle venu ? Je ne suis pas ce genre d'homme.

Elle se couvrit le visage de ses mains.

— Je sais, Hank. C'est justement le problème. Tu ne comprends donc pas ? Tu endurerais tout cela, mais je me sentirais coupable d'avoir gâché ta vie.

— Tu m'aimes ? demanda-t-il à voix basse.

— Non, dit-elle, le son de sa voix étouffé par ses mains.

— Regarde-moi quand tu le dis, bon sang !

Les bras de Carly retombèrent. Son expression était devenue totalement neutre, comme si elle contrôlait avec soin chacun de ses muscles. Hormis ses yeux. Ils ne pouvaient mentir. Hank souda son regard au sien et eut sa réponse. Il s'avança vers elle.

— Je ne suis pas le seul à être tombé amoureux.

Elle se laissa aller en arrière et tira sur le drap, le remontant jusqu'au menton.

— Tu es fou.

— Peut-être, mais tant mieux.

Il s'arrêta au pied du lit, planta les mains sur ses hanches et la toisa.

— Ça change tout. Si tu m'aimes et que je t'aime, il est impossible que le sexe entre nous n'ait aucun sens.

— Je ne t'aime pas. Je ne peux pas t'aimer ! Tu n'es pas l'homme qu'il me faut, et je ne suis pas la femme qu'il te faut. Je ne t'aime pas, un point c'est tout !

— Ce n'est pas une décision que l'on prend, Carly. C'est un sentiment. Tu ne peux pas le forcer, et certainement pas le nier. Oublie l'impact qu'il peut avoir sur ma vie et réponds-moi. Tu m'aimes ?

— Laisse-moi.

Elle se tourna sur le côté, lui présentant son dos, le drap la recouvrant comme un linceul. Hank s'assit à côté d'elle, fixant sa nuque, songeur. Puis il longea sa colonne vertébrale du bout du doigt. Elle sursauta comme si elle avait reçu une décharge électrique.

— Arrête ! dit-elle sèchement.

Il eut un petit sourire et recommença. Même réaction. Il y vit un signe encourageant et tira brusquement sur le drap. Elle se retourna d'un bond pour lui faire face.

— Qu'est-ce que tu fais ?

— J'explore les possibilités.

— Nous venons d'arriver à la conclusion qu'il n'y en a pas.

Il tendit la main pour lui caresser la joue, mais elle lui donna une petite tape.

— Je t'ai dit d'arrêter.

— Pourquoi ?

— Parce que !

— Réponse évasive. Donne-moi une raison.

— Il n'y a pas d'avenir pour notre relation. Tu veux qu'on reste ensemble pour toujours. Je ne peux pas te promettre cela.

— Peux-tu me promettre d'essayer ?

— D'essayer quoi ?

— Pour toujours, répondit-il doucement. Sans condition. Si les choses tournent mal et que nous ne pouvons pas y remédier, je ne te forcerai pas à rester. En revanche, si nous pouvons trouver une solution, la promesse tient. Qu'en dis-tu ?

Les yeux de Carly s'emplirent de larmes.

— Tu n'as aucune idée de ce qu'est la vie avec une aveugle.

— Laisse-moi le découvrir.
— Tu es fou.
— Fou de toi.
— J'ai peur que tu ne finisses par me haïr.
— Jamais. Quand tu deviendras aveugle pour de bon, que ce soit dans cinq ans ou dans trente, je veux être celui qui te tiendra par la main. Celui qui te dessinera avec des mots les couchers de soleil ou les premières lueurs de l'aube. Celui dont tu connaîtras le visage sans avoir eu à le mémoriser du bout des doigts. Quand notre enfant sortira de l'université, je veux être à tes côtés. Je te regarderai en pensant que tu as été le plus beau cadeau que la vie m'ait offert. Et je remercierai le ciel que tu sois restée avec moi.
Sa gorge se noua.
— Tu sais pourquoi ? Parce que, si tu t'en vas, quelque chose en moi mourra, Carly Jane. Tu sembles t'imaginer que je peux simplement décider de ne pas t'aimer, que je trouverai quelqu'un d'autre. Eh bien, laisse-moi te dire une chose. Les Coulter ne sont pas ainsi. Quand nous aimons, nous aimons de toutes nos forces et nous ne changeons pas d'avis. Jamais.
— Oh ! Hank ! murmura-t-elle d'une voix tremblante.
— Donne-moi un « peut-être », supplia-t-il. Dis-moi que tu essaieras. Est-ce vraiment trop demander ? Dis-moi seulement que tu resteras avec moi aussi longtemps que tu pourras. Nous prendrons chaque jour comme il viendra.
— Si tu savais à quel point j'ai envie de dire oui ! Si tu savais…
Hank était à deux doigts de la rejoindre dans son lit, mais il fallait laisser du temps au temps. S'ils ne parvenaient pas à une sorte d'accord, elle serait trop bouleversée, trop inquiète pour s'abandonner dans ses bras.

— Si tu veux dire oui, qu'est-ce qui te retient ?

— Il faut que tu me promettes que ce sera « sans condition » dans les deux sens. Il faut que je sache que tu ne resteras pas avec moi par devoir. Sinon, Hank, je ne peux pas promettre d'essayer.

— Je te jure que je ne resterai pas avec toi par devoir, promit-il sincèrement.

Ce serait l'amour qui le lierait à elle, rien d'autre.

— Tu as ma parole. Si nous en arrivons là un jour, chacun reprendra ses billes et nous partirons chacun de notre côté.

— Très bien, murmura-t-elle enfin. J'essaierai.

Le soulagement déferla en lui. Il s'allongea à côté d'elle, tremblant de tous ses membres. Enroulant un bras autour de sa taille, il l'attira vers lui. Il essuya les larmes sur ses joues, embrassa le bout de son nez. Ses cils humides se relevèrent, révélant des yeux qui brillaient comme du vif-argent au clair de lune.

— Je t'aime, Carly Jane. Je pense que tu m'as volé mon cœur à l'instant où je t'ai vue, mais j'étais trop ivre pour m'en rendre compte.

Elle noua les bras autour de son cou et s'agrippa à lui.

— Tu pourrais avoir n'importe quelle fille. Je ne voulais pas...

Il lui embrassa les cheveux.

— C'est toi que je veux. Quant à avoir l'intention de tomber amoureux, les choses ne se passent pas comme ça. L'amour vous prend par la peau du cou.

Elle rit.

— C'est romantique, comme point de vue !

Il sourit et resserra son étreinte autour d'elle.

— Tu voulais que je sois romantique, non ?

Savourant la douceur de son corps pressé contre lui, il enfouit le visage dans ses cheveux.

— Je t'aime, Carly. Ne t'inquiète pas, d'accord ? Ensemble, nous pouvons tout conquérir.

Elle frissonna tandis qu'il promenait le bout de la langue sur son oreille, mordillant le lobe délicat.

— Oh! Hank! Moi aussi, je t'aime, murmura-t-elle. Je t'aime.

Il recula légèrement pour ouvrir les boutons de sa chemise de nuit.

— Je ne serai peut-être pas très douée au début, l'avertit-elle. Je... je n'ai pas eu beaucoup d'expérience.

Il scruta son visage.

— Tu es nerveuse?

— Un peu.

Hank voulait que cette nuit soit parfaite pour elle.

— Ce qu'il nous faut, dit-il, c'est une entrée en matière.

— Pardon?

— Une entrée en matière. Au lieu de nous précipiter, oublions le sexe pour l'instant, et prenons plaisir à être ensemble.

Carly parut soulagée, puis elle fronça les sourcils.

— Et quand ferons-nous l'amour?

— Quand le moment sera venu.

Dans sa longue chemise de nuit, elle ressemblait plus que jamais à un ange. Hank effleura ses cheveux, puis son bras, avec l'impression d'être sur le point de commettre un sacrilège.

Elle eut un sourire hésitant. Illuminée par le clair de lune, elle était exquise et presque irréelle. Il lui souleva doucement le menton et lui donna un baiser léger sur la bouche. Ses lèvres étaient aussi délicieuses que dans ses souvenirs – timides mais offertes, douces, chaudes et humides. Il posa une main sur sa hanche et la sentit frémir à son contact.

La respiration de Carly devint rapide, heurtée. Elle ne pouvait s'empêcher de penser à leur première étreinte et se sentait un peu angoissée. Lorsque Hank se pencha de nouveau pour l'embrasser, elle leva la main dans l'intention de le maintenir à distance, mais quelque part entre la pensée et l'action, elle s'égara et enfouit les doigts dans ses cheveux épais et soyeux.

Délicatement, il effleura ses lèvres des siennes. Leurs souffles se mêlèrent. Enivrée par le goût de Hank, Carly retint sa respiration, mais il continua à caresser doucement sa bouche sans chercher à approfondir le baiser. Elle ferma les yeux et le sang commença à courir dans ses veines, lourd comme du miel.

— Hank ?

Il inclina la tête et lui mordilla la lèvre inférieure.

— Oui ?

Carly n'avait aucune idée de ce qu'elle voulait au juste, mais elle voulait quelque chose. Elle promena les mains sur ses épaules, sur sa peau lisse et chaude, sur ses muscles. La puissance retenue qu'elle sentait sous ses doigts fit battre son cœur plus vite.

— Tu es si belle..., murmura-t-il. Si incroyablement belle. Jamais je n'ai désiré une femme autant que toi.

Comme s'il cherchait à mémoriser les contours de son visage, il promena les lèvres sur l'arc de ses sourcils, l'arête de son nez, la courbe de sa joue, la ligne de sa mâchoire. À chaque caresse de sa bouche, Carly avait l'impression de recevoir un choc électrique.

Soudain, il la prit dans ses bras et roula sur le dos, l'asseyant à califourchon sur lui. Carly laissa échapper un petit cri de surprise. Sa chemise de nuit était remontée sur ses cuisses. Hank lui adressa un lent sourire et leva la main pour attraper une mèche de cheveux sur sa poitrine. Elle sentit son mamelon se durcir au contact léger de ses doigts.

— J'adore tes cheveux, dit-il. Tes cheveux et tes yeux. Ce sont les premières choses que j'ai remarquées.

— Vraiment ?

— Tu es encore nerveuse, constata-t-il avec un sourire. Ne le sois pas. Pas avec moi. Je ne te ferai plus jamais mal. Tu le sais, n'est-ce pas ?

Elle déglutit et hocha la tête.

— Oui. Je… euh… C'est juste que…

— Tu es nerveuse ?

Elle éclata de rire, hochant la tête de nouveau.

Cessant de jouer avec ses cheveux, il mit les mains sur ses cuisses nues. Elle fit un bond et lui saisit les poignets.

— Détends-toi, dit-il doucement.

Il la caressa lentement du bout des doigts. Ses pouces descendirent vers l'intérieur sensible de ses cuisses, décrivant de petits cercles tentateurs. Une fois de plus, le cœur de Carly se mit à tambouriner dans sa poitrine.

Lorsqu'il remonta sa chemise de nuit, elle se rendit compte avec consternation que ses fesses nues étaient pressées contre le jean de Hank. Elle se demanda s'il en avait conscience, décida que oui, et rougit jusqu'aux oreilles.

— La deuxième chose que j'ai remarquée, c'est tes jambes. Pas de doute là-dessus, mon cœur. Tu as les plus jolies jambes que j'aie jamais vues.

Il continua à les explorer tout en parlant, ses mains remontant imperceptiblement pour tracer le contour de ses hanches. Carly avait du mal à respirer. Elle lui tenait toujours les poignets, mais cela ne paraissait pas restreindre ses mouvements.

— Ta peau est douce et lisse…, murmura-t-il d'une voix rauque.

Il libéra ses poignets et empoigna la chemise de nuit.

— Je veux te voir tout entière.

— Je pensais…

Elle déglutit et s'éclaircit la voix.

— Je pensais que nous avions décidé qu'il nous fallait une entrée en matière.

Hank sourit et fit remonter la chemise de nuit plus haut. Le coton s'accrocha aux mamelons durcis de Carly, et la sensation lui coupa le souffle. Il s'assit brusquement, la prenant par surprise. Des frissons électrisants la traversèrent des pieds à la tête.

— Lève les bras, chuchota-t-il.

D'un mouvement fluide, il fit passer le vêtement par-dessus sa tête. En se rallongeant, il le lança par terre, puis promena longuement son regard sur elle. Partout où se posaient ses yeux, la peau de Carly devenait brûlante. C'était comme une exquise torture qui faisait monter la chaleur au fond d'elle.

— Tu es absolument parfaite.

Du bout des doigts, il traça la courbe de sa taille, l'échelle de ses côtes. Quand il atteignit ses seins, il en caressa légèrement le dessous, laissant Carly sur sa faim. L'instant d'après, il avait remis les mains sur ses cuisses et effleurait les boucles à leur sommet.

Il écarta les plis soyeux de sa chair et toucha un endroit délicieusement sensible. Carly retint un cri et tressaillit. Il sourit et continua à la caresser, la titillant du bout du doigt. Jamais elle n'avait rien éprouvé de tel. La chaleur s'intensifia au fond d'elle ; des rubans de sensations s'enroulaient dans son bas-ventre.

Lorsqu'il s'arrêta tout à coup, elle se rendit compte qu'elle s'était arquée vers lui. Il se redressa et effleura du bout de la langue la pointe dressée d'un sein. Puis il la prit de nouveau par la taille et roula avec elle sur le lit, s'étendant sur elle, cette fois. Baissant la tête, il lui donna un baiser lent et profond.

Carly enfouit les mains dans ses cheveux, s'abandonnant aux sensations et à l'homme qui la tenait entre ses bras. *Hank*. Comme la première fois qu'il l'avait embrassée, elle éprouvait le désir intense de se fondre en lui.

— Hank, murmura-t-elle fiévreusement. Oh oui !

Il lui saisit les poignets et lui fit lever les bras. Puis il recula un peu pour mieux la contempler, ses yeux laissant un sillage brûlant sur son corps tout entier.

— Nous n'allons pas nous précipiter, dit-il d'une voix rauque. Pas cette fois.

Il pressa les lèvres sous l'oreille de Carly, mordillant la peau jusque dans le creux de son cou, attisant encore son excitation. Lorsque sa bouche ardente se referma sur un mamelon, il l'aspira d'un coup sec, puis en effleura des dents la pointe palpitante. Tendue vers lui, Carly laissa échapper un sanglot de plaisir. Il noua ses doigts aux siens, l'obligeant à garder les bras au-dessus de sa tête pendant qu'il mordillait et suçait ses tétons. Quand elle tenta de se dégager pour le caresser à son tour, il tint bon et poursuivit son assaut sur sa chair délicate jusqu'à ce qu'elle soit secouée de frissons.

Elle se rendit vaguement compte qu'il avait changé de position et qu'il était maintenant étendu à ses côtés. Enfin, il libéra ses mains et lui caressa le ventre, avant de descendre plus bas et de poser les doigts sur la chair sensible entre ses cuisses, lui arrachant un cri.

Folle de désir, Carly s'arqua contre sa main. Elle avait l'impression d'être au bord d'un précipice, sur le point d'y basculer. Effrayée par les sensations qui déferlaient en elle, hors de contrôle, elle tenta de se retenir.

— Laisse-toi aller, mon chou. Laisse-toi aller.

Elle gémit, s'arc-boutant davantage. Puis ce fut comme si une étoile explosait à l'intérieur de son corps, des ondes de plaisir irradiant de l'endroit qu'il caressait. La peau moite de sueur, elle s'effondra, rassasiée, à côté de lui. À bout de souffle, elle porta une main à son cœur, à peine capable de croire qu'il était encore là.

Hank déposa des baisers sur ses yeux fermés en lui murmurant des mots tendres. Lentement, elle revint au présent, prenant conscience du clair de lune, de la silhouette sombre de l'homme étendu près d'elle.

Il captura ses lèvres et lui donna un nouveau baiser passionné, enivrant. Puis il descendit vers ses seins, ranimant le brasier qu'il venait d'éteindre. Enfin, avec un choc, elle sentit sa bouche chaude sur son sexe. Atterrée, elle tenta de le repousser, mais il persista, taquinant le centre de sa féminité du bout de la langue jusqu'à ce qu'elle oublie pourquoi elle avait voulu l'obliger à s'arrêter.

Un moment plus tard il se redressa, et elle se rendit compte qu'il avait retiré son jean. Elle cilla et tenta de focaliser son regard. Il était splendide, les muscles de ses épaules et de ses bras soulignés par les rayons de lune. En sentant son membre dur entre ses cuisses elle se raidit, redoutant la douleur.

— Détends-toi, ma chérie. Je te jure que je ne vais pas te faire mal.

Il se pencha pour l'embrasser et, pendant que leurs lèvres étaient jointes, il s'enfonça doucement en elle. Carly retint un cri et s'agrippa à ses épaules. Elle sentit sa chair se prêter pour l'accueillir, et elle n'avait pas mal.

Hank la regarda, guettant sa réaction, puis sourit et la pénétra plus profondément. Comme elle ne disait toujours rien, il se cala en elle d'une poussée fluide et entama un lent va-et-vient. Des sensations inouïes submergèrent Carly. Elle enfonça les ongles dans les bras de Hank.

— Je t'ai fait mal ?

— Non, dit-elle avec un petit rire.

Bientôt, il accentua son rythme, la puissance de ses mouvements. Carly savourait l'instant, promenant les mains sur ses bras, sur son dos, sur ses fesses, apprenant lentement à bouger avec lui.

Il glissa un bras sous elle et l'attira contre lui.

— Viens avec moi, murmura-t-il. Je vais t'emmener au paradis.

19

Bien trop tôt au goût de Carly, la visite à Portland fut derrière eux, et leur semaine d'escapade terminée. Hank avait tenu parole. Il lui avait montré des zèbres, des girafes, des chameaux, des singes, des tigres et des lions, et elle avait vu des paysages fantastiques.

En revanche, le spécialiste lui avait appris une mauvaise nouvelle. La dystrophie s'était installée dans ses cornées déjà malades, et faisait des dégâts rapides et considérables. Merrick ne pouvait prédire combien de temps il faudrait avant qu'elle devienne aveugle, mais Carly comprit que cela ne tarderait guère.

Elle se refusait à céder à l'abattement. Hank lui avait offert tant de magnifiques souvenirs ! Elle les gardait enfouis contre son cœur, sachant qu'ils l'accompagneraient dans le noir. Des images aux couleurs éclatantes que même la dystrophie ne pourrait lui voler.

Le mardi 15 au soir, lorsqu'ils regagnèrent le ranch, Carly s'attendait à ce que Hank se précipite aux écuries. Il était absent depuis une semaine et elle savait qu'il avait du travail à faire. À sa grande surprise, il revint très vite au chalet, les bras chargés de boîtiers noirs et de fils électriques.

— Ma chaîne hi-fi. Je l'avais laissée dans ma chambre. Autant que nous en profitions.

Il l'installa, mit un CD, prit Carly dans ses bras et la fit virevolter dans la maison.

— Tu n'as rien d'autre à faire ? lança-t-elle en riant, étourdie.

— Rien de plus important que ça.

Il cessa de danser pour l'embrasser. Quelques minutes plus tard, ils se dirigeaient vers la chambre, retirant leurs vêtements tout en marchant. Une fois sur le lit, Hank la caressa jusqu'à la rendre folle de désir.

— Hank ? murmura-t-elle. S'il te plaît…

Il mordilla la peau sensible sous son oreille.

— Pas de quartier, souffla-t-il. Je vais te faire jouir tant de fois que tu ne pourras plus bouger, plus penser. Tu seras toute à moi.

Il tint parole, usant habilement de ses talents pour l'amener à l'orgasme, puis le retardant au dernier moment. C'était une exquise torture et bientôt Carly tremblait d'un désir irrépressible.

— Je t'en prie, je t'en prie…, sanglota-t-elle.

Avec un sourd grognement de satisfaction, il lui donna ce qu'elle demandait, avant d'exciter de nouveau ses sens jusqu'à ce qu'elle soit emportée une fois de plus par le plaisir, le corps secoué de délicieux tremblements.

Enfin Carly demeura immobile, incapable de bouger ou de réfléchir, entièrement sienne. Alors seulement, il vint à elle – et l'emmena de nouveau au paradis.

*

— Réveille-toi, beauté !

Carly gémit et remonta les draps sur son visage.

— Quelle heure est-il ?

— Sept heures. La journée est déjà bien entamée.

Hank tira sur le drap et donna une tape espiègle sur ses fesses nues.

— Si tu n'es pas debout dans deux secondes, je te mets sous une douche froide. Je veux t'emmener faire des courses.

Carly n'avait qu'une envie, dormir.

— Je ne me lève pas avant huit heures.

Comme il la soulevait dans ses bras, elle poussa un cri.

— Je t'avais prévenue.

Elle se cramponna à son cou avec un rire ensommeillé.

— Ne t'avise pas de me mettre sous une douche froide, sinon ma vengeance sera terrible.

Il l'emmena jusqu'à la salle de bains, la déposa et tourna le robinet de la douche.

— Une douche chaude, ça te va ?

Carly se frotta les yeux.

— Quel genre de courses ? Je déteste faire les magasins.

— Des affaires de bébé.

Il vérifia la température de l'eau, puis se pencha vers Carly pour lui donner un baiser lent et sensuel.

— Je veux que tu voies tout. Petits pyjamas, berceaux, poussettes... Ça commence à t'intéresser ?

— Nous avons assez d'argent pour tout ça ?

— L'argent ! Tu n'as que ce mot à la bouche, décidément.

Il la prit par le coude, la guida vers la douche et ferma le rideau. Il le rouvrit presque aussitôt.

— À la réflexion, je peux regarder ?

Elle éclata de rire et lui aspergea le visage.

— Va-t'en ! Après hier soir, tu ne peux tout de même pas encore penser à *ça* !

— Les hommes pensent à *ça* toutes les trois minutes en moyenne.

— Tu plaisantes ! s'exclama-t-elle avec un regard stupéfait.

— C'est la pure vérité, je te le jure. D'après les statistiques. On y pense en travaillant, en mangeant, en parlant. En rêvant.

Il sourit et attrapa la savonnette.

— Tu sais à quel point c'est sensuel de se laisser savonner le corps ?

— Plus tard, cow-boy. Je suis épuisée.

Hank sourit et se savonna les mains quand même. Un seul baiser suffit à réveiller les ardeurs de Carly. Il se pencha vers elle et la prit par le bras. Elle poussa un petit cri et tituba vers lui. Ses cils papillonnèrent quand il passa la main sur ses mamelons roses, dont la pointe durcit aussitôt à son contact. Une bouffée d'amour submergea Hank. Elle se donnait à lui si volontiers, avec un abandon si doux qu'il ne pouvait s'en rassasier.

Comme il jouait avec ses mamelons, frottant et pinçant jusqu'à ce qu'ils se gonflent, elle inclina la tête en arrière en gémissant. Son corps mince était parfait, sa peau d'une blancheur satinée le fascinait.

Il ne sut pas comment, mais il finit par se retrouver sous la douche avec elle, tout habillé, bottes comprises.

Jamais il n'avait eu autant de plaisir à faire l'amour.

*

— Nous n'avons pas les moyens d'acheter un berceau de ce prix ! se récria Carly trois heures plus tard.

Hank fit signe au vendeur.

— Nous le prenons.

— Hank ! protesta Carly en s'agrippant à sa manche. C'est beaucoup trop cher.

— Il se transforme en petit lit. En fait, on en a deux pour le prix d'un.

— Tu veux dire deux pour le prix de trois ! Nous pouvons acheter quelque chose qui soit meilleur marché.

— Où ? Au mont-de-piété ?

Carly renonça et le laissa faire. À sa totale consternation, il s'en donna à cœur joie. Ils achetèrent draps, couvertures, chaussons, combinaisons unisexes. À la fin de leur expédition, Hank avait dépensé une fortune, et ils étaient les heureux propriétaires d'un berceau en chêne, d'une table à langer, d'une chaise haute, d'un parc, d'un siège auto, auxquels s'ajoutaient trois mobiles, divers jouets et plus de vêtements qu'un seul bébé ne pourrait jamais en mettre.

Sur le chemin du retour, il regarda Carly et sourit.

— Quand nous saurons si c'est un garçon ou une fille, nous reviendrons.

Elle soupira.

— Je suis contente que nous ayons décidé d'essayer de rester ensemble. Te rembourser tout cela me prendrait jusqu'au prochain millénaire.

Hank fronça les sourcils.

— Parce que tu t'imagines que tu ne vas pas me rembourser ?

Il était toujours si généreux que Carly resta un instant bouche bée.

— Notre arrangement tient toujours, dit-il fermement. Il faut que tu me rembourses.

Les coins de ses lèvres frémirent et il ne put retenir un sourire espiègle.

— Tu peux commencer dès ce soir.

— Tes bottes ne sont pas encore sèches et tu penses déjà à la prochaine fois ? répliqua-t-elle en riant.

— Oui. Tu es partante ?

Elle était toujours partante. Car le plus merveilleux, c'était que le sexe n'était pas que du sexe. Ils faisaient l'amour, et c'était fantastique.

*

Le lendemain matin, Hank faisait quelques courses au supermarché quand il remarqua un magazine sur les bébés sur un présentoir. Il le prit et le feuilleta, songeur. Carly avait-elle déjà vu des photos de bébés ? Lors du pique-nique du 4 juillet, tous les enfants présents étaient plus âgés. Si elle avait déjà vu un nourrisson, c'était sans doute à la télévision, ce qui signifiait qu'elle n'avait pas pu le regarder de près et classer ces images dans sa mémoire.

Au lieu de rentrer directement à la maison, il se rendit à la librairie pour y trouver d'autres revues. Il voulait que sa femme voie toutes sortes de bébés, des dodus, des maigrichons, aux cheveux frisés ou dressés sur le crâne. Ainsi, lorsque leur enfant naîtrait, il pourrait mieux lui expliquer comment il ou elle était.

Il rentra les bras chargés de magazines. Il avait même trouvé un livre sur la maternité contenant des photos de fœtus à diverses étapes de la grossesse. Lorsqu'il montra ses trouvailles à Carly, elle fondit en larmes.

— Oh ! Hank !

— Qu'y a-t-il ?

Il se pencha vers elle, inquiet.

— Mon chou, je ne voulais pas te rendre triste.

— Je ne suis pas triste, bredouilla-t-elle. Je suis heureuse.

Elle essuya ses larmes tout en feuilletant les revues.

— Oh ! Ils sont adorables, n'est-ce pas ? s'extasia-t-elle avec un petit rire ému. Regarde celui-là, avec sa petite fossette.

Hank resta à côté d'elle pendant qu'elle regardait les magazines. L'un et l'autre devinrent graves en examinant les images de fœtus.

— Le nôtre est comme ça, murmura-t-elle en effleurant une des photos. Et le mois prochain, il sera comme ça.

— Il ? dit-il en se penchant vers elle pour lui voler un baiser. Je veux une petite fille qui te ressemble.

— Dommage. Moi, je veux un garçon qui te ressemble.

— Nous voilà avec un sérieux problème, commenta-t-il en affichant un air préoccupé. Et je ne vois qu'une seule manière de le résoudre. C'est d'avoir deux enfants, un pour moi et un pour toi.

Elle eut un sourire rêveur et recommença à regarder les images.

— La prochaine fois, nous devrons planifier la grossesse avec soin. Le médecin voudra que je tombe enceinte juste avant une greffe de cornée, de manière que la dystrophie ne puisse pas faire de vrais dégâts.

Hank n'avait pas pensé à cela.

— Eh bien...

Il lui souleva le menton et l'obligea à le regarder.

— Dans ce cas, plus de bébés. Nous n'en aurons qu'un ou nous adopterons. Je ne veux pas que tu sois aveugle neuf mois durant simplement pour avoir un autre enfant.

— Mais je veux que ce soit le nôtre !

— Un enfant adopté sera le nôtre.

Les yeux de Carly s'emplirent de larmes. Il sentit qu'elle voulait protester, mais que quelque chose l'en empêchait.

Il avait toujours espéré avoir une ribambelle d'enfants, et bien sûr il aurait aimé être leur père biologique, si possible.

Mais pas à n'importe quel prix.

*

Au cours des deux semaines suivantes, la vue de Carly se détériora encore, et Hank jongla avec son emploi du temps pour l'emmener en excursion. Lorsqu'ils ne sortaient pas, il l'aidait à ranger les placards. Le café, troisième placard, deuxième étagère, premier pot sur la droite.

— Je peux y arriver, affirma-t-il. S'il le faut, je mettrai des étiquettes sur le côté pour ne pas oublier où vont les choses.

Touchée par ses efforts, Carly se haussa sur la pointe des pieds pour nouer les bras autour de son cou.

— Surtout, n'oublie pas où j'en suis, dit-elle doucement. Je veux profiter au maximum de ta présence pendant que je vois encore.

Il lui donna un baiser passionné et, l'instant d'après, elle était dans ses bras, les placards oubliés.

Après l'amour, Carly s'étira langoureusement et se glissa hors du lit pour aller prendre une douche. Au bout de trois pas, elle trébucha sur un objet qui roula sur le côté et faillit tomber. Hank se leva d'un bond.

— Ça va ?

Il lui prit le bras, comme s'il craignait encore qu'elle ne tombe.

— C'était ma botte. Je suis désolé, mon chou. Je ferai attention à les mettre sous le lit, dorénavant.

— Tout va bien, Hank. Ce n'était rien.

Carly avait beau s'efforcer de le rassurer, elle savait qu'elle se mentait à elle-même. Elle n'avait pas vu la botte. Quand sa vue était-elle devenue aussi mauvaise ? Elle baissa les yeux, espérant envers et contre tout distinguer les lattes du plancher, mais c'était comme si un épais brouillard s'était accumulé autour de ses chevilles. Elle se tourna vers le mur opposé, et constata qu'il était lui aussi obscurci par le brouillard.

Hank lui toucha l'épaule.

— Qu'est-ce qui ne va pas, mon chou ?

Elle tâtonna à la recherche de sa robe de chambre et l'enfila.

— Rien. Tout va bien.

Le retour de la cécité n'aurait pas dû la surprendre ; elle avait seulement du mal à croire que c'était arrivé si vite. Sa gorge se noua.

— Mais je crois que le moment est venu d'être un maniaque du rangement, dit-elle en se forçant à sourire. Je ne vois plus le plancher.

Elle eut un petit rire forcé et secoua la tête.

— Je ne sais pas comment ça a pu arriver sans que je m'en aperçoive.

Puis, éprouvant le besoin d'être seule pendant quelques minutes, elle se hâta de gagner la salle de bains.

*

À partir de ce moment-là, Hank redoubla d'efforts, prenant soin de ranger ses bottes, de ne jamais déplacer une chaise sans la remettre, et de laisser les placards exactement tels qu'il les avait trouvés. De temps à autre, il se trompait, mais Carly n'avait pas le cœur de le lui reprocher. Il se donnait tant de mal ! Comment aurait-elle pu se plaindre ?

Quelques jours plus tard, alors que Hank lui montrait les cartes de l'alphabet, elle remarqua soudain qu'il les tenait beaucoup plus près que par le passé.

— Depuis combien de temps fais-tu cela ? demanda-t-elle doucement.

Il feignit de ne pas comprendre ce qu'elle voulait dire.

— Je ne sais pas au juste, dit-il en rangeant les cartes dans leur boîte. Je... euh...

Il s'éclaircit la voix et affronta son regard.

— Chaque fois qu'on s'en sert, il faut que je les tienne un peu plus près.

Carly le dévisagea et se rendit compte brusquement que ses traits étaient moins nets. C'était comme si elle regardait une photo aux contours flous, indistincts.

Elle avait été si certaine d'être préparée à ce moment-là ! Si certaine de pouvoir gérer la situation lorsqu'il le faudrait. Or, c'était beaucoup plus difficile à accepter qu'elle ne l'avait imaginé. Elle s'était habituée à voir et, très bientôt, ce serait le noir.

Elle ne verrait même plus le visage de Hank.

— Ça va ? s'enquit-il.

— Ça va. Ce n'est pas un drame, dit-elle en souriant, mais le cœur serré.

Et pourtant, si. Elle ne voulait pas redevenir aveugle ! Elle avait envie de s'enfuir, de prendre ses jambes à son cou. Hélas ! elle ne pouvait échapper à l'obscurité qui l'attendait.

Comme s'il avait senti sa panique, Hank la souleva dans ses bras et l'emmena dans la chambre. Après l'amour, Carly se pelotonna entre ses bras, rassasiée, songeant qu'elle l'aimait comme elle n'avait jamais aimé personne.

Lorsqu'il sortit, quelques minutes plus tard, elle alla à la fenêtre et plissa les yeux en direction du ranch, cherchant désespérément à voir le paysage. Tout était flou, à présent, mais elle avait bonne mémoire. Le danger était partout – il y avait des chevaux, des fossés d'irrigation, des mares, du fil barbelé. Elle pouvait encore s'y rendre pour l'instant à condition d'être prudente, mais cela ne durerait pas longtemps.

*

Le lendemain matin, Carly fut réveillée à six heures par une douleur cuisante aux yeux. Tout d'abord, elle tenta de se rendormir, mais la souffrance était telle que ce fut impossible. À tâtons, elle se dirigea vers l'armoire à pharmacie pour y prendre ses gouttes et promena les doigts sur l'étagère à la recherche du flacon, en vain. Hank ou elle avait dû le changer de place.

Elle s'efforça sans succès de déchiffrer les étiquettes des médicaments ; elle distinguait à peine les récipients…

Vaincue, elle referma l'armoire et appuya son front douloureux contre la glace fraîche. La douleur était trop vive pour qu'elle l'ignore. Hank ne reviendrait peut-être pas avant l'heure du déjeuner et elle ne pouvait attendre aussi longtemps, pas alors qu'elle souffrait à ce point.

Elle gagna la cuisine en titubant et, fermant les yeux, composa le numéro du portable de Hank. Au bout de quelques sonneries, le répondeur se déclencha. « Ici Hank. Je ne suis pas disponible pour le moment… »

Carly comprit qu'il avait sans doute laissé son appareil dans le pick-up. Elle tenta de téléphoner au ranch, mais personne ne répondit là non plus. Elle se souvint brusquement que Jake et sa femme étaient partis pour Portland la veille au soir afin de régler un problème dans la société d'investissement que Molly gérait désormais.

Elle n'avait pas le choix. Elle devait s'habiller et aller à l'écurie. Il faudrait que Hank rentre à la maison pour chercher ses gouttes.

Quelques minutes plus tard, en route pour le ranch, Carly mit le pied dans une ornière et faillit perdre l'équilibre. Pour la première fois de sa vie, elle regretta de ne pas avoir appris à se servir d'une canne. En ville, elle s'était toujours débrouillée sans. Malheureusement, les chemins du ranch étaient tout sauf plats.

L'incident la poussa à s'arrêter et à regarder longuement autour d'elle. Sa bulle s'était rétrécie à un rayon d'un mètre ; elle ne voyait pas du tout le sol.

Tâtonnant du bout des pieds afin de déceler d'éventuels obstacles, elle se remit en marche prudemment. Où était le problème, au fond ? N'avait-elle pas fait du skateboard ? Elle était sûrement capable de faire cent mètres sur un terrain légèrement accidenté sans encombre.

Carly avait beau tendre l'oreille, elle ne percevait que le murmure du vent dans les arbres. Elle comptait aussi ses pas, et cherchait à distinguer le contour de l'écurie. Ne s'étonnant guère de ne rien voir, elle continua, sûre d'aller dans la bonne direction.

Au bout d'un moment, son assurance la quitta brusquement. Elle aurait juré que l'écurie n'était pas si loin de la maison.

— Hank ?

Seul le silence lui répondit.

Effrayée à présent, elle tourna lentement sur elle-même, plissant les yeux pour scruter le brouillard. À un mètre dans chaque direction, le monde disparaissait dans un flou gris. En une seule nuit, sa vue avait terriblement baissé.

Du calme, se dit-elle. Il fallait qu'elle reste calme.

— Hank ! hurla-t-elle, dans l'espoir qu'il l'entendrait.

Pas de réponse. Elle s'immobilisa et écouta. Aucun son ne lui indiquait dans quelle direction se trouvait l'écurie, ce qui signifiait qu'elle avait quitté sa trajectoire et qu'elle ne savait plus vraiment où elle était.

Elle se figea et tenta de se rappeler précisément combien de pas elle avait faits. Peu de temps auparavant, elle en aurait systématiquement tenu un compte rigoureux. En l'espace de quelques semaines, elle en était venue à se fier tellement à ses yeux qu'elle avait cessé de le faire. Comment cela avait-il pu arriver ?

Bon. Respirer à fond. Rester calme. Elle n'avait pas pu aller bien loin. Elle devait être quelque part en pleine vue. La meilleure chose à faire était de rester là et de crier. Tôt ou tard, quelqu'un l'entendrait, et tout s'arrangerait.

— Hank ! hurla-t-elle de nouveau. Hank !

Bientôt, elle ne sut plus combien de fois elle avait crié en vain le nom de son mari. Sa voix s'était enrouée, et ses yeux la faisaient souffrir ; elle avait besoin de ses gouttes. Elle passa une main tremblante sur son visage en se demandant depuis combien de temps elle attendait là. Une heure ? Deux ?

Elle avait besoin de son médicament ! Toute sa vie, elle avait lutté pour être indépendante et voilà qu'elle était devenue quelqu'un d'impuissant, incapable d'accomplir les tâches les plus simples sans aide. Si elle continuait ainsi, Hank la haïrait au bout d'un mois, et elle se haïrait aussi.

Quelque part sur sa gauche, un cheval hennit. L'espoir la submergea. Elle attendit encore un instant et fut récompensée par le bruit d'un sabot heurtant du métal. L'écurie ! Elle pivota dans cette direction et, d'un pas hésitant, se remit en route.

— Hank ! Hank ! Tu es là ?

Lorsqu'elle eut compté jusqu'à cinquante, elle s'arrêta. *Trop loin*. Son cœur cognait dans sa poitrine, son corps était moite de sueur. Le cheval hennit de nouveau. Elle corrigea sa direction et repartit, plus lentement cette fois, les mouvements rendus saccadés par l'appréhension. Y avait-il des barbelés devant elle ? Redoutant de heurter un obstacle, elle tendit les bras en guise de protection.

— Hank ! Réponds-moi ! Hank !

Elle fit un pas en avant, et tout à coup le sol se déroba sous ses pieds. Elle se sentit tomber et se mit à hurler, mais son cri s'interrompit brusquement. Une eau glacée s'était refermée sur elle. Sous le choc, elle ouvrit la bouche, et l'eau envahit son nez, sa gorge. Elle battit des bras et remonta à la surface en suffoquant. La mare ! L'eau ! Son pire cauchemar.

Elle voulut nager vers la rive, mais elle avait perdu tout sens de l'orientation. Ses vêtements détrempés l'alourdissaient. Elle fit quelques mouvements pour rester à la surface, sans savoir de quel côté aller.

Hank lui avait dit que la mare était profonde de trois mètres sur les bords et de six au centre. Elle nagea dans une direction, puis dans l'autre, agrippant de l'eau, de l'air, espérant refermer ses doigts sur quelque chose de solide. La terreur l'étouffait. L'eau ! Ce qu'elle redoutait le plus.

Elle devait garder son sang-froid, songea-t-elle. *Réfléchir*. Elle était tombée tout au bord de la mare. Si elle décrivait un cercle qui allait en s'élargissant, elle trouverait forcément la rive. Elle se mit à barboter tant bien que mal.

Des cercles... des cercles. Elle ne tarda pas à être épuisée. Ses vêtements lui collaient à la peau, lui semblaient de plus en plus lourds. Elle toussa et appela Hank de nouveau, priant pour qu'il l'entende.

Carly comprit vaguement qu'elle était en train de couler; l'eau lui arrivait à la bouche. Elle s'efforça de garder le menton en l'air, mais elle n'avait jamais été bonne nageuse, et ses mouvements étaient gauches, ralentis par la fatigue.

Elle but la tasse et un battement sourd se déclencha dans sa tête. Elle lutta pour remonter à la surface, aspirer une goulée d'air. Une fois de plus, elle sombra. Une douleur lui déchira l'œsophage. Une brûlure horrible remonta dans sa gorge et dans son nez.

Elle se noyait.

20

Hank ferma le robinet et inclina la tête sur le côté, puis jeta un coup d'œil en direction de Shorty, assis sur un tabouret dans un box.

— Tu as entendu quelque chose ?

Le vieux cow-boy leva les yeux de la bride qu'il réparait et porta une main à son oreille.

— Comment ?

Hank sortit dans l'allée centrale.

— J'ai cru entendre quelqu'un crier.

— Ça se pourrait. On a pas loin de vingt gars qui travaillent dans le coin.

Un curieux malaise s'était emparé de Hank. Il se campa sur le pas de la porte. Personne en vue.

— Je vais faire un saut au chalet pour voir si Carly va bien.

— À c't'après-midi, répondit Shorty avec un sourire édenté et entendu.

Hank émit un grognement dédaigneux et se dirigea vers sa maison. Quand il y arriva, il souriait. Peut-être en effet ne retournerait-il à l'écurie que cet après-midi…

— Carly ? appela-t-il en entrant. Salut, mon chou. Tu es réveillée ?

Il couvrit en quatre enjambées la distance le séparant de la chambre et passa la tête par la porte entrebâillée. Pas de Carly. Il jeta un coup d'œil dans la salle de bains. Elle n'était pas là non plus. Bizarre. Normalement, elle ne quittait pas la maison seule, sauf pour venir à l'écurie.

Il sortit sur la véranda.

— Carly ! Tu es là, mon chou ?

Pas de réponse.

Il resta immobile un instant, en proie à une inquiétude croissante. Bon sang ! Si elle s'était égarée, voyait-elle suffisamment pour retrouver son chemin ? Il se massa la nuque, fouillant les environs du regard.

Soudain, quelque chose attira son attention. Quelque chose de blanc dans la mare. Son cœur cessa de battre. Il sauta à bas des marches et courut aussi vite qu'il le pouvait. Quelque chose de blanc… dans la mare. *Non. Mon Dieu, non !*

Ses bottes martelaient la poussière, chaque impact se répercutant dans son corps. Les yeux rivés à la tache blanche dans l'eau, il sut bien avant d'atteindre la mare que c'était sa femme qui flottait à la surface, le visage dans l'eau, les bras écartés.

Il plongea, et son élan l'amena à mi-chemin d'elle avant même qu'il ait besoin de nager.

— Carly ! hurla-t-il en couvrant le reste de la distance. Carly !

Il la saisit et la retourna. Ses lèvres étaient violacées et son visage avait pris une affreuse teinte bleuâtre. Nageant comme un fou, il regagna la rive, Carly calée au creux de son épaule.

Une fois sur la terre ferme, il se mit à lui faire du bouche-à-bouche et des massages cardiaques, priant désespérément pour qu'elle reprenne connaissance. Il eut l'impression que des heures s'écoulaient.

Elle avait essayé de le lui dire, songeait-il, en s'accablant de reproches. Elle avait essayé de lui faire comprendre à quel point le ranch était dangereux pour elle.

— Respire, Carly, dit-il en la prenant par les épaules. Tu ne peux pas mourir ! Respire, bon sang !

Il la reposa sur le sol et se remit à alterner bouche-à-bouche et massages cardiaques. Rien. Il n'avait pas regardé sa montre et n'avait aucune idée du temps qui s'était écoulé depuis qu'il essayait de la ranimer. Une minute ? Dix ? Peu importait. Il ne pouvait arrêter.

Arrêter aurait signifié l'impensable – que Carly était morte.

Soudain, elle fut secouée d'un spasme. Un jet d'eau jaillit de ses lèvres puis elle toussa et, dans un affreux bruit rauque, aspira une goulée d'air. Hank la fit rouler sur le côté.

Shorty apparut tout à coup.

— Va chercher le pick-up ! hurla Hank. Il faut que je l'emmène à l'hôpital. Vite, Shorty !

Le vieil homme partit en courant.

Carly remonta les genoux contre sa poitrine, et cracha encore de l'eau. Peu à peu, sa respiration s'apaisa. Hank caressa ses cheveux mouillés d'une main tremblante.

— Oh ! Carly !

Elle bougea et leva les yeux vers lui.

— Hank ? murmura-t-elle d'une voix rauque.

Il se pencha davantage, effleurant son visage. Peu à peu, elle reprenait quelques couleurs. Ses lèvres étaient encore bleues, mais le rose revenait à vue d'œil.

— N'essaie pas de parler, mon chou. Je vais t'emmener à l'hôpital. Tout ira bien.

Elle ferma les yeux.

— Mon bébé. Oh ! Hank ! Mon bébé…

Hank se rendit compte avec stupeur qu'il n'avait pas pensé au bébé.

— Ça ira, affirma-t-il. Ne t'inquiète pas.

Alors même qu'il s'efforçait de la rassurer, Hank se sentit tenaillé par le doute. Et si le bébé était mort ? Quel effet une noyade pouvait-elle avoir sur un fœtus de trois mois ?

*

— Votre femme et votre bébé vont bien, assura un médecin urgentiste à Hank une heure plus tard. Les poumons de Carly n'ont rien. Elle a repris connaissance, et le pouls du bébé est régulier.

— Merci, mon Dieu, murmura Mary Coulter.

Hank avait vaguement conscience de la présence de ses parents tout près. Tous les membres de sa famille, hormis Jake et Molly qui étaient en voyage, s'étaient précipités à l'hôpital pour être avec lui, attendant les nouvelles dans une affreuse incertitude.

Il se laissa tomber sur une chaise, les jambes soudain flageolantes, et se pencha en avant, la tête entre les mains.

— C'est ma faute, dit-il d'une voix hachée. Ma faute.

Il se rendit compte brusquement qu'il parlait tout haut et leva les yeux.

— Merci, docteur.

Le médecin, un petit homme maigre vêtu d'une blouse blanche, lui tapota l'épaule.

— Ils sont tous les deux prêts à rentrer à la maison, monsieur Coulter, et c'est grâce à vous, pas grâce à moi. Vous avez gardé votre sang-froid et fait exactement ce qu'il fallait.

— C'est vrai, renchérit son père. Tu n'as pas perdu la tête et tu lui as sauvé la vie.

Hank ne voyait pas les choses ainsi. Sans sa stupidité, Carly ne serait jamais tombée dans la mare.

Quand elle émergea des urgences, elle lui sourit faiblement. Ses vêtements étaient encore un peu humides et ses cheveux rebiquaient sur ses épaules, lui rappelant du miel liquide. Jamais il n'avait vu de femme aussi belle.

— Salut, dit-il en se levant, les jambes encore incertaines.

Elle se blottit entre ses bras. Hank la serra contre lui et enfouit le visage dans ses cheveux. Un frisson de terreur glacée courut le long de son échine au souvenir du moment où il l'avait tirée de l'eau. Il avait été si près de la perdre !

Il se félicita que sa famille soit présente. Tous s'avancèrent pour étreindre Carly et lui dire combien ils étaient heureux de la voir saine et sauve. Hank resta en retrait, afin de se ressaisir et d'arriver à sourire. Elle paraissait si fragile…

Sur le chemin du retour, il ne put chasser de ses pensées le souvenir de son visage bleui, de son corps inerte. Le remords l'oppressait au point qu'il avait du mal à respirer.

— Je réglerai tout, ne te fais pas de souci. Je construirai des clôtures, je ferai en sorte que tu ne puisses plus jamais te perdre.

Carly hocha la tête sans rien dire.

Une fois au chalet, Hank l'aida à se changer. Lorsqu'elle fut couchée, il se rendit à l'écurie. Là, il s'assit sur une botte de foin, ruminant son désespoir à la pensée qu'il avait failli la perdre.

Jake arriva peu après et s'assit à côté de lui.

— Ce n'était pas ta faute, Hank. Vas-tu arrêter de t'accabler de reproches ?

— Si, c'était ma faute. Elle a essayé de me dire qu'elle aurait des besoins particuliers. J'étais tellement sûr de pouvoir tout gérer et m'occuper d'elle ! Maintenant, j'ai affreusement peur de négliger autre chose qui pourrait lui être fatal.

— Est-ce que tu le lui as dit ?

— Non, avoua Hank d'une voix blanche. Mais je vais le faire.

Quand il rentra à la maison, il crut que Carly dormait et s'assit dans le salon. Après quelques minutes de silence, il laissa échapper un sanglot étouffé.

— Ô mon Dieu ! murmura-t-il. Et si je n'y arrive pas ?

*

Carly avait entendu Hank rentrer. Elle se recroquevilla sur elle-même et des larmes brûlantes jaillirent de ses yeux. Elle lui avait dit plusieurs fois qu'il n'avait aucune idée de ce qui l'attendait s'il restait avec elle. La réalité venait de s'imposer à lui.

Quand il la rejoignit enfin, il l'entoura de ses bras et lui promit qu'il allait faire du ranch un endroit où elle pourrait vivre en sécurité.

— Je commencerai dès demain matin, et je ne m'arrêterai pas avant d'avoir terminé, je te le jure.

Ses paroles étaient rassurantes, mais il ne fit pas l'unique chose qui aurait pu apaiser le tourment de Carly. Il ne lui fit pas l'amour. Lorsqu'elle tenta de l'y encourager, il prit sa main et la porta à ses lèvres.

— Pas ce soir, ma chérie. Je suis désolé. Je… je ne peux pas.

C'était la première fois qu'il se détournait d'elle depuis la nuit qu'ils avaient passée au lac. Le cœur brisé en mille morceaux, Carly roula sur le côté.

*

Hank tint parole. Le lendemain matin, il était en ville devant le magasin de fournitures quand Zeke ouvrit les portes.

— Salut, petit frère, dit Zeke avec un sourire. Tu es bien matinal !

— J'ai besoin de poteaux et de fil de fer, expliqua Hank. En grosse quantité. Carly est terrifiée, et ça se comprend. Il faut que je sécurise le ranch.

— Sa vue s'est dégradée à ce point ?

Hank acquiesça.

— C'est pire de jour en jour. Elle peut encore voir de près, mais je crains que ça ne dure plus très longtemps.

*

En arrivant au ranch, une heure plus tard, Hank trouva Levi devant l'écurie. Le vieil homme se grattait la tête en se dandinant d'un pied sur l'autre, visiblement embarrassé. Lorsqu'il recouvra enfin l'usage de la parole, Hank eut du mal à en croire ses oreilles.

— Carly est partie, dit-il sans préambule. Avec son amie. Bess, je crois qu'elle s'appelle. J'ai l'impression qu'elle a emporté la plupart de ses affaires.

Hank se rua au chalet. Si irrationnel que ce soit, il espérait voir Carly assise à la table de la cuisine, en train de dévorer son petit déjeuner si peu conventionnel.

Une étrange sensation de vide l'assaillit dès qu'il entra. Elle n'était pas là.

Incrédule, il fit rapidement le tour de la maison. Un regard dans le placard lui apprit que ses vêtements avaient disparu. La plupart des vêtements de bébé aussi.

En entrant dans la cuisine, il remarqua la lettre posée sur la table. Abasourdi, étrangement détaché, il se laissa tomber sur une chaise. Les lignes n'étaient pas droites, mais l'écriture était lisible.

Cher Hank,

Il ne m'est pas facile d'écrire, aussi cette lettre sera courte. J'ai besoin de vivre en ville, dans un endroit où il y a des trottoirs, des passages pour piétons et des transports en commun. Tu as besoin de vivre là où tu es, près de la terre, et de travailler avec les chevaux. Je me souviendrai toujours de toi ici, dans ton élément, mon prince charmant avec ses bottes et son Stetson incliné pour s'abriter les yeux. Pendant un temps tu as réalisé tous mes rêves. Malheureusement, tu n'étais qu'un prêt. Sache seulement que j'ai été plus heureuse que je n'aurais jamais imaginé l'être et que je chérirai ces souvenirs de toi jusqu'à la fin de mes jours.

Elle avait tenté de dessiner un visage souriant, qui était de travers, un œil en dehors du cercle.

Je t'appellerai. Dans quelque temps, quand nous aurons pris un peu de recul, nous réussirons peut-être à devenir bons amis. Dans l'intérêt du bébé, nous devrions essayer.

Éternellement à toi, Carly

Hank jeta la lettre sur la table et resta immobile, fixant le vide à travers ses larmes. *Partie.* Elle était partie ! Il avait beau essayer de comprendre, il n'y parvenait pas. Pis encore, il ne pouvait envisager l'avenir sans elle.

*

Bess décrocha son téléphone à la quatrième sonnerie.

— Allô ?

Hank déglutit, s'efforçant de maîtriser son émotion.

— Bonjour, Bess. Ici Hank.

Long silence.

— Bonjour, Hank, répondit-elle enfin. Quelle surprise !

Il eut un sourire triste.

— Je sais que tu es venue la chercher, Bess.

— Bon. Tu le sais. Il n'y a rien d'autre à ajouter.

— Il faut que tu me dises où elle est, dit-il en se laissant tomber sur une chaise.

— Non. Je n'ai pas à te dire cela.

Il soupira et ferma les yeux.

— Laisse-moi m'exprimer autrement. Je la trouverai d'une manière ou d'une autre. Sois gentille, épargne-moi du temps et de l'argent.

— Je ne peux pas. Je lui ai donné ma parole. Je l'ai trahie une fois, je ne vais pas recommencer. D'ailleurs, je ne peux pas m'empêcher de penser qu'elle a peut-être raison.

— Comment peux-tu dire ça ? Je l'aime, bon sang ! Et elle m'aime aussi. Notre place est ensemble. Je te rappelle qu'elle est enceinte de mon enfant !

— Calme-toi, Hank.

— Je ne me calmerai pas. Ma femme m'a quitté ! Elle est allée chez son père, c'est ça ?

Silence.

— Je vais considérer que c'est un oui, commenta Hank, la main crispée sur le téléphone. Bon sang, Bess ! Ne joue pas à ce jeu. Tu crois qu'elle va être heureuse sans moi ? Pose-toi cette question.

— Non, elle ne sera pas heureuse, admit Bess, mais au moins elle sera en sécurité, et toi aussi. Parfois, il faut laisser partir les gens qu'on aime. Ne ferais-tu pas n'importe quoi pour clle ?

— Elle ne m'a pas sauvé, Bess. Elle m'a détruit.

— Tu sais de quoi je parle. Il faudrait dépenser des milliers de dollars pour faire du ranch un endroit sûr pour elle. Où diable trouverais-tu cet argent ?

— Oh ! n'exagère pas ! s'exclama-t-il avec un rire amer. Ça ne coûterait pas autant.

— Tu veux parier ? Tu ne peux pas te contenter de planter quelques piquets et de les relier par une corde. Il faut aménager des allées cimentées, avec des mains courantes métalliques. Un système d'interphone partout pour qu'elle puisse appeler l'écurie, le chalet ou la maison principale en cas d'urgence. Sans parler des aménagements intérieurs.

Hank resta un instant désemparé ; il ne s'était pas rendu compte de l'ampleur des travaux requis.

— Je me débrouillerai.

— Comment ? Dis-le-moi, et je te donnerai peut-être l'adresse de son père.

Et voilà. Hank se détendit quelque peu. Maintenant qu'il savait où Carly était allée, il avait une chance de pouvoir la ramener à la maison.

— Merci, Bess.

— De quoi ?

— De m'avoir dit où elle était.

Bess laissa échapper un juron et Hank eut un rire sans joie.

— Tu veux m'épargner la peine de trouver l'adresse et le numéro de téléphone ?

— Non. Oh ! Et puis zut ! Mais je te préviens, Hank. Elle ne reviendra pas à moins que tu ne fasses des miracles. Elle a failli mourir avec son bébé.

— Je sais, et ça ne se reproduira pas. Elle veut des miracles, je vais lui offrir des miracles. Je l'aime, un point c'est tout. Sa place est ici avec moi.

— Dans ce cas, fais appel à des spécialistes.

— Des spécialistes ?

— Oui des professionnels – des gens capables de dresser des plans appropriés à la propriété.

— Ça va coûter une fortune !

— Exactement.

— Bon. D'accord. Des spécialistes. Je peux le faire.

À contrecœur, Bess lui donna l'adresse et le numéro de téléphone du père de Carly.

— Ne va pas la chercher avant d'être absolument certain de pouvoir faire ces aménagements, Hank. Promets-le-moi. Elle souffre déjà, et toi aussi. Si tu la ramènes et que ça ne marche pas, tu n'auras fait que prolonger l'agonie.

Hank avait vu Ryan et Bethany se battre pour que leur mariage soit un succès. Tout semblait s'être ligué contre eux, mais ils étaient parvenus à surmonter les obstacles et à trouver une solution, une vie qui leur convenait à tous les deux. L'amour et la détermination avaient eu raison des difficultés.

Hank aimait Carly, et il n'était pas moins déterminé.

*

Bethany et Ryan étaient en train de dîner quand Hank frappa à la porte. Bethany sourit jusqu'aux oreilles en le voyant.

— Salut, mon grand. Comment va Carly ?

— Toto Hank ! cria son neveu Sly, en se tortillant pour sortir de sa chaise haute. Toto Hank !

Hank se força à sourire et contourna la table pour faire un câlin à son neveu.

— Salut, bonhomme. Oh ! des haricots verts ! Miam !

Visiblement, Sly ne partageait pas son enthousiasme. Il tenta aussitôt de fourrer une poignée de haricots dans la bouche de Hank. Bethany éclata de rire, puis gagna la cuisine dans son fauteuil roulant afin d'aller chercher une autre assiette.

— Assieds-toi ! lança-t-elle par-dessus son épaule.

Ryan se leva et serra la main de Hank.

— Quel bon vent t'amène ?

— J'ai un problème et je voudrais en discuter avec vous.

Sa sœur revint, posa des couverts devant lui et tapota le dossier d'une chaise.

— Les problèmes sont toujours plus faciles à résoudre à plusieurs. Assieds-toi donc.

Hank prit la chaise.

— Je n'ai vraiment pas faim. Carly m'a quitté.

Bethany se figea.

— Oh non !

— Mon vieux, je suis vraiment désolé, dit Ryan.

Tous deux cessèrent de dîner, et écoutèrent Hank leur faire le récit des événements de la journée. Le regard de Bethany était plein de compassion.

— Elle a dû avoir une peur bleue, Hank, dit-elle doucement. Elle a failli se noyer dans cette mare, et c'est un miracle qu'elle n'ait pas perdu le bébé.

Hank acquiesça, la gorge si nouée qu'il avait du mal à parler.

— Il faut que j'aménage le ranch pour qu'elle ne soit plus en danger là-bas. Le problème est que je ne sais pas vraiment par où commencer.

Bethany retourna à la cuisine et rapporta une bouteille de vin et trois verres.

— Ce sera extrêmement cher, surtout si tu fais venir des experts pour s'occuper des plans. J'ai plusieurs amis aveugles que j'ai rencontrés à l'université et je suis sûre que je peux te trouver de bons contacts. Mais ils dresseront sûrement une liste de changements à apporter qui sera plus longue que ton bras.

Cherchant à dissiper la tension de ses muscles, Hank se massa la nuque.

— Je ne m'inquiète pas pour le coût. Je suis propriétaire de la moitié du Lazy J ; j'hypothéquerai ma part.

Ryan prit le verre de vin que Bethany lui avait servi et se cala sur sa chaise.

— Ce ne sera pas nécessaire. Je te ferai un prêt.

Hank savait que Ryan était riche comme Crésus, mais il se refusait à profiter de sa famille.

— Je ne peux pas accepter ton argent, Ryan. Il faut que je règle ça tout seul.

— Ne dis pas de sottises ! répliqua son beau-frère en reposant son verre sur la table avec un bruit sec. Je sais que tu me rendras l'argent. D'ailleurs, Carly ne sera pas la seule à bénéficier des changements. Bethany a du mal à se déplacer, au ranch. Elle a peur de se retrouver coincée quand elle s'éloigne trop de la maison.

— C'est vrai, intervint Bethany. Le 4 juillet, je n'ai pas voulu emmener Sly jouer au bord de la rivière parce que le sol était trop boueux. Il a fallu que Ryan aille avec lui. Je vous rendrais visite beaucoup plus souvent, s'il y avait des allées où je peux rouler en fauteuil.

— Je suis venu vous demander des informations et des conseils, pas de l'argent, dit Hank en secouant la tête.

— Ne t'en fais pas pour ça, répondit Ryan. Ça n'aurait pas de sens d'hypothéquer le ranch, de mettre en péril la propriété familiale, sans parler de ta source de revenus, alors que j'ai plus d'argent que je ne peux en dépenser. Je serai vraiment fâché si tu persistes dans cette voie. Comment peux-tu refuser un prêt sans intérêts, à remboursements flexibles ?

Hank arqua un sourcil.

— Sans intérêts ? C'est du bon sens, ça ?

Ryan fit un clin d'œil à sa femme.

— Mon retour sur investissement sera de voir ce trou transformé en un ranch moderne où ma femme pourra se rendre sans avoir à craindre que les roues de son fauteuil se coincent à tout bout de champ dans des ornières.

Hank ne put s'empêcher de rire.

— Ce trou ? Excuse-moi, mais tu parles du patrimoine familial !

— Exactement.

Ryan désigna Bethany du regard.

— C'est une Coulter. Si quelqu'un a le droit de se promener sur ces terres, c'est bien elle. Fonce, Hank. Fais de ce ranch un endroit idéal pour les handicapés. Ma récompense sera de voir ta sœur sillonner les lieux avec nos enfants et leur montrer toutes les choses qu'elle faisait quand elle était petite.

— Amen, plaisanta Bethany.

— Vous n'avez qu'un enfant, objecta Hank en regardant Sly qui engloutissait sa purée avec ses doigts. Pourquoi utilises-tu le pluriel ?

Bethany rougit et jeta un coup d'œil en direction de Ryan.

— Tu es enceinte ? demanda Hank avec un rire incrédule. C'est fantastique, Bethie ! Félicitations à vous deux.

— Nous n'en sommes pas encore sûrs, dit Bethany en rougissant de plus belle. Je le suis peut-être.

Elle jeta un nouveau coup d'œil vers Ryan.

— Enfin, sans doute. Je suis en retard.

— *Très* en retard, précisa Ryan en souriant, ses yeux bleus pétillant d'affection alors qu'il regardait sa femme. Elle a été si occupée cet été avec les stages d'équitation pour enfants handicapés qu'elle néglige le plus important – comme de me dire si je vais être papa de nouveau.

— Je ne néglige rien du tout ! répliqua Bethany en faisant la moue. C'est juste que je n'ai pas eu le temps de faire un test !

Elle fit un clin d'œil à son mari.

— Et si je ne le suis pas, nous continuerons à essayer.

— Je suis très content pour vous deux, affirma Hank.

— À propos de ce prêt..., reprit Bethany, redevenant sérieuse. Ryan a une fortune colossale. Si tu hypothèques les terres, je ne te le pardonnerai jamais.

Incapable de trouver les mots qu'il cherchait, Hank resta un instant sans voix. Il ne savait qu'une chose : il avait une chance incroyable d'avoir une famille aussi merveilleuse.

— J'accepte, dit-il enfin. Merci, Ryan. Il m'aurait peut-être fallu un mois pour obtenir ce prêt. Maintenant, je vais pouvoir commencer les travaux sans tarder.

— Et tu pourras ramener ta femme chez elle d'autant plus vite, intervint Bethany avec un sourire ravi.

— J'ai hâte d'aller la chercher, avoua Hank d'une voix blanche. J'ai promis à Bess d'attendre que tout soit aménagé, mais ça ne va pas être facile.

Ryan se leva et alla chercher le téléphone.

— Bethany, tu veux chercher les coordonnées de tes amis pour Hank ?

Sans attendre, il composa lui-même un numéro.

— Bonsoir, Rick. Ici Ryan Kendrick. Dis-moi, comment vont les affaires ? Tu n'aurais pas quelques hommes disponibles, par hasard ?

Il écouta un instant, puis leva le pouce en direction de Hank.

— Génial ! Mon beau-frère a besoin d'effectuer des travaux, le plus tôt possible. C'est un projet d'envergure, similaire à ce que tu as fait pour moi au Rocking K.

Le sourire de Ryan s'élargit.

— Deux équipes ? Mon vieux, ce serait fantastique. Si nous pouvions les réserver à partir de la semaine prochaine, ce serait parfait.

Ryan marqua une pause.

— Bien sûr. Hank Coulter, au Lazy J, à l'est de la ville.

Il indiqua le numéro de Hank.

— Ça marche. Il attendra ton appel. Merci, Rick, et à bientôt.

Ryan mit fin à la communication et sourit.

— Rick Tanner emploie les meilleurs hommes du coin, et il a justement deux équipes disponibles. Elles peuvent être au Lazy J lundi matin.

Ryan avait pu voir par lui-même la qualité du travail de Tanner au Rocking K. Si ses souvenirs étaient bons, l'entreprise avait également terminé le chantier en un temps record.

— C'est fantastique ! Merci, Ryan.

Pour la première fois depuis le départ de Carly, Hank se détendit un peu. Il avait les fonds nécessaires à l'aménagement de tout le ranch, et ne serait pas saigné à blanc par les remboursements. Il avait aussi du personnel prêt à effectuer les travaux, et Bethany allait le mettre en contact avec des professionnels qui planifieraient le projet.

Avec un peu de chance, Carly serait de retour au Lazy J dans quelques semaines.

21

Debout sur le seuil de la chambre d'amis, Art Adams regardait sa fille qui venait enfin de s'assoupir.

Depuis qu'elle avait sonné à sa porte trois semaines plus tôt, elle broyait du noir. Dans les premiers temps, ils avaient passé des heures à surfer ensemble sur Internet à la recherche d'un emploi en Arizona ou dans l'Oregon. Comme cela ne donnait rien, elle lui avait demandé de lui lire les offres d'emplois dans le journal quotidien, et les écoutait les traits tendus, les yeux fixés presque fiévreusement sur le vide. Il n'y avait aucun poste vacant dans les environs susceptible de lui convenir. Chaque soir, quand il ouvrait le journal, Art priait pour qu'ils trouvent quelque chose. Même une place de réceptionniste lui aurait donné l'impression de se rendre utile. Hélas ! leurs efforts étaient restés vains, et sans ordinateur spécialement équipé, Carly ne pouvait même pas rédiger une lettre toute seule.

Il souffrait de la voir aussi abattue, elle qui avait toujours été si fière de son indépendance. Dans des circonstances difficiles, d'autres femmes pouvaient devenir serveuses, surveiller des enfants ou vendre des hamburgers pour joindre les deux bouts. Aucune de ces options n'était envisageable pour une aveugle.

Carly avait maigri de manière inquiétante. Sa détermination s'était érodée au fil des jours, laissant place à une sorte d'apathie. À présent, elle passait le plus clair de son temps assise près de la fenêtre, écoutant de la country à la radio en fixant le désert sans le voir. Ses yeux autrefois si vivants n'exprimaient plus qu'un terrible désespoir contre lequel Art ne pouvait rien.

Il en était donc venu à vouer à Hank Coulter une haine qui l'effrayait lui-même. Son enfant avait le cœur brisé, et l'homme qu'elle pleurait ne se souciait pas assez d'elle pour lui téléphoner. Jamais de sa vie Art ne s'était senti si furieux, si frustré, si impuissant.

Ces derniers jours, il avait tenté de prendre du recul, de recouvrer son équilibre, mais c'était impossible. Comment un père pouvait-il prendre de la distance vis-à-vis de son unique enfant ? Le bonheur de Carly était le sien ; sa douleur la sienne aussi. L'univers de sa fille s'était écroulé, et le sien s'en trouvait bouleversé.

La sonnerie du téléphone l'arracha à ses sombres réflexions. Après un dernier regard sur Carly, il referma la porte avec précaution et gagna le salon en claudiquant.

— Allô ?

— Monsieur Adams ? répondit une voix grave, masculine. Ici Hank Coulter, le mari de Carly.

Un instant, Art fut si stupéfait qu'il resta sans voix. Puis la colère déferla en lui, si soudaine et si violente qu'il se mit à trembler. Depuis des jours entiers, il ressassait ce qu'il dirait à ce méprisable individu si l'occasion lui en était donnée. Il se dirigea vers sa chambre, où il pourrait lui dire son fait sans réveiller Carly.

Une fois la porte refermée derrière lui, Art explosa.

— Espèce de vaurien, de salopard !

Ce n'était pas exactement l'entrée en matière qu'il avait envisagée, mais c'était un début. Il se demanda si Coulter avait raccroché et espéra que oui. Carly n'avait rien à attendre de lui.

Un bref silence s'ensuivit puis Coulter s'éclaircit la voix.

— Oui, monsieur. Je suis toujours là.

Le « monsieur » prit Art au dépourvu. L'espace d'une seconde, il se demanda s'il n'avait pas jugé injustement cet homme. Mais non ! Sa politesse n'était probablement qu'une façade. Il n'allait pas se laisser abuser aussi facilement. Les actions de Coulter en disaient plus long que n'importe quel discours, et elles n'étaient pas celles d'un homme épris de sa femme.

— Comment osez-vous téléphoner ici après trois semaines de silence ? s'exclama Art. Si vous vous imaginez que je vais vous laisser parler à ma fille, vous vous fourrez le doigt dans l'œil. Vous l'avez mise enceinte, vous avez gâché ses études, et pour finir vous avez rompu avec elle. Vous ne croyez pas que vous avez lui fait assez de mal ?

Contrairement à ce qu'il imaginait, Coulter ne lui raccrocha pas au nez. Il ne demanda pas non plus à parler à Carly mais resta longuement silencieux. Lorsqu'il reprit enfin la parole, sa voix était empreinte de regret.

— Vous avez absolument raison, monsieur. Je suis coupable de tout ce dont vous m'accusez, excepté la dernière chose.

— Comment ça ? demanda Art, incrédule. Ma fille est anéantie. Si vous n'êtes pas responsable, qui l'est ?

— Les circonstances.

— Les circonstances ?

— Oui, monsieur, et j'essaie de remédier au problème depuis qu'elle m'a quitté. Maintenant que c'est chose faite, j'aimerais m'entretenir avec vous de la manière dont je devrais agir, si possible avec votre bénédiction.

— Agir ? Auprès de ma fille, vous voulez dire ? Ne vous faites pas d'illusions !

— Je comprends que vous ayez peur pour elle, monsieur Adams. J'avais complètement tort, je l'admets.

De nouveau, Art fut surpris. Il ne s'était pas attendu à ce qu'il reconnaisse sa culpabilité.

Coulter prit une inspiration hésitante, puis poursuivit.

— Il faut que je vous dise, pour ma défense, que je n'avais jamais connu de personne aveugle. Je savais que la vue de Carly se détériorait, mais je ne soupçonnais pas une seconde qu'elle était en danger. Nous avions parlé de faire des aménagements au ranch ; je croyais qu'on pourrait attendre sa prochaine opération. L'accident de la mare m'a montré le danger qu'elle courait. Je vous jure que j'ai à peine fermé l'œil depuis, tant j'étais pressé de tout aménager.

Art était perplexe, mais Coulter continua avant qu'il ait pu demander des clarifications.

— Elle sera parfaitement en sécurité avec moi, dorénavant. Je sais que vous vous dites sans doute que je n'ai pas pu transformer le ranch de fond en comble en trois semaines, mais je vous donne ma parole que si. J'ai fait venir des experts pour établir les plans nécessaires, et deux équipes d'ouvriers pour se charger des travaux.

Art leva la main pour l'interrompre, puis se souvint que Coulter ne pouvait pas le voir.

— De quel accident parlez-vous ?

— Ça ne se reproduira pas, assura Coulter. Je sais qu'elle a été terrifiée. Elle a failli mourir. J'aurais été terrifié aussi, à sa place. J'ai fait aménager des allées munies de mains courantes à travers tout le ranch, avec interphone à chaque intersection pour lui permettre d'appeler à l'aide si elle est désorientée. Chaque appareil porte une inscription en braille, de manière que Carly puisse savoir où elle se trouve. J'ai également un biper à ma ceinture. Elle pourra me joindre à tout moment.

Soudain vidé de sa colère, Art se laissa tomber sur le lit.

— Ma fille est tombée dans une mare ?

Ce n'était pas vraiment une question. Les pièces du puzzle commençaient à se mettre en place…

— Elle ne vous l'a pas dit ? demanda Coulter, décontenancé. Dans ce cas, quelle raison vous a-t-elle donnée pour m'avoir quitté ?

En vingt et une épouvantables journées, la haine qu'Art vouait à cet homme avait pris de gigantesques proportions. Il lui fallut quelques instants pour accepter l'idée que sa fille avait quitté son mari, et non l'inverse.

— Elle ne m'a pas vraiment donné de raison, admit-il. J'ai supposé que vous l'aviez menée en bateau et plaquée quand vous vous étiez lassé d'elle.

— *Lassé* d'elle ?

Pour la première fois en trois longues semaines, Art se surprit à sourire. Il était évident que cet homme aimait sa fille et il se sentit soudain coupable de l'avoir abreuvé d'insultes. Il fut tenté de lui présenter ses excuses, puis se ravisa, décidé à déterminer une fois pour toutes quel genre de type était Hank Coulter.

— Les mots ne coûtent rien, grommela-t-il. Ma fille est ici depuis trois semaines, et vous n'avez pas décroché votre téléphone pour lui parler. Cela me dit tout ce que j'ai besoin de savoir. Elle sera plus heureuse sans vous.

— J'attendais que les travaux soient terminés, protesta Coulter. C'est pour cette raison qu'elle m'a quitté, à cause des dangers qu'elle courait au ranch. Elle s'était persuadé que les aménagements nécessaires me conduiraient à la ruine et que je serais plus heureux sans elle. C'est faux. Pour avoir Carly avec moi, je renoncerais au ranch sans l'ombre d'une hésitation.

Carly avait toujours eu peur que sa cécité ne soit un fardeau pour ceux qui l'aimaient. Le sourire d'Art s'accentua.

— Ça, c'est vous qui le dites ! répliqua-t-il en mettant juste assez de scepticisme dans sa voix pour provoquer son interlocuteur.

— C'est la vérité ! Je l'aime de tout mon cœur.

Art émit un grognement sarcastique.

— Vous avez une drôle de façon de le montrer. À cause de vous, ma fille a une mine affreuse. Elle a perdu tellement de poids que ça me fait peur.

— Ô mon Dieu ! murmura Coulter avec émotion.

— Je suis profondément inquiet non seulement pour sa santé, mais aussi pour celle du bébé, poursuivit Art impitoyablement.

Sur ce point au moins, il ne mentait pas.

— Et maintenant vous appelez sans crier gare, et vous vous attendez à reprendre le contact ? Vous ne manquez pas d'audace !

Un bruit sourd se fit entendre à l'autre bout du fil. Lorsque Coulter reprit la parole, sa voix vibrait de colère.

— Bien. Je comprends votre point de vue. Maintenant, essayez de comprendre le mien. Avec tout le respect que je vous dois, monsieur, c'est de ma femme que nous parlons. Je viendrai la chercher demain. Si vous avez l'intention de m'en empêcher, je vous suggère d'attendre sur les marches, un fusil chargé à la main.

— Il serait plus simple d'appeler la police.

— Faites comme vous le jugerez bon. Une nuit en prison ne me tuera pas. Comprenez-moi bien. J'aime votre fille, et elle m'aime. Peu importe combien de nuits je devrai passer en prison. Tôt ou tard, je la ramènerai ici, car sa place est avec moi. Et quand ce jour viendra, ne serait-il pas préférable pour vous d'être en bons termes avec votre gendre ?

Art ne put s'empêcher d'admirer la résolution de Coulter. Une force certaine émanait de lui, même au téléphone. De toute évidence, il n'était pas homme à se laisser abattre. Il était exactement le mari dont Carly avait besoin, quelqu'un qui serait à ses côtés quoi qu'il arrive.

— Judicieuse remarque.

— J'espérais obtenir votre bénédiction avant de...

Coulter s'interrompit, laissant planer un silence interrogateur.

— Pardon ? dit-il enfin.

— Je disais que c'était une judicieuse remarque. Je tiens en effet à être en bons termes avec le mari de ma fille. À quelle heure dois-je vous attendre demain ?

— Un peu avant midi, répondit Coulter d'un ton prudent. Je... quelque chose m'a échappé ?

Art se permit enfin de laisser échapper un rire.

— Non, fiston. Il serait plus exact de dire que je n'avais pas tout à fait saisi la situation. Quand Carly est arrivée ici il y a trois semaines, les yeux tout rouges d'avoir pleuré, la colère m'a aveuglé. Un jour, vous comprendrez ce que je veux dire. Je n'ai pas réfléchi ; j'ai réagi. Ma petite fille souffrait et, dans mon esprit, vous étiez coupable.

— Et elle n'a pas essayé de vous détromper ?

Art rit de nouveau.

— Non. Chaque fois que je lui ai demandé ce qui s'était passé, elle s'est bornée à dire que ça n'avait pas marché. Comme il était évident qu'elle vous aimait encore, j'en ai tiré mes propres conclusions. Bref, je vous dois des excuses.

— Ne vous excusez pas. Il me suffit de savoir que vous ne tirerez pas sur moi quand je frapperai à votre porte. Je l'aime, monsieur Adams. Je ne veux qu'une chose, fonder un foyer avec elle et la rendre heureuse.

— Cela vous ennuierait-il d'entendre le conseil bien intentionné d'un vieil homme ?

— Non, monsieur. Je suis toujours prêt à écouter les bons conseils.

Changeant de position, Art s'adossa à la tête de lit.

— J'espère que vous êtes confortablement installé. J'ai une longue histoire à vous raconter au sujet de ma fille.

*

Le lendemain matin, à onze heures quarante précises, Ryan Kendrick garait une berline de location devant le pavillon préfabriqué d'Art Adams. Hank regarda les bardeaux en aluminium vert, les fenêtres peintes en blanc, les baies vitrées et la véranda couverte. Comme souvent en Arizona, le jardin était agrémenté de rochers ornementaux, de cactus et de plantes grasses. Des jardinières de fleurs aux couleurs vives ornaient l'ensemble.

— Eh bien, fit Ryan en se tournant vers Hank. Tu vas rester là toute la journée à y penser ou tu vas aller la chercher ?

Hank prit une profonde inspiration.

— Je n'ai jamais été aussi nerveux. Devrais-je essayer de la raisonner d'abord ou juste la prendre dans mes bras et la ramener ?

Bethany pivota vers lui.

— Hank, enfin ! Elle ne voudra rien entendre avant d'avoir vu les améliorations que tu as apportées au ranch. Tu peux parler autant que tu voudras, lui promettre la lune, elle ne croira toujours pas que vous pouvez vivre ensemble. Il va falloir que tu le lui montres d'abord.

Ryan haussa les épaules et leva les mains en signe d'impuissance, une lueur amusée dans ses yeux bleus.

— C'est elle l'experte, pas moi. C'est un truc de femmes.

— Sûrement pas ! protesta Bethany. Les hommes handicapés éprouvent exactement la même chose.

Sortir avec une personne dépourvue de handicap est déjà effrayant. Quand cette personne vit en pleine campagne, c'est infiniment pire.

— Ce doit être son père, remarqua Ryan en inclinant la tête vers la maison.

Hank se retourna et vit un homme courbé, d'apparence frêle, debout devant la porte à moustiquaire. Il paraissait beaucoup plus âgé que Hank ne l'avait imaginé.

— Il te fait signe d'entrer, dit Bethany en souriant à Hank. Un ami dans le camp ennemi ! Vas-y, Hank. Carly sera peut-être fâchée sur le coup, mais une fois le choc passé, elle trouvera que c'est follement romantique.

Hank ne pouvait s'empêcher d'en douter. Carly était farouchement indépendante, et il était peu probable qu'elle apprécie d'être arrachée par la force à la maison de son père. Il sentit la sueur couler le long de son échine alors qu'il ouvrait la portière.

— J'y vais.

Il descendit de voiture, puis se pencha à l'intérieur.

— Sois prêt à démarrer, Ryan. Si les choses tournent au vinaigre, je veux être à mi-chemin de l'aéroport avant que les voisins appellent la police.

Ryan feignit de lui adresser un salut militaire.

— Entendu, chef. J'ai failli être passé à tabac une fois, ajouta-t-il en décochant à Bethany un regard moqueur. Je n'ai pas envie de renouveler l'expérience.

Bethany lui donna une tape espiègle sur l'épaule.

— Tu ne l'oublieras jamais, hein ?

— Certainement pas. C'était entièrement ta…

Le reste se perdit dans le claquement de la portière. Hank se détendit quelque peu en voyant rire Bethany à l'intérieur. Personne ne pouvait nier que Ryan et elle formaient un couple parfait, en dépit du handicap dont elle souffrait.

Si Bethany et Ryan avaient réussi à se construire une vie ensemble, pourquoi Carly et lui n'y parviendraient-ils pas ?

Hank s'engagea dans l'allée. Le gravier blanc crissait sous ses bottes. Art Adams lui tint la moustiquaire et lui adressa un salut de la tête.

— Qui est là, papa ? demanda une voix féminine à l'intérieur.

Hank rendit son salut à Art, traversa la véranda et entra, ses bottes résonnant sur un petit carré de marbre dans l'entrée, bordé sur trois côtés par une moquette couleur ivoire. Il parcourut du regard le salon et le coin salle à manger attenant qui s'ouvrait sur une cuisine au fond. La maison était bien rangée, modestement meublée, et sentait le neuf. À peine Hank avait-il noté cette odeur qu'une autre lui parvint, reconnaissable entre mille – le parfum de rose à la fois léger et enivrant à jamais associé à Carly dans sa mémoire. Comme attiré par un aimant, son regard se porta à l'endroit où elle était assise, dans un rocking-chair près de la fenêtre. Les rayons du soleil tombaient obliquement à travers les vitres, entourant d'un halo le nuage de cheveux blonds autour de ses épaules et soulignant la maigreur de son visage pâle.

Hank eut l'impression de recevoir un coup de poing dans le ventre. Des cernes sombres soulignaient les grands yeux bleus de Carly. Ses joues s'étaient creusées au point qu'elle semblait presque squelettique. Art l'avait prévenu, mais rien n'aurait pu le préparer à un tel choc.

Il fit trois pas hésitants dans sa direction. Elle inclina la tête pour écouter, l'air de plus en plus perplexe. Son regard était fixé directement sur lui. Il attendit un signe de sa part, une indication qu'elle l'avait reconnu. Rien ne vint et il comprit enfin qu'elle ne le voyait pas – pas même une silhouette floue. En trois semaines, elle était devenue presque complètement aveugle.

— Hank ? murmura-t-elle, incrédule.

Il mit les mains sur les accoudoirs du fauteuil et se baissa jusqu'à être nez à nez avec elle afin qu'elle puisse voir son visage.

— Pas du tout. Je suis l'employé d'UPS venu chercher un colis à destination de l'Oregon.

— Que…

Sa question fut interrompue par un cri de stupeur lorsqu'il la souleva dans ses bras.

Hank crut voir une lueur de joie briller sans ses yeux magnifiques, puis elle laissa échapper un grognement indigné.

— Pose-moi tout de suite ! Qu'est-ce que tu fais ?

— Je suis venu chercher ma femme.

Il la fit bouger dans ses bras pour s'assurer une meilleure prise, ce qui eut pour conséquence positive qu'elle noua les bras autour de son cou.

— Oh ! Ne me laisse pas tomber !

Pas de danger. Elle n'était pas plus lourde qu'un édredon de plumes. Hank se tourna pour sortir et vit avec surprise qu'Art l'attendait à la porte, tenant d'une main la moustiquaire ouverte et de l'autre quatre sacs en plastique remplis de vêtements.

— Si j'ai oublié quelque chose, je vous l'enverrai, dit-il à Hank. Portez-la. Je me charge des bagages.

— Papa ?

La voix de Carly était perçante, incrédule.

— Fais quelque chose !

— Comme quoi ?

— Empêche-le !

Art sourit et fit un clin d'œil à Hank.

— Il a quarante ans de moins que moi, mon chou. Je ne suis pas de taille à lutter.

Hank se tourna sur le côté pour franchir la porte, ignorant Carly qui se débattait.

— Si tu continues à gigoter, je te balance sur mon épaule comme un sac de blé, l'avertit-il.

Elle se figea entre ses bras, puis se raidit.

— Tu n'oserais pas !

— Tu veux parier ?

Il se hâta de traverser la véranda et de descendre les marches. Comme il s'approchait de la berline, Ryan vint lui ouvrir la portière passager.

— Bonjour, Carly. Enchanté de vous revoir.

— Salut, Carly ! lança gaiement Bethany depuis le siège avant. Je suis venue pour servir de copilote à Ryan. Nous avons emprunté le vieux coucou déglingué des Kendrick.

— Elle plaisante, se hâta de dire Hank. C'est un avion très confortable, et Ryan est un pilote expérimenté.

— Bien sûr que je plaisantais, répliqua Bethany. Ryan n'emmènerait jamais sa femme enceinte à bord d'un avion en mauvais état.

Elle fit la grimace et porta la main à ses lèvres.

— Zut ! Je voulais garder les nouvelles pour plus tard, dit-elle en souriant. Nous sommes enceintes en même temps, Carly. C'est cool, non ?

Carly ne parut pas avoir compris les paroles de Bethany. Elle se tortilla dans les bras de Hank, cherchant frénétiquement son père.

— Je ne vais pas partir avec toi, Hank, affirma-t-elle. Papa ! Il faut que tu fasses quelque chose. Tu ne peux pas le laisser m'emmener.

Art ouvrit le coffre et y déposa ses affaires.

— Si, répondit-il doucement. La place d'une épouse est auprès de son mari. Retourne dans l'Oregon, ma chérie. Construis-toi une vie heureuse, fais un beau bébé et envoie-moi des tas de photos. J'ai soixante-treize ans, souviens-toi. J'ai élevé un enfant. À présent, je veux me reposer.

Hank sentit Carly se raidir à ces mots et sut qu'ils l'avaient transpercée aussi sûrement qu'une lame de couteau. Il l'installa avec précaution sur la banquette arrière, s'attendant à demi à la voir se ruer vers la portière opposée. Au lieu de quoi elle resta immobile, l'air perdu et accablé. Le cœur de Hank se serra. Celui sur qui elle avait toujours pu compter venait de lui dire qu'il ne voulait plus d'elle.

Hank faillit refermer la portière et dire à Art qu'il était allé trop loin. Il s'en abstint cependant. Son père connaissait Carly mieux que personne, et Hank devait lui faire confiance. Art savait ce qu'il faisait. En coupant les liens, il laissait Carly à la dérive, sans autre soutien que Hank. Au fil du temps, elle découvrirait qu'elle pouvait compter sur son amour.

Encore stupéfait qu'ils aient pu se rapprocher à ce point depuis le début de leur conversation téléphonique la veille, Hank se tourna vers son beau-père. Mais après tout, peut-être cela n'avait-il rien de si étrange. Ils aimaient tous les deux la même femme.

Les yeux brillants de larmes, Art lui serra la main.

— Prenez soin d'elle, murmura-t-il.

Hank l'étreignit avec émotion.

— Je la rendrai heureuse, répondit-il. Je vous en fais le serment solennel.

Tremblant de tous ses membres, Art lui rendit son étreinte avec force et lui donna une tape dans le dos.

— Je sais, fiston. Si j'en doutais, je ne vous aurais pas laissé faire.

— Téléphonez-nous. Je paierai les appels. Elle aura besoin de vos nouvelles régulièrement.

Art hocha la tête.

— Je vais patienter quelques jours, le temps qu'elle s'installe.

Il déglutit et essuya les larmes qui roulaient sur son visage buriné.

— Mais je ne pourrai pas attendre très longtemps.

Hank acquiesça à son tour, puis se tourna pour monter dans la voiture. Carly regardait droit devant elle, les épaules voûtées, les mains inertes sur ses genoux. Son visage n'exprimait pas la moindre émotion. Il envisagea de la laisser en paix un moment, puis se souvint du récit qu'Art lui avait fait la veille et décida que ce serait la pire chose à faire. Il passa un bras autour de ses épaules et l'attira contre lui, pressant le visage contre ses cheveux. Elle tressaillit à son contact.

— Je t'aime, Carly Jane, murmura-t-il. Je t'aimerai toujours.

Bethany se retourna et se pencha par-dessus le siège pour tapoter le genou de Carly.

— Je suis très contente de te revoir, Carly. Je sais que Hank et toi avez quelques trucs à régler et que vous avez besoin de parler. Je veux juste te dire que toute la famille sera là pour te soutenir.

Elle fourra des documents pliés dans les mains inertes de Carly.

— Ce sont des lettres de Jake, de Zeke et des jumeaux. Ils se sont tous engagés à être disponibles un certain jour par semaine pour te conduire en ville au cas où Hank aurait un empêchement. C'est génial, non ? Tu n'auras jamais à t'inquiéter d'être coincée. Et puis, papa et maman se sont portés volontaires pour faire du baby-sitting. Si tu travailles et que Hank est occupé au ranch, ils se chargeront du bébé.

Carly eut un sourire morne, mais ne répondit pas. Bethany lança à Hank un regard soucieux. Il arqua les sourcils, espérant faire comprendre à sa sœur qu'il voulait qu'elle se taise et le laisse parler. Bethany se tut et se retourna.

Hank décida de profiter de cette intimité toute relative et caressa légèrement le bras de Carly à travers son chemisier blanc. Celui qu'elle portait lors de la soirée merveilleuse qu'ils avaient passée au lac Lemolo, avant de faire l'amour.

Il prit une profonde inspiration et entama le discours qu'il avait répété cent fois dans sa tête.

— Je comprends à quel point le ranch devait te paraître effrayant, commença-t-il. Je veux que tu saches que je ne suis pas en colère contre toi parce que tu m'as quitté. Je ne l'ai jamais été.

Il reprit brièvement son souffle.

— Tout ça est derrière nous, à présent. Le ranch est totalement sûr pour toi désormais. Je ne vais pas entrer dans les détails, tu verras toi-même les améliorations.

— Non, rétorqua-t-elle d'une voix tendue. Je ne les verrai pas. Je suis presque totalement aveugle, Hank. Le mot « voir » ne fait plus partie de mon vocabulaire.

Hank fut frappé par le fait qu'elle n'avait pas cherché à savoir comment il avait trouvé l'argent nécessaire à l'aménagement de la propriété. Pourtant, c'était le prétexte qu'elle avait invoqué pour justifier son départ. Il songea qu'Art avait vu juste. Le problème n'était pas leur capacité à surmonter les obstacles, mais la crainte secrète qu'elle avait de le voir se lasser de leur relation.

Elle ne voulait pas l'entendre dire qu'il l'aimait. Il eut brusquement envie de la secouer comme un prunier. Il n'était pas quelque gamin superficiel, dépourvu d'intentions honorables, mais un adulte responsable et conscient de ses sentiments. Lorsqu'il lui avait donné son cœur, cela avait été pour toujours.

C'était cependant une conversation à garder pour plus tard, lorsqu'ils seraient en tête à tête. Dans l'immédiat, il ne pouvait que dire qu'il l'aimait et lui assurer qu'il n'avait pas pris d'énormes risques financiers pour transformer le Lazy J. Il se lança donc dans une explication, lui relatant que Ryan lui avait offert un prêt sans intérêt qu'ils pourraient rembourser à long terme.

— Ne le remercie pas, intervint Bethany. La vérité, c'est que Ryan a soutenu le projet pour moi autant que pour toi.

Elle ajouta qu'elle s'était souvent sentie prisonnière au Lazy J.

— C'est merveilleux, maintenant, Carly ! Il y a des allées cimentées partout. J'ai emmené Sly à la rivière toute seule, hier. L'eau ne lui arrive qu'à la cheville et il ne court aucun danger, mais avant mon fauteuil s'embourbait. Maintenant, je peux y aller sans problème et garder l'œil sur lui pendant qu'il cherche des salamandres.

Carly eut un sourire fragile.

— C'est fantastique, Bethany.

Hank écouta les réponses forcées de Carly. Combien de temps faudrait-il avant qu'elle baisse sa garde et s'autorise à être heureuse ?

*

Le vol de retour sembla interminable à Hank, mais moins de quatre heures s'étaient écoulées quand ils atterrirent sur la piste du Rocking K. Les nerfs tendus à craquer, il transféra les bagages de Carly dans son pick-up. Durant les quarante minutes de trajet pour rentrer au ranch, sa tension ne fit que grandir.

Il se gara près de la maison principale, coupa le contact et prit les clés, regardant tristement autour de lui. Partout des allées sillonnaient le ranch. Jake et lui avaient passé des heures à examiner les plans pour s'assurer que le ranch serait parfaitement sûr pour une personne handicapée tout en restant totalement opérationnel.

Au cours des trois semaines passées, Hank avait imaginé cent fois cet instant et la joie qu'il verrait sur le visage de Carly lorsqu'il lui ferait visiter les lieux. À présent, après les révélations que son père lui avait faites, il savait que les choses n'allaient pas se passer ainsi. Avant que Carly puisse vraiment être heureuse, elle devrait être confrontée à l'un de ses pires chagrins, et il était malheureusement celui qui allait la forcer à se replonger dans le passé.

— Voilà, dit-il enfin. Nous sommes à la maison.

Il se pencha vers elle et défit sa ceinture.

— Va voir.

— Je ne peux pas voir, lui rappela-t-elle froidement.

— Très bien, répliqua-t-il avec une patience exagérée, va *toucher*.

Les lèvres de Carly formèrent un trait mince.

— Tu plaisantes ? Je suis déjà passée par là. Je n'irai nulle part toute seule.

Hank essayait depuis cinq heures de lui arracher un sourire et se sentait à bout de patience. Peut-être était-ce une bonne chose. S'il pouvait se fâcher un peu, cela lui faciliterait la tâche.

Il pensa délibérément à l'injustice dont elle faisait preuve envers lui. Son irritation s'accentua. Comment osait-elle le comparer à un gamin de dix-huit ans ? Comment osait-elle penser qu'il se détournerait d'elle à la première difficulté ?

Il pouvait s'acquitter de sa tâche. Il suffisait pour cela qu'il se concentre sur son point de vue à lui, et il ne tarderait pas à être furieux. Il regarda de nouveau le ranch en songeant à la fortune qu'il avait dépensée pour apporter toutes ces modifications. L'avait-elle remercié ? Non. Jusque-là, elle n'avait même pas fait mine de s'y intéresser.

Il descendit et claqua la portière avec assez de force pour briser les vitres avant de contourner le pick-up à grandes enjambées. Carly s'était recroquevillée dans le coin durant tout le trajet, et elle faillit tomber quand il ouvrit la portière. Il la retint par la taille et la déposa sans ménagement par terre.

— C'est une dispute que tu cherches, Carly Jane ? demanda-t-il d'une voix plus forte et plus coléreuse qu'il n'en avait eu l'intention. Parce que, si c'est le cas, laisse-moi t'avertir. J'ai travaillé comme un fou pendant trois semaines pour essayer d'accomplir des miracles ici. J'apprécierais un minimum de coopération et de gratitude.

— Je ne t'ai rien demandé.

— Je l'ai fait quand même. Tu m'as promis d'essayer de rester. Nous avions un accord ! Ne reviens pas sur ta parole !

— J'ai essayé !

— Non. Tu as pris tes jambes à ton cou au premier obstacle.

— J'ai failli mourir.

— Mais tu n'es pas morte ! Et maintenant que tous les problèmes sont réglés, tu ne veux pas tourner la page sur ce qui s'est passé.

Elle redressa le menton et s'entoura de ses bras.

— Pourrais-tu arrêter de crier ?

— Non. Pas avant de t'avoir fait entendre raison.

— C'est toi qui es déraisonnable. Tu veux que je vienne ici et que je renonce à tout semblant de vie normale.

— Ce n'est pas vrai !

— Cesse de crier ! Tu ne peux pas m'intimider. Je n'ai pas peur de toi.

— Menteuse.

Il se pencha de manière que leurs visages se touchent presque, et elle recula vivement.

— Ton langage corporel te trahit, asséna-t-il. Il hurle : « Ne me touche pas ! ». Eh bien, j'ai des nouvelles pour toi, ma chérie. Je te toucherai si je veux. Tu es ma femme !

— C'est une situation que je peux facilement rectifier ! rétorqua-t-elle.

Hank entendit s'ouvrir la porte de la maison. Il se retourna et vit Zeke sortir dans la véranda. Zeke jeta un coup d'œil vers eux et fit volte-face, refermant la porte derrière lui. Tant mieux. Les choses allaient se gâter avant de s'améliorer.

Il se retourna vers Carly.

— Il faudra que tu me tues pour divorcer. Je t'enchaînerai au lit pour t'en empêcher.

— Ne me menace pas ! Ça a marché une fois, mais ça ne marchera plus jamais. Tu joues le méchant, mais au fond tu es doux comme un agneau.

Doux comme un agneau ? Jusqu'à cet instant, Hank avait pour l'essentiel fait semblant d'être furieux. À présent, il l'était vraiment. On l'avait traité de toutes sortes de noms d'oiseau à un moment ou à un autre de sa vie, mais *un agneau* ? C'était un affront à sa virilité !

Si elle voulait qu'il soit méchant, il pouvait l'être. Il se baissa, l'attrapa derrière les genoux et la jeta sur son épaule, faisant néanmoins en sorte qu'elle ait un atterrissage confortable. Elle hurla, mit les mains sur sa ceinture et raidit les bras pour se redresser.

— Qu'est-ce que tu fais, enfin ?

Hank ne savait pas au juste, mais cela lui faisait du bien d'agir. *Trois longues semaines !* Elle lui avait tellement manqué qu'il avait pleuré comme un enfant à deux ou trois reprises, terrifié à l'idée de vivre le reste de sa vie sans elle. Et voilà qu'elle se comportait comme s'il avait des puces !

Il savait qu'elle l'aimait, bon sang ! Elle le lui avait montré de mille manières. Il l'avait vu dans ses yeux, senti dans ses caresses. Une femme comme elle ne se donnait pas entièrement à un homme sans lui abandonner aussi son cœur. Jamais il ne l'avait embrassée sans qu'elle fonde entre ses bras, souple, douce et chaude comme du caramel liquide.

Cette pensée en tête, Hank se dirigea vers le chalet. Si elle le menaçait encore d'un divorce quand il en aurait fini avec elle, il ne s'appelait pas Hank Coulter.

— Pose-moi par terre ! glapit-elle.

— Désolé. Pas question. Je t'enchaîne au lit et je te fais l'amour dix fois par jour jusqu'à ce que tu avoues que tu m'aimes.

— Oh ! Pour l'amour du ciel !

Elle détendit ses bras et se laissa aller.

— C'est absurde, Hank. Tu sais que tu ne parles pas sérieusement. Que cherches-tu à prouver ?

Bonne question. Où avait-il la tête ? Il s'était complètement égaré. Faire l'amour ne faisait pas partie de sa stratégie, du moins pas pour l'instant. Cette femme le rendait fou.

Il vira à droite et elle tressaillit, alarmée.

— Où m'emmènes-tu ?

Il ne répondit pas. Sans ralentir l'allure, il couvrit la distance qui les séparait de l'allée toute neuve menant au chalet. Une fois arrivé, il ouvrit la barrière, déposa Carly et la poussa devant lui.

— Où suis-je ? demanda-t-elle d'une voix effrayée. Hank ?

La panique s'entendait dans sa voix.

— Ne me laisse pas ici !

Hank agrippa le barreau supérieur, étendit les bras et baissa la tête, s'efforçant de mettre de l'ordre sans ses pensées. Il fallait qu'il tienne bon, qu'il aille jusqu'au bout. Il l'aimait trop pour accepter son indifférence sans rien faire, même s'il savait ce qui l'avait causée.

— Hank, je t'en prie ! cria-t-elle, de plus en plus affolée.

Il releva la tête et la regarda. Elle réagissait exactement comme il l'avait espéré. Son plan se déroulait parfaitement. Elle le croyait furieux ; elle était aveugle, n'avait aucune idée de l'endroit où elle se trouvait et se croyait entourée de dangers. Il lut la terreur sur son visage, l'appréhension dans tout son corps. Elle croyait sincèrement qu'il allait lui tourner le dos et l'abandonner là.

— Je ne t'abandonnerai jamais, Carly, dit-il d'une voix rauque. Ni aujourd'hui, ni demain, ni jamais. Je ne suis pas Michael.

Elle tressaillit en entendant ce nom. Ses yeux se remplirent de larmes et son visage déjà pâle devint livide.

— Qui t'a parlé de Michael ?

— Imagine ma surprise quand j'ai appris que je n'étais pas le premier prince charmant à conquérir ton cœur ! Tu as omis quelques détails concernant ton adolescence, apparemment. Il y a eu un garçon qui s'est intéressé à toi. Pourquoi ne m'as-tu pas parlé de lui ?

Elle serra les poings.

— Ça ne te regardait pas ! rétorqua-t-elle farouchement.

— Ne dis pas de sottises ! Ça me regardait plus que tout autre, au contraire. Quand ton père m'a raconté cette histoire hier soir, ça a été comme si la lumière se faisait dans mon esprit. Le mystère Carly était brusquement résolu. Tout s'expliquait – ta timidité lorsque nous nous sommes rencontrés, ta réticence à me parler après, ton refus catégorique d'accepter mon aide financière, sans parler de m'épouser. J'étais le prince numéro deux, et pire encore, un salaud qui ne voulait de toi que pour le sexe.

— Tais-toi !

Hank recula d'un pas puis sauta par-dessus la grille pour la rejoindre dans l'allée.

— Oh non, je ne vais pas me taire, Carly ! Certaines choses doivent être dites. Tu as peur que je ne sois un autre Michael depuis la seconde où nous nous sommes rencontrés. Il a fait semblant de t'aimer en dépit de ton handicap, et tu étais trop jeune et trop naïve pour te rendre compte qu'il avait une arrière-pensée, à savoir coucher avec toi. Ce n'est pas vrai ?

— Je ne veux pas parler de ça !

— Très bien. Comme tu voudras. Grâce à ton père, je peux continuer sans toi.

Elle déglutit et secoua la tête.

— Je n'arrive pas à croire qu'il t'ait tout raconté.

— Pourquoi ne l'aurait-il pas fait alors qu'il te voyait renoncer à une chance d'être heureuse ? C'est une chance qu'il m'ait parlé. Au moins, à présent, je sais contre quoi je me bats. Il ne s'agit pas des améliorations qu'il fallait apporter au ranch pour que tu sois indépendante. Il s'agit du fait que tu as peur d'avoir besoin de quelqu'un – de croire en quelqu'un ! Pendant un temps, tu as mis tes craintes de côté et osé croire que je t'aimais vraiment. Et puis tu es tombée dans la mare et toutes tes peurs sont revenues au galop. Tu t'es dit que tu allais redevenir celle dont personne ne voulait, et qu'en plus tu serais un fardeau pour quiconque t'aimait. Plutôt que d'affronter tes angoisses, tu as pris la fuite en disant que tu ne voulais pas gâcher ma vie. Mieux valait me laisser tomber d'abord, n'est-ce pas ? Mieux valait prendre les devants, et partir la tête haute au lieu de rester avec moi et d'être blessée une fois de plus.

— Tais-toi !

Elle tourna les talons pour lui échapper et se heurta à la clôture. Elle s'en servit pour se guider et repartit par où elle était venue, en direction de la maison principale. Au bout de quelques mètres, elle arriva à un poste interphone. Lorsque sa main rencontra le boîtier en métal, elle s'arrêta et en suivit le contour.

— Qu'est-ce que c'est ? demanda-t-elle, paniquée. Où suis-je ?

— À toi de me le dire, rétorqua-t-il.

Elle trouva l'inscription en braille et suivit les formes de ses doigts tremblants.

— L'écurie ?

Puis elle promena le pouce sur la flèche qui indiquait le chemin, et trouva les inscriptions indiquant le chalet et la maison principale.

— Oh ! Hank ! murmura-t-elle, la voix empreinte de douleur.

— Directement à ta gauche, il y a deux barrières, dit-il d'une voix rauque. L'une mène à l'étable, l'autre à la maison. Elles s'ouvrent dans les deux sens et se ferment toutes seules. Tu sauras toujours en arrivant à une barrière que tu as atteint une intersection. Mais tu t'en moques, n'est-ce pas ? Tu ne veux pas vivre dans le monde que j'ai créé ici pour toi, parce que tu as trop peur de m'aimer, de me faire confiance et de compter sur moi.

Elle porta la main à sa bouche et resta immobile.

— J'ai fait tout cela pour avoir une vie avec toi, Carly. Parce que je t'aime et que je ne peux pas supporter d'être loin de toi.

Le visage assombri par un abîme de douleur, elle lui adressa un regard suppliant.

— Je vais être aveugle !

Le cœur de Hank se serra tandis qu'il l'observait. Elle se tenait droite et le regardait dans les yeux. Elle avait peaufiné cette attitude toute sa vie et y excellait. Au premier abord, personne n'aurait soupçonné qu'elle ne voyait rien.

— Tu l'es déjà, dit-il doucement.

— Pas entièrement.

— Presque. Tu ne vois mon visage que si je l'approche tout près du tien.

Il fit un pas en avant.

— Où suis-je, Carly ?

Il fit un autre pas.

— À côté de toi. C'est là que je suis. Tu es aveugle, et je suis toujours là. Fais-toi à cette idée. Il y a beaucoup de Michael dans ce monde, mais bon sang ! je ne suis pas l'un d'entre eux.

Le visage de Carly se défit et un sanglot étranglé monta dans sa poitrine.

— Souviens-toi de ce qu'il était ! cria Hank. Un petit salopard égoïste qui se fichait pas mal des autres. Il a vu en toi une proie facile et s'est dit qu'il suffirait qu'il t'accorde un peu d'attention pour que tu couches avec lui. Il est sorti avec toi pendant quelques semaines et a gagné ta confiance. Et puis, un beau soir, il t'a emmenée faire une promenade dans les bois, t'a demandé plus que des baisers et tu as refusé.

— Oh ! Hank ! Arrête ! Tu connais déjà l'histoire. À quoi bon la relater par le menu ?

— J'essaie de te faire comprendre quelque chose.

— Quoi ? cria-t-elle. Dis-le, et qu'on en finisse !

— Je n'ai rien de commun avec Michael.

— Je le sais.

— Vraiment ? Ce n'est pas très clair pour moi, Carly. Alors nous allons raconter l'histoire jusqu'au bout, afin de confirmer une fois pour toutes que je n'ai rien de commun avec lui. Ce type t'a abandonnée en pleine nature, pour l'amour du ciel ! Il n'a pas eu une seule pensée pour ce qui pourrait t'arriver.

— S'il te plaît…, supplia-t-elle.

Hank ne pouvait plus faire marche arrière, à présent.

— En essayant de retrouver ton chemin, tu t'es cognée dans des arbres, tu as trébuché sur des souches, sur des rochers. Ton père a dit que tu étais couverte de bleus et de plaies. Et pour couronner le tout, tu es tombée dans le lac. Ce n'est pas vrai ?

Luttant contre les larmes, les épaules secouées de tremblements, elle hocha la tête.

— C'est pour cela que tu as si peur de l'eau – parce que tu as bien failli te noyer cette nuit-là. Mais surtout, c'est pour ça que tu as peur de croire que je t'aime. Au fond de toi, tu crains qu'un jour ou l'autre, je sois lassé de traîner un boulet derrière moi. Peut-être que je ne te laisserais pas seule dans les bois, mais tu serais quand même seule, sans défense, et terrifiée parce qu'une fois de plus, tu auras été assez stupide pour croire les promesses d'un salaud.

Elle capitula enfin et se mit à pleurer. Ses sanglots étaient secs, saccadés, venant du plus profond d'elle. Hank passa un bras autour de ses épaules et l'attira contre lui. Il se permit enfin d'espérer que c'était fini, qu'elle pourrait se libérer de ses démons et voir cet épisode tel qu'il était, un souvenir affreux qui n'avait rien à voir avec eux ou avec leur avenir.

Il se trompait. Elle serra les poings et se mit à lui marteler la poitrine.

— Je t'ai entendu ! Le soir où je suis tombée dans la mare. Je t'ai entendu, Hank !

Il n'avait pas la moindre idée de ce à quoi elle faisait allusion.

— Tu étais dans le salon, sanglota-t-elle. Je t'ai entendu pleurer. Et puis tu as dit : « Ô mon Dieu ! Et si je n'y arrive pas ? »

L'estomac retourné, il la regarda. La douleur qu'il lisait dans ses yeux le fit presque chanceler.

Elle déglutit et retint son souffle. Elle avait cessé de le frapper. À présent, elle était immobile, le corps rigide, le dos arqué pour maintenir une distance entre eux.

— Après, reprit-elle d'une voix incertaine, tu n'as pas voulu de moi. J'ai essayé de faire l'amour avec toi, et tu m'as rejetée. C'est toi qui as enfreint notre accord. Tu m'avais promis de ne pas rester avec moi par devoir. Tu me l'avais promis !

— Oh ! Carly !

Hank se souvenait parfaitement de cette nuit-là. Au cours des trois semaines qui venaient de s'écouler, il avait tourné et retourné dans sa tête ces dernières heures passées avec elle. Et Carly avait raison.

Elle avait tenté de faire l'amour avec lui, et il l'avait repoussée.

— Mon cœur, non. Tu as mal compris.

Elle se détourna. Il était clair qu'elle ne le croyait pas.

— Je ne pouvais pas faire l'amour avec toi, ce soir-là. J'étais trop bouleversé. Tu avais failli mourir ! Je m'accablais de reproches. Tu m'avais dit et répété que je n'avais pas la moindre idée de tes besoins, et je ne t'avais pas écoutée. Ma stupidité a failli te coûter la vie. Je me sentais tellement coupable – et j'étais terrifié à l'idée de ne pas parvenir à sécuriser le ranch ! Ce n'est pas que je ne voulais pas être avec toi. C'est ce que je désirais le plus au monde, au contraire. Je n'avais pas cessé de t'aimer. Comment peux-tu croire une chose pareille ?

À peine eut-il terminé qu'il réalisa que sa question était stupide. Avec son passé, bien sûr qu'elle avait pensé cela.

Il la prit par le bras et la ramena au poste interphone. Tel un dément, il saisit son doigt et se mit à appuyer sur des boutons.

— Ça, c'est une ligne directe vers la maison. Celle-ci est reliée à l'écurie.

Après lui avoir montré la série de touches, il pressa celle de l'alarme. Un hurlement strident transperça le silence et Carly sursauta, effrayée. Hank relâcha le bouton pour faire cesser le bruit.

— L'alarme ! Au cas où le bipeur et l'interphone ne seraient pas suffisants. Crois-tu qu'un homme qui ne t'aimerait pas se serait donné tout ce mal ? Bon sang ! Carly ! Je t'aime de toutes les fibres de mon être. Sinon, je ne serais pas allé te chercher en Arizona.

De violents sanglots la secouèrent tout à coup. Hank la reprit dans ses bras. Tout d'abord, il se contenta de la laisser pleurer. Lorsqu'elle s'apaisa un peu, il se mit à la bercer, caressa ses cheveux et lui embrassa le front.

— Tu es aveugle, Carly. Et je suis toujours là. Quoi qu'il arrive, je serai toujours là pour te soutenir, pour t'aimer. Je ne peux pas vivre sans toi. Et je t'aimerai de toutes mes forces jusqu'à la fin de mes jours.

Elle enfouit le visage dans sa chemise.

— Je pensais que Michael m'aimait, chuchota-t-elle.

— Je sais. Bon sang ! Tu n'avais que dix-huit ans. Je sais, mon cœur.

— Non, tu ne comprends pas. Je le croyais vraiment. Je me suis juré de ne plus jamais être aussi stupide.

— Et puis je suis arrivé, un cow-boy beau parleur, et tu es tombée dans le panneau une fois de plus.

Il resserra son étreinte autour d'elle.

— Je comprends combien ça a dû te faire mal. Et je comprends aussi pourquoi tu étais si méfiante envers moi. Il n'y a qu'une faille dans ton raisonnement. Je t'aime vraiment, Carly Jane, pas seulement parce que tu es belle, pas seulement parce qu'on passe de bons moments ensemble ou parce que le sexe est fantastique avec toi. J'aime tout chez toi, tout. Tu pourrais enlever la moitié de ces choses, et je t'aimerais quand même de tout mon cœur.

Carly inclina la tête en arrière pour mieux distinguer ses traits.

— Je veux le croire, mais il y a une partie de moi qui est terrifiée.

— Dans ce cas, nous sommes bien assortis. Moi aussi, je suis terrifié.

— Toi ?

Incrédule, elle fixa son visage hâlé.

— Et comment ! Terrifié à l'idée que tu ne me croies pas, à l'idée de te perdre. Je ferai n'importe quoi, Carly. Tu n'as qu'à demander. J'irai voir un psy avec toi si tu veux. Je remplacerai toutes les allées du ranch si celles-ci ne te conviennent pas. Mais ne me demande pas de vivre sans toi. C'est la seule chose que je ne peux pas te donner, mon cœur, ta liberté.

La sincérité qui perçait dans sa voix rauque acheva de convaincre Carly qu'il l'aimait. Elle sentait la tension qui émanait de tout son corps. Il croyait vraiment qu'elle allait peut-être le quitter, et le savoir lui donna le courage de rester.

Elle lui encadra le visage de ses mains et se haussa sur la pointe des pieds pour effleurer ses lèvres. Il gémit et enfouit les mains dans ses cheveux, puis se pencha vers elle, prenant possession de sa bouche avec une passion qui lui coupa le souffle. Elle promena les doigts le long de son cou, sur ses épaules, sur ses bras puissants.

Lorsqu'elle atteignit ses poignets, il tourna les paumes vers le ciel et mit fin au baiser pour reprendre haleine.

— Ces mains seront toujours là, murmura-t-il. Elles te donneront leur force quand tu faibliras, leur soutien quand tu en auras besoin. Je croyais en mes vœux quand je les ai prononcés, j'y crois toujours et je ferai de mon mieux pour les respecter jusqu'à la fin de mes jours. Mais je voudrais te faire une autre promesse.

— Laquelle ?

— Mes yeux seront les tiens. Quand tu deviendras aveugle, je te dessinerai des images avec des mots pour que tu puisses continuer à voir les belles choses. Tu m'as dit un jour que la plus belle chose que tu avais vue était le ciel bleu de l'Oregon. Je te fais une promesse, Carly : il n'y aura que du ciel bleu dans notre vie, même après que tu seras devenue aveugle.

Carly noua les bras autour de son cou.

— Ramène-moi chez nous, Hank.

Il se baissa et la souleva dans ses bras. Tandis qu'il la portait vers le chalet, elle leva la tête vers son beau visage, gravant ses traits dans sa mémoire. Si on lui donnait un seul souvenir à emporter dans le noir, ce ne serait pas un coucher du soleil ou un magnifique ciel bleu.

Ce serait le souvenir de l'amour qu'elle voyait briller dans les yeux de Hank Coulter.

Épilogue

Quand le dernier-né des Coulter fit enfin son apparition, Art Adams, Bess, Cricket, tout le clan Coulter et la famille Kendrick étaient réunis dans le couloir de l'hôpital.

Hank était dans la salle d'accouchement avec sa femme, oscillant entre le rôle de sage-femme et celui de mari inquiet. Il avait mis au monde des dizaines de poulains et avait sincèrement cru qu'un accouchement ne le troublerait pas outre mesure, mais il tressaillait chaque fois que Carly poussait un cri de douleur.

— Plus jamais, murmurait-il à intervalles réguliers. Tu m'entends, Carly ? Je vais me faire stériliser.

Entre deux contractions, Carly souriait faiblement.

— Il faudra me passer sur le corps d'abord, Hank Coulter. Je veux avoir encore au moins un bébé, et peut-être davantage.

— Ne dis pas ça. Je ne peux même pas y songer maintenant.

Carly n'avait pas ce problème.

— Une grossesse entre deux greffes ne causerait pas de complications sérieuses.

— Et le père qui meurt d'une attaque, ce ne serait pas une complication ? Je ne veux pas te revoir souffrir autant.

Lorsque Hank Junior fut enveloppé d'une couverture bleue, Hank se laissa tomber sur une chaise, aussi épuisé que s'il lui avait lui-même donné naissance. Le bébé blotti dans le creux de son bras, il tenait la main de Carly. Elle ne voyait qu'un épais brouillard. Exactement comme l'avait prédit le spécialiste, elle était devenue complètement aveugle quelques jours seulement après que Hank l'avait ramenée d'Arizona, et elle vivait depuis dans un univers gris.

Elle se consolait en se disant que sa cécité serait temporaire. Dès que le médecin la jugerait assez robuste pour supporter une intervention, elle subirait une nouvelle kératectomie. Et quand cette procédure cesserait de faire effet, elle pourrait recevoir sa première greffe de cornée. Si tout allait bien, et elle voulait croire que ce serait le cas, elle aurait devant elle de nombreuses années de vision.

Peut-être, avec un peu de chance, Hank Jr aurait-il fondé une famille à son tour quand elle perdrait définitivement la vue. Elle pouvait espérer. Ce serait fantastique de voir ses enfants devenir adultes. Quant à d'éventuels petits-enfants, ce serait un bonus.

Elle regrettait seulement de tout son cœur de ne pouvoir distinguer les traits de son petit garçon.

Comme si Hank avait lu dans ses pensées, il se mit à lui décrire le nourrisson.

— Il est parfait, Carly, murmura-t-il avec émotion. Il a les cheveux bruns et la peau mate comme moi. Ses petites joues sont rondes et rouges, et sa bouche est exactement comme la tienne.

Les yeux de Carly s'emplirent de larmes. Elle savait maintenant à quoi ressemblait la couleur rouge, et le brun, et quelle était la forme de sa bouche.

— Il porte un drôle de petit chapeau bleu, ajouta Hank. On a l'impression que c'est une petite tête fripée en forme de cône.

Carly rit, imaginant leur bébé.

— Ses doigts et ses orteils sont minuscules, et tout roses.

Il se tut brusquement. Carly pouvait presque sentir son émotion.

— Qu'y a-t-il ? chuchota-t-elle.

— Le jour se lève.

Elle se rendit compte que la pièce était devenue plus claire.

— Je voudrais que tu puisses voir ça, reprit Hank. Une lumière d'un blanc nacré qui filtre à travers les stores et qui dessine des bandes roses et or ici et là.

Imaginant clairement la scène, Carly se cramponna à la main solide de Hank. Il se pencha pour l'embrasser et déposa le petit fardeau dans ses bras. Guidant ses mains, il lui montra les doigts et les orteils de leur fils.

— As-tu jamais vu plus petit, plus parfait ?

Hank continua à peindre des images avec des mots, afin qu'elle puisse tout voir dans sa tête. L'amour s'entendait dans sa voix tandis qu'il décrivait les petites jambes arquées de leur fils, son ventre tout rond, son petit visage ridé. Chaque mot était prononcé avec un dévouement et une tendresse sincères.

Carly se demanda comment elle avait jamais pu croire que cet homme ne voulait pas d'elle.

Une délicieuse chaleur l'envahit et, avec un soupir las, elle laissa ses yeux se fermer. Toute sa vie, elle avait su qu'elle ne verrait qu'un temps et qu'elle redeviendrait aveugle ensuite. Mais jamais elle n'avait imaginé pouvoir envisager le retour de la cécité avec tant de sérénité.

Avec Hank à ses côtés, elle ne serait plus jamais vraiment aveugle. Ses yeux étaient les siens, exactement comme il le lui avait promis. En vieillissant, ils feraient des promenades autour du lac au coucher du soleil, et elle verrait le paysage dans sa tête. C'était le cadeau qu'il lui avait fait – des images peintes avec des mots. L'amour n'était pas une question de facilité, d'après Hank, mais plutôt une détermination à triompher ensemble de tous les obstacles. Il serait toujours à ses côtés à moins que la mort ne l'emporte le premier et, même alors, Carly savait qu'elle ne vivrait plus jamais dans le noir absolu.

L'amour de cet homme éclairerait son chemin.

Découvrez les prochaines nouveautés de nos différentes collections J'ai lu pour elle

AVENTURES
& PASSIONS

Le 6 avril :

La famille Huxtable — 4. Le temps du désir

Mary Balogh

INÉDIT

Autrefois soupçonnée de meurtre, Cassandra a été bannie de Londres. C'est donc une femme blessée, mais bien décidée à retrouver son mode de vie extravagant, qui revient dans la capitale. Elle entreprend alors de séduire Stephen Huxtable, riche marquis aux airs angéliques, qui accepte d'en faire sa maîtresse. Mais les anges ne sont pas tous innocents… et en séduire un n'est jamais sans conséquences.

Les sœurs d'Irlande — 1. Eliza, la rebelle

Laurel McKee

INÉDIT

Dublin, fin du XVIIIe siècle. Le pays se révolte contre le joug britannique. Alors qu'Eliza Blacknall se bat aux côtés des indépendantistes, son amour d'enfance, Will, a rejoint les rangs de l'armée britannique. Leur passion est plus forte que jamais, mais résistera-t-elle à l'effondrement de leur monde ?

Les frères Malory —3. Passagère clandestine

Johanna Lindsey

Georgina n'a pas le choix. Il lui faut absolument quitter l'Angleterre au plus vite ! Le seul navire à appareiller pour l'Amérique ne prend aucun passager mais cherche un mousse... C'est risqué, mais jouer avec le feu la tente plutôt. Elle se coupe les cheveux, se déguise en garçon, et le tour est joué ! Bien sûr, le capitaine James Malory n'est pas dupe. Se faire passer pour un mousse ! Quel toupet ! Toutefois, il n'a pas l'intention de la démasquer tout de suite. Auparavant, il va s'amuser un peu…

Le 20 avril :

La chanson d'Annie **Catherine Anderson**

Annie, l'idiote, la simple d'esprit, la sauvageonne... Elle erre sans fin dans les bois, car c'est finalement là qu'elle est le mieux. Sa riche famille se préoccupe si peu de son sort... Un jour, cet être totalement démuni se heurte à la concupiscence d'un homme : le détestable et cruel Douglas, qui abuse de son innocence... La scène a eu des témoins. Alors, Alex, le frère de Douglas, le jette à la porte. Et lorsqu'il apprend qu'Annie est enceinte, il décide de réparer la faute de son cadet en épousant la sauvageonne. C'est une question d'honneur !

La rose de Mayfair **Hope Tarr**

INÉDIT

À Londres, en 1890, le mouvement des suffragettes n'a pas que des alliés. Certains sont même bien décidés à empêcher la création d'une loi autorisant le vote des femmes. Pour cela, une idée brillante : discréditer la meneuse, la très vertueuse Caledonia Rivers. On engage alors un photographe, Hadrian St. Claire, pour la séduire et on la compromet en images…